릴리언의 정원

The garden of small beginnings

릴리언의 정원

애비 왁스먼 지음 | 이한이 옮김

드디어, 피어나기보다 봉오리를 꽉 다물고 있는 편이
훨씬 고통스럽고 위험한 시기가 도래했다.

_아나이스 닌Anais Nin

남편이 죽은 지 3년이 지났지만, 그는 아직도 그 어느 때보다 내게 필요한 사람이다. 그렇다. 그이는 쓰레기를 버려 주지는 못하지만, 내가 직접 버리면서 푸념하기에 아주 적절한 상대다. 눈에 보이지는 않더라도 대개 아주 훌륭한 짝이다. 비난을 하기에 그이보다 더 완벽한 대상은 없다. 일찌감치 한 줌 재가 되어서 내 말에 반박을 할 수도 없다. 나는 그이에게 많은 이야기를 한다. 우리의 대화는 죽음의 의미에 관한 형이상학적 탐구에서 시작되어 저녁 식사로 무얼 먹을지, 세금 환급 신고를 누락한 책임이 누구에게 있는지 등 부부 사이의 일상적인 이야기로 넘어간다.

집에서 몇 발짝 떨어지지 않은 곳에서 그이가 차 사고로 죽었을 때 나 역시 죽어 버리고 싶었다. 마음이 무너졌기 때문만은 아니었다. 그이 없이 살아가야 한다는 논리적인 귀결에 도달하자, 앞으로 어떻게 살아야 할지 완전히 혼란스러워졌기 때문이다. 하지만 나는 죽지 않았다. 그이가 천국에서 기다리고 있다가 내게 잔뜩 화를 낼 것이 분명해서였다. 남은 생이 끝도 없이 느껴졌다. 이런 상황이라면 누구라도 그러지 않겠는가.

나는 이런저런 생각들을 표연히 흘려보내면서 차를 몰았다. 휴대전화 벨이 울렸다. 동생 레이철이었다.

"언니, 애들 데리러 가는 중?" 레이철은 목소리만으로 나를 미소 짓게 한다.

"응. 내 하루 일정을 이렇게 다 꿰고 있다니, 서로에게 너무 당황스러운 일 아니니?"

나는 깜빡이를 켜고 속도를 조금 낮춰 방향을 틀었다. 휴대전화를 귀 아래 끼고 있는 건 물론 불법이다. 이따금 이런 나 자신에게 놀랄 때가 있다.

"어디 좀 들렀다 와 주면 안 돼?"

"내가 너희 집에 가는 중이었니?" 어쩌면 내가 까먹었을지도 모른다. 있을 수 없는 일은 아니다.

"아마 그럴 거야. 내가 어찌 알겠어? 아무튼 내가 애들을 며칠 못 보기도 했잖아. 애들이야 잘 있겠지만."

나는 웃음을 터트렸다. "네 얘기 한 번도 안 하더라. 정말이야."

그녀가 비웃음으로 화답했다. "언젠가 애들이 언니보다 나를 더 사랑한다는 사실을 인정할 날이 오겠지. 그걸 부정하는 건 우리 둘 다에게 아무 도움이 안 돼."

나는 차량 대기선에 차를 세우고 조용히 눈꼬리를 치켜올렸다. 선생님에게 차 유리 너머로 미소 지으며 눈인사를 건넸다.

"애들이 너를 더 좋아한다는 사실을 인정할게. 아무튼 필요한 게 뭔데? 우유 같은 식료품이야, 아니면 윤활유나 캠핑용 장작 같은 일반 상품이야?" 그때 갑자기 조그마한 손바닥 하나가 차창에 탁 내려앉았다. 나는 화들짝 놀랐다. 차창에 손바닥 자국이 찍혔다. 곧바로 큰딸 애너벨이 미간을 찡그리고 안을 뚫어져라 들여다보았다. 그 뒤로 둘째 클레어가 주변을 띄엄띄엄 둘러보며 서 있었다. 두 아이들 뒤로 선생님이 씩 미소를 지으면서, 잽싸게 움직이지 않으면 큰일 날 줄 알라는 위협의 텔레파시를 참을성 있게 보냈다. 나는 서둘러 문 열림 버튼을 눌렀다. 나 때문에 선생님이 죽음의 광선을 쏘게 할 순 없었다.

휴대전화 너머로 레이철이 종알거렸다. "베이컨 500그램, 파마산 치즈, 스파게티, 달걀, 빵 한 덩이, 레드 와인 한 병이 필요해. 물론 버터도."

"다시 전화할게." 고개를 치켜들자 전화기가 바닥으로 떨어졌다. "애너벨, 도와줄까? 동생 데리고 탈 수 있겠어?"

"탈 수 있어요."

애너벨은 고작 일곱 살이지만 진중함에 있어서는 마흔 살짜리 직업 외교관 못지않다. 이 애는 그냥 그렇게 태어났다. 젖을 먹고, 기고, 이유식을 먹고, 내가 던져 준 건 뭐든지 다 받는 법을 차분하고도 완벽하게 터득했다. 그리고 사람들이 브로슈어에 묘사된 존재인 듯이 세상을 관조하는 시선으로 바라보았다. 그러니까 감동하는 법이 거의 없다는 말이다. 애너벨이 안전벨트를 채워 주자 클레어가 꼼지락댔다.

"너무 죄니?" 클레어가 고개를 저었다.

"그럼 헐렁해?" 클레어가 다시 고개를 저었다. 신뢰를 담은 커다란 갈색 눈동자가 언니에게 붙박여 있다. 애너벨이 동생에게 고개를 까닥해 보이고 자기 카시트에 올라탔다. 앞니는 빠져서 없고, 머리에 만화영화 캐릭터 도라가 장식된 머리핀을 꽂은 아이. 하지만 마치 열다섯 번째 비행 중인 시험 비행사처럼 자신만만하게 안전벨트를 맨다.

"이제 가요." 애너벨이 내게 지시했다.

"클레어, 가도 될까?" 나는 둘째 애가 아침 식사 이후로 말하는 능력을 잃은 것은 아닌지 확인하고 싶었다. 그런 일이 생겼다면 선생님이 전화를 했겠지만, 온갖 예산이 삭감된 이런 상황에서는 혹시 또 모르니까.

"좋아요. 안녕, 잘 있어!" 드디어 허락이 떨어졌다.

나는 바닥을 더듬어 휴대전화를 찾아 레이철에게 전화를 걸었다. 이번에는 전화기를 무릎에 놓고 스피커폰을 켠 채 큰 소리로 통화를 했다. 지금은 차에 애들이 있으니까 안전이 최우선이다. 레이철이 신호음이 울리자마자 전화를 받았다. 잽싸기도 하지.

"여보세요? 레이철?" 나는 전화에 대고 소리를 지르면서 차들 사이에 난 틈을 주시했다.

"카르보나라 파스타에 넣을 거 사 온다고 말해 주지 않을래? 왜 들른다고 안 하는 거야?"

"수수께끼 한번 풀어 보라고. 정신 바짝 차리라고 조그마한 도전 과제를 내 주는 거야. 앞으로 네 뇌가 점점 쪼그라들 텐데, 그러면 누가 애들 숙제를 봐 주겠어?"

"그럼 언니가 밥을 해 줄 거지?"

"당연히 해 줄 수 있지. 기쁘게 해 줄 거야. 그런데 웬일로 소리 안 지르네?"

"소리 안 질러. 블루투스가 맛이 갔거든. 어쨌든 언니가 저녁을 만들어 주면 좋겠어." 나는 좌측으로 들어갔다.

"우리 마트에 가요?" 애너벨이 물었다. 마트에 가는 건 귀찮지만, 혹시 사탕을 얻어먹을 수 있을까 계산을 하는 게 보였다. 나는 고개를 끄덕였다.

"한 가지 더." 레이철이 덧붙였다. "어떻게 만드는지도 알려 줘야 해."

"우리 레이철 이모네 가?" 클레어가 물었다.

나는 고개를 끄덕였다가 다시 고개를 저었다. 이번에는 동생의 작전에 휘말리지 않겠다.

"그런데 레이철, 하나 물어보면 안 될까? 내가 장을 봐서 저녁을 만들 건데, 네가 우리 집으로 오는 게 낫지 않니?"

잠시 정적이 흘렀다.

"그 편이 훨씬 낫겠네. 좋은 생각이야. 고마워! 이따 봐." 그녀가 전화를 끊으려고 했다.

"잠깐." 내가 제지했다. "네가 올 거면, 가게에도 네가 들르면 되잖아. 난 애들을 데리고 있다고."

"좋아, 알았어." 그녀가 전화를 끊었다.

나는 백미러로 클레어를 보며 말했다. "아니, 아가. 이모가 우리 집으로 온대."

이 소식에 두 아이 모두 즐거워 보였다. 아이들은 정말로 나보다 레이철을 훨씬 좋아했다. 왜 아니겠는가? 레이철은 뻔뻔하게 심부름을 시키다가 그걸 저녁 초대로 자연스럽게 탈바꿈시키는 데다가, 그 일로 우리 기분까지 좋게 만드는 애인데.

뜰 가꾸기 준비

흙이 작업할 수 있을 만큼 물러지면 쇠스랑으로 뒤집어 주고, 며칠 동안 그대로 둔다.

- 땅 위로 2.5센티미터 정도 두께로 퇴비를 덮는다. 아끼지 말고 듬뿍 뿌린다.
- 가래로 흙을 헤집어 퇴비와 흙을 섞는다. 돌과 그 밖의 쓰레기 등을 골라낸 뒤, 흙을 반듯하게 고르고 내버려 둔다.
- 초보자에게는 3×4.8미터 정도 크기의 땅이 적당하다. 이마저도 벅차다면 더 조그맣게 시작하자. 발코니에 놓은 화분 하나도 내 뜰이 될 수 있다.
- 씨앗 봉투는 정보의 보고다. 거기에 언제, 어떤 상태에서 씨를 심어야 할지 적혀 있다. 그래도 잘 모르겠다면, 원예용품점 사람에게 물어보거나 지역 농촌진흥청에 전화하라. 정원을 가꾸는 사람은 늘 원예 초심자가 생기는 걸 반기는 법이다.

1

나는 일러스트레이터다. 이렇게 말하면 꽤나 낭만적으로 들 릴지 모른다. 마치 넓게 펼쳐진 나무 그늘 아래 앉아 수채물감 팔 레트를 무릎 위에 놓고, 나뭇잎 사이로 비쳐 드는 햇살을 받으며 하루를 보낼 것처럼 말이다. 실상은 사무실 의자에 구부정하게 앉아 컴퓨터로 작업을 한다. 물론 햇살은 쨍쨍 비쳐 들어온다. 여 기는 캘리포니아 남부 지방이니까.

나는 연필과 물감을 이용해 고전적인 방식으로 그리는 걸 좋 아하고, 오래도록 그렇게 그리길 바랐다. 하지만 대학을 졸업할 때 내가 찾은 일은 교과서에 삽입될 일러스트를 그리는 것이었 다. 시작으로 좋겠다고 여겼다. 결과적으로 이 일은 괜찮은 급여, 복지, 공짜 커피, 온갖 초등 2학년 교재가 따라붙는 어마어마하

게 편안한 사무직이었다. 미국 아이들 82퍼센트가 근 한 세기가
량 포플러프레스의 교과서를 사용했다. 나는 이 일이 좋다. 흥미
롭고도 잡다한 여러 가지를 배우고, 아이들이 보는 것들, 그러니
까 조그마한 모자나 수염 같은 걸 끼적여 그릴 수 있기 때문이다.
언젠가 애너벨이 내가 삽화를 그린 『역사 속의 어린이』 제4판을
집으로 가져왔는데, 그 책을 읽은 여러 아이들이 역사적 인물들
그림에 나는 상상조차 못 할 세부 사항들을 덧그려 놓은 것을 보
았다. 마틴 밴 뷰런 대통령의 거시기가 그토록 큰 줄 누가 알았겠
는가?

　창작 부서에는 나를 포함해 일러스트레이터 네 명이 근무한
다. 그 외에는 정규직 글 작가 한 사람, 사실 확인 담당자 셋, 영
원히 그 자리에 있을 것 같고 사실상 부서 전체를 관리하는 직원
한 사람이 있다.

　창작 부서의 분위기는 대체로 무척이나 지루한데, 특히나 화
학 교과서 같은 책의 개정판을 작업할 때는 더더욱 그렇다. 하지
만 그런 때에는 커피가 있다.

　갑자기 전화벨이 울렸다. 관리 직원인 로즈였다. "위층에서
좀 보자네요."

　나는 눈살을 찌푸렸다. "나 잘려요?"

　혀를 차는 소리가 들렸다. "아는 바 없어요. 얼른 오른손에 이
것저것 챙겨 들고 올라가서 스스로 해결 보도록 해요!"

　소문에 따르면 로즈는 초대 포플러프레스 회장의 정부이고,

13

회장 사모님의 눈을 피해 원래 예술 부서라고 불리던 이곳에 배치되었다고 한다. 그녀는 보기에는 팔십 대쯤 되어 보이지만 사실 그렇진 않다. 그리고 누군가에 대한 당혹스러운 정보를 쥐고 있는 게 분명하다. 그렇지 않으면 아주 오래전에 해고됐을 것이다. 사자에게 가젤 잡는 기술이 있듯이 그녀에게는 사람을 잡는 기술이 있다. 나는 한숨을 쉬고 로버타 킹 실장을 대면하러 위층으로 향했다.

로버타 킹 실장은 아마 내 또래일 것이지만, 우리 사이에는 롤러스케이트와 경주용 자동차만큼이나 공통점이 없다. 최선의 비유라고는 할 수 없지만, 아빠가 늘 입에 올리시던 말이다. 아빠는 작년에 돌아가셨지만, 나는 아빠의 멋진 표현을 슬쩍해 옴으로써 아직도 그를 생생히 느낀다.

로버타와 나는 대여섯 번쯤 만났다. 신뢰 게임(상대가 잡아 줄 것이라고 믿고 뒤로 넘어지는 게임. 신뢰감 향상을 위한 게임이다. ─옮긴이)이나 그 외 직원 간의 단합을 고취하려는 다른 어려운 활동을 하는 워크숍 등에서였는데, 기억나는 것이라고는 그 자리가 불편한 듯 보였다는 것 정도다.

긴 스커트에 부츠(안에 신은 양말은 짝짝이지만 다행히 스커트에 덮여 안 보인다)를 신고, 잘 때 입는 긴 팔 티셔츠, 대형 마트 타깃에서 산 다 늘어진 브이넥 스웨터를 입은 나는, 정말이지 워킹맘에 걸맞은 차림새였다. 로버타는 정장을 차려입고 꽃향기를 풍긴다. 내게서는 와플 냄새가 나는데.

그녀가 우리가 오랜 친구라도 되는 듯 미소를 지어 보였다. 어라, 이건 잘리기 일보직전이란 의미인데?

"안녕하세요, 실장님. 절 부르셨다고요."

"네, 릴리. 들어와 앉아요." 그녀가 책상에서 의자를 뒤로 빼고는 다리를 꼬았다. 이건 일반적인, 여자 대 여자로서의 일이라고 암시하는 듯이. 나는 가장자리에 앉아 역시 다리를 꼬았다.

"애들은 어때요?" 젠장, 날 정리하려는 게 틀림없다.

"잘 지내요. 감사합니다. 음…….' 말꼬리가 늘어진다. 어째서 이렇게 어려운 거지? 난 여자고, 그녀도 여자고, 둘 다 출판업에 종사하고, 배란을 하고, 땀을 흘리고, 아이스크림을 먹으면서 죄책감을 느끼고, 계산대에 서서 《피플》지를 읽고, 사람들이 자기를 어떻게 평가할지 궁금해하는 인간일 뿐인데.

"딸이 둘이죠?"

나는 고개를 끄덕였다.

"그리고 부군은 돌아가셨고요." 사실 그녀는 이렇게 말하지 않았다. 이건 내가 머릿속에서 덧붙인 거다. 잘 모르는 사이일 때 사람들은 종종 묻곤 한다. "부군은 어디 계세요?"라든가 "부군은 무슨 일을 하세요?"라고. 그러면 "천국에요. 그러길 바라요"라든가 "땅속에서 썩어 가는 중인데요"라고 대답하지 않기가 무척 어렵다. 어쨌든 그녀는 내 남편을 입에 올리지 않았다. 그가 죽었다는 것을 기억한다는 의미다. 그녀가 예의 바르고 사려 깊단 의미이기도 하고. 약아빠진 여자 같으니.

"그런데, 릴리. 알겠지만 요즘 출판계가 조금 힘들어요. 전국 적으로 교육비 예산이 삭감되었잖아요. 물론 우리 사업은 직접적인 타격을 입었고요. 그래서 우리 포플러도 새로운 분야로 가지를 뻗어서 업계 선두를 유지하려 애쓰고 있어요."

나는 웃었다. 그녀가 살짝 미간을 찌푸리고 말을 멈췄다. 얼굴이 화끈거렸다. "죄송해요. 포플러가 가지를 뻗는다고 하셔서 재미있는 표현이라고 생각했어요." 이 순간 그녀와 나 사이로 싸늘한 한줄기 바람이 휘잉 불고 내 뒤통수에 식은땀이 흘렀다고 말하고 싶다.

로버타가 목청을 가다듬었다. "다행히도 기회가 생겼답니다. 네덜란드의 블로엄 가문이라고, 원예 분야에서 세계 최고의 회사를 운영해요." 나는 고개를 주억거렸다. 블로엄 가문 얘기는 들어봤어도 원예에 대해서는 전혀 모르는 문외한이지만.

"블로엄 사에서 화훼 안내서 시리즈를 만든 적이 있는데, 여기에 채소 시리즈도 추가한다고 해요. 그리고 우리에게 출간 의뢰를 해 왔어요. 화훼 안내서를 출간했던 소규모 출판사가 망했다면서요."

나는 고개를 끄덕이고는 미간을 살짝 좁히는 데 조금 더 집중했다. 경청하는 지적인 표정을 유지하려고 말이다. 하지만 사실 속으로는 강아지처럼 안달하며 내 이름이 언제 튀어나오나 기다렸다.

"그 책 일러스트를 당신이 그렸으면 해요."

나는 다시 고개를 주억거렸다. 그녀가 말을 멈추었다.

"네, 그거 참…… 재미있겠군요." 뭐라고 해야 하지? 너무 좋다고 법석이라도 떨어야 하나? 일 이야기를 하려고 날 실장실까지 부른 건가? 보통 새 프로젝트는 아래층에서 짧은 회의를 열어 간단하게 설명하고 나서 이메일을 보내지 않았던가.

로버타가 고개를 들어 빤히 응시했다. "이건 무척 큰일이에요."

"네, 세상에는 채소가 많으니까요."

"블로엄 사에서는 모든 채소를 망라한 책을 내려 해요. 본 책만 해도 몇 권이나 될 거예요. 부록도 추가될 거고요."

"부록이라, 좋네요."

"일러스트는 손으로 그렸으면 해요, 컴퓨터가 아니라요. 수채, 펜과 잉크, 목탄, 어떤 재료든 마음에 드는 걸로 그려요. 블로엄에서는 예술적이고 유행을 안 타는 스타일로 그려 달래요. 그러면서 슬로푸드, 유기농 원예, 자연으로 돌아가기 운동 따위를 부흥시켜서 돈벌이를 하려는 거죠."

로버타는 왠지 신경이 곤두선 채였다. 목소리에서 느껴졌다. 급기야 그녀가 나를 홱 쳐다보고는 불쑥 말을 뱉었다. "내가 말도 안 되는 짓을 하는 건 아닌가 걱정되네요. 정말로, 정말로 걱정돼요."

나는 놀랐다. 그녀가 이런 말을 할 것이라고 생각해 본 적이 없기 때문이다. 흠, 충격받을 준비 완료.

"당신이 원예 수업을 들었으면 해요." 그녀가 헛기침을 했다. "채소 원예 수업이요."

"네?" 나는 얼굴을 찌푸렸다. "지금 원예 수업을 들으라고 하신 거 맞나요?"

로버타의 얼굴이 벌게졌다. "블로엄 쪽 직원과 통화를 했는데, 블로엄 가 아들이 채소 원예 수업을 한다더군요. 여기 로스앤젤레스에서요. 당신이 그 강좌를 들었으면 해요."

"강좌를요?"

"네."

"채소 원예 강좌를요?"

"네." 그녀는 조금 더 천천히 말했다. 내가 승낙의 말을 하지 않았기 때문이다. "당신이 원예 강좌를 들었으면 좋겠어요." 그녀가 누군가 다른 사람이 말하는 듯이 되풀이했다. "염산에 천천히 발을 담그는 것 같겠지만 말이에요."

"원예 수업을 듣는 게 싫진 않은데요. 재미있을 것 같네요." 나는 말을 잠시 멈췄다. "그게 3년짜리라거나, 무거운 물건을 들어야 하는 일이 아니라면요."

그녀가 잽싸게 고개를 저었다. "6주짜리예요. 토요일 오전마다 가면 돼요. 물론 그 시간에 대한 보상은 할 거예요." 나는 어깨를 살짝 으쓱했고, 그녀가 벌떡 일어났다. "휴가도 며칠 줄게요."

나는 아무것도 바라는 게 없지만, 그 사실을 굳이 입에 올릴 필요는 없다.

그녀가 몸을 살짝 떨었다. "내가 수업을 들으려고 했는데, 못하겠더군요."

아주 약간이지만 그녀에 대한 의견이 수정되었다. "무엇 때문에요?"

"지렁이가 싫어요." 그녀가 눈에 띄게 몸을 부르르 떨었다. 얼굴도 하얗게 질린 것 같았다. 화장이 완벽해서 장담할 순 없지만. "어렸을 때 나쁜 추억이 있어요. 흙에 가까이 가지도 못해요."

이 말에 나는 꼬치꼬치 캐묻지 않으려고 입술을 꾹 깨물었다. 지렁이에 관련된 좋지 못한 경험이 대체 뭘까? 나는 어린 그녀가 달려가는 모습을 상상했다. 베이비갭으로 빼입은 조그맣고 귀여운 그녀가 경쾌하게 걷다가 넘어지고, 땅에 부딪는다. 순간 쫑쫑 땋은 양갈래 머리가 슬로모션으로 휘어지고, 그녀가 앞으로 미끄러지고, 코앞에서 지렁이 한 마리를 마주친다. 지렁이가 갑자기 총을 꺼내 빵 쐈을까? 그녀의 코를 콱 깨물었을까? 사실 지렁이는 이빨이 없다. 하지만 이런 식으로 말해선 안 된다. 상대가 느끼는 공포를 공개적으로 놀릴 수야 없지 않은가. 다만 개인적으로 이 사실을 기억해 두련다.

그녀는 여전히 우려하는 표정이었다. "그럼 수업을 들을 건가요?"

나는 어깨를 으쓱했다. "물론이죠. 좋은데요. 그림에 영감을 줄 거예요." 언제든 마트 농산물 코너에 가면 당근 같은 '모델'들이 널려 있는데 굳이 강좌를 들어야 하느냐는 질문은 하지 않았다. 무엇보다 실장이 우리 일에 그 수업이 도움이 될 거라고 생각하는데, 내가 어떻게 그 결정에 대해 왈가왈부할 수 있겠는가?

그녀의 표정이 눈에 띄게 풀어졌다. 그녀가 자리에서 일어났다. 정장이 완벽하게 아래로 착 떨어졌다. 주름 하나 없이. 책상 아래 작은 요정이 있어서 그녀가 앉아 있는 동안 다림질을 해 주는 건 아닐까? 내 요정 친구는 누가 그를 공처럼 뭉쳐 놓기라도 한 듯이 옴짝달싹 못 하는 상태고.

"좋아요. 강의는 이번 주 토요일부터 시작이에요. 애들을 데려가도 돼요."

나는 감사의 말을 건넸다. 그녀 역시 감사를 표했다. 우리는 악수를 나누고, 다시 한번 감사 인사를 나누었다. 그녀가 마지막으로 한마디 덧붙였다.

"우리 회사 상황은 걱정스러운 정도예요. 하지만 당신이 좋은 성과를 내리라고 믿어요. 멋진 작품을 그려서 회사를 구해 줘요."

"그 말씀을 들으니 정말 가벼운 마음으로 할 수 있을 거 같네요." 나는 빈정거림을 작은 미소로 애써 누그러뜨렸다.

그녀의 얼굴에 내가 실장실에 들어왔을 때 떠오른 진심 어린 미소가 다시 나타났다. "당신이 직무에 열성적인 건 익히 안답니다."

나는 비틀대며 사무실을 나와 아래층으로 향했다.

조그마한 탕비실로 들어가 커피를 머그잔 가득 채웠다. 사발만 한 크기라서 집어 든 머그잔에는 '세계 최고의 아빠'라고 쓰여 있었지만, 내가 사용해도 무방하리라. 커피메이커 위에 로즈가 쓴 메모가 붙어 있었다.

'마지막으로 커피를 드신 분은 다시 커피메이커에 커피를 내려 주세요. 그렇지 않으면 인생이 힘들어질 겁니다.'

사실 그대로를 적시한 말이다. 언젠가 내 옆자리에 앉는 샤샤가 커피메이커에 물 붓는 걸 잊은 적이 있다. 그러자 로즈가 사장실에 가 있던 샤샤를 찾으며 연속 다섯 번 전화를 걸었고, 사장은 샤샤에게 다음에는 커피메이커에 물 붓는 걸 절대 잊지 말라고 당부했다.

자리로 돌아와서 나는 레이철에게 전화를 걸었다.

"앞으로 6주 동안 매주 토요일 오전 시간 동안 애들 좀 봐줄 수 있어?"

잠시 침묵이 흐른 뒤 대답이 들려왔다. "그래. 우리 집에 애들을 떨궈 줄 때 발가벗은 남자를 볼 위험을 감수할 수 있다면 말이야. 뭐 훈련된 동물이 있을 수도 있고."

나는 웃음을 터트렸다. "네 사생활이 그렇게 흥미진진하지는 않잖아."

"그건 언니 생각이지. '사생활'이라는 말의 용례를 찾아봐."

"그래서 싫다고?"

"6주 동안? 필요할 때만 하면 돼?"

"6주 연속으로 해 줘야 해. 회사에서 원예 수업을 들으래. 한 달 반 동안 매주 토요일에. 채소 책 일러스트를 그려야 하는데,

채소 기르는 법을 배우면 도움이 될 거라고 생각하는 모양이야."

"맞는 말이네."

"그럴지도 모르지. 하지만 난 수도사도 아니고 500년 동안 산 좀비도 아니지만, 『14세기 유럽 수도원』이라는 대작을 훌륭하게 작업해 냈다고."

"좋은 지적이야. 근데 수업에 애들을 데려가면 안 돼?"

"그래도 되긴 한데, 애들은 너랑 노는 걸 더 좋아할 거야."

"내가 그 수업을 같이 듣는 건 어때? 거기에서 애들을 봐 주는 거지."

나는 귀에서 수화기를 떼고 잠시 빤히 바라보았다.

"너 어디 아픈 거 아니지? 원예 수업이야. 진짜 들을 거야?"

그녀가 한숨을 내쉬었다. "오늘 기분 별로야. 일 때문에. 방금 두 시간 동안 전화를 붙들고, 내가 앞으로 절대 만날 일 없는 사람에게 고래고래 소리를 질렀지. 우리 회사의 명운이 그 회사의 재빠른 손에 달려 있거든. 엄청 중요한 물건이 배송 중에 분실됐어. 그것 때문에 고생 중."

"정말 짜증나겠네. 너 방금 명사형으로 문장을 끝냈어."

"우라질!"

"분실한 게 뭔데?"

"뭐 평소 다루는 물건이지. 값을 매길 수조차 없이 귀한 1000년 묵은 말 조각상."

"다른 상자에 들어 있을 거야."

"실물 크긴데? 말 등에는 벌거벗은 여자가 머리 없는 독수리 몸통을 하늘 높이 치켜들고 앉아 있어. 이런 사소하고도 차별화된 특징을 제외하고는 쉽게 지나칠 만한 물건이긴 하지."

"알았어." 나는 말을 멈추었다. "뭐라고 할 말이 없네. 잃어버린 네 말에 행운을 빈다." 우리는 전화를 끊었다. 우리의 대화는 하루가 갈수록 점점 더 오래 산 부부의 대화 같아졌다. 머리 없는 독수리 이야기는 빼고. 하기야 다른 부부들이 어떻게 대화를 하는지는 본인들만 알겠지만.

다시 또 차 안이다. 등 건강에 좋아 보이는, 구슬로 짠 카시트를 살 걸 하는 후회가 밀려온다. 하지만 그런 시트를 사용하면 엉덩이에 영원히 무늬를 박아 넣는 지경에 이르겠지. 앞으로 생길 셀룰라이트로도 충분하니 그런 자국은 사양하는 게 좋겠다.

방과 후, 우리는 집으로 향하는 중이다. 아니, 이제야 애들을 태우는 차량 대기선에서 슬슬 벗어나 학교 주차장 밖으로 나가고 있다. 차량 대기선은 교사들의 아이들에 대한 애정, 더 나아가 아이들 부모에 대한 편애를 보여 주는 곳이다. 과장일 수도 있지만, 달리 어떻게 설명할 도리가 없다. 방금 전 나는 차량 대기선 맨 앞에 있고 우리 애들은 바닥에 주저앉아 피라미드 속의 하워드 카터(영국의 고고학자로 이집트 투탕카멘 왕묘를 발굴했다. -옮긴이)처럼 세심하게 코를 후비고 있었는데, 교사들은 내 뒤에 늘어선 차들로 다른 아이들을 데려다주느라 정신이 없었다. 쿠키를 더 자주 보내는 부모, 생일 파티 후에 감사 카드를 보내는 걸 잊지 않는 부모, 한 주에 한 번 이상 아이 옷을 빨아 입혀 보내는 부모들을 태운 차로. 교사들은 늘 친절하지만 내 면전에 대고 이런 식으로 말한다. "오, 애너벨은 무척 독특해요", "오늘 수업 시간에 클레어가 또 재미있는 이야기를 해 주었답니다", "기번 부인, 따님은 정말이지 어휘력이 대단해요. 전 호랑이에게도 음핵이 있는지 미처 몰랐지 뭐예요."

"뭐라고요?" 애너벨이 백미러 속에서 의심쩍은 표정을 지었다.

나는 차분하게 되풀이해 말했다. "우리는 뜰 가꾸는 법을 배우러 갈 거야."

"나 그거 알아." 클레어가 흥분했다. "유치원에서 해 봤어."

나는 잽싸게 클레어를 곁눈으로 보았다. "벌써 해 봤다고?"

그녀가 고개를 끄덕였다. 애너벨이 쐐기를 박았다. "어린 애들은 운동장 한쪽에 뜰을 가지고 있어. 애들이 흙 파는 것 봤어."

"지렁이한테 뽀뽀도 해 줬는걸." 우리 클레어는 늘 이렇다. 참 정이 많기도 하지!

"그가 너한테 뽀뽀로 답해 줬어?"

클레어가 웃음을 터트렸다. "엄마! 지렁이는 남자 아니야. 지렁이는 여자면서 남자야."

이런! 로스앤젤레스 공립교육 1승.

"맞아, 자웅동체야." 애너벨이 분명하게 정리했다.

"아니, 걔들은 여자이자 남자야." 언니가 이기는 걸 용납하지 않는 클레어가 말했다.

우리 집 골목에 거의 다다랐다. "어쨌든 우리는 이번 주부터 수업 들으러 갈 거고, 재밌을 거야. 이모도 같이 수업을 듣는데."

"나중에 다시 얘기해요." 애너벨은 자기 친구들의 조언이 필요한 게 분명하다.

"나는 수업 좋아." 클레어는 누구의 허락도 필요치 않고.

집 앞에 차를 세우고 애들을 내려 주었다. 문을 닫을 때 차에서 쏟아져 나오는 쓰레기들을 피하기 위해 뒤로 살짝 물러났다. 내가 주차한 자리는 누구나 한눈에 알아볼 수 있다. 그래놀라 바 포장지, 주스팩에서 떨어져 나온 조그마한 빨대, 더러운 물수건 같은 것들 옆에 서 있다면 그게 내 차다. 애들 키우는 엄마의 흔적이랄까. 원주민 사냥꾼이 이걸 본다면 아마 이렇게 말할 것이다. "중년의 통통한 여자가 애들을 데리고 다니는 게 틀림없어." 그러고는 측은한 투로 고개를 저으며 덧붙이겠지. "보나 마나 빨리 움직이지는 못하겠구먼."

차문을 닫는데, 배수로에 깨진 차창 조각이 보인다. 문득 남편의 사고 이후 죽 거기 있던 건가 하는 생각이 든다. 물론 아닐 거다. 종종 내 머릿속에서 그날의 장면들이 깜빡깜빡 빛을 발한다. 깨진 차창 조각, 갑자기 쾅 하고 찌그러지는 차 문, 도로에 쏟아진 커피, 잠음에 섞여 들려오는 구급차 소리.

댄이 죽었을 때 구급차가 곧바로 도착했지만, 나는 사이렌 소리를 듣지 못했다. 주방에 서서 그가 나가기 전에 벌인 입씨름을 되뇌고 있었다. 그게 현재 벌어지는 상황이기라도 한 듯이 그때 했어야 하는 말들을 중얼댔다. 그날 오전에 벌인 입씨름은 격렬한 것이었다. 전날 싸움을 벌이고 화난 채로 잠자리에 들었는데, 아침에 일어났을 때도 여전히 화가 가라앉지 않았던 것이다. 그가 애들을 학교에 데려가려 나가는 중에도 우리는 계속 씩씩댔다.

"갔다 올게." 그의 마지막 말이었다. 유쾌한 투도 아니었고, 안심시키는 투도 아니었다. 터미네이터 같은 말투였다. 이 논쟁을 이렇게 끝내진 않을 거라는 소리로 들렸다. 이게 중요한 건 아니다. 어쨌든 논쟁은 계속될 수 없었고, 영원히 다시 벌어질 수도 없을 테니.

다시 현실로 돌아와서, 나는 애들이 폴짝거리며 차에서 내리는 모습을 지켜보고, 뒷좌석에 손을 뻗어 책가방과 미술 준비물들, 길 잃은 신발들을 주웠다. 집으로 걸어가자 우리가 키우는 래브라도 종 반려견 프랭크가 짖는 소리가 들렸다. 그는 열정적으로 우리를 맞이했다. 애들이 먹을 것을 가졌나 킁킁대고는 무거운 엉덩이로 깔개를 밀며 빠르게 나아갔다.

"프랭크한테 다시 벌레가 생겼어요." 꼬마 수의사 애너벨이 텔레비전을 켜면서 크게 소리쳤다.

"그냥 엉덩이가 가려운 걸지도 몰라." 클레어가 자기 생각을 말했다. "가끔 그럴 때가 있잖아."

26

나는 한숨을 쉬고 식기세척기를 비우기 시작했다. 개 몸에 기생충이 생겼다. 클레어는 유치를 때우러 가야 한다. 다 내가 나쁜 엄마라서 그렇다. 애한테 사탕을 줬지 않는가. 동생은 저녁을 먹으러 올 참이다. 그런 한편 나는 다섯 달이나 머리를 다듬으러 못가서 「애덤스 패밀리」에 등장하는 털투성이 유령, 커즌 잇 같은 모양새가 되어 가는 중이다. 물론 커즌 잇은 금발이고 나는 애매한 갈색 머리지만. 주방 창문에 비친 내 모습을 보고, 순간 우리엄마인 줄 알았다. 끝내주네.

한 시간쯤 지나서 동생이 집으로 왔다. "언니, 커즌 잇 같아. 알고 있어?" 그녀가 아일랜드 식탁에 장 본 봉투들을 내려놓고는, 개한테 벌레가 생겼다고 꽥꽥거리는 클레어를 안아 주었다. "이런, 누구한테 벌레가 생겼다고? 너?" 그녀가 애너벨을 바라보았다. "너도 생겼니?"

"네." 텔레비전에 완전히 빠진 애너벨이 표정 없이 대답했다. "한 백 마리쯤 생긴 것 같아요."

나는 파스타 면을 삶을 물을 불에 올리고, 저녁을 만들기 시작했다. 엄마가 양파를 다지던 모습을 바라보던 때가 떠올랐다. 라디오가 웅웅거리고, 아일랜드 식탁에는 나무 수저들이 담긴 빈 토마토 수프 깡통이 놓여 있고, 공기 중으로 서서히 버터 녹는 냄새가 퍼져 나가던 그때가. 엄마도 나만큼이나 시큰둥하게 요리했을지 궁금했다. 나는 매일 오후 4시 무렵에 애들이 먹을 저녁을 요리한다. 물론 내가 먹을 것이기도 하다. 이렇게 해서 같이 안 먹으면 혼자 먹거나 전혀 먹지 않게 된다. 애들은 다 먹고 나면 목욕을 하고, 파자마를 입고, 이야기를 하고, 잠자리에 든다. 예전에는 이러고 있는 와중에 댄이 집에 도착해서 사무실에서 있었던 일을 투덜거리거나 어른이 할 법한 생각들을 털어놓았다. 재미있는 동작을 취해 보일 때도 있고, 길고 장황한 얘기를 늘어놓을 때도 있었다. 이제는 종종 레이철이 그 일을 대신하는데, 그럴 때 나는 가끔 뇌세포가 죽은 듯이 조용히 TV 만화영화 시리즈 「호기심 많은 원숭이 조지」의 주제가를 흥얼거리곤 한다.

레이철이 아일랜드 식탁에 기대 나를 빤히 쳐다보았다. "커즌 잇이라고 해서 삐졌어? 미안. 아무 생각 없었어. 그리고 커즌 잇이 아니라 모티샤(「애덤스 패밀리」의 등장인물로, 검은 옷에 새카만 머리를 기르고 있다. -옮긴이)랑 더 비슷해. 얼굴이 살짝 보이긴 하니까. 보이는 부분은 제법 괜찮아."

나는 조용히 동생을 쳐다보고는, 나무 수저로 베이컨을 푹 찌르고 조각조각 잘랐다. 레이철은 외모도 사랑스럽고 인간적으로도 사랑스럽다. 대체로 자기 선택으로 싱글생활을 하는 편이지만 금욕주의자는 아니다. 아주 어렸을 때 한 번 결혼했었는데, 다신 하지 않겠다고 맹세했다. 그녀는 나보다 키가 크고, 마르고(이건 용서할 수 있다. 아이를 낳지 않았으니 말이다), 머리숱도 훨씬 많고, 허벅지도 탄탄하다. 그리고 나와 내 애들을 자기 일정보다 우선시한다. 이따금 나의 슬픈 상황이 동생의 자유를 속박하는 게 아닐까 우려되기도 한다. 언젠가 이렇게 말했더니 레이철은 나의 슬픈 상황이 곧 자신의 슬픈 상황이라고 콕 집어 말했다.

"언니, 형부는 나도 무척 사랑했어. 사고 이후에 언니는 한동안 정신을 못 차렸고, 난 조카들을 돌봐야 했지. 그건 내게 벌어진 일이야. 언니는 그저 레이철 앤더비 주연, 각본, 감독의 「레이철 앤더비의 인생」이라는 드라마의 보조 출연자일 뿐이야. 내 인생에서 언니는 조연이지. 애들은 언니보다는 조금 더 비중이 큰 조연이고."

하지만 나는 레이철이 뭔가 대가를 치렀음을, 그게 나를 위해서였음을 안다. 그리고 내가 안다는 걸 그 애가 알고 있다는 사실도 안다. 레이철이 신장 기증이 필요하거나 총에 맞는 일이 생기면, 이번엔 내 차례다. 사실 레이철은 요즘 직장 안팎으로 정신없는 시간을 보내고 있고, 어떤 때에는 주말 내내 바쁘기도 하다.

나는 파스타 삶은 물을 따라 냈다.

"토요일 오후에 뭐 할 거야?" 내가 물었다. "스릴 넘치는 원예 수업 끝나고 말이야."

"데이트나 뭐 그런 거?" 그녀가 백조 모양으로 냅킨을 접었다. 언젠가 여름에 놀이동산 레스토랑에서 웨이트리스로 일할 때 배운 기교다. 꼬박 석 달 동안 뜨거운 햇볕 아래 계절노동자로서 미친 듯이 한바탕 일을 해 댔는데, 건진 거라곤 이 냅킨 접는 기술뿐이다. 행복한 젊은 커플이 죄책감 없이 끝내주는 섹스를 해 대러 오는 곳에서 일하면서, 다른 뭘 건질 수 있었겠는가?

"누구랑?" 나는 눈을 치켜떴지만 목소리는 평정을 유지했다.

이건 언젠가 여름에 출판사에서 인턴을 하면서 배웠던 기술이다. 물론 나는 섹스나 냅킨 접기 따위를 할 기회는 없었고, 자유롭게 빈정대며 책갈피만 실컷 만지작거렸지만.

"새 남자."

"일로 만났어?" 레이철은 예술품과 골동품을 전문으로 다루는 수출입 회사에 다닌다. 운송팀 팀장이며, 전화에 대고 말을 하는 동시에 남의 대화를 듣는 능력을 지녔다. 이런 식이다. "석관은 다음 날 카이로에 도착할 건데, 화요일 전에 부다페스트 정도까지는 가 있어야 해요. 그렇지 않으면 교황께서 노발대발하실 거예요."

레이철은 업무 관계로 남자를 만나는 일이 잦지만, 절대 자기 회사에서 일했던 사람과는 데이트를 하지 않는다. 한마디로 좀 노는 여자인데, 나름의 규칙이 있는 노는 여자다.

"말하자면? 무슨 개관식 행사 때 만났으니까."

"귀여워?"

그녀가 활짝 미소를 지어 보였다. "아니, 끔찍해. 안짱다리에 사시야. 내 지평을 좀 넓힐 때가 왔다는 생각이 들어서."

"멋진데."

"엄마?"

나는 아래를 내려다보았다. 클레어가 와 있었다. "그래, 아가?" 나는 클레어의 머리를 귀 뒤로 넘겨 주고 볼을 문질렀다. 어린 아이들의 신체는 너무 완벽해서 이따금 다루기가 벅차다. 애들은 땀구멍도 안 보이지 않는가?

"나 그림 그리고 싶어."

"지금은 안 돼. 저녁 먹어야지."

"정말 정말 하고 싶은데." 슬프게도 완벽한 신체는 종종 거대한 이기주의와 짝을 이룬다. 귀 뒤로 넘겨 준 머리칼이 앞으로 다시 삐져나오고, 나는 다시 손을 그리로 가져갔다.

"알았어, 하지만 지금은 안 돼. 아침에 할까?"

"싫어, 지금 할래." 클레어는 분명 배가 고프다. 고개를 움츠리고, 내가 머리를 정돈하지 못하게 하는 걸 보면 안다.

"언니한테 가서 저녁 먹으러 오라고 해, 알았지?"

클레어가 그림 그리기 문제로 계속 입씨름을 하려 했지만, 확 구겨진 미간에 배고픔과 분노 사이의 갈등이 드러났다. 레이철이 끼어들어서 애를 획 들어 올려 위아래로 둥개둥개 흔들어 주면서 애너벨에게로 갔다. 나는 파스타 면을 건져 프라이팬에 넣고, 달걀, 치즈, 베이컨, 버터, 양파를 던져 넣은 다음 잘 익도록 빠르게 휘저었다. 프라이팬을 식탁에 가져갔다. 애들이 오기 전에 빨리 움직였다. 애들과 레이철이 자리에 앉을 무렵에는 각자 접시에서 저녁 식사가 김을 피워 올렸다. 나는 스스로에게 조그맣게 박수를 보냈다. 누구도 그렇게 해 주지 않으니까.

레이철이 나를 올려다보았다. "언니만 괜찮으면 내 데이트에 껴도 돼. 그 남자가 친구를 데려오면 되니까." 그러면서 포크 가득 면을 감아 입에 넣었다. "사실 그 남자에게 친구가 좀 많았으면 좋겠는데, 크게 기대할 순 없을 거 같아."

나는 얼굴을 찌푸렸다. "싱거운 소리 하지 마." 나는 절대 애들 앞에서는 데이트 이야기를 하지 않는다. 그 주제를 피하고 싶다. 나는 아직 데이트할 준비가 안 되었고, 애들 역시 내가 데이트하는 걸 받아들일 준비가 안 되었다. 사실 애들이 대학을 마칠 때까지는 데이트를 할 생각이 없다. 애들이 대학을 가면 한 해 정도 휴학하고 유럽으로 여행을 다녀오라고 할 것이다. 어쩌면 애들이 대학 졸업 후에도 몇 년 더 공부를 할 가능성도 있다. 따라서 나는 최소한 20년 동안은 '안전'하고, 이는 내 여성적인 부분들이 굳어서 쓸모없어질 거란 얘기다.

나는 모두에게 물을 따라 주고, 내가 먹을 접시에도 음식을 담은 뒤에 마침내 자리에 앉았다.

"엄마." 애너벨이 말했다. 포크로 면을 돌돌 감았는데, 새로 익힌 기술이었다. 면을 그렇게 말다 보면 종종 먹을 만큼보다 많이 감게 된다. 이 일에는 연습이 필요하다.

"왜 그러니, 벨?" 내가 치즈에 손을 뻗었다.

"저한테 남자친구가 생겼다고 말했어요?"

나는 레이철을 향해 눈을 깜빡였다. "아니, 누군데?"

"제임스요."

좋아, 적어도 내가 아는 애다. 상상의 친구가 아니라 진짜 애.

"정말? 난 제임스 좋더라. 아주 멋진 애야." 나는 파스타를 한 입 가득 넣고는 이탈리아인들에게 감사를 표했다. 그들은 파스타, 피자, 아이스크림을 발명했다. 그들이 사랑을 나누고 베스파 스쿠터를 부릉거리는 데 시간을 빼앗기지 않았더라면, 세계를 지배했을지도 모른다.

애너벨이 오만상을 찌푸렸다.

"걘 바보 같아요. 하지만 제 남자친구예요."

"제임스도 그 사실을 아니?"

애너벨이 벌컥 화를 냈다. "아뇨! 물론 아니죠!"

레이철이 클레어를 바라보았다.

"넌 남자친구 없어?"

"없어, 난 결혼했거든." 클레어가 파스타를 한 입 가득 넣고는 미소를 지었다.

"응?" 레이철이 계속 먹으며 물었다. "누구랑?"

"프랭크랑."

프랭크가 자기 이름을 듣자 마룻바닥에 꼬리를 쿵쿵 내리쳤다.

"네 남편한테 벌레 있는 거 알아?"

클레어가 고개를 끄덕였다.

애너벨은 인내심이 있었지만 단호했다. "클레어, 개랑은 결혼 못 해."

"할 수 있어. 벌써 해 버렸는걸." 이건 클레어가 가장 좋아하는 말이다. 이 말은 다양한 경우에 사용된다. 이를테면 벽에 그림을 그렸다든지, 바닥에 오줌을 눴다든지, 사탕을 먹었다든지 했을 때에. 벌써 해 버렸다, 이미 벌어진 일이다, 그러니 아무것도 바꾸지 못한다. 이렇게 클레어는 모든 상황을 마무리했다.

"하지만 인간이랑 개는 결혼 못 해." 애너벨이 다시 말했다.

"어째서? 난 프랭크를 사랑해."

애너벨이 고개를 끄덕였다. "그건 나도 그래. 하지만 서로 사랑해도 결혼은 사람끼리 하는 거야."

애너벨이 다시 고개를 끄덕였고, 레이철이 입을 열고 뭔가 말하려 했다. 나는 동생에게 인상을 써 보이고는 고개를 살짝 저었다.

"그래서 프랭크가 네 남편이라는 거야?" 애너벨이 미심쩍은 표정으로 묻더니 내게 말했다. "개랑은 결혼 못 해요, 엄마."

"벨, 클레어는 결혼하기에는 너무 어리단다. 하지만 자기랑 프랭크가 개와 보호자 사이라기보다는 아내와 남편 사이라고 말하고 싶어 하는데, 우리가 어떻게 거기에 재를 뿌리겠니?"

애너벨이 나를 쳐다보면서 생각에 잠겼다.

나는 계속 말을 이었다. "지난주에 클레어는 사흘 동안 욕조를 사나운 장어가 들끓는 산호초라고 생각했지만, 넌 그걸 봐줬잖아." 나는 애너벨에게 미소를 지어 보였다. "클레어는 이제 고작 다섯 살이니까."

레이철이 맞장구쳤다. "그리고 프랭크는 거의 여덟 살이야. 훨씬 나이가 많지."

나는 레이철을 쳐다보았다. "그래. 걱정할 만한 부분이구나, 나이 차이가."

"치, 바보 같아." 애너벨은 정말로 받아들이려고 하지 않았다.

"그래? 많은 일들이 바보 같단다, 벨. 그리고 대부분은 좋은 일들이기도 하고."

클레어는 언니의 기분이 나빠진 이유를 착각했다. "언니, 언니만 좋다면 헨리랑 결혼해도 돼." 헨리는 우리 집 뜰 헛간에 사는 토끼인데, 사실 나는 종종 녀석이 우리와 같이 산다는 사실을 잊곤 한다.

레이철이 웃음을 터트렸다. "잠깐만, 나도 헨리랑 결혼하고 싶은데. 헨리는 너무 귀엽다고." 그건 부인할 수 없는 사실이다.

"헨리는 너한테는 조금 작지, 안 그러니?"

"헨리는 너무 북실북실해요." 애너벨이 마침내 생기를 띠며 대화에 참여했다. "귀도 엄청 크고요. 크리스마스에 데려왔던 이모 남자친구처럼 말예요."

레이철이 콧방귀를 꼈다. "그런 걸 네가 어떻게 기억한다는 거야? 나도 그 남자에 대해 기억나는 게 거의 없는데."

클레어가 신이 나서 계속했다. "엄마는 제인이랑 결혼해도 돼." 제인은 고양이다.

애너벨이 다시 미소를 잃었다. "엄마는 제인이랑 결혼 못 해. 우선 제인은 여자고, 여자는 여자랑 결혼 못 해." 레이철이 그 말을 바로잡으려고 했지만, 애너벨이 목소리를 키웠다. "두 번째로 제인은 고양이고, 고양이는 결혼을 하지 않아. 세 번째로 엄마는 이미 아빠랑 결혼을 해서, 두 사람이랑 동시에 결혼 못 해."

"디저트 먹을 사람?" 나는 자리에서 벌떡 일어나며 쾌활하게 말했다.

"하지만 아빠는 죽었는걸." 클레어가 딱 잘라서 말했다.

나는 요란하게 그릇을 치우며 다시 물었다. "아이스크림 어떠니?"

"그래, 하지만 이미 결혼했다고."

나는 황급히 냉장고를 열었다.

"하지만 아빠는 죽었어. 벌써 그렇게 돼 버렸는걸."

애너벨의 얼굴이 붉으락푸르락해졌다. 이건 좋은 징조가 아니다. "그래, 하지만 엄마는 이미 결혼했다고! 그래서 다른 사람이랑은 결혼 못 해, 절대로!"

나는 다시 한번 시도했다. "초콜릿소스 먹을 사람 없니?"

클레어가 애너벨에게 얼굴을 구겼다. "하지만 엄마가 다른 사람을 사랑하게 되면? 그럼 엄마는 그 사람이랑 결혼할 수 있잖아."

"마시멜로는 어때?"

애너벨이 자리에서 벌떡 일어났고, 나는 도망칠 때가 되었음을 알았다. 다행히도 레이철이 도왔다.

"목욕하자!" 레이철이 소리치고 클레어를 답삭 안아 들었다.

나는 애너벨을 맡았다. 아이의 몸이 부르르 떨리고 있었다. 애너벨은 종종 몇 주씩 아빠 이야기를 전혀 입에 올리지 않고 잘 지냈다. 하지만 어떤 날에는 울음을 터트릴 듯 얼굴을 일그러뜨

렸다. 클레어가 종종 언니의 심기를 건드렸는데, 이 모든 일이 그
녀에게는 그리 크게 아프게 다가오지 않았기 때문이다. 아빠가
죽었을 때 클레어는 채 12개월도 안 된 아기였다. 따라서 그 애
에게 아빠라는 건 한낱 단어일 뿐이며, 조랑말이나 홍역처럼 다
른 사람들이나 가진 것이었다.

레이철이 욕실로 향하면서 클레어의 배에 붙은 라즈베리를
후후 불어서 떼는 동안, 나는 애너벨을 무릎에 앉혔다.

"벨, 엄마는 너랑 클레어랑 레이철 이모를 사랑해. 아무하고
도 결혼 안 해, 알았지?"

울음이 잦아든 애너벨이 조금 훌쩍이면서 고개만 까딱했다.
나는 애너벨의 고개를 내 어깨에 묻고는 톡톡 두드려 주었다.

"엄만 늘 아빠를 사랑할 거야, 알지? 아무도 너희들 아빠가
될 순 없어. 그리고 난 언제까지나 너희들 엄마야."

"레이철 이모는 항상 우리 이모고?"

나는 아이의 머리에 고개를 묻고 끄덕였다.

"그리고 할머니는……."

"영원히 너희 할머니지."

"프랭크는?" 식탁 아래서 그가 꼬리를 탕탕 내리치는 소리가
들렸다.

나는 미소 지었다. "앞으로도 클레어의 남편일 거야."

애너벨이 마침내 크게 웃음을 터트렸고, 나는 아이를 욕실로
데려갔다.

기본 도구

❧

새로운 취미 생활에는 늘 쇼핑이 수반되는 법이다. 다음 기본 도구를 장만해 보자.

- 원예용 장갑
- 쇠스랑
- 갈퀴
- 괭이
- 모종삽
- 물뿌리개 혹은 수도 호스

이런 걸 살 돈이나 놓아 둘 자리가 없다면, 씨앗만 사서 손으로도 정원을 가꿀 수 있다. 식물은 어느 쪽이든 신경 쓰지 않는다.

2

다음 날 오후, 클레어는 서맨서의 집에 가서 놀았다. 그녀는 같은 반 아이로, 리틀리스트 펫숍(미국의 장난감 회사인 해즈브로가 제작한 애니메이션이자, 시리즈로 발매되는 다양한 동물 장난감이다. -옮긴이)을 모으고, 포켓몬스터 300마리의 이름을 줄줄이 외웠다. 따라서 이 둘은 영원히 절친한 친구가 될 것이었다. 이런 면에서 어린 여자 애들은 성인 남자들과 비슷하다. 남자들은 낚시, 골프, 여자 가슴에 대한 흥미 등 한두 가지 공통점만 있으면 공식적으로 친구가 된다. 불행히도 나는 서맨서의 엄마와 한 가지 공통점도 찾지 못했고, 그래서 포기하고 도망쳤다. 모성애적 관점에서 '대죄'는 아니지만 실례인 건 맞다. 신경 안 쓴다. 엄마 모임에서 나를 내쫓는다고 해도 괜찮다. 어차피 바보 같은 모임이니까.

애너벨과 집에 다 와 가는데 레이철에게 전화가 왔다.

"내가 서맨서네 집에서 클레어 데려다줄게."

"오늘도 온다고? 이틀 연속을?" 나는 말을 멈췄다. "너희 집에 오늘 재난 조사팀이라도 나오니? 아님 전남편이라도 와?"

"전남편? 아니. 적막한 아파트에서 내가 만든 쿠키를 맛보는 것보다 애들이랑 수다나 떠는 걸 택한 거야."

나는 잠시 기다렸다. 레이철은 정직한 애고 거짓말을 못 한다. 그런데 직접 만든 쿠키라고?

"그래, 쿠키가 아니라 테이크아웃 피자야. 그렇게 깐깐하게 나오려면 둘째 딸 직접 데려오든가."

물론 레이철은 클레어를 데리고 왔고, 나는 감사를 표했다. 하지만 지불해야 할 대가가 딸려 있었다. 아이들이 잠이 들고 나면, 레이철은 나의 성생활을 되살리기 위한 캠페인을 시작할 것이다.

우리는 거실 텔레비전 앞에 드러누웠다. 텔레비전은 보진 않아도 계속 켜 두었다. 현대인의 삶에 대한 레이철의 강의가 끊임없이 이어졌다. 우리가 함께 조용히 사색에 잠기는 일 같은 건 없다. 댄이 살아 있을 때 우리는 종종 몇 시간이고 한 마디도 하지 않고 보내곤 했다. 그건 축복이었다.

"언니, 한 3년 정도 섹스 안 했지?" 레이철이 양말을 벗고 자기 발가락을 꼼꼼히 살폈다.

나는 구석에 놓인 통에 레고 조각들을 건성으로 던져 넣으면서 어깨를 으쓱했다. "3년도 넘었지. 내 결혼생활 마지막 해까지 포함하면 말이야. 그때 나 임신하고 애 낳았잖아."

그녀가 내게 얼굴을 찌푸렸다. "어떤 부부들은 매일 섹스를 한다던데?"

"드라마에서나 그러지."

"안 믿기는데?"

"그럼 믿지 말든가."

레고 조각을 던져 넣는 기술을 거의 다 익혔다고 생각될 때쯤 던질 조각이 떨어져서, 나는 「마이 리틀 포니」 시리즈의 장난감으로 옮겨 갔다. 이번에는 다른 통이다. 궤도를 측정할 때는 말갈기들을 계산에 넣어야 한다. 우리 집은 한 주에 한 번 아주 잠시 동안 깔끔해지는데, 바로 청소 도우미가 오는 날 딱 20분 동안이다. 집은 '젊은 부부는 평화로운 오아시스를 만들려고 애써야 한다'라는 표어 아래 '어린이 교육 용품'들로 장식된다. 차분한 색조의 천연섬유들은 핑거페인트와 플라스틱 동물 장난감들로 뒤덮인다. 마치 장난감 가게와 명상의 집이 서로 투쟁하는 것처럼, 장난감 가게가 우세를 점하고 명상의 집이 수동적으로 저항하는 형국이다. 실제로도 아마 그럴 것이다.

레이철이 소파에 누워 건성으로 윗몸일으키기를 한다. 충격적이다.

"너 운동하니?"

"아니, 리모컨 집으려고."

"아⋯⋯!"

레이철이 엉덩이 아래서 리모컨을 발견하고는 채널을 돌리기 시작한다. 잠깐 요리 프로그램을 보다가 다시 자기 발가락으로 시선을 돌린다. "매니큐어 좀 있어?"

나는 천천히 몸을 일으켰다. 나는 원래 벌떡 일어났다. 일어나고 앉는 일을 전혀 힘들이지 않고 할 수 있었다. 하지만 이제는 5분 이상 움직이지 않고 그대로 앉아 있으면 몸이 잘 안 움직인다. 「오즈의 마법사」에 나오는 양철 나무꾼이 된 것 같은 기분이었다. 누가 기름칠 좀⋯⋯.

나는 살그머니 아이들 방으로 들어가서 조그마한 통을 가지고 나왔다. "다섯 종류의 분홍색, 세 종류의 보라색, 금색 하나, 반짝이 하나, 민트 냄새 나는 초록색, 또 뭔가에 딸려 나온 미니어처 악보 거치대⋯⋯. 이게 다야."

그녀가 눈썹을 치켜올렸다. "이거 애너벨 거야?"

나는 고개를 끄덕였다.

"마지막으로 발톱 칠을 해 본 게 언제야?"

나는 어깨를 으쓱했다. "그때 대통령이 누구더라?"

그녀가 내게 절망하며 한숨을 내쉬었다. "세상에, 언니 전에는 꾸미는 거 좋아했잖아! 매일 아침 욕실에서 몇 시간씩 보내서 내가 놀려 댈 정도로. 심지어 눈 화장과 신발도 색을 맞추고 다녔으면서."

"난 유부녀야. 애들도 딸렸고 남편은 죽었어. 나 자신은 방치

중이지."

그녀가 나를 향해 얼굴을 찌푸렸다. "언니 아직 쓸 만해. 그 꾀죄죄한 옷 때문에 안 그래 보이는 거야."

"오, 고맙기도 하지."

"무슨 말 하는지 알지? 언니랑 형부는 댄스파티 퀸과 킹 같았어. 예술가 같긴 해도 옷도 잘 입었잖아. 최고의 커플이었고 졸업 앨범 스타였잖아."

"그래, 진정해. 난 귀여웠지. 댄도 귀여웠고. 알아."

"언닌 지금도 완전 섹시해. 중년의 애 엄마 옷차림에 가렸을 뿐이지." 레이철이 소파에 비스듬히 기댔다. 그녀가 논점을 강조해 나갈수록 코에 한 방 날려 주고 싶었다. 그럴까 진지하게 고민도 했다.

"그래, 엄청 동기 부여 되네. 마지막 남은 내 자존감 한 조각이 산산조각 나기 전에 주제 좀 바꾸자."

그녀가 나를 잠시 응시하다가 포기하고는 각기 다른 색으로 발톱을 칠하기 시작했다. 나는 스케치북을 꺼내 그 모습을 그렸다. 레이철은 아름다웠다. 내 생활의 소소한 부분까지 죄다 챙기면서 살고 있는데도 말이다. 굵게 물결치는 길고 건강한 어두운 색 머리는 내 머리칼과는 달랐다. 천사 같은 얼굴에 성공한 세무사 같은 두뇌. 몸은 멋지고, 튼튼하고, 단단하다. 관리라고는 전혀 하지 않는데도 말이다. 하지만 너무 부러워할 것 없다. 아이를 낳으면 얘기가 달라질 테니.

"그러니까 그냥 나가서, 누군가가 다가오게 두면 된다는 말을 하는 거야." 레이철은 발가락에 시선을 모으고 무심한 듯 말했지만, 나는 속지 않았다.

"고맙지만 난 괜찮아. 너야 통나무 타기 하듯이 이놈에서 저놈으로 건너뛰어 다녀야 하는 애지만 말이야."

잠시 침묵이 흘렀다. "무슨 뜻이야?" 그녀가 물었다.

"물에 통나무들을 띄워 놓고, 물속에 빠지거나 다치지 않고 이 통나무에서 저 통나무로 건너뛰는 게임 몰라?"

"그거 말고, 나에 대해 한 말 말이야. 통나무 타기 비유는 좀 괴이쩍지만, 그게 뭔지는 알아."

나는 한숨을 쉬고, 스케치북에 잔뜩 구겨진 레이철의 앞이마를 표현하려고 애썼다. "그저 너는 남자친구 사귀는 걸 좋아한단 뜻이었어. 가끔은 몇 명씩 사귀기도 하니까. 네 짧은 결혼생활 시기만 빼고 항상 그랬지." 우리 둘 다 고개를 돌리고 바닥에 침 뱉는 시늉을 했다. 누군가 그녀의 전남편을 입에 올렸을 때 행하는 가족 전통이다. "넌 누구든 오래 만나지 않잖아."

"그래서 내가 메뚜기란 말이야?"

"너 같은 사람을 메뚜기라고 불러?"

"그럴지도 모르지." 그녀가 병에 조그마한 매니큐어 붓을 다시 꽂고 진지한 표정을 지었다. 전에도 몇 번 본 표정이다.

"지금 문제는 나나 내 건강한 성적 충동이 아니야. 언니와 남자를 만나는 데 대한 언니의 무관심이 문제지. 형부는 벌써 오래

전에 하늘나라로 갔어. 언니는 아직 젊고 매력적이고 재밌고 섹시해. 그리고 밖에 나가서 조금 놀아도 될 때가 됐어."

"레이철, 그이가 칵테일바 웨이트리스랑 네브라스카로 사랑의 도피라도 떠났니? 그이는 죽었어. 갑자기 끔찍한 사고로 죽었고, 나는 그걸 목격했어. 영혼의 단짝이 이 지구상에서 사라지는 건 큰 충격이야. 회복하는 데는 시간이 걸리고, 나는 아직 회복 못 했어. 그러니까 날 그냥 내버려 둬."

나는 화를 내고 싶지 않았다. 레이철이 무슨 말을 하는지 이해하기 때문이다. 하지만 이런 대화는 늘 나를 너덜너덜하게 만든다. 나는 애들을 보러 간다면서 일어났다. 레이철이 내가 던진 힌트를 알아차리고 주제를 바꾸길 바라면서.

효과가 있었다. 다시 거실로 돌아왔을 때 레이철은 발톱을 다 칠하고 다른 화제로 넘어갔다. "완전히 까먹고 있었는데, 앨리슨이 가끔 보모 일을 할 수 있느냐고 묻던데."

얼떨떨한 소식이었다. 나를 잘 알지 못하는 사람들이나 우리 애들을 돌봐 준다는 제안을 할 텐데. 물론 그들이 우리 애들도 잘 알지 못할 때에 그런다는 말이다. 나는 주변을 둘러보았다. 프랭크는 안락의자에 앉아 있고, 레이철은 소파에 누워 있다. 나는 바닥에 앉았다. "대체 왜 그러고 싶대?"

"보통 사람들한테 애들은 재밌는 존재거든. 어쩌면 언니도 그렇게 생각했던 거 아니야? 아님 혹시 사랑의 증표로 애들을 가진 거야? 형부가 그렇게 애를 원한 건 아니었으니까, 임신은 언니 생각이었을 거 아니야."

어느 정도 사실이다. 댄은 애너벨이 태어나기 전만 해도 아기들에게 무관심한 태도를 보였다. 하지만 내가 임신했음을 알게 된 바로 그 순간부터 아기에게 무척 관심이 많아졌다. 내 옆에 눕고, 불룩한 배에 대고 조용히 말을 걸고, 혼자 아무 질문이나 하고 대답을 했다. "아니, 그건 비서야"라거나 "네가 찾을 수 있는 건 뭐든 먹거라", "그래, 조랑말 사 줄게" 등의 말을 중얼댔다.

"먼저 앨리슨이 한번 와서 애들을 만나 봐야 할 텐데."

레이철이 한숨을 쉬었다. "언니, 앨리슨은 애들을 쉰 번쯤 봤어. 우리 회사 안내 직원이잖아. 언니가 정신병원에 있고 내가 할일이 많을 때면 앨리슨이 애들을 봐 줬어."

"정신병원 아니었어. 그냥 병원이지."

"문이 잠긴 병원."

"그래, 맞아."

"그리고 리튬과 소라진(둘 다 향정신성 약물로 사용된다. -옮긴이)을 주고, 자기가 아멜리아 에어하트(여성 최초로 대서양 횡단비행에 성공한 미국의 작가. 남태평양 비행 중에 실종되었다. -옮긴이)라고 생각하는 사람들이 있는 병원."

"어떤 남자 하나만 그랬어."

"어쨌든 화제 돌리려고 하지 마. 우리가 마지막으로 같이 시내에 나간 게 언젠 줄 알아? 마지막으로 언니가 술을 좀 과하게 마셔서 당황스러운 일을 저질렀던 건 또 언제고?"

"그러니까 그때 대통령이 누구였더라?"

그녀가 휴대전화로 손을 뻗었다. "이제 앨리슨에게 전화할 거야. 내일 밤에 나가자."

"금요일 밤인데? 확실한 계획은 있어?"

"응." 레이철이 대답했다. "언니를 데리고 나가는 게 내 계획이야. 동네의 참한 독신녀로 점점 말라가고 있거든."

나는 고개를 다시 절레절레 젓고 더욱 단호하게 말했다. "아니, 난 나가고 싶지 않아."

하지만 레이철은 계속 말을 했고, 나는 앨리슨과 약속을 잡고 있는 그녀를 말리지 않았음을 깨달았다. 그래도 언제든 마지막 순간에 발을 뺄 수 있겠지.

레이철이 휴대전화를 내려놓았다. "앨리슨이 와 준대. 마지막 순간에 발 빼기 없기. 언니가 무슨 생각하는지 다 안다고."

"내가? 절대 안 그래."

비트 기르기

⚜

비트는 토양의 산성도에 민감한데, 흙속에 파묻혀야 하니 당연한 일이다. 산도 검사 키트를 이용하여 산성도를 ph5.5~6 사이로 맞춰 보자.

- 심기 전에 묵힌 거름을 넉넉히 주고, 인燐 성분이 충분한지 확인한다. 질소 성분이 너무 많아선 안 된다. 질소 성분이 많으면 이파리만 많아지고, 비트는 아주 조그맣게 열린다. 귀엽긴 하겠지만 실망스러울 것이다.
- 토양 온도는 섭씨 10도 이상이 적당하다.
- 씨앗은 1.3센티미터 깊이에 2.5~5센티미터 간격으로 심는다.
- 수확할 준비가 되면 염소 치즈를 조금 사 오라. 염소 치즈만큼 비트와 잘 어울리는 음식은 없다.

3

금요일, 나는 일찍 퇴근했다. 비애 전문 치료사 루스 그래버 박사와 약속이 있었기 때문이다. 내 슬픔이 둔중한 고통으로 가라앉은 이 시점에서 그녀는 지금 보통 치료사일 뿐이다. 슬픔은 치통을 앓고 있는 괴물처럼 벽장 속에 들어 앉아 나오지 않았지만, 나는 여전히 한 달에 두세 번쯤 그녀를 만난다. 병원에서 나왔을 때 나는 댄의 죽음을 받아들이게 해 줄 거라고 믿으면서 이 상담을 받기 시작했다. 그래버 박사가 무척이나 애를 썼지만, 그런 단계에 이르려면 아직 한참 멀었다.

"애너벨이 무엇 때문에 화가 난 거라고 생각해요?" 그래버 박사는 실제로도 지적이지만, 딱 그래 보이는 단정한 검은 머리칼을 지니고 있다. 외계인의 침략으로 지구인 절반이 절멸한 뒤, 반

군을 조직해서 담요를 나눠 주고 다닐 법한 분위기를 풍긴다. 내가 아는 건 그녀가 몸의 80퍼센트 넘는 곳에 문신을 했고, 은밀한 스피드광이며, 프랭크 시나트라의 초기 음악을 광적으로 좋아하며, 일을 할 때는 오이만큼 차갑다는 것 정도이다.

나는 다리를 꼬고 앉았다. "제가 다른 사람과 결혼해서 아빠 자리를 대신하게 만드는 걸 원치 않는 거죠. 분명해요."

"엄마가 아직 아빠랑 결혼한 상태라고 말했다면서요."

"네. 배우자의 죽음으로 그 상태가 바뀐다는 걸 이해 못 하는 거죠. 사실 저도 이해가 안 되는걸요."

"당신 마음속에서는 아직 결혼생활이 지속되고 있다는 거군요." 그녀의 목소리는 물론 중립적이다. 마치 이렇게 말하는 것 같다. 여기서는 판단하려 들지 말아요, 릴리언, 그냥 당신 영혼이 담긴 핸드백을 뒤집어서 탈탈 털어 봐요.

나는 고개를 끄덕였다. "제 마음속에서만이 아니라 다른 곳에서도, 어디에서나 그래요. 뭔가 서류를 작성하면서 미혼이냐 기혼이냐 이혼했느냐 써야 할 때면, 전 '기혼' 항목에 표시를 하고 '사별'이라고 써 넣어요. 애초에 왜 그 항목은 없는 거죠? 요식 체계란 건 일반적으로 전체를 포괄하는 거잖아요. 만일 제가 알래스카 원주민이라거나 우르두 사람이라면, 그런 항목이 없어서 고민할 필요가 없을 텐데. 전 서류를 쓸 때마다 하루아침에 싱글로 돌아가야 하는 상황에 놓인다고요." 나는 손톱을 물어뜯고 있음을 깨닫고는 동작을 멈췄다.

그래버 박사의 진료실은 고전적인 50년대식 치료실처럼 꾸며져 있다. 내가 비난을 쏟아 내는 동안 그녀는 조용하게 기다려 주었는데, 그러다가 나는 문득 선반에서 익숙한 물건들을 포착했다. 아이들이 찰흙을 둘둘 감아서 만든 조그마한 단지, 그녀가 앉은 의자와 꼭 같은 임스 체어(디자이너 임스 부부가 만든 안락의자. -옮긴이) 모형, 앨버트 아인슈타인과 애드거 앨런 포의 인형 등이었다. 그녀에 대해 전혀 아는 게 없어서, 나는 이따금 그녀가 자기 이야기를 털어놓도록 유도하려 했다. 물론 그녀가 넘어오지 않아서 꽤나 답답하지만.

나는 그 순간 나 자신이 어떤 말도 하지 않고 있음을 깨닫고 미소를 지었다.

"왜 웃죠?" 그래버 박사가 물었다.

"그냥 제 입이 그랬네요. 저도 제 불평을 듣는 데 지쳐서요." 나는 다시 손톱을 뜯기 시작했다. "제가 남자와 함께 있을 때 사람들이 저한테 누구냐고 묻는 것도, 희망 어린 시선으로 바라보는 것도 지겨워요. 제가 잘 지낸다고 말하면 대화 중에 잠시 침묵이 흐르는 것도 지쳐요. 마치 온 세계가 제가 누군가를 만나길 기다리는 것 같아요." 목이 빡빡해지고 화가 치밀었다. "댄이 사고에서 살아남아서 식물인간이 되었다면, 어딘가 병원 침대에서 조용히 침을 흘리고 누워 있다면, 아무도 제게 데이트를 하라고 부추기진 않겠죠? 그가 어딘가에 유폐된 상태라서 제가 아직 임자가 있는 체할 수 있으면 좋겠어요. 기분만큼은 정말 그러니까요."

그녀는 아무 말도 하지 않았다. 그저 눈가의 주름이 깊어졌을 뿐이다. 생각에 잠겨 있었다. 난 저 모습을 잘 안다. 시계를 보고 나는 더 크게 미소를 지었다.

"시간 다 됐네요, 그래버 박사님. 다음 달에 뵈어요."

나는 자리를 떴다. 다음 번 여기에 올 때까지 그녀가 그 자리에 그대로 앉아 먼지를 뒤집어쓰고 있는 모습을 상상하면서.

나는 진즉 지쳐서 그날 저녁에 외출을 하지 못할 것 같았다. 레이철은 자신의 휴대전화를 바로 음성 메시지 녹음으로 넘어가게 설정하고 안내음을 이렇게 녹음해 두었다. "언니, 저녁 약속을 취소하려거든 메시지 안 남겨도 돼. 내가 듣지 않을 거니까. 다른 사람들은 메시지 남겨도 됩니다." 삐-. 물론 신경질이 잔뜩 난 채였다.

짜증나는 일은 더 있었다. 앨리슨이 온다고 하니 애들이 잔뜩 흥분한 것이다. 레이철의 말처럼 애들은 앨리슨이 누군지 알았고, 그에 더해 그녀를 훌륭한 보모로 여기기까지 했다.

"엄마는 집에 없을 거야." 나는 아이들에게 일깨웠다. 애들을 화나게 만들려고 애썼는데, 그래야 나가지 않을 핑계가 생기기 때문이었다.

아이들이 고개를 끄덕였다. "앨리슨 이모는 머리가 분홍색이야." 클레어가 신이 나서 말했다. 아, 이제야 그녀의 모습이 떠올랐다. 나도 분홍색 머리를 해야 하나? 그럼 애들이 무척 좋아할지도 모른다.

"엄마가 너희들을 재워 주지 못할 거야." 필사적인 말이었다.

아이들이 재차 고개를 끄덕였다. 오늘은 금요일이고, 내일은 학교에 가지 않으니 잠자리에 드는 시간은 좀 조정될 수 있었다. 아이들은 심드렁했다.

"앨리슨 이모는 온갖 목소리로 책을 읽어 줘요." 애너벨이 덧붙였다.

"엄마도 온갖 목소리로 읽어 주잖아." 나는 이렇게 상기시키면서 다소 상처받은 채 텔레비전 리모컨을 손에 쥐었다.

"네, 그런데 이모 목소리가 더 다양해요." 잠시 침묵이 흘렀다. "엄마, 재생 버튼 눌러 주세요."

앨리슨은 5시에 등장했다. 분홍색 머리를 하고, 타탄체크 레깅스와 미니스커트, '헛소리!'라고 쓰인 티셔츠를 입고 있었다. 그녀가 나를 욕실로 밀어 넣었다.

"레이철이 언니를 샤워시키고, 제대로 차려입히래요. 7시에 데리러 온대요."

"어떻게 입으라곤 안 해?" 내가 농담을 던졌다.

"섹시한 캐주얼요."

대체 무슨 말이지? 앨리슨이 쪽지 한 장을 꺼내 읽었다.

"검은색 짧은 상의의 레이스는 살짝 풀고, 내가 크리스마스에 사 준 끝내주는 브라 하고, 청바지 입기. 부츠 신고, 화장 완벽하게 하고, 머리는 위로 올려 묶고 살짝 땋기."

우리는 서로를 쳐다보았다.

"신발을 벗을지도 모르니 발톱 손질도 하라던데요."

"밖에 나갈 때는 신발을 신어야 해요. 그게 법이에요." 클레어
가 끼어들었다.

"난 그게 법인지는 모르겠는데." 애너벨이 앨리슨을 쳐다보
면서 말했다. "엄마가 그렇게 말한 거지. 하지만 난 가끔 그렇게
하지 않아도 된다고 생각해."

앨리슨이 얼굴을 찌푸렸다. "법은 기득권자들에게 우세한 규
칙일 뿐이야. 늘 권위에 의문을 표해야 한단다." 그러고 나서 그
녀가 나를 재빨리 쳐다보았다. "괜찮죠?"

"물론," 나는 과연 애들이 저 말을 이해할지 궁금해하며 말했
다. "의문은 표해야 하지."

나는 자리를 떴다. 외출 준비에 2시간이나 들인다는 건 내게
믿을 수 없이 사치스러운 일이었지만, 그냥 받아들이기로 했다.
아이들은 괜찮다. 나도 괜찮다. 개와 고양이와 토끼에게도 사료
를 줬다. 나를 위해 시간을 좀 써도 괜찮다. 어느새 내가 샤워를
합리화할 이유를 만들고 있었다.

화장을 하면서 내 얼굴을 비판적으로 들여다보았다. 화장을
덜 하는 편이 훨씬 나아 보이기 시작하는 나이에 도달해 있었다.
과한 화장은 오히려 주름을 부각시킨다. 나는 솔직히 내가 예외
적인 사례라고 생각했다. 안색은 죽 맑을 것이고 셀룰라이트가
생기지 않는 체질을 유전적으로 물려받았다고. 하지만 둘 다 사

실이 아니다. 두 아이를 낳은 건 다른 여성에게도 그렇듯이 내 신체에도 그만큼의 흔적을 새겨 놓았다(다만 나는 눈 화장까진 안 해도 되긴 했다). 불공평하지만, 원래 모든 게 다 그렇다. 화장을 끝내자 근사해 보였다. 기준을 좀 낮춘다면 말이다. 몸매가 가늘고, 어려 보이고, 조금 섹시했다. 섹스에 관심이 완전히 없어졌을 때도 섹시할 수 있다면 말이지만.

나를 데리러 온 레이철이 휘익 휘파람을 불었다. "내가 말한 대로 했네. 멋지다!"

애너벨과 클레어가 엄마의 새로운 모습에 아찔해했다.

"엄마, 공주님 같아." 클레어가 폴짝폴짝 뛰었다. "메이시 백화점 냄새도 나!"

애너벨은 좀 더 안목이 있었다. "악당 공주네요! 보통 공주는 죄다 까맣게 입진 않으니까요."

"하지만 머리 모양은 보통 공주님 같지? 위로 올렸잖아."

"네. 하지만 리본 같은 것도 안 달았으니까, 악당 공주에 더 가까워요."

"하지만 엄마는 다리 짧은 남자랑 있지 않잖아. 악당 공주는 맨날 다리 짧은 남자랑 있던데." 클레어의 목소리가 점점 더 커졌다. 싸움이 임박했다는 전조다. 나갈 때였다.

밖으로 나서자 흥분이 차올랐다.

"밖에 나왔어!" 나는 레이철에게 말했다. "그것도 밤에!"

그녀가 웃었다. "나도 알아. 떨린다!" 주변을 둘러보는 체했다. "애들은 어디 있지? 가만, 여기 없잖아!" 우리는 서로 팔짱을 끼고 낄낄댔다.

앤더비 자매는 꿈같은 시간을 보내고 있었다.

나는 떠들썩한 성생활은커녕 어떤 성생활도 영위하지 못하고 있다. 하지만 아직 내게 가능한 즐거움이 하나 있는데, 바로 먹는 것이다. 저녁을 먹으러 나가는 걸 받아들인 대신 나는 레이철에게 아주 사소한 요리 하나하나까지 죽을 만큼 맛있게 만드는 레스토랑에 가자고 제안했다. 고칼로리에, 맛있고, 양이 적은 음식들을 내는 곳이었다. 거대한 나무문을 밀고 들어설 때 주인의 환대를 받으면서 내가 얼마나 흥분했는지 생각하면 좀 슬프다.

20분 후, 나는 손목 위를 타고 흐르는 버터를 행복하게 핥고 있었다. 그때 레이철이 내 뒤에 선 누군가를 보고 눈이 화등잔만 해졌다.

"찰스! 잘 지내?" 그녀가 일어났다. 나는 재빨리 볼에 묻은 버터를 닦아 내고는 뒤를 돌아보았다.

찰스라는 남자는 키가 크고 외모가 근사했다. 그리고 내 동생의 바지 속으로 기어들고 싶은 게 분명했다. 늘 그렇다. 레이철 앤더비에게 남자인 친구 혹은 남자인 지인 대부분은 노획물 스펙트럼 어딘가에 놓여 있다. 그녀는 자기가 잠자리를 할 법하지 않은 남자를 친구나 지인으로 두지 않을 뿐 아니라 취향도 폭넓다.

나는 그가 스펙트럼의 어느 위치쯤에 있는 사람인지 보려고 둘을 지켜보았다. 그리고 아직 잠자리를 하지 않았으나, 그가 희망을 놓지 않은 상태라고 결론 내렸다. 그는 내게 미소를 짓고 레이철의 소개로 나와 악수를 나누었지만, 다시 잽싸게 그녀에게로 시선을 돌렸다.

"합석할래요?" 레이철의 말에 나는 놀랐다. 내가 의자를 살짝 옮겨 주자, 그가 자리에 앉고 살짝 변명을 했다.

"두 분을 방해하려던 건 아니에요." 내 맞은편에 앉은 탓에, 그가 살짝 신경질적으로 나이프와 포크 따위를 다시 정돈하는 모습이 보였다. 아직 레이철과 안 잔 게 분명하다.

"괜찮아요." 레이철이 대답하고는 내게로 몸을 돌렸다. "찰스는 우리 회사 런던 지사에서 일하는데, 잠시 출장을 왔어."

나는 입에 음식을 다시 쑤셔 넣으려면 얼마나 더 기다려야 할까 생각하면서 그에게 미소를 지어 보였다. "그러시군요. 로스앤젤레스에는 얼마나 계실 건가요?"

정말이지 잘생긴 남자였다. "한 여섯 달 정도요, 릴리언 씨."

"릴리라고 부르세요. 우리 엄마만 릴리언이라고 부르시거든요." 나는 베이컨으로 감싼 대추가 놓인 접시에 손을 뻗으면서, 두 사람이 일 이야기를 한다면 나는 평화롭게 내 몫 이상의 음식을 먹을 수 있겠거니 생각했다. 그때 레이철의 휴대전화 벨이 울렸다. 보통 레이철은 저녁 식탁에서는 전화기를 꺼 둔다. 그래서 나는 전화 받는 모습을 보고는 그녀에게 눈썹을 치켜떠 보였다.

"미안," 레이철이 입모양을 벙긋거리면서 문 쪽으로 향했다.

"일 전화야."

이렇게 내가 남겨졌다. 입안에 뜨거운 대추를 한가득 물고 찰스와 단 둘이. 창밖을 주시하자 레이철이 전화를 끊고 손을 들어 택시를 세우는 모습이 눈에 들어왔다. 뒤도 돌아보지 않았다. 저 사기꾼!

나는 불편한 침묵을 깼다. "이 자리가 언제 마련된 건가요?"

그가 약간 얼굴을 붉혔다. "오늘 아침요."

"제가 누구를 만나는 데 관심 없다고 레이철이 말했나요?"

"그랬죠. 솔직히 말씀드리면, 저 역시 레이철에게 같은 말을 했습니다. 하지만 그녀는 제 얘길 귓등으로 들었지요." 그가 미소 지었다. "레이철이 우리 두 사람 모두에게 좋을 거라고 말하더군요. '실습'이라는 단어를 사용한 것 같기도 하고 말이죠."

그의 영국식 억양은 매력적이었지만 나는 여전히 짜증이 났다. "매복 공격 실습요?"

그가 뉘우치는 듯이 보였다. "레이철이 제가 저녁 식사 자리에 온다는 걸 말하지 않았을 줄은 몰랐네요." 그는 나이프와 포크를 또다시 정리했다. "매복 공격에 동의하지 말았어야 했는데 말이죠." 그가 헛기침을 했다. 가엾게도 정말로 불편해하고 있었다. "정정당당하지가 않군요, 전혀."

갑자기 웃음이 터져 나왔다. "정정당당하지 않다고요?"

그가 고개를 저었다. "전혀요."

나는 웨이트리스를 부르고 찰스에게로 몸을 돌렸다. "배고프세요?"

그가 고개를 끄덕였다. "네, 배고파 죽을 지경이에요. 하지만 웨이트리스에게 계산서를 달라고 말하셔도 괜찮습니다, 정말요. 이해합니다. 릴리 씨가 뛰쳐나가서 식사비를 치르지 않을 경우를 대비해 레이철이 여기에 자기 신용 카드를 맡기고 갔을 거라고 믿어요."

나는 웃음을 터트렸다. "그랬다면 실수인데요." 나는 웨이트리스에게 미소를 지었다. "여기 있는 거 전부 2인분씩 주세요."

웨이트리스가 주저했다. "샐러드 종류 전부요?"

"아뇨, 메뉴에 있는 거 전부요. 맨 위부터 맨 아래까지 다요."

그러고 나서 나는 다시 찰스에게 몸을 돌리고 미소를 지었다. 우리 둘 다 희생자였고, 그의 표정은 무척 유쾌하게 변했다.

"좋아요, 찰스 씨. 어째서 당신은 데이트가 싫은 거죠?"

"아직 전 부인을 사랑하거든요. 당신은요?"

"저도 사별한 남편을 아직 사랑해요."

그 지점에서 우리의 사이는 좋아졌다.

나는 자정이 막 지나 집에 도착해서 레이철에게 전화를 걸었다. 아직 자지 않고 보고를 기다리고 있을 것이 분명했다. 아니면 뭐, 깨우면 되지. 나는 이 터무니없는 중매쟁이와 대화를 개시했다.

"대체 무슨 거지 같은 생각인 거지?"

그녀가 평정을 유지했다. "미안, 근데 누구시더라?"

나는 레이철에게 휘말릴 생각이 없었다. "완전히 거지 같은 행동이었어, 알지?" 나는 옷을 벗고 브라를 던졌다. 브라가 프랭크의 머리에 걸렸다. 이런 게 나를 즐겁게 하는 소소한 일이다.

"내가 네 친구 얼굴에 주먹이라도 날렸으면 어쩔 뻔했어? 내가 몇 주 동안 영국과 미국의 관계를 위태롭게 할 수도 있었다고!"

레이철은 사과하지 않았다. "언닌 안 그랬을 거야. 무척이나 사려 깊으니까." 잠시 말이 멈췄다. "나와는 달리."

"네 신용카드로 1000달러 결제했다."

"대체 얼마나 먹은 거야? 거긴 그렇게 비싼 레스토랑도 아닌데. 언닌 와인도 한 잔 이상 못 마시잖아!"

"맞아, 그래서 거기 있던 사람들한테 한 잔씩 돌리고 너한테 건배하라고 했지."

그녀가 입을 다물었다. "그거 참 공평하네. 계획을 실행할 때 위험이 있을 거라곤 생각했어. 그 남자랑 잤어?"

나는 한숨을 쉬었다. "물론 안 잤어. 우리 둘 다 다른 사람을 사랑하거든. 절대 맺어질 수 없는 사람을 말이야. 그 사람 전 부인은 온라인에서 어린 남자랑 눈이 맞아서 떠났대. 너도 알겠지만 내 남편은 죽었고." 나는 침대 스탠드를 켰다.

"다신 이런 짓 하지 마, 레이철."

"약속은 못 해. 난 언니가 행복해지길 바라거든."

"난 행복해. 다신 이러지 마. 안 그러면 엄마한테 전화해서 그 배드민턴 선수에 대해 말해 버릴 거야."

그녀가 숨을 컥 들이마셨다. "10년도 더 된 얘기를!"

"그리고 아직도 난 엄마가 그 남자 부모님을 알고 있다고 생각한다."

침묵이 흘렀다. "좋아, 언니가 이겼어. 더 안 할게."

"더는 압박도 주지 말고."

"좋아." 그녀가 한숨을 쉬었다. "수업 날 봐. 거기서 언니가 누굴 만나게 될지 어찌 알겠어?"

나는 전화를 끊었다. 솔직히 말해서 레이철은 정말 구제불능이다.

토양 화학

⁂

식물이 잘 자라려면 질소, 인, 칼륨이 필요하다.

- 질소는 잎과 줄기 형성의 필수 요소로서, 우리가 브로콜리, 양
  배추, 녹색채소, 상추에서 좋다고 여기는 짙은 초록색을 만드
  는 성분이다.
- 인은 생장기에 필요한 요소로 뿌리와 새순을 튼튼하게 만들어
  준다. 또한 꽃의 개화와 과일의 성장에도 필수적이며, 오이, 피
  망, 토마토 등 꽃의 수분 이후에 자라나는 식용 작물에게 중요
  한 요소다.
- 칼륨은 식물을 튼튼하고 건강하게 만들며, 스트레스와 질병에
  대한 저항력을 길러 주고, 줄기를 맛있게 만든다. 당근, 래디시,
  순무, 양파, 마늘은 칼륨 없이는 자라지 못한다.

4

토요일은 화창했다. 로스앤젤레스의 날씨가 대체로 그렇지만. 우리는 가까스로 오전 10시에 식물원에 도착했다. 이곳은 원래 어떤 부유한 남자의 사유지로, 50년대 이후 공중에 개방되고 있었다. 무척이나 멋지게 꾸며 놓았고 영원히 그럴 것 같다. 그뿐만 아니라 여기엔 공작도 있다.

레이철을 여기서 만나기로 해서, 나는 입구에 서서 기다렸다. 다른 사람들도 수강생들이 다 모이기를 기다리고 있을 때, 레이철이 요란스레 음악을 울리며 차를 몰고 와 선글라스를 낀 채 내렸다. 손에는 어마어마한 크기의 커피 컵이 들려 있었다.

"유명인이 온 줄 알았네." 유감스러운 스웨터를 입은 나이 든 숙녀가 중얼거렸다.

"아직 술이 덜 깬 것 같은데." 다른 목소리가 들렸다. 앞서와 비슷하게 나이 든 목소리였다.

레이철은 불운하게도 살짝 비틀거릴 순간으로 그때를 골랐다. 하지만 이렇게 소리칠 수도 없는 노릇이었다. '내 왼쪽에 있는 두 할망구가 네가 술에 취한 거 아니냐는데? 발밑 조심해!' 게다가 나는 전날 그녀를 블랙리스트에 올렸던 걸 내려주지 않은 상태였다.

이 상황만으로는 아직 덜 불편했던지, 애너벨이 분홍빛으로 물든 얼굴을 하고는 큰 소리로 외쳤다.

"유명인이 아니라 우리 이모예요! 우리 이모는 무척 멋지고, 태어날 때부터 다리 한쪽이 다른 쪽보다 길었어요. 그래서 가끔 발을 헛디디고, 못생긴 신발을 신어야 해요. 그리고 남의 등 뒤에서 소곤대는 건 좋지 않아요!" 그러고 나서 애너벨은 팔짱을 끼고 두 나이 든 숙녀를 빤히 올려다보았다. 그 순간 레이철이 다가왔고, 이내 무슨 일인가 벌어지고 있음을 깨달았다.

"안녕! 내가 뭐 놓친 거 있어?" 정확한 단어 선택이다. 나는 말문이 막혔고, 당연히 클레어가 간극을 메웠다.

"저기 행복한 고양이 그림 스웨터를 입은 할머니가 이모가 유명인인 줄 알았다고 말했어. 그리고 슬픈 엘크 그림 스웨터를 입은 할머니가 이모가 술에 절었대. 그러니까 애너벨 언니가 두 사람한테 뭐라고 했어. 이제 우린 다 모였고, 아무도 아무 말도 안 하고 있어." 클레어는 레이철을 포옹하면서 말을 끝맺었다. 레이철이 마주 안아 주면서 대꾸했다. "그걸 놓쳤다니 기쁘기 그지 없네. 그런데 어젯밤 다저스 경기는 어떻게 되었어요?"

"정말 대단했어요." 긴 머리를 당겨 묶고 비즈니스 우먼처럼 차려입은 젊은 여자가 말했다. "매니가(미국 야구 메이저리그를 대표하는 강타자 매니 라미레즈를 말한다. -옮긴이) 자기 방식대로 경기를 주도했죠."

"그래서 마침내 다저스가 예전 위치를 회복할 기회가 생겼어요." 방금 대마초라도 피우고 온 듯 보이는 젊은 남자가 끼어들었다. 투표할 나이는 된 것 같았지만 장담은 못 하겠다.

세상에서 가장 예의 바른 야구팬들이 나누는 조심스러운 대화 한중간에 한 남자가 걸어 들어왔고, 나는 레이철의 커피 컵으로 손을 뻗었다.

"안녕하세요. 전 여러분을 가르칠 에드워드입니다. 다들 서로 인사는 하셨나요?" 강연자라면 블로엄 가문 아들이시군. 나는 커피 컵 너머로 그를 살펴보고는 깜짝 놀랐다. 치즈 덩어리처럼 둥글둥글한 나이 든 멋쟁이일 거라고 생각했는데, 내 또래로 보이는 키가 크고 상냥한 얼굴의 남자였다. 치즈 덩어리와는 거리가 멀었다. 뭔가 뜨거운 시선이 느껴져 돌아보니 레이철이 실눈을 뜨고 의미심장하게 나를 쳐다보고 있었다. 그녀는 내 취향을 알았다. 나는 고개를 휘휘 젓고 얼굴을 찡그려 보였다. 그리고 재빨리 성실하게 내 고객에게 주의를 기울이고 그의 눈에 띄도록 몸을 돌렸다. 사실 직접적인 고객은 아니지만, 어쨌든.

"그런 셈이에요." 젊은 여자가 말했다.

"사실," 슬픈 엘크 그림 스웨터를 입은 여자가 입을 열었다(참고로 엘크는 무척이나 잘 짜여 있었을 뿐 슬퍼 보이지 않았다). "난 이 꼬마 아가씨에게 사과해야 해요. 우린 아직 서로 자기소개도 안 했는걸." 그녀가 무릎을 굽혔다. 아직도 화가 나 얼굴이 달아오른 애너벨에게 적절한 자세였다.

"이름이 뭐니, 아가?"

"애너벨 기번이요." 애너벨이 꼿꼿이 버티고 섰다. 밝은색 운동화가 단단히 땅에 뿌리를 내린 듯했다. 꼼지락대는 손가락만이 수줍음을 드러냈다.

"몇 살이니?"

"일곱 살이에요."

"나는 프란세스 스미스고, 쉰일곱 살이란다, 꼬마 아가씨보다 딱 반세기를 더 살았구나. 네 말이 다 맞고, 아줌마가 잘못했단다. 내가 뒤에서 소곤댄 건 너무 무례한 짓이었어. 네 이모에 대해 한 말도 완전히 틀렸고. 이모는 술을 마시지 않았으니까. 잘 알기도 전에 누군가를 판단해선 안 되지."

애너벨이 정곡을 찔렀다. "엄마가 사람들을 판단하는 건 나쁜 일이랬어요."

프란세스가 미소를 지었다. "그래, 엄마 말씀이 맞아. 나랑 내 친구가 바보 같은 말을 했어. 아줌마 사과를 받아주겠니?"

애너벨이 고개를 끄덕였다. 프란세스는 재미있다는 듯 레이철을 올려다보았다. "아가씨도 내 사과를 받아 주겠어요?"

레이철이 어깨를 으쓱하고는 미소를 지었다. "전 듣지도 못 했는걸요. 사실 저를 유명인사로 착각하셔서 살짝 기쁘기도 해요. 술 취했다고 생각하셨든 말든 간에요. 물론 사과는 받을게요."

프란세스가 젊은 나보다 훨씬 유연하게 자리에서 일어났고, '어색하다'는 단어의 뜻을 재규정할 만한 침묵이 잠시 흘렀다. 에드워드가 말을 이었다.

"무슨 일이 있었는지는 모르지만, 전 종종 미국인들에게 당황할 때가 있어요. 그러니 다 괜찮은 척하고 터를 보러 갑시다."

인생을 바라보는 내 관점과 같아서 나는 기꺼이 그 말을 따랐다. 애너벨이 줄곧 내 손을 잡고 있었고, 클레어는 프란세스 스미스와 계속 조잘댔다. 배신자 같으니라고.

식물원을 걸어가고 있노라니, 마치 「길러건스 아일랜드」(1960년대 시트콤 드라마로, 섬에 표착한 사람들의 모험담이다. -옮긴이) 속에 들어온 것 같았다. 머리 위에 거대한 나뭇잎이 늘어지고, 새들이 각자의 행운에 대해 재잘거리고, 공기 중에는 꽃향기가 가득하고, 곤충들이 흥분하여 미친 듯이 윙윙댔다. 모퉁이를 돌아 직원 주차장을 가로질러 목적지에 도착하자 황량한 부지가 드러났다. 엄청나게 큰 들판이 무척이나 평평하게 쭉 펼쳐져 있었다. 풀이 무성했지만 민들레보다 키 큰 것은 없었다. 한 모퉁이에 조그마한 차고처럼 생긴 작은 헛간이 있고, 커다란 골판지 상자 몇 개가 쌓여 있었다. 예상한 모습은 아니었다. 들 전체에 울타리가 둘러져 있고, 그 너머 식물원 끄트머리에는 꽃이 만개했다. 그 위를 푸릇푸릇한 산들 바람이 희롱거리며 물결쳤다.

에드워드는 그 자리에 서서 주머니에 양손을 찔러 넣었다가 다시 꺼내기를 반복했다. 그는 긴장한 듯 보였지만, 단지 어디가 간지러운 걸지도 모른다. 누가 알겠는가. 나는 도넛을 먹고 싶었다. 약간 어지럽기도 했다. 태양이 이제부터 계속 쨍쨍 내리쬘 거라고 위협하고 있었다.

"지금까지의 여정은 성공리에 끝난 것 같군요. 자, 우리가 가꿀 밭에 오신 것을 환영합니다. 이 수업을 위해 식물원에서 내 준 공간입니다." 그가 손을 흔들었다. "보시다시피 크게 두 구역으로 나누고, 그 안을 더 조그마한 구역 두어 개로 나누었습니다. 우리 강좌는 '채소 기르기' 수업이고, 따라서 아주 기본적인 내용부터 시작할 겁니다. 몇 분은 자기만의 근사한 밭을 가꾸게 되겠지요. 아무것도 못 키우거나, 잡풀만 무성한 밭을 만드는 분도 계실 거고요." 그가 이 말을 하면서 나를 쳐다보고 살짝 미소 지었다. 나는 어른답게 보이려고 애썼는데 성공한 것 같진 않다. "빈 땅에서 시작할 겁니다. 땅을 가는 것부터 시작해서 채소밭을 만드는 거지요."

회색 수염에 희끗희끗한 머리를 한, 독수리를 닮은 나이 든 남자가 큰 소리로 물었다. "그럼 우리가 이 잡초밭을 모두 가는 건가요?" 그리고 우리들을 둘러보았다. "식물원에 공짜 노동력을 제공하는 수업이 아닌가 미심쩍네요."

에드워드가 웃음을 터트렸지만, 남자는 전혀 재미있어 보이지 않았다. "그렇기도 하고 아니기도 합니다. 물론 땅을 갈 거지만, 선생님이 생각하는 것보다 훨씬 재밌을 겁니다."

남자가 바다코끼리 같이 쿵쿵 콧방귀를 뀌었지만 더 꼬투리를 잡지는 않았다. 나는 그가 다음 기회를 노리는 것이라고 판단하고 그를 주시했다. 그에게 '이 수업은 성공해야만 한다'라고 텔레파시를 보냈다. 내 일자리가 여기 달려 있단 말이다.

"먼저 자기소개를 하고 시작합시다. 제가 먼저 하고, 그다음엔 유명인사가 하시죠." 이런, 그는 진즉부터 어색한 분위기를 알아차리고 있었다. "전 에드워드 블로엄이고, 원예학 교수입니다. 우리 가족은 수세기 동안 원예 사업에 종사했고, 저는 다행스럽게도 원예를 무엇보다 좋아합니다. 그럼 이제 여러분도 이런 식으로 자기소개를 해 보세요." 그가 레이철에게 고개를 까닥해 보였다.

레이철이 어깨를 으쓱했다. "전 레이철 앤더비고, 원예 같은 건 한 번도 안 해 봤어요. 예술품 수출입 일을 하는데, 완전 내근직이라서 언니와 조카들과 함께 여기에 오게 됐어요. 유명인사는 아니랍니다. 다만 제가 「앨런」 토크쇼에 나가는 모습을 한 번씩 상상은 하죠. 오늘 아침에 술도 안 마셨고요. 그렇다고 해서 다음 번에도 멀쩡하게 올 거란 말은 아니지만요."

몇 사람이 웃음을 터트렸다. 프란세스 스미스도 웃었다. 그 옆에 있던 행복한 고양이 그림 스웨터를 입은 친구도 따라 웃었다.

"제 이름은 엘로이즈예요. 동화책 주인공 소녀 이름과 같죠.
전 평생 화초를 가꾸긴 했는데, 창가에 화분을 놓고 키운 게 다예
요. 얼마 전에 여기 제 배우자가 진짜 정원이 있는 집을 샀는데,
블로엄 교수님 명성을 익히 들었던 터라 아이디어를 좀 얻을 수
있을까 해서 왔어요."

모두 고개를 돌려 에드워드를 바라보았다. 그는 겸허함의 표
현으로 아래를 내려다보는 분별력이 있는 남자였다.

"무슨 명성요?" 젊은 남자가 호기심에 차 물었다.

"교수님은 정원 가꾸기의 달인이세요." 엘로이즈가 놀란 표
정으로 대답했다. 세상 모두가 그 사실을 아는 데 우리만 몰랐나
보다. "또 부식토에 관해서는 국제적 권위를 지니고 계시기도 하
고요."

"부식…… 뭐요?" 독수리처럼 생긴 나이 든 남자가 이해가 안
된다는 투로 물었다.

"부식이라니까 꼭 음식 말하는 거 같네요." 레이철이 툭 끼어
들었다.

"부식토는 토양의 주요 성분 중 하나를 가리키는 용어예요."

긴 머리를 바짝 당겨 묶은 젊은 여자가 명쾌하게 말하면서 우
리 모두의 입을 다물게 했다. "기본적으로는 분해된 물질이라고
할 수 있죠. 잎사귀, 동물 사체, 떨어져 나온 나무껍질 같은 것들
이에요."

프란세스가 맞장구를 쳤다. "모든 게 그렇게 되죠. 마침내는 다 부패하잖아요."

레이철은 이번에도 입을 다물고 있지 않았다. "땅속에서 뷔페가 차려지는 거군요."

에드워드가 낮게 목청을 가다듬었다. "다음 분으로 넘어가도 될까요?"

프란세스 차례였다. "전 프란세스 스미스예요. 진짜 원예 일을 해 본 적은 없지만, 늘 엘로이즈가 하는 걸 지켜봤답니다. 이제 저도 다음 단계로 나아가야 할 시점이 와서 여기 왔어요. 그리고 우리 둘 다 교사고요."

교사라? 레즈비언 교사들인가? 모두 궁금해하는 듯했다. 아니, 적어도 나는 그랬다. 호기심과 지지하는 마음이 동시에 일었다. 동성 커플이나 서로 인종이 다른 커플 등 비주류이면서 나보다 훨씬 흥미로운 삶을 사는 듯한 사람들을 만나면 늘 이런 기분이 들었다. 대부분의 사람이 그렇겠지만.

다음은 젊은 원예 전문가였다. 그녀는 눈 한번 깜빡 않고 닌자가 표적의 목을 치는 것 같은 움직임으로 누군가를 죽여 버릴 수 있을 것만 같아 보였다. 머리도 너무 바짝 당겨 묶었고.

"안녕하세요, 전 앤절라예요. 앤지라고 부르셔도 돼요. 전 쭉 아파트에서만 살아 와서 실내 식물을 무척 많이 가지고 있어요. 그리고 큰 뜰을 가질 기회가 별로 없을 거 같아서 이 수업을 신청했어요. 무료라서 손해 보는 일도 없으니까요. 또 전 채소를 무척 좋아해요. 애들을 데려와도 되는지는 몰랐는데, 저도 다음 주에는 아들을 데려올까 봐요. 아들은 다섯 살이랍니다." 이상 예의 바르고 말 잘하는 목 날리기 고수의 변이었다. 그러고 나서 그녀가 미소를 지었는데, 인상이 완전히 바뀌었다. 젊고, 귀엽고, 행복한 얼굴이었다. 하지만 그 표정은 2초 후에 사라졌다. 해가 구름 뒤로 넘어가듯이. 그래도 모두 그 미소를 보았다.

에드워드가 목소리를 높였다. "다음 주에는 조교 리사 양이 함께 올 겁니다. 리사 양은 아동 원예 수업을 가르칠 거예요. 이번 주에는 작물을 심진 않을 거라서 오지 않았지만, 다음 주부터는 계속 나올 겁니다. 몇 사람 더 수업을 들어도 될 만큼 공간도 충분하고요. 그러니 소문 좀 내 주세요."

독수리 남자 차례였다. "전 진이라고 합니다. 은행에 다니다 올해 은퇴했고, 지난 20년간 바깥에서 보낸 시간이 5분도 안 될 거예요. 아내는 제가 직장이 없으면 무료함에 졸도해 죽을 거라고 걱정하면서 제게 취미를 만들어 주려고 이 수업에 등록시켰어요. 원예에 대해선 전혀 아는 게 없어요. 아마 제가 이 근방에서 가장 허약한 사내일 겁니다. 그러니 저는 삽을 들다가 쓰러져 죽을 수도 있지만, 사랑하는 아내와 행복한 삶을 살았으니 괜찮습니다." 그가 미소 한 번 없이 이야기를 쏟아 냈고, 나는 거기에서 그의 인생 전부를 이해했다. 일중독자, 지병, 나이 든 아내 그리고 앞날에 대해 몹시 겁을 집어 먹은 부부. 그가 은퇴한 건지 잘린 건지 궁금했다.

젊은 남자가 마이크라고 자기 이름을 소개하고는, 한 주 전에 식물원에 왔다가 강좌 안내 포스터를 보고 즉흥적으로 등록했다고 말했다. "전 어떤 일이든 직접 하는 걸 좋아해요." 그가 자세를 바꾸어 가며 말했다. "전 스케이드보드, 스노보드, 산악자전거, 서핑, 달리기도 해 봤고, 밴드에서 연주도 해 봤어요. 그런데 지난주에 어떤 나무 아래에서, 그냥 자연 속에 서 있노라니 뭔가가 제 내면으로 깊이 파고드는 경험을 했어요. 그때 제가 느리고 유유자적한 일은 해 본 적이 없다는 사실을 깨달았지요. 집에 가려고 돌아섰는데, 딱 제 얼굴 앞에 이 강좌 포스터가 있더라고요. 우주에서 계시를 내려 준 것처럼요. 무슨 말인지 아시죠? 그래서 등록하고 이렇게 오게 됐죠." 그가 우리를 둘러보면서 씩 웃었다. "저 같은 유형은 아무도 없군요. 여러 친구분들과 함께하는 건 꽤 멋진 일이 될 것 같아요. 제 지평도 좀 넓어질 것 같고요."

나는 레이철, 앤절라, 아이들을 빼고, 중년 시민 한 무리와 어울리는 일은 젊은 사람에게 무척이나 지루할 거라고 생각했다. 다른 일들에서도 내 생각은 꽤 자주 틀렸기에, 이번에도 틀릴 준비가 되어 있기는 했지만.

문득 모두가 나를 쳐다보고 있는 게 느껴졌다. 나는 화들짝 놀라 침을 꼴깍 삼켰다.

"전 릴리언 기번이고 레이철의 언니예요. 이 애들은 제 딸 애너벨과 클레어고요. 전 채소 관련 책에 일러스트를 그릴 예정이에요. 그래서 회사에서 친절하게도 채소에 대해 배워 두라고 절 여기로 보냈어요."

클레어가 갑자기 끼어들었다. "우리 엄마는 아빠가 돌아가신 뒤로 아무하고도 안 놀았어요."

침묵이 흘렀다. 새가 지저귀는 소리가 들렸다. 나는 바보 같은 미소를 지으며 초록 풀밭이 별안간 갈라져 나를 꿀꺽 집어 삼키기를 기다렸다. 일어날 리가 없는 일이었지만.

"네, 아주 인상적이네요." 에드워드가 말했다. 그래, 정말 강렬한 인상을 받았겠지. "이제 시작해 볼까요?"

에드워드가 돌돌 말아서 가지고 온 커다란 종이를 풀어 땅에 펼쳤다.

"이게 앞으로 만들 채소밭에 대한 계획입니다. 지금은 빈 땅이에요. 뭘 심든지 간에 시작하기 전에 어떤 식물이 적합하고 또 조화롭게 잘 자랄지 배워야 합니다. 채소들은 쑥쑥 크지요. 하지만 종마다 뭘 필요로 하는지, 일조량과 공간 같은 걸 중심으로 생각해야 해요." 50년대 교과서 설명 조로 말을 했는데, 희한하게 사랑스러웠다. 그가 풀밭에 앉아서 앞에 종이를 펼치고는 우리에게 앉으라고 손짓했다. 모두들 제각각 우아한 방식으로 자리에 앉았다. 애들이 조금씩 안달하는 게 보여서 나는 근처에서 놀아도 된다고 했다. 애들은 사냥개처럼 뛰어갔다. 에드워드가 구역을 나누는 일을 설명했다.

"밭을 큼직하게 나눠 보려고 합니다. 한 구역은 뿌리채소, 한 구역은 샐러드용 채소, 한 구역은 덩굴 식물, 한 구역은 딸기류를 심죠. 다양한 종류를 길러 볼 거예요. 여름이 끝날 무렵이면 우리가 기른 채소들을 이용해 많은 사람이 먹을 음식을 준비할 수도 있을 겁니다. 또 우리가 수확한 채소들을 지역 푸드뱅크에 기증할까 해요. 그러니까 이건 공유 채소밭인 셈이죠."

그가 우리를 둘러보았다. "팀을 짜고, 매주 구역을 바꿔가면서 일을 할 겁니다. 그러면 지금 기르는 다양한 식물들 모두를 익히게 될 거예요." 그가 애너벨과 클레어를 쳐다보았다. 애들은 근처를 뛰어다니다가 와서 이제 평소대로 하고 있었다. 그러니까 애너벨은 언제 문제를 맞히라고 할지 기대하면서 진지하고 집중한 표정을 짓고 있었고, 클레어는 노래를 부르면서 저 멀리 보이는 개를 쳐다보고 있었다. "지금은 아이들이 몇 명 안 되지만, 한두 사람 더 와도 됩니다. 그럼 여기에 어린이용 밭도 만들어 볼까요?" 그가 몸을 숙이고 한가운데에 조그맣게 사각형을 그렸다. "여기에서 애들이 밭을 가꾸면 우리가 계속 지켜볼 수 있지요. 애들을 잃어버릴 염려도 없고요." 그가 뒤로 물러나 앉았다. "각각의 밭은 비교적 조그맣습니다. 유기농 재배 심화 학습을 할 거니까요." 그가 대략 스케치를 했는데 썩 솜씨가 좋진 않았다. 나는 대신 그려 주겠다고 하고 싶은 맘이 굴뚝같았지만 좀 주제넘게 보일 것 같았다.

"다니는 길도 있어야겠죠." 그가 구역들 사이사이에 우리가 다닐 통로 몇 군데를 그렸다. "퇴비 통과 벌레 통을 둘 장소도 필요하고요."

앤절라가 우리를 쳐다보았다. "지금 벌레 통이라고 했나요?"

엘로이즈가 고개를 끄덕였다. "보통 지렁이 종류가 아니라, 조그만 지렁이들요. 그것들이 훌륭한 비료를 만들어 주거든요."

마이크가 물었다. "벌레가요?"

엘로이즈가 대답했다. "아니, 그것들 오줌이요."

앤절라가 물었다. "벌레 오줌이요?"

에드워드가 대답했다. "우린 그걸 '벌레 차'라고 부르는데, 자연의 기적이죠."

레이철은 참지 못하고 폭주했다. "매일 땅을 파느라 무릎을 꿇을 때마다 벌레에게 먼저 감사를 올리면서 시작해야겠군요. 그 조그만 방광으로 싸고 또 쌀 테니까요."

에드워드가 그녀를 쳐다보고는 미간을 찡그렸다. 자기 모국어는 영어가 아니라서, 지금 그녀가 농담을 한 건지 아닌지 모르겠다는 표정이었다. 그가 자기 계획으로 돌아갔다. 어떤 사람들은 레이철의 농담을 이해하지 못한다. 아니, 어쩌면 레이철이 그저 농담을 주체 못 하는 인간이라는 사실을 이해하지 못하는 걸지도 모른다. 우리 엄마 같은 사람 밑에서 자라면, 빈정거림을 자기 방어 수단으로 사용하는 법을 익히게 된다.

에드워드가 쪼그리고 앉은 채로 몸을 뒤로 폈다. "식물들과 태양 위치 사이의 관계를 고려해야 합니다."

"보통은 우리 바로 위에 있지 않나요?" 마이크가 웃음을 터트렸다.

"정오에는 그렇지요. 그런데 해는 동쪽에서 떠서 서쪽으로 집니다. 우리 머리 위에서 이동함에 따라 그늘 위치가 달라지는데, 그걸 고려해야 해요. 여기에는 우리 식물들을 위한 자연 그늘이 거의 없는데, 이건 장점이기도 하고 단점이기도 하죠. 이 이야기는 일단 땅에 씨를 뿌리고 모종을 심고 나서 마저 할 겁니다. 지금은 땅에 대해 설명하고요." 그가 주머니에서 무전기 같은 것을 꺼내 버튼을 눌렀다.

"밥, 준비됐어요." 에드워드가 몸을 쭉 펴며 일어났다. 무척이나 키가 크고 몸이 탄탄했는데, 어째서 그걸 알아챘는지는 나도 모르겠다.

"보통 자기 밭은 직접 갈고, 다닐 길도 직접 다집니다. 또 보통은 이만한 크기의 땅으로 시작하도 않고요. 하지만 우리는 약간 속임수를 쓸 수 있지요."

때맞추어 자동차 엔진 소리가 들려서 모두 몸을 돌리니 한 남자가 조그마한 트랙터를 몰고 다가오고 있었다. 아이들이 꺅꺅거리고, 우리는 모두 씩 웃었다.

"커다란 기계를 이용해서 땅을 파면," 에드워드가 말을 이으면서 목소리를 높였다. "훨씬 쉽지요. 그래도 로토틸러 경운기는 확실히 정밀한 기계는 아니라서, 우리가 직접 해야 할 일이 무척 많을 겁니다."

트랙터가 우리 코앞까지 와서 섰다. 그리스 신처럼 생긴 밥이 배관공 같은 두 손을 딱딱 마주치면서 이리저리 돌아다녔다. 바로 이런 것이 로스앤젤레스에서 살 때 느끼는 문제, 아니 어쩌면 즐거움이다. 그러니까 전 세계에서 좀 잘생겼다 하는 애들이 죄다 부와 명예를 좇아 할리우드로 몰려든다는 말이다. 메릴랜드 주의 작은 마을에서라면 이렇게 생긴 애들은 "넌 스타 영화배우가 될 거야"라는 말을 끊임없이 듣는다. 그래서 고교 졸업 댄스 파티에서 킹이나 퀸으로 뽑힌 애들, 4H 컵의 글래머 소녀들은 파파라치에 이리저리 떠밀릴 것을 기대하면서 로스앤젤레스로 몰려든다. 하지만 기대하던 대로 누군가로부터 차를 얻어 타거나 라테를 받아 마시는 게 아니라, 세탁소에서 일하는 사람이 자기보다 훨씬 더 잘생기고 예쁘다는 사실을 알게 된다. 세탁소 아르바이트생은 외국어를 두 가지쯤 하고, 노래를 부르며 춤추는 능력까지 있다. 계속 거리를 내려가다 보면 태어나서 처음 보는 아름다운 피조물들을 목격하게 된다. 모퉁이를 돌면 그런 사람이 한꺼번에 셋도 넘게 보인다. 미칠 노릇이다. 아무튼 여기 그 완벽한 예가 있다. 조그마한 트랙터를 몰며 식물원에서 일하면서 메리골드 사이에서 자신이 발견되기만을 기다리고 있는 청년. 내 개인적인 생각으로는 여기서 때를 기다리기보다는 어디 갈 만한 곳, 그러니까 사람들이 우글거리는 곳으로 가는 게 좋을 것 같다. 하지만 어쩌면 저 청년이 트랙터를 좋아하는 걸지도 모르지.

나는 레이철을 응시했다. 이 술꾼 유명인사가 선글라스를 코밑으로 내리고 생각에 잠긴 채 밥을 살펴보고 있다. 나는 저 모습을 안다. 소고기를 구울 때 강아지에게서 보이는 얼굴이다. 나는 딱한 마음으로 밥을 쳐다보았지만, 그는 진지하고 잘생긴 얼굴이 할 수 있는 한 무심하게 레이철에게 시선을 되돌려 주었다. 나는 속으로 한숨을 삼켰다.

원예 강좌에서 무슨 드라마틱한 일이 일어나리라고는 전혀 생각지 못했는데, 에드워드가 이렇게 말했다.

"트랙터 몰아 보고 싶으신 분?"

앞으로 아무리 오래 산다 해도 나는 트랙터를 몰던 클레어의 모습을 잊지는 못할 것이다. 클레어는 밥의 무릎에 앉아 운전대에 양손을 올려두고 있었다. 페달은 밥이 밟았지만, 중요한 운전대 조작은 모두 그 애가 했다.

에드워드가 지원자 있느냐고 물었을 때 클레어는 가장 먼저 손을 번쩍 들었다. 그가 클레어의 이름을 불러서 나는 놀라지 않을 수 없었다.

"처음 할 사람으로 완벽한걸! 잘못될 건 아무것도 없단다, 클레어."

밥이 싱긋 웃으며 에드워드의 손에서 클레어를 건네받았다.

"안전벨트를 채워 줄게. 가장 중요한 건 네가 여기에 계속 앉아 있는 거야, 알겠니?"

클레어가 고개를 끄덕였다. 갑자기 높은 곳에 올라타니 조금 무서워진 게 분명히 보였다.

앤절라가 나를 쳐다보았다. "혹시라도 애가 다칠까 봐 걱정 안 되세요?"

나는 고개를 끄덕였다. "걱정돼요. 하지만 에드워드 선생님이랑 밥 씨가 어떻게 하는지 알겠죠." 나는 에드워드를 쳐다보았다. "지금 무슨 일을 하는지 아시죠? 저 애가 떨어지거나 뭔가에 충돌하는 사고 같은 건 안 나겠죠?"

에드워드가 밥을 쳐다보았다. 밥이 어깨를 으쓱했는데, 참으로 안심이 되었다.

"애를 내려 줄까요?" 에드워드가 물었다. "밥이 정신을 놓아서 애가 트랙터 앞으로 날아가면 좋지 않을 거니까요." 과장된 표현에 나는 피식 웃었다. 하지만 나만 웃고 있다는 걸 깨달았다.

"하게 두세요." 나는 돌아섰다. 사람들 사이에서 진이 목소리를 높였다. "저 아인 미국 역사상 몇 세대 동안 어린이들이 농장에서 했던 일을 경험해 보는 것뿐이에요. 게다가 인생에 약간의 짜릿함과 모험이 없다면 어떻겠어요?" 그의 얼굴에는 여전히 웃음기라곤 없었다. 그 모습이 뭐랄까, 독수리 같은 외모를 더욱 두드러지게 했다. 하지만 그는 좋은 지적을 한 것이다.

"어쨌든 난 안 내릴 거야." 클레어가 확고하게 의지를 내비쳤다. 내가 레이철을 쳐다보자, 그녀가 두 손을 들어 보였다. 애너벨이 크게 소리쳤다. "클레어가 하면, 저도 할래요."

"해 보렴. 하지만 클레어를 떨어뜨리면, 부식토가 될 때까지 혼이 나게 될 거야."

밥이 크게 웃었다. "공평하네요."

드디어 그가 출발했다. 클레어가 흥분해서 꺅꺅거렸다. 그 애는 내 실수로 응급실에 누워 부러진 다리를 맞추거나 신장 하나를 떼야 된다고 해도 나를 용서할 것 같았다.

트랙터가 움직이면서 뒤로 풀이 깎여 나갔다. 두 바퀴를 돌고 나서 밥이 우리 앞에 트랙터를 세웠다.

"다음에 하실 분?"

"저도 무릎에 앉아도 될까요?" 레이철은 부끄러움이 없다.

밥이 미소를 짓고 고개를 끄덕였다.

두 사람이 다시 트랙터를 움직이자 아까만큼 깍깍거림과 큰 웃음이 터져 나왔다. 밥은 자신이 레이철의 마수에 걸려들었음을 전혀 모르고 있는 게 분명했다.

원예는 재밌지만 생각보다 힘들었다. 통로로 남겨 둔 풀밭만 제외하고 우리는 땅을 대부분 정리했다. 그 뒤에 보폭을 이용해 크게 네 구역으로 나누고, 깃발을 꽂고, 구역 경계선을 따라 걸었다. 끝날 시간이 다가왔다. 에드워드는 다음 주에 오면 일이 더 진행되어 있을 거라고 말했다.

"고약한 소리긴 하지만, 3시간은 우리가 해야 할 모든 일을 하기에는 부족합니다. 지금 땅을 이대로 두고 간다면, 우린 다음 시간 내내 김을 매야 할 거예요. 그래서 제가 밥과 같이 한 주 동안 구역마다 틀밭(땅바닥보다 흙을 한층 높게 하여 만든 상자형 텃밭. ─옮긴이)을 만들어 둘 겁니다. 숙제가 있습니다. 자신이 기르고 싶은 식물을 결정해 오세요. 목록을 메일로 보내 드릴 테니, 수업 참가 신청서에 이메일을 기입했는지 확인하세요. 그리고 '포타제'

에 대해서도 알아보세요. 그게 우리가 가꿀 뜰의 종류입니다. 기본적으로 채소, 화초, 허브를 함께 기르는 작은 텃밭인데, 이렇게 기르면 효율성이 높지요." 그가 얼굴을 찌푸렸다. "미안해요. 제가 강의하는 습관이 있어서요. 주제는 원예의 매력인데 말이죠." 그가 예의 바르게 목청을 가다듬었다. "시골집이나 조그마한 주택에 딸린 뜰은 14세기 이후에 생겼다는 설이 있지요. 흑사병으로 인구가 줄고 나서 갑자기 사람들에게 할당된 땅이 넓어져서, 각자 뜰을 가질 상황이 되었기 때문이에요. 전 거기에 더해 스트레스 때문에 이런 뜰을 가꾸게 되었다고 생각해요. 어려움이 많은 시대에 농작물을 기르는 건 마음을 안정시켜 주지요. 물론 실용적이기도 하고요."

그가 말을 멈췄다. "제가 또 강의를 했네요."

조금 있다가 "엄마, 흑사병이 뭐야?" 하는 소리가 날 강타할 것임을 나는 안다.

그가 내 내면의 두려움은 아랑곳없이 계속 말을 이었다. "아무튼 밥이 우리가 일하기 쉽게 만들어 두겠지만, 그래도 할 일은 많을 겁니다. 좋은 원예용 장갑 한 벌, 챙이 넓은 모자를 구매하시고, 선크림을 듬뿍 바르고 오시는 게 좋을 거예요." 그가 손을 흔들었다. "여기에는 그늘이 없습니다. 그 말은 원예를 하다가 햇볕에 화상을 입을 위험이 높다는 말이죠. 햇볕 화상은 무척 아프답니다."

그가 우리에게서 몸을 돌려 자기 목덜미를 가리켜 보였다. 정말로 엄청나게 새카맸다. "목덜미, 어깨 윗부분, 팔뚝, 손등도 탈수 있어요. 전 어리고 바보 같았던 어느 해 여름을 잊을 수가 없습니다. 그때 발바닥까지 탔거든요. 신발을 우습게 알았고, 발에 선크림을 바를 만큼 똑똑하지 않았던 탓이죠."

우리는 웃음을 터트렸다. 마이크가 툭 끼어들었다. "처음 서핑을 했을 때 저도 엄청 멍청했죠. 무릎 뒤쪽에 화상을 입었고, 그래서 나흘 동안 해먹에 누워서 울부짖는 것밖에 할 수 있는 게 없었어요. 친구들은 제대로 파도를 타고 있는데 말이죠."

"해먹에 누워 있는 건 별로 나쁘지 않을 것 같은데요." 프란세스가 미소를 지으며 말했다.

"학교 수업을 들어야 할 때라면 좋겠지만, 서핑을 할 때 그러면 고문이라고요." 우리 꼬마 마이크, 정직하기도 하지. 하지만 그는 꿈나라에서 살아도 될 사람 같았다. 앤절라는 그와 비슷한 나이대로 보였지만, 무척이나 혼란스러운 표정으로 그를 쳐다보았다. 나는 이 수업을 듣는 사람들에 대해 궁금해졌다. 아직 미친 것 같은 사람은 등장하지 않았지만, 어쨌든 아직이다. 도박판에서 하는 말이 사실일지도 모른다. 그러니까 누가 호구인지 모르겠다면, 그건 너란 얘기다. 식물원 입구로 걸어서 돌아가면서 나는 앤절라 옆으로 빠졌다.

"아들이 다섯 살이라고요?"

그녀가 고개를 끄덕였다. "전 애랑 격주로 주말에만 지내요. 애 아빠랑 양육권을 나눠 가지고 있거든요. 그가 절 좀 잘 봐줘서 배시를 매주 이 수업에 데려오게 해 줄지도 모르겠네요."

나는 그녀를 쳐다보았다. "애가 격주마다 와도 상관없을 것 같은데요. 채점하는 수업이 아니잖아요."

그녀가 미소를 지었다. "맞아요. 그런데 전 LA 동부의 전형적인 공영 주택단지에서 자랐어요. 십 대 시절까지 길거리에 늘어선 다 시든 나무들이나 봤지, 이런 자연을 거의 못 봤죠. 그마저도 아래엔 개똥투성이였고요. 오늘 여기에서 당신 애들이 한 것처럼 거대한 풀밭 위를 달려 보는 건 배시가 자주 할 수 있는 일은 아니랍니다. 그래서 매주 애를 데려오고 싶어요." 그녀가 내게 부드럽게 미소 지었다. "빌어먹을 전남편 머리에 총질을 해서라도 말이에요."

일요일은 내가 좋아하는 날이다. 늘 그랬다. 나는 애들이 텔레비전을 실컷 보고, 파자마 차림으로 거실에서 뒹굴고, 프랭크에게 쉬야를 치우라고 소리 지르게 놔둔다. 그러는 동안 나는 마치 20세기 초 파리에 사는 끔찍하게 마르고 젊고 홀가분한 여자인 체한다. 댄이 살아 있을 때는 프랭크와 나가서 《뉴욕 타임스》를 사 왔고, 우리는 '주말 특별 부록'을 서로 먼저 손에 넣으려고 그 신문을 사방으로 흩트렸다. 이제 나는 컴퓨터로 뉴스를 보고, 성형 수술을 한 유명인의 전후 비교 사진을 보면서 한 시간을 보낸다. 어째서인지는 나도 모른다. 세계 물 부족 현황이라든가, 헝가리의 트랜스젠더 정치인 기사같이 가치 있고 지적으로 흥미로운 기사로 시작하지만, 늘 종국에는 맥 라이언의 얼굴로 돌아간다. 그녀는 블랙홀 같은 여자다.

나는 아이들이 내게 할 일을 주지 않을까 싶어서 자리에서 일어났다. 아이들이 내게 손을 휘휘 저으며 나가라고 했다. 나는 거실 문간에 한동안 서서 몰래 「피니와 퍼브」 만화영화를 보다가, 뜰의 상태를 보러 나가기로 했다. 어쩌면 내가 우리 식구 모두를 먹일 채소밭을 만들 수 있을지도 모른다. 닭 같은 걸 기를 수 있을지도. 나는 주방 계단에 앉아서 커피를 마시며 로스앤젤레스의 아침 소리를 들었다. 헬리콥터, 차량에서 흘러나오는 랩 음악, 유기농 시장으로 가는 힙스터의 자전거 벨소리. 프랭크가 나를 밀치고 지나가다가 시멘트 계단 서너 개 아래로 나자빠졌다. 마침내 그는 자신이 그토록 좋아하는 유기농 소시지를 숨겨 둔 곳을 내가 찾아냈음을 알았나 보다. 잠시 코를 킁킁거리며 검사를 마친 후, 침울하게 몸을 내던지고 한숨을 혹 쉰다. 그 한숨에 옆에 있던 나뭇잎이 날아갔다. 나는 프랭크가 어떤 기분인지 알 것 같았다. 집에서 뭔가를 자라게 할 수 있을지 확신하지 못하는 나도 답답하긴 마찬가지였다. 아침부터 태양이 쨍쨍 내리쬐고, 눈앞에는 잡초의 바다가 자리 잡고 있었다. 내가 몰아내려 한다면 팔을 걷어붙이고 싸울 준비가 된 듯 보였다. 조그마한 나무 위에서 다람쥐 한 마리가 불길하게 나를 응시했다. 그놈은 도시 동물이었다. 그러니까 말도 안 되게 뚱뚱하고 동글동글했다(어쩌면 맥도날드 해피밀 장난감을 클레어의 경쟁 상대가 될 만큼 많이 수집해 놓았을지도 모르겠다). 녀석은 경고하듯이 손바닥으로 철제 파이프를 탁탁 때리고 있었다. 아니다, 실제로 그러진 않았다. 하지만 분명 위협적인 다람쥐가 있었던 건 사실이다. 동화책에서처럼 부끄럼이 많아서 숲속으로 재빨리 도망치는 부류가 아니었다. 내게는 친구 하나가 있는데, 자기 집 마당 발코니로 찾아오는 다람쥐들에게 종종 먹을 것을 주는 백설공주처럼 친절한 사람이다. 어느 날 그는 자기에게 의지하는 조그마한 친구 하나를 살짝 토닥여 보려고 감히 손을 뻗었다가, 뼈가 드러날 때까지 깨물려서 광견병 주사를 맞아야만 했다. 진짜로 뼈까지 드러났다. 영국의 시인 테니슨은 "인정사정 봐주지 않는 자연"이라고 노래했지만, 나는 그런 무자비함은 말하자면 자연에게만 적용되는 것이 아닐까 하고 추측했다. 하지만 지금은 우리 인간에게도 어떤 방식으로든 적용될 수 있고, 동물들이 복수극을 펼치고 있는 듯이 보인다. 정말 그렇다고 해도 우리가 자초한 일이겠지만.

나는 문간에 고개를 기대 눈을 감고, 뜰에 조그마한 초록색 오아시스가 있다고 머릿속에 그려 보았다. 내가 바라는 게 뭘까? 꽃? 채소? 열대과일이 주렁주렁 달리고 무성히 얽힌 덩굴 식물? 침팬지가 깍깍대며 바나나를 던지고 있는 풍경인가? 슬슬 졸음이 오기 시작했다. 내 인생이 이렇다. 그러니까 내가 기력을 끌어 올린다 해도, 내겐 애들이 있다는 말이다. 나는 지난 7년 동안 두 시간 정도의 수면량이 부족한 만성 수면 부족 상태라서 눈을 감자마자 곯아떨어진다. 채소 꿈을 꾸었다. 할리우드에서만 도는 무척이나 빛나고 아름다운 채소, 매니저가 따라다니는 채소 꿈이었다. 나는 팔에 갈대 바구니를 들고 완벽하게 이상적인 정원에 서 있었다. 긴 머리를 땋아 내려 끄트머리를 빨간 리본으로 묶은 모습으로 콩깍지를 따면서. 아이 하나가(내 아이 같은데 분명하진 않다) 옆에 서서, 대자연을 숙련되게 다루는 나를 존경 어린 눈빛으로 쳐다보았다. 이게 웬 공익 광고 같은 풍경이람? 나는 눈을 떴다. 현실의 우리 집 뜰은 대부분이 콘크리트고, 끄트머리에 잔디가 아주 약간 옹송그려 있으며, 화단에는 폴리포켓 장난감 몇 개가 흙속에 반쯤 처박혀 있었다. 전쟁 피해를 입은 듯한 모양새였다. 우리 애들이 밖에서 가져온 것으로 보이는 사탕 껍질도 보였는데, 거의 화단에서 자라나고 있는 듯 보였다. 한숨이 나왔다. 다른 모든 공익 광고를 봐도 그렇지만, 현실과 판타지는 이렇게 거리가 먼 것이다.

토마토 기르기

토마토 모종을 심고 옆에 딱 달라붙어 칭찬해 주자. 토마토는 자고로 칭찬에 민감하다. 물도 듬뿍 주는 게 좋다.

- 식물을 갉아먹는 벌레들을 주의하라. 엉큼한 것들이다.
- 날씨가 건조하다면, 평평한 돌 몇 개를 찾아서 모종마다 옆에 놓아 두어라. 돌이 지표 아래서 물을 끌어올리고, 공기 중으로 증발하는 것을 막아 준다.
- 지지대를 사용할 때는 쓸데없는 가지들을 쳐 내 줄기만 지지대를 타고 자랄 수 있게 한다.
- 줄기에 매달린 토마토를 다 따먹지 않도록 한다. 볕에 익은 토마토는 미친 듯이 달콤하고 과즙이 터져 나오니 쉽지는 않을 것이다.

5

다음 날 오전, 출근하고 책상에 앉자마자 전화가 울렸다. 위층의 로버타 실장이었다.

"수업 어땠어요?"

"재밌었어요." 나는 아침 꾸러미를 풀었다. 갓난애 머리통만 한 크기의 시나몬 도넛과 샷을 세 개나 추가한 카페라테 한잔이었다. 화학물질에 절어 사는 것도 괜찮다.

"벌레가 습격하진 않았고요?"

"괜찮아요. 전 원시遠視거든요." 나는 얼른 도넛을 한 입 베어 물고 싶어서 조금 짜증이 났다.

그녀의 떨리는 목소리가 들렸다. "블로엄 가 아들은요? 말 걸어 봤어요?"

나는 살짝 얼굴을 찌푸렸다. "물론요. 선생님이니까요. 안 하기가 더 어렵죠."

"연줄을 만들 수 있을 것 같아요?"

나는 이 말을 생각해 보았다. "어쩌면요?"

그녀의 목소리가 즐겁게 들렸다. "좋네요. 그 사람이 회사 이야기를 하던가요?"

나는 친절하게 굴려고 애썼지만, 그녀가 자꾸 나와 도넛 사이를 방해하자 심술이 났다. "네, 저한테 리틀맨프레스로 이직하고 싶지 않느냐고 물어보더군요. 거기가 우리보다 훨씬 적은 금액으로 백과사전 일을 맡겠다고 했고, 지구에 1만 4천 그루의 나무를 심어서 책 만드느라 사라진 나무의 손실을 보충하겠다고 했다나 봐요."

리틀맨프레스는 우리 회사의 최대 경쟁사인데, 양자 간의 '우호적' 경쟁은 종종 우호적이지 않았다.

그녀가 숨을 멈추고 소리쳤다. "절대 안 돼요! 그거 죄다 뽑아 버릴 거야! 그 사람한테 우리가 2만 그루 심을 거라고 말해요!"

나는 드디어 도넛을 한 입 베어 물면서 그녀가 조금 더 고통스러워하게 두었다. "농담이에요. 그 사람은 그 일에 대해 한마디도 안 했어요. 저도 채소에 관한 책의 일러스트를 그린다고 말했을 뿐이고, 어디에서 내는 책인지는 말 안 했고요. 말할까요?"

그녀가 사업상 전략적 효과를 곰곰 생각하는 듯 침묵이 이어졌다. "아마도요. 유기적으로 대화와 연결할 수 있다면요."

나는 낄낄 웃었다.

"왜 웃죠?" 우려스러운 목소리였다.

"말씀이 재미있어서요. 그러니까, 유기적이란 단어가 상황에 너무 어울려서요. 원예 수업이니까⋯⋯." 내 목소리가 잦아들었다.

"우리 회사의 명운은 당신한테 달렸어요, 릴리." 로버타가 말했다. "제발 이 일을 좀 심각하게 생각해 줘요."

"네, 실장님." 나는 전화를 끊고 손가락을 핥았다. 재미가 없는 사람이 나일까 그녀일까 궁금해졌다. 나는 그녀라고 결정하고 일을 시작했다.

퇴근 후 채소 가게에 갔다. 우리 보모 레아가 집에서 애들을 보고 있어서, 나는 꾸물꾸물 가게 한 바퀴를 돌면서 별로 필요하지 않은 음식을 고르고 쓸모없는 것들을 닥치는 대로 담았다. 내가 병원에서 나왔을 때 레이철이 댄의 생명보험금으로 레아를 보모로 고용했다. 나는 아주 가벼운 농담조차 못 하는 상태였지만, 그녀는 내 생활을 가능하게 해 줬다. 내가 천국의 문 앞에 서서 더는 갈 데가 없다고 생각할 때도 나는 레아에게 감사 인사를 할 것이다. 그녀는 무척 멋진 사람이고, 앞날이 밝을 게 분명하다. 내 상황이 여의치 않을 때엔 그녀가 학교에 가서 애들을 데리고 오고, 간식을 주고, 저녁을 차리고, 숙제를 도와준다. 말 그대로 일상의 모든 과정을 쉽게 넘길 수 있게 해 주는 것이다. 그 덕에 내가 현관으로 다가갈 때 집은 고요한 오아시스 같다. 미친 세

상 속 정상인들의 안식처랄까. 따뜻하게 나를 맞아 주는 평화의
항구 같은 곳.

채소 가게에 다녀온 뒤 오늘 저녁도 딱 그랬다.

"엄마, 애너벨 언니가 그러는데, 남자 고양이도 젖이 있대. 그
래서 오스카를 찾아서 봤더니 젖이 없었어. 그때 오스카가 나를
할퀴었는데, 언니가 막 웃었어." 클레어는 개가 뒷문을 긁으며 낑
낑대는 어조로 뜨거운 눈물이 동반된 연설을 했다.

나는 앞문을 지나 들어와서 등 뒤로 조심스럽게 문을 닫았다.
이 이야기의 악당이 바로 거기 있었다.

"엄마, 클레어가 지어낸 말이에요. 클레어가 고양이들에겐 젖
이 없고 엄마들만 젖이 있다고 해서, 내가 '엄마 고양이는 어떤
데?'라고 물었어요. 그때 오스카가 클레어를 할퀸 거예요. 전 정
말 아무 짓도 안 했어요."

레아가 주방 통로에 기대 서 양손을 들어 올렸다.

"미안해요. 제가 냉장고 문을 열 때는 조용하고 평화로웠는
데, 문을 닫을 때는 모두 울고 있었어요. 그래서 무슨 일이 있었
는지 전 몰라요."

오스카는 이웃집 고양이지만, 각 집의 경계선을 인간의 배신
행위로 여기고 우리 집에서 자기 집인 양 시간을 보냈다. 오스카
와 우리 집 고양이 제인은 합의에 도달한 상태였다. 두 녀석은 모
두 중성화된 상태여서, 둘이 만나 봤자 서로 털을 골라 주기나 하
겠지만 확실치는 않다.

"오스카는 괜찮아?" 우리 아빠는 변호사였고, 무슨 일에서든 먼저 법적 책임을 분명히 해 두라고 가르쳤다.

애너벨과 클레어가 고개를 끄덕였다.

"오스카가 집 안에 있었어?"

클레어가 고개를 저었다. "아니, 뜰에서 자고 있었어. 그래서 젖을 보려고 뒤집었더니 나를 할퀴고 도망갔어."

애너벨이 클레어를 쳐다보았다. "네가 자는데 내가 다가가서 네 몸을 뒤집으면 너도 화가 날 거야."

"언니가 날 보고 웃었어! 날 보고 웃었다고, 엄마! 내가 죽을 만큼 피가 나는데 말이야!"

레아가 살짝 고개를 저었다.

"죽을 만큼?" 나는 바닥에 가방을 내려놓고, 애들을 따돌리려고 애쓰면서 열쇠를 내려놓았다. "커피 있어요, 레아?"

"커피포트 안에요. 막 내렸어요." 내 주방에서 커피는 아침에만 있는 것이 아니다. 밤에도 애들이 울어서 일어나야 할 때가 있어서, 차가운 커피와 함께 아스피린을 한두 알 먹곤 했다. 별거 아닌 일이다. 사실 커피 한두 잔을 건너뛰고 동맥류로 바닥에 쓰러질 때에야 내가 여기에 얼마나 의존했는지를 알 것이다. 커피가 살이 찌게 한다는 소리도 들었다. 하지만 정신을 차리고 있기 위해 치르는 대가치곤 사소하다.

"자, 아가씨들." 나는 무릎을 굽혀 아이들에게 눈을 맞추었다. "분명히 하자꾸나. 우선 포유류는 젖을 만들어야 해. 너희들도 그건 알지? 엄마 포유류는 아기를 먹일 젖을 만들어야 한다는 걸 말이야. 고양이도 포유류고, 따라서 여자 고양이들은 젖이 있어. 오스카는 남자 고양이야. 그러니 젖이 없어."

"하지만 젖꼭지는 있어." 나는 오스카가 그걸 확인도 못 하게 할 만큼 곧장 클레어를 할퀴지는 않으리라고 추측했다.

"수컷 포유류도 모두 젖꼭지가 있지만, 왜인지는 아무도 몰라. 어쩌면 털에 모양을 내려고 있는 것인지도 모르지. 이제 이 문제는 접어 두자. 다음으로, 자는 고양이를 갑자기 깨우면 안 돼. 고양이들이 짜증을 내니까. 네가 귀찮게 해서 고양이한테 물리면, 아프고 기분 나쁘잖아. 그렇지?"

나는 심호흡을 하고 애너벨에게로 몸을 돌렸다. "고양이가 동생을 할퀴는 걸 보고 웃는 건 좋은 태도가 아냐. 그러니 동생한테 사과해."

애너벨이 뭐라고 웅얼거렸다.

"제대로 말해."

그녀가 다시 웅얼거렸다.

"잘 들리게."

"미안해, 클레어."

"좋아, 이 이야기는 여기서 끝. 레아 이모가 얼마나 끝내주는 저녁을 했는지 보러 갈까?"

나는 외투를 벗었다. 5분이 지났고, 위기는 해소되었다. 양육에는 보상이 있는 법이다.

레아는 닭을 손질해서 마구잡이로 잘게 토막 낸 뒤 빵가루를 묻히는 모든 일을 집에 도착하고 한 시간 안에 이루어 냈다. 무척이나 생산적인 아가씨다.

"닭요리는 구운 콩하고 스트링 치즈와 함께 먹을 수 있게 만들었어요. 거기에 잘 먹을 수 있게 한 입 거리 요거트에 과일을 좀 넣으면 어떨까 해요." 이 친구는 우리 애들을 너무 잘 안다.

나는 내가 마실 커피를 한 잔 따랐다. "멋지네요. 애너벨, 식탁 차렸니?"

"클레어가 하게 둘 거예요. 웃은 데 대한 사과로요."

"너한테 무척 유리한 일이구나."

나는 커피를 든 채 옷을 갈아입으러 방으로 갔다. 댄이 죽은 뒤로 방에는 변한 게 아무것도 없었다. 그저 침대 위 그의 빈자리가 프랭크의 차지가 되었을 뿐이다. 내가 들어가면 이 늙은 개는 대★ 자로 몸을 뻗는다. 분명 아주 조그마한 벌레 알 같은 것들이 이불을 뒤덮고 있으리라. 프랭크가 꿈을 꾸면서 발을 움찔거리며 자기에 나는 그냥 두었다. 프랭크는 새끼 강아지였을 때 댄과 내가 길에서 주워 왔고, 내가 댄과 동거하고, 결혼하고, 아이를 낳고, 그의 죽음으로 비통해하는 모습을 모두 보았다. 나는 프랭크를 '로스앤젤레스의 들개'라고 부르지만 사실 그는 래브라도 종에 가깝다. 노란 털에, 토실토실하고, 움직임이 둔하다. 나는 무척이나 프랭크처럼 되고 싶다. 아무 노력을 하지 않고도 불교의 선승처럼 행동하기 때문이다. 멋진 사람들을 사랑하고, 감사하며 먹고, 자주 잠을 자고, 인내심이 있고, 모든 일을 좋다고 하는 태도를 보인다. 나는 조심조심 출근복을 걸어 두고 편한 차림으로 갈아입었다. 트레이닝복 바지, 오래된 핼러윈 티셔츠, 슬리퍼로. 고맙다, 타깃 마트여! 사려고 온 물건 하나와 살 생각이 없던 물건 마흔두 개가 저항할 수 없는 가격에 제공된 진열대를 정처 없이 배회하게 만드는 우리들의 성지여. 우리가 얼마나 그대를 사랑하는지 모를 것이다. 나는 몸을 돌려 방을 나섰다. 프랭크가 잠에서 깬 침대 아래로 바닥이 꺼질 듯 뛰어내리고는 잠시 동작을 멈췄다. 마치 재난에서 살아남아서 다리 네 개가 다 움직이는지 확인하는 듯한 모양새였다. 솔직히 말하자면 나도 매일 아침 같은 기분을 느낀다. 나는 발을 질질 끌며 주방으로 걸어갔고, 프랭크가 잠이 덜 깬 채 내 뒤를 휘청대며 따라왔다.

애들은 저녁을 먹고 있었다.

레아가 그날 일과를 말해 주었다. "애너벨은 수학 숙제가 있는데, 반은 했어요. 수요일까지예요. 클레어는 책 읽기를 해야 하고, 다 끝냈어요. 또 애너벨이 금요일 방과 후에 친구네 초대를 받았고요."

"어느 집요?"

"샬럿네요."

나는 우리 집 스케줄을 기록하는 커다란 푸른색 달력으로 손을 뻗었다.

"벌써 적어 뒀어요." 레아는 모든 면에서 조직적이다. 우리 집에서 수많은 일을 하는데, 조직적이기까지 한 것이다.

나는 짐짓 화난 듯 얼굴을 찌푸려 보였다. "내가 애를 데려다 줄 수 있는지 어떻게 알고요? 내가 약속이 있으면 어쩌려고."

그녀가 웃음을 터트렸다. 나는 그녀가 말을 하길 기다렸다. 그녀가 계속 웃다가 이윽고 물었다.

"이런, 정말요?" 그녀가 돌연 걱정스러운 표정을 지었다. "약속 있으세요?"

"아뇨, 그냥 한번 트집을 잡아 본 거예요. 토요일 아침에 원예 강좌가 있는데, 그거뿐이에요."

그녀가 내게 차분하게 미소를 짓고는 시계를 보았다. "이제 가 봐야겠어요. 수업이 있어요."

그녀가 애들에게 뽀뽀를 하고, 프랭크의 머리를 쓸어 주고는 문으로 향했다. 내 머리는 아무도 쓸어 주지 않는데.

나는 자리에 앉아서 애너벨의 접시에서 너겟을 탈취했다.

"너겟은 좋은 음식은 아니에요, 알죠?" 애너벨이 내게 자기 너겟을 흔들어 보였다. "엄만 채소 같은 것들을 먹어야 해요. 그래야 키가 크죠."

"난 더 키가 안 커도 되는데, 벨. 이미 다 컸거든."

"그래도 영양분은 필요하잖아요. 학교에서 영양분에 대해 배 웠어요. 영양분이 부족하면 혈병에 걸리고 머리가 빠질 거예요."

나는 얼굴을 찌푸렸다.

"괴혈병 말하는 거니?"

"바로 그거예요. 엄마가 그거에 걸리고 머리가 빠질 거예요. 엄만 라임을 더 먹어야 해요."

"고맙구나, 벨. 마음에 새기마."

클레어가 평소처럼 거들었다. "엄마 머리는 벌써 빠지고 있어. 욕조에서 봤어. 머리카락이 엄청 많은데, 우리 거는 아냐. 우리는 샤워 안 했으니까."

최고네. 이제 나는 대머리가 되어 가고 있다.

"어쩌면 프랭크 털일지도 모르지." 나는 자리에서 일어나서 냉장고로 가 안을 들여다보았다. "프랭크가 몰래 샤워한 거 아닐까?" 햄 샌드위치용 재료들을 꺼내 만들 준비를 했다.

"프랭크는 수도꼭지 못 돌려."

"엄지손가락이 없으니까."

프랭크가 여기에 와 있었다. 우리들을 쳐다보면서 자기 이름이 불릴 때마다 귀를 쫑긋대고, 사람들 입으로 들어갔다 나왔다 하는 너겟을 셌다. 이따금 애들이 모두 잠자리에 든 뒤에도 프랭크는 그 자리에서 차분하게 기다리곤 했다. 자기 머리 위에 있는 플라스틱 접시에 케첩 묻은 너겟이 반쯤 남아 있다는 걸 아는 듯이 말이다. 그래, 그건 네 거다. 식탁에 올라가 너겟을 훔치기에 프랭크는 무척이나 정중하고, 무척이나 늙었으며, 또 내가 자신에게 그것을 주리라고 무척이나 확고하게 믿고 있었다. 프랭크는 갇혀 있는 흰돌고래처럼 위풍당당하고도 둔감하게 돌아다녔다. 그가 나를 가까이에서 쳐다보았다. 내가 주변에 놓은 스테이크

접시나, 벽을 타고 흐르는 피넛 버터를 발견할 수도 있다고 생각하는지도 몰랐다. 그 끊임없는 낙관주의가 나를 부끄럽게 했다.

"아이스크림 먹어도 돼?" 클레어가 물었다.

"과일은 다 먹었어?"

"응, 거의 다."

"그럼 먹어도 돼. 혼자 꺼낼 수 있어?" 나는 자립심을 가르치려는 중이었고, 아이스크림을 그 시작으로 삼는 것도 괜찮아 보였다. 내가 그냥 앉아 있다는 점은 개의치 말자.

클레어가 자리에서 일어나서 냉장고 문을 열자 얼린 콩 봉지 몇 개가 후두둑 떨어졌다. "눈사태다!" 그녀가 뒤로 물러나며 소리쳤다. 나는 애너벨에게 클레어를 도와줄 수 있느냐고 물었지만 물론 애너벨은 거절했다. 종종 예절학교에 낸 돈이 다 어디로 간 건지 궁금하다. 절대 그 값을 못할 게 분명해.

나는 냉장고 안에 콩 봉지들을 욱여넣고 아이스크림을 꺼냈다. 그리고 그것을 그릇에 조금 떠서 클레어에게 주었지만, 퇴짜를 맞았다. 다시 조금 더 떠서 주었지만, 또 퇴짜를 맞았다. 초콜릿소스를 뿌리고 나서야 클레어가 받아들였다.

클레어가 뒤로 물러나 앉았다. 나는 아이스크림을 뜬 수저를 천천히 할짝거리고, 손가락에 흐른 초콜릿소스 한 방울을 빨아먹었다. 전에도 말했듯이 양육에는 보상이 있다.

그날 밤 늦게, 애들이 잠든 후에 전화가 울렸다. 시계를 보자

11시였다. 이렇게 늦은 시간에 전화할 사람은 한 명뿐이다.

"엄마."

"우리 딸, 잘 지내?" 엄마는 취한 상태였는데, 얼마나 취했는지는 알 수 없었다. 엄마가 이렇게 늦게 전화를 할 수 있다는 사실은 엄청 많이 취하진 않았다는 의미지만, 단축번호 사용법을 완전히 익힌 거라면 이 판단도 맞지 않을 것이다.

"잘 지내. 이제 막 자려던 참이야."

"이렇게 일찍?"

이쯤에서 우리 엄마에 대해 이야기를 좀 해 볼까 한다. 엄마는 자기가 스물일곱 살인 줄 안다. 모델이었는데, 그 일을 정말 어릴 때, 그러니까 한 열세 살쯤에 시작했다. 열세 살에 그녀는 열여섯 살인 척을 해야 했다. 스물네 살 때는 열여덟 살인 체했고, 서른다섯 살 때는 스물일곱 살인 체했다. 그 뒤로 죽 그 나이에 머물러 있다. 이는 전적으로 엄마가 진짜 자기 나이를 잊으려고 애썼기에 가능했다. 엄마는 영국 본토에서, 아빠의 말에 따르면 '대영제국 전체에서 제일 나쁜 년'의 손에 자랐다. 아빠는 절대 누군가를 나쁘게 말하는 분은 아니셨다. 우리 외할머니는 가장 영국적인 기술에 능했다. 다시 말해 빈정거림의 대가였고, 덕분에 우리 엄마는 사람들에게 그렇게 말하면 되는 줄 알고 자랐다. 전문 나르시시스트로서 엄마는 다른 사람의 관점을 이해하는 능력이 전혀 없지만, 아빠의 말이라면 어린애처럼 숭배 수준으로 경청했다. 레이철과 나는 아빠가 엄마의 어디에 꽂혔는지 이해하지 못했다. 그러니까 외적 아름다움 외에 무얼 고려했는지 모르겠다는 말이다. 하지만 아빠는 뭔가에 꽂혔고, 그래서 엄마를 사랑으로 감쌌다. 아빠의 관대한 유머 감각과 따뜻한 지성은 엄마 주변 사람들을 엄마의 부적절한 행동과 비꼼에서 보호하는 공기 방울이 되어 주었다. 하지만 아빠가 돌아가신 뒤 상황은 전과 달라졌다.

"엄마, 나는 아침에 일어나야 하거든? 애들 학교에 데려다주고 출근도 해야 한다고."

엄마가 한숨을 쉬었다. 그 한숨으로 대략 소다수를 부은 스카치 위스키 석 잔 정도를 마셨음을 알 수 있었다. 이 정도면 괜찮다. 엄마가 눈물을 터트리거나, 뭔가로 나를 비난할 가능성은 적으니까.

"이번 주에 브런치 먹자고 전화했어. 손녀들을 한동안 못 봤잖니." 그녀가 코를 훌쩍였다. "나도 나이가 들어 가고 있어. 네가 날 이렇게 오래 박대할 순 없다."

나는 눈을 굴렸다. "엄마, 엄마는 예순이야. 매일 운동을 하고 새 모이만큼 드시잖아요. 우리보다 훨씬 더 건강하고."

잠시 정적이 흘렀다. 나는 칭찬으로 엄마의 정신을 분산시키기로 했다. 실패한 적이 없는 방법이다. "물론 나도 엄마가 애들을 보러 오길 바라죠."

나는 즉시 수업료의 백 배 이상 값어치를 하는 원예 수업을 떠올렸다. 물론 사실을 무시한 생각이다. 완전 공짜 수업이니까.

"엄마, 앞으로 한동안 토요일 오전 브런치를 할 수가 없어요. 우리 집에서 저녁 드시는 건 어때요?"

"너는 너무 일찍 먹잖니, 릴리언. 농부처럼 말이야. 문명화된 사람은 8시 이후에 먹는다고."

나는 가만히 기다렸다. 이건 무척이나 오랜 논쟁이다.

"왜 브런치를 못 하지? 누구 만나니?" 이 두 문장은 불평과 캐묻기를 동시에 수행한다. 엄마는 이 기술에 도가 텄다.

"아니."

"대체 왜 안 되는데? 너도 더 이상 젊지 않잖니. 너는 나보다 항상 미모가 싱싱하지만, 슬프게도 피부는 뼈보다 더 빨리 나이 든단다."

나는 다섯을 셌다. 우리 애들을 생각했다. 프랭크의 귀 뒤를 긁어 주었다.

"앞으로 5주 동안 토요일 오전에 수업을 들어요. 그게 다예요. 대신 저녁에 약속을 잡도록 해요, 아셨죠? 난 이제 자러 갈래요, 엄마."

훌쩍임이 더 커졌다. "그래, 레이철은 나랑 브런치를 먹는다고 하겠지. 어쨌든 더 재밌게 살고 있으니 말이다."

"레이철도 나랑 그 수업 같이 들어요. 미안."

"대체 무슨 수업이니? 나도 재밌게 들을 만한 거니?"

나는 자리에서 벌떡 일어났다. "아니, 엄마! 원예 수업이에요. 야외에서 하는 거라고. 그러니까 햇빛 쨍쨍한 데서."

이번 판은 쉽게 이겼다. "오, 이런! 난 못 참아." 나는 엄마의
말을 입속으로 따라 중얼거리면서 내 방으로 향했다. "내 피부도
절대 못 참지." 나는 전화를 끊고, 귀에 뭐가 들어간 개처럼 몸을
떨었다. 베개에 머리를 처박으면서 나는 엄마의 말을 씻어 내려
고 했다. 어린 시절에는 엄마의 별것 아닌 표독한 표정이 깊은 상
처를 냈지만, 이제는 내 빛나는 흉터 뒤로 튕겨나갈 뿐이다. 다행
스럽기도 하지.

그날 밤 댄의 꿈을 또 꿨다. 우리는 어렸고, 손을 꼭 잡고 길
을 걸었다. 손가락 사이로 그의 손마디가 느껴졌고, 그가 차 한
대를 보내려고 멈춰 서면서 손을 꽉 쥐었다. 내 소맷자락이 그의
재킷에 쏠려 바스락댔다. 나는 그의 피부 냄새를 맡고, 그의 미소
띤 입가를 볼 수 있었다. 그의 뒤를 따라 작게 한 발짝 내디디고
아래를 보았을 때, 그의 손이 빠져나가고 나는 길 한가운데 홀로
있었다. 그는 보도 건너편에 있었다. 나는 기차 한 대가 오는 것
을 보고 얼굴을 찌푸렸다. 그 순간 순식간에 기차가 그를 덮치고
그의 몸을 쳤다. 내 망막에는 아직 그의 모습이 남아 있었다. 그
러고 나서 그가 내 손을 다시 잡았다. 나는 더 세게 잡으려고 했
지만, 다시 손이 빠져나가고 기차가 오는 일이 반복되었다. 나는
잠에서 깨 잠시 그대로 누워 있었다. 잡았던 그의 손이 어떤 느
낌이었는지 낱낱이 기억해 내고, 그의 냄새를 떠올리려고 애쓰
면서.

마침내 나는 자리에서 일어나 옷장으로 향했다. 프랭크가 고개를 쳐들었다가, 내 행동을 보고는 한숨을 내쉬고 다시 고개를 수그렸다. 전에도 본 적이 있는 탓이다. 옷장 안, 커다란 지퍼백들 안에는 댄의 옷가지가 있다. 전부는 아니지만 대부분 있다. 절대 열어 보지 않는 것도 있고, 무척 자주 열어 보는 것도 있다. 나는 하나를 끄집어내서, 우리가 함께 살던 언젠가의 주말에 그가 입었다고 기억되는 티셔츠를 펼쳤다. 그리고 그 티셔츠에 얼굴을 묻고 깊이 숨을 들이마시며, 빨지 않은 옷에 남아 있는 그의 냄새를 호흡했다.

댄이 죽은 날, 나는 어마어마한 양의 빨래를 했다. 쓸쓸하고 후회되는 일이다. 댄을 병원 영안실에 두고 돌아온 첫째 날 밤에 텅 빈 우리 집은 캄캄했다. 아이들과 프랭크는 엄마에게 가 있었다. 내 지갑에는 응급구조사들과 의료진이 남편을 소생시키려고 애쓴 노력들이 상세히 적힌 영수증이 있었다. 소용없는 서비스를 제공한 데 대한 어마어마한 액수였다. 어둠 속에서 나는 침실로 들어가 세탁하지 않은 옷들을 몽땅 찾아내 이중으로 포장했다. 길을 달리다가 깨진 유리를 밟아서 밴드를 붙인 발에 또 밴드를 덧붙이면서 나는 기억을 떠올렸다. 두개골에 거대한 압박이 밀려오고, 뇌 속 시냅스들이 하나씩 분명하게 달각거렸다. 숨을 쉴 때마다 아팠다. 공기가 날카롭고 매캐하게 폐 안 부드러운 조직들을 갈기갈기 찢었다. 맥박이 칠 때마다 전신이 고동쳤다. 마치 거꾸로 매달린 듯이 눈 뒤로 피가 고였다. 하지만 이 마지막 일을 반드시, 꼭 해야 했다. 상피 세포, 땀, 눈에 보이지 않을 정도로 작은 면도 크림 자국 등 지구상에 남은 댄의 입자가 증발해서 내 손안에 아무것도 안 남기 전에 붙잡아 둬야 했다. 내가 병원에 입원한 뒤 레이철이 이 지퍼백들을 발견했지만, 내가 어째서 그런 짓을 했는지 깨닫고는 다행히도 모두 고이 치워 두었다. 그로부터 몇 년이 지난 후 나는 오직 필요할 때만 지퍼백들을 공기에 약간 노출시켜 내 자양분으로 삼았다. 지금 나는 남편의 희미한 체취를 들이마시고 있다. 눈물이 차오르면 고개를 돌리고 지퍼백을 닫고는, 여전히 그이 대신 내가 죽었길 소망한다. 그가 나보다 훨씬 더 슬픔을 다루는 데 능숙했을 것이므로.

브로콜리 기르기

✦

기후가 따뜻한 곳에 살고 있다면 브로콜리는 가을에 심어야 한다. 하지만 그 외 대부분의 지역에서는 한여름에서 늦여름 정도에 심으면 된다.

- 모종당 30~60센티미터의 공간을 할애하고, 열과 열 사이에는 약 90센티미터씩 간격을 둔다. 브로콜리는 자유롭게 널리 뻗어 나가는 걸 좋아한다.
- 모종이 너무 많으면 가차 없이 솎는다. 많은 것보다 적은 게 훨씬 이득이다.
- 토양을 촉촉하게 유지하라. 브로콜리는 수분기가 많아야 한다. 다만 물을 줄 때 머리 부분을 젖게 해서는 안 된다. 브로콜리는 머리가 젖는 걸 싫어한다.

6

다음 날 방과 후에 나는 애들을 데리고 서점에 가서 식물 교본을 골랐다(공주, 말, 요정과 파인애플 속에 사는 이름 없는 남자가 등장하는 책 일곱 권도 함께). 나는 애들의 버릇을 망치고 싶지는 않지만, 그런 한편 아이들이 책을 보고 흥분하는 모습이 좋았다. 그렇다. 아이들이 텔레비전에서 보는 만화영화 캐릭터가 나오는 책들을 사준 것이다. 물론 애들은 사탕에 더 흥분하지만, 글씨에도 열정이 있다. 거기다가 도서 구입비는 세금 공제도 받을 수 있다. 어떻게 아냐고? 출판사에서 일하면 알게 된다. 따라서 이건 사실상 공짜다. 이런 창조적인 계산법은 댄을 미치게 만들곤 했다.

"어떻게 50달러를 지출하고 돈을 절약했다고 주장할 수 있는 거야?" 그는 내게 신용카드 영수증을 흔들어 보일 것이다. 우리는 이런 식으로 서로를 짜증나게 했다.

"원래는 80달러니까 30달러를 절약한 셈이라고. 왜 당신은 그걸 모르는 거야? 우선 우리에겐 저 빌어먹을 책, 옷, 미술용품, 강아지 장난감, 파라핀 왁스 히터가 필요 없으니까!"

그러고 나면 댄은 화를 내며 물건과 잡동사니가 너무 많다면서 장광설을 쏟아내고, 자기가 벗어 놓은 양말 더미와 가전제품들이 이룬 조그마한 바다 사이를 쿵쿵거리며 헤치고 나갔다. 그와 입씨름을 하면서 낭비한 시간이 후회되어 입맛이 썼다. 내가 양말을 주우며 불평한 그 모든 시간을 내주고 단 한 번만이라도 더 그에게 키스를 할 수 있다면, 아무 망설임 없이 그렇게 할 것이다. 거실에 함께 앉아 조용히 커피를 마시는 5분과 바꾸어도 좋다. 침실 바닥에는 이제 남성용 양말들과 팬티들이 놓일 일이 없다. 이 바닥 역시 나만큼이나 그때가 그리우리라.

집에 오자 클레어는 식물 책에서 관심이 멀어졌다.

"난 딸기 심을 거야. 내가 먼저 찜했어." 클레어가 자기 방으로 향했고 프랭크가 그 뒤를 바짝 따랐다.

"다른 건?"

"없어. 딸기만!" 방문이 닫혔다. 저 매력적인 외곬 기질이 혹여 강박장애는 아닐까 걱정스러울 때가 있다.

애너벨은 클레어보다는 책에 흥미를 보였는데, 역시 딸기에 한 표를 던졌다.

"채소만 심어야 해요, 아님 꽃도 심을 수 있어요?"

"네가 심고 싶은 건 뭐든 심어도 된단다."

"엄마, 꽃으로 그림이 만들어지게 심을 수도 있을까요?" 애너벨이 화훼 도감을 팔락거리며 물었다.

"물론 그럴걸? 아무도 뭐라고 할 것 같진 않은데." 애너벨은 식탁에 앉고, 나는 커피를 만들었다.

"빨간 꽃들을 중앙에 놓고 파란 꽃들로 주위를 두르고 싶어요."

"좋아. 빨간 꽃과 파란 꽃을 찾아보자꾸나."

우리는 책장을 넘겼고, 애너벨은 푸른 비올라와 초콜릿 코스모스를 골랐다. 푸른 비올라는 가장자리는 짙은 푸른색이고 가운데는 옅은 푸른색으로 무척이나 예뻤는데, 책에서는 '채색 도자기'라고 표현했다. 초콜릿 코스모스는 붉다기보다는 버건디 색에 가까웠지만, 어쨌든 애너벨의 정원이었다.

"이거 진짜 초콜릿이에요?" 클레어가 자기 과자와 프랭크의 간식을 가리러 와 있다가 물었다.

"아니. 하지만 이 책을 보니 초콜릿 향이 난다네."

"흠." 그녀가 그 말에 속아 넘어갔다.

애들은 놀러 나가고, 나는 조용히 책을 살펴보기 시작했다. 채소들을 유기농 방식으로 길러 내는 과정을 담은 아름다운 사진들을 싣고 있었는데, 무척이나 매력적이었다. 우리 집 뜰에 심을 꽃도 찾았다. 책은 유용했다. 식물에 따른 알맞은 토질과 일조량 등의 정보들이 잘 정리되어 있었다. 나는 같은 뜰의 환경도 그

늘과 햇빛에 따라 부분적으로 다를 수 있으며, 그 환경이 죽 유지
되기 어렵다는 것을 알게 되었다.

나는 그림을 그릴 때 생각이 더 잘 나는 편이어서, 애들 스케
치북을 움켜쥐고 뜰을 어떻게 꾸밀지 대략적으로 그려 나갔다.
한끝에는 더운 날 애들이 놀기 좋도록 시원한 그늘을 그렸다. 근
처에 내가 앉아서 애들이 노는 것을 지켜보거나, 책을 읽을 벤치
도 그렸다. 해먹을 놓는 게 더 나으려나? 벌떡 일어나서 연필과
부러진 크레용, 뚜껑을 잃어버린 마커 등을 통에 담아 둔 거실의
'미술 구역'을 잠시 어정거리다가, 색연필과 지우개를 몇 장을 챙
겨 자리로 돌아왔다. 그리고 내 머릿속에 있는 줄도 몰랐던 정원
을 계속해서 그려 나갔다. 정원 책을 다시 보고, 색을 찾아보고,
메모를 했다. 뒤쪽 울타리에는 샐비어를(푸른색과 보라색이 섞인 종
류), 앞에는 '체꽃'이라고 불리는 여름 딸기(거의 검은색인 것을 포함해
분홍색과 보라색이 섞인 종류)를 심으면 되겠군.

나는 이제 책을 덮고 좀 더 자세하게 정원을 그렸다. 조그마
한 잔디밭을 가로질러 다니도록 끄트머리의 그늘진 구역까지 판
석을 깔아 길을 만들고, 애들이 한구석에 무릎을 꿇고 앉아서 뭔
가를 하며 노는 모습도 그려 넣었다. 간단하게 벤치를 그리고, 라
벤더 밭도 넣었다. 결국 해먹 말고 벤치로 결정했는데, 내가 생각
한 정원은 이국적인 하와이식이 아니라 영국 시골집에 가까웠던
게 분명하다. 뭘 하는지 미처 깨닫기도 전에 뜰 한가운데 왜가리
가 서 있는 연못도 그려 넣었다(2006년에 『태평양 연안의 물새』 제3판을

작업할 때 생각이 났나 보다). 나는 행복하게 그림을 그리고, 채색을 하고, 음영도 넣었다. 그때 갑자기 애너벨이 내 어깨를 두드렸다. 나는 너무 놀라서, 앉은 자세에서는 도저히 불가능할 정도로 높이 뛰어오를 뻔했다.

"깜짝이야! 놀랐잖아. 발소리라도 내지 그랬어?" 나는 일어서서 스케치북을 쥔 채로 몸을 좀 폈다.

애너벨이 나를 보고 얼굴을 찌푸렸다. "엄마, 다섯 번이나 불렀는걸요. 한 번은 바로 뒤에서 불렀다고요. 엄마가 자기만의 세계에 빠져 있었잖아요, 클레어처럼."

그랬었나? 나는 그녀에게 미소를 지었다. "미안, 벨. 엄마가 뜰을 꾸밀 생각을 좀 하느라고."

"그런 것 봐도 돼요?" 나는 애너벨에게 스케치북을 건네고, 어떤 멋진 저녁거리가 기다리고 있는지 보려고 냉장고로 가서 문을 열었다. 폭찹 스테이크가 있다. 언제나 심장을 뛰게 하는 맛있는 요리!

뒤에서 애너벨이 스케치북을 넘기는 소리가 들려왔다. "이거 우리 뜰이에요?" 목소리가 다소 회의적으로 들렸다.

"물론이지. 생각해 보렴. 선생님이 어떤 뜰이든 가능하다고 하셨잖니."

"음……." 아직도 목소리에 확신이 없었다. "선생님은 왜 그리신 거예요?"

나는 동작을 멈췄다. 그 사람을 그린 적이 없는데? 애너벨이 그림을 들이밀었다.

"여기 그리셨잖아요, 벤치에요. 그런데 선생님은 훨씬 더 키가 큰데, 여기선 그렇게 크진 않네요."

"다 너보다는 크지."

"선생님 머리도 원래는 더 어두운색인데. 아무튼 선생님이 벤치에 앉아서 뜰 가꾸는 법을 가르쳐 주시는 걸로 보이네요." 애너벨이 자리를 뜨려고 했다. "저 이 그림 가져도 돼요? 엄마가 가지고 있어야 하는 거예요?"

나는 그녀를 바라보았다. "네가 좋다면 가져도 되지."

애너벨이 미소를 짓고는 자리를 떴다. 나는 그 자리에 잠시 서 있었다. 지금 어떤 감정인지 파악되지 않았다. 벤치에 있는 건 에드워드가 아니다. 댄이다. 내가 그를 그린 줄은 정말 몰랐다. 하지만 애너벨이 그림을 내밀었을 때 즉시 알아보았다. 댄이다. 늘 그랬듯 무릎 위에 한쪽 발을 걸치고 앉아서, 그 위에 책을 펼쳐놓고, 애들 주위에서 시간을 보내던 댄. 그의 의사와 상관없이 집을 변화시키다니, 돌연 죄책감이 들었다. 그가 뜰에 관해 별로 신경을 쓴 적은 없지만.

나는 한숨을 쉬고 저녁을 준비했다. 프랭크가 식탁 아래로 와서 그에게 조언을 요청했다.

"말해 봐, 프랭크." 프랭크가 꼬리를 탁 떨어뜨렸다. "댄의 의견도 묻지 않고 심지어 댄은 보지도 못하는데, 내가 뜰을 가꾸어도 괜찮을까?"

댄이 그 뜰을 볼 수 있는지 없는지는 확실치 않다고 프랭크가 지적했다. 사실 우리 머리 위에 천국이 있다면, 이 전통적인 말이 참이라면, 그는 무지 잘 보고 있을 것이다.

"만약 그렇다면, 애너벨이 꽃으로 그림을 그리듯이 나는 꽃으로 글씨를 쓸까? 그가 읽을 수 있게 말이야." 로스앤젤레스의 하늘에는 1만여 개의 언론사 헬리콥터가 항상 낮게 웅웅대며 날고 있다. 그 속에 댄이 끼어 있을지도 모르지. 프랭크가 뭐라고 쓸 거냐고 물었다.

"모르겠어. '사랑해'라고 쓸까? '당신이 보고 싶어'도 괜찮은데. 아니, 그냥 '안녕'이라고 해야 하나?"

프랭크가 앞발 사이에 얼굴을 묻고 '왜 죽었어, 나쁜 자식아!'는 어떠냐고 물었다.

그날 밤 나는 우리가 고른 꽃들을 적어서 에드워드 블로엄에게 이메일을 보냈다. 충동적으로 내가 그린 그림을 애너벨의 방에서 몰래 가져와 스캔하여 첨부했다.

블로엄 선생님께

애너벨이 수업 시간에 심고 싶다는 꽃들을 써 보냅니다. 하트 모양으로 정원을 가꾸고 싶다는데, 가능할까요? 안 된다면 알려 주세요. 그래야 아이가 실망하지 않도록 마음을 준비시킬 수 있으니까요.

클레어는 딸기가 기르고 싶다는데, 그 외에 다른 건 도통 관심이 없네요. 전 저희 집 뜰에서 꽃을 가꾸려고 합니다. 어떻게 할지 그려 보았어요. 그림을 이메일에 첨부합니다. 보시고 제가 너무 과한 꿈을 품은 건지 알려 줄 수 있으세요?

애너벨과 클레어의 엄마 릴리언 기번 드림

메일을 보내고 나서 잠시 앉아 있다가, 내가 그냥 '릴리언'이 아니라 '애너벨과 클레어의 엄마 릴리언 기번'이라고 쓴 것을 떠올렸다. 댄은 나를 '릴'이라고 불렀고, 레이철과 아빠는 나를 '릴리'라고 불렀다. 갑자기 클레어를 낳을 때가 생각났다. 간호사는 나를 어머님, 댄을 아버님이라고 불렀다. "얼음 더 드릴까요, 어머님?"이라든가 "비켜 주세요, 아버님" 등과 같이 말이다. 물론 딱 이렇게 말하지는 않았지만. 댄은 클레어를 낳는 동안 내내 의자에 앉아 어마어마한 양의 도넛을 먹어 치웠다. 내가 힘을 줄 때마다 그는 내 옆에 있었지만, 부연 시야가 맑아지면 그가 허름한 의자로 돌아가 앉아서 도넛을 씹는 게 보였다. 클레어의 탯줄을 자르고 3초 후에 그는 조그마한 봉투에 손을 뻗어 도넛 한 개를 꺼내 내게 건네주면서, 신생아 위로 도넛 부스러기를 떨어뜨렸다. 대단한 남편이었다. 도넛을 이렇게나 적절하게 활용하다니.
떵. 새 메일이 왔다.

릴리언 씨께

목록이 좋군요. 애너벨이 원하는 어떤 모양으로든 꽃을 심을 수 있습니다. 운이 좋다면 깔끔한 모양이 만들어질 겁니다. 하지만 혹시나 아이가 실망하지 않고 적정한 목표를 정해 달성할 수 있게 마음의 준비를 시켜 주세요. 자연은 이따금 자기 식대로 뻗어 나가기로 결정하거든요. 또 대개 똑바로 뻗어 나가지 않으려 들기도 하지요. 그래도 무척 예쁠 겁니다. 보내신 그림이 아름답군요. 화가시죠? 하지만 저대로 될지 안 될지는 뜰을 직접 봐야 알 수 있을 것 같습니다. 수업 후에 집에 들러서 봐 드릴 수 있습니다. 제 의견을 드릴 수 있다면 기쁘겠습니다.

에드워드 블로엄 드림

음, 생각을 해 봐야겠다.

나는 그 자리에 앉아서 이메일 내용을 생각하며 레이철에게 전화를 걸었다. 그녀의 목소리에 스트레스가 꽉 차올라 있었다.

"나랑 수업을 같이 듣는다고 엄마한테 말했어?"

나는 얼굴을 찌푸렸다. "응, 널 위해서. 엄마가 너랑 주말에 브런치 먹으러 가려고, 네가 더 좋은 딸임을 강조하려 할 테니까. 엄마가 널 괴롭히는 사태가 벌어지지 않게 하려고 선수를 쳤지." 나는 말을 잠시 멈췄다. "뭐 잘못됐어?"

그녀가 한숨을 쉬었다. "아니야. 방금 엄마가 전화해서 내가 남편감을 낚으러 나가지 않고 언니랑 애들 주위를 맴돌면서 인생을 허비한다고 하기에." 그녀가 말을 잠시 멈추고, 내가 할 게 분명한 질문에 미리 대답했다. "맞아, 엄마는 취한 상태였어. 근데 엄마는 보통 늘 취해 있잖아."

나는 그녀에게 공감하며 한숨을 쉬었다. "젠장! 또 치명적인 햇빛 아래로 나가는 일이 어쩌고저쩌고 했겠네."

"물론이지. 햇빛 아래에서는 10분마다……."

"얼굴이 여섯 달씩 늙는다고 말했겠지." 나는 거실로 나가서 조그마한 장난감들을 발로 차 통에 집어넣었다. 이렇게 나는 주중 내내 하체 운동을 한다. "대체 엄마는 어디에서 그런 것들을 주워들은 거야? 난 한 번도 그런 말을 들어본 적 없는데. 엄마가 지어낸 말 아닐까?"

"옛날 잡지사 기자들이 엄마한테 말했을지도 모르지. 그래서 엄마가 꽃게처럼 그 말에 달라붙어 있는 걸 거야."

"엄마가 널 휘두르게 하지 마. 엄마는 꿈속에서 사는 사람이잖아."

"나도 알지." 침묵이 흘렀다. "엄마는 그저……."

"알아." 이제는 내가 입을 다물었다. 말할 게 없었다. 아빠는 엄마가 어린애 같은 사람이라고 말하곤 했다. "네 엄마는 시각이 단순하지." 아빠는 엄마에 대해 항상 이렇게 말했다. "조그마한 것들에서 큰 즐거움을 느끼고, 그 순간에만 집중하며 살아." 아빠는 엄마의 그런 점을 좋아했다. 아빠 자신이 무척 지적이고, 미래, 돈, 세상에 대한 걱정을 하며 사는 분이었기 때문이다. 엄마는 세상 사람들이 자기에게 관심을 갖지 않는 한, 세상에 쥐꼬리만큼도 관심이 없었다. 어른이 돼서 보니 두 분의 관계는 엄마가 아빠의 인생을 복잡하게 만들지 않았던 덕분에 잘 유지된 거라는 생각이 들었다. 엄마가 기분이 나쁠 때 아빠는 보석이나 꽃을 선물하거나 비위를 맞추어 마음을 풀어 주었다. 아빠에게 엄마는 쉬운 사람이었다. 불행히도, 극도로 나르시시스트에 아이 같은 사람이 대개 그렇듯 엄마는 다른 집 애들을 추종자 혹은 경쟁 상대로 보았다. 그 덕분에 유치원에 들어갔을 때쯤 나와 레이철에게는 어떤 꼬리표가 달리게 되었다. 그 덕분에 레이철은 나쁜 경험을 무척 많이 겪고, 자기 자리를 찾을 때까지 수없이 심리치료를 받아야 했다. 한편 달아오른 대장간 같던 나의 괴로움은 서서히 식어서, 나는 레이철에게 그녀가 얼마나 강한 애인지 알려줄 수 있게 되었다. 하지만 지금도 레이철이 혼자 있을 때나 늦은 밤이 되면, 그 오래된 마귀가 그녀를 사로잡고 그동안 애써 쌓아 올린 성의 주춧돌 몇 개를 걷어찼다.

우리는 옛날부터 하던 주문을 중얼거렸다.

"무시해, 레이철. 엄마는 바보야."

"알아."

"네 인생은 멋져. 넌 아름답고, 영리하고, 엄마보다 훨씬 더 능력이 뛰어나. 엄마가 그걸 모를 뿐이야."

"알아."

나는 거실에 당도하여 애들이 뭘 하나 보려고 복도를 걸어갔다. "엄마는 그냥 늙어 가고 있을 뿐이야."

"알아."

"주름이 자글자글해지고, 살이 축축 처지고."

"알아."

나는 방문을 열고 애들을 들여다보았다. 이불과 장난감, 애착 담요와 한데 뒤엉켜서 천사 같은 얼굴로 잠들어 있었다.

"엄마는 네 인생에 대해 아무것도 몰라."

"알아." 그녀의 목소리가 갈라졌다. "그런데 대체 나는 왜 아직도 엄마한테 휘둘리는 걸까?"

방문을 닫으면서 우리 애들이 이런 대화를 하지 않기를, 내 DNA 하나하나에 대고 기도했다. 문제 많고 가엾은 우리 엄마가 죽는다 해도, 그 후로 오랫동안 내 동생과 나는 여전히 엄마의 말에 사로잡혀 있을 것이다. 대화의 골이 깊게 패면 빠져나갈 탈출구를 찾기가 끔찍하게 어려워진다.

당근 기르기

⟶⟵

흙을 부드럽게 고르고 잔돌을 모두 치워라. 당근에게는 흙을 밀고 올라오는 것도 이미 벅찬 일이다.

- 씨는 7~10센티미터 떨어뜨려 뿌리고, 씨를 뿌린 열 사이는 최고 30센티미터 정도 떨어뜨려라(줄자로 재면서까지 할 필요는 없다. 눈대중으로 어림하면 된다. 간격이 1~2센티미터 다르다고 해서 잘 자라지 않거나 부실한 당근이 되지는 않는다. 어여쁜 다색 당근을 심지 않는 한 말이다. 이 당근의 경우에는 간격을 철저히 지켜 줘야 한다).
- 토양 표면을 덮는 멀칭 작업은 흙의 수분기를 유지하고, 발아를 촉진하며, 뿌리가 햇빛에 지나치게 노출되는 걸 막아 준다. 나무 조각, 자잘한 고무 조각, 조그마한 인형 신발 같은 것을 사용하라. 여러분이 나와 같다면 이 작업을 하기 위해 엄청 오래 주저앉아 있어야 할 것이다.
- 2~3센티미터 길이까지 자라면, 간격이 7센티미터 정도가 되게끔 이파리를 솎아 준다. 뽑지 말고 가위로 자르는 게 좋다. 그래야 다른 뿌리에 상하지 않는다.
- 당근은 두어 차례의 서리를 맞은 뒤에 더 맛이 좋아진다. 가을에 혹독한 첫서리가 내리고 나면, 잘게 부순 이파리들을 45센티미터 정도 두께로 밭 위에 덮어 준다. 그래야 다음에 수확할 당근을 보존할 수 있다.

7

    토요일, 우리는 식물원에 도착했다. 잠시 길을 잘못 들었나 하는 생각이 들었다. 비어 있던 땅은 이제 누가 봐도 채소밭이 되어 있었다. 미친 듯이 잘생긴 밭이 자부심이 가득한 표정으로 그곳에 서 있었다. 그럴 자격이 있었다. 어린이용 밭은 테라코타 타일로 빙 둘러 떼어 두고, 바큇살 모양으로 구획을 나누었다. 그한가운데에는 바닥에 타일을 깔아 놓았는데, 아이들이 일하기에도 놀기에도 아주 좋아 보였다. 또 아이들을 지켜보기 편하도록 삼나무 벤치 네 개가 어린이용 채소밭 주위에 놓여 있었다. 우리 집 뜰 그림에 그려 넣은 것과 비슷한 모양이었다. 보다 뚜렷하게 경계 지어진 커다란 채소 구역은 가운데에 톱밥으로 길을 내서 두 부분으로 나누었다. 틀밭도 이미 만들어져 있었다. 한 주밖에 안 지났는데 이럴 수가!

레이철은 이번에는 우리와 함께 차를 타고 왔다. 수업이 끝나면 우리 집에 함께 갈 계획이었다. 나는 대범하게 에드워드에게 답장을 했다. 우리 집에 들러서 뜰을 어떻게 꾸밀지 조언해 준다면 그보다 반가울 수 없을 것이라고 말이다. 그래서 레이철이 내 차를 함께 타고 수업에 가겠다고 한 것이다.

"거기에다," 레이철이 대시보드에 발을 올리며 덧붙였다. "내가 지난주 이후로 애들을 거의 못 봤잖아. 그동안 언니가 애들의 섬세한 정신에 무슨 상처를 입혔을지 어떻게 알아?"

나는 백미러를 쳐다보았다. 클레어는 오늘 아침에 빨간 마커로 얼굴을 죄다 칠했다. 애가 주방으로 왔을 때 나는 잠시 환각을 보는 줄 알았다. 온통 피를 뒤집어쓴 줄 알았기 때문이다. 알고 보니 무당벌레 분장을 한 것이었는데, 땅에서 딸기와 놀려면 그게 더 나아 보여서 그랬단다. 우리 클레어는 메소드 연기의 달인이다. 나 같은 아마추어는 그 같은 정신세계를 이해할 수 없었지만, 나는 아무 말도 하지 않았다. 내가 조금이나마 영향을 미쳤다고 레이철이 생각하게 놔두자. 애너벨은 그저 창밖만 응시했다. 타고난 성격대로 생자필멸과 인생무상에 관해 곰곰 숙고 중인 것 같았다. 저 애가 「네모바지 스폰지밥」 주제곡을 부르고 있는 것 같은데, 아마 아니겠지?

나는 레이철이 방금 한 말에 응수했다. "그래 맞아. 근데 그때 넌 어디에 있었는데?"

"근처에. 언니네 집 근처는 아니고."

"비밀도 많으시지."

"그냥 질문을 피하는 거야. 둘은 완전 다르지."

미친 듯이 잘생긴 밥이 레이철을 보고 얼굴을 붉히는 모습을 보니, 그때 레이철이 어디에 있었는지 추측할 수 있을 것 같았다. 흠, 하지만 레이철은 다 큰 성인이다. 나중에 심문해야지.

우리가 가장 먼저 도착한 듯했다. 밥과 에드워드가 멀리 한쪽에서 상자들을 뒤지고 있어서 우리는 벤치에 앉았다. 식물원은 놀라울 만큼 시끄러웠다. 새들이 머리 위에서 짹짹대고, 벌들이 주변에서 윙윙거리고, 나비들이 좋은 꽃을 차지하려고 서로를 밀어내면서 날개를 퍼덕였다. 마치 가든 파티용 드레스를 놓고 십대 소녀들이 치고받는 것처럼.

평소와 같이 우리 애들은 놓치는 것이 없었다.

"새들이 자기 집에 있을 때보다 여기서 목소리가 훨씬 커. 왜 그런 거지?" 클레어가 물었다. 무당벌레 원피스에게 미안하게도 빨간 얼굴과 물방울무늬 미니마우스 원피스가 잘 어울렸다. 내가 처음에 골라 준 옷은 아니었지만, 확실히 정원 수업에 적절한 복장이었다.

애너벨이 대신 대답했다. "새들이 더 크게 우는 것 같진 않아. 여기가 엄청 조용해서 그렇게 들리는 거겠지." 내 무릎에 앉은 애너벨은 멜빵 청바지와 운동화라는 실용적인 차림새였다. 애너벨이 깜빡하고 속옷을 챙겨 입지 않은 건 우리 둘만 아는 사실이지만.

클레어가 얼굴을 찌푸렸다. "쟤들이 늘 저렇게 시끄럽게 노래한다고? 그런데 여태 우리가 몰랐던 거라고?"

"그래. 여기선 자동차 소리도 크잖아." 애너벨이 잠시 내 어깨에 고개를 기대자 정말 기분이 좋아졌다. 아이의 머리칼, 손, 옷에서 나는 냄새는 언제나 기분이 좋다. 클레어가 생각에 잠긴 표정을 지었다.

"그렇다면 새들은 화가 날 거야. 내가 뭐라고 말하는데 아무도 듣지 않으면 싫잖아." 공감능력이 뛰어나기도 하지. 상냥한 우리 클레어. "그래서 쟤들이 늘 차에 응가를 하는 거야. 나라도 그럴 거야." 공감능력만큼 앙심도 크게 품는구나.

다른 사람들이 도착하기 시작했다. 프란세스와 엘로이즈는 오늘은 비슷한 스웨터를 입지 않았지만, 여전히 이상하게 닮아보였다. 댄과 평생을 보냈더라면 나도 그이와 비슷하게 보였을까? 그러자 프란세스와 엘로이즈가 정말 오랜 시간을 함께했는지, 그저 내 마음대로 추측한 것인지 궁금해졌다. 표지만 보고 책을 판단하지 않으려고 노력하지만 늘 그렇게 된다. 상상력 부족이 내 문제다. 진이 허둥거리며 나타나 멋진 미소를 날렸다.

"안녕하세요, 여러분!"

"안녕하세요." 엘로이즈가 대답했다. "오늘 아침엔 한결 명랑해 보이시네요."

진이 우리 맞은편 벤치에 몸을 털썩 날렸다. "전 원래 명랑한 사람이에요. 아내가 잠시 집에서 나가 있는데, 고맙게도 커피 케이크를 구워 두고 갔더라고요. 오늘 아침에 정원에 앉아서 정말 평화롭게 앉은자리에서 절반이나 먹어치웠지요. 맛있었어요." 그가 우리를 쳐다보고는 자신이 단순한 사람으로 여겨진다고 생각했던지 미소를 거두었다. "전 케이크를 좋아하거든요."

앤절라가 조그마한 남자아이를 대동하고 나타났다. 두 사람은 대화에 열중한 듯 보였지만, 가까이 다가오자 각자 독백을 하고 있었다.

"그러고 나서 오서봇이 화염방사기로 변신해서 빌딩을 날려버렸는데, 그러니까 댄도봇이 나타나서 크레인으로 변신해서 빌딩을 다시 세웠어. 정말 빨랐어. 오서봇이 댄도봇을 죽이려고 들었지만 못했는데, 그건 악당 로봇 겸 괴물이 다가와서 둘 다 죽여버리려고 해서야. 둘은 한 팀으로 괴물과 싸워서 이겼어. 엄청 끝내줬어." 아이가 놀랄 만큼 숨도 쉬지 않고 말했다.

앤절라가 내 시선을 감지하고 짧게 미소 지었다. "그래, 배시. 무척 흥미로웠겠네."

"흥미로운 정도가 아니고, 정말 끝내줬다니까."

배시가 고개를 들고는 우리가 자신을 쳐다보고 있음을 알아차렸다. 그러자 입을 다물더니 엄마 뒤로 숨었다. 그녀가 우리에게 활짝 웃어 보였다.

"안녕하세요. 얜 제 아들 배시예요. 어서 인사해, 배시."

배시가 뭐라고 중얼거렸다. 아마 저 애도 다른 남자애들처럼 타고난 파괴력을 지녔을 것이다. 내 생각이 편견이 아니라면.

"안녕, 배시." 우리 꼬마 외교관 클레어가 재잘거렸다. "나는 내 정원에서 딸기를 기를 거야. 너는 뭘 기를 거야?"

배시가 어깨를 으쓱했다. 여전히 말은 없었다.

"배시는 어느 학교에 다니니?" 프란세스가 부드럽게 물었다.

배시가 다시 어깨를 으쓱했다.

마이크가 산악자전거를 끌 듯이 타고 나타났다. 그가 넓게 펼쳐진 흙길에서 벗어나 멈춰 서자, 아이들이 모두 "우와!" 하고 적절한 감탄사를 터뜨렸다.

"어이, 삐약이들." 그가 말했다. 인사의 한 형태인 듯했다. 어쩌면 "여어, 삐약이들"이었을지도 모르겠다. 정확히는 기억이 안 난다. '삐약이'라는 단어를 기억하는 건 클레어가 곧장 내게 "집에 가면 삐약이 좀 먹어도 돼요?"라고 물었기 때문이다. 나는 우리는 삐약이를 먹지 않을 거라고 대답했다. 부활절이 아니라서 달걀이 없기 때문이기도 했지만, 삐약이가 달걀이 아니라 방사능 물질이 잔뜩 든 뭔가를 지칭할 수도 있기 때문이었다. 이런 온갖 생각을 했어도 내가 한 말은 "안 돼" 한마디뿐이었지만.

"좋아요. 모두 오셨네요." 에드워드가 우리 뒤에서 나타났다. 모두 그의 목소리가 들린 쪽으로 몸을 돌렸다. 그는 혼자가 아니었다. 미친 듯이 잘생긴 밥 옆에 귀여운 젊은 여자 한 명이 미소 짓고 서 있었다.

"여기는 리사 벨링가 양이에요. 네덜란드 출신이고요, 애들이 채소밭을 가꾸는 걸 도와줄 거예요."

"나는 딸기를 심을 거예요." 단호한 목소리가 들려왔다.

리사가 미소를 지었다. "네가 클레어로구나." 그녀가 다른 두 아이를 바라보았다. "넌 애너벨이고, 넌 세바스천이지?"

배시가 세바스천의 애칭이었구나.

리사가 손을 뻗었고, 물론 클레어가 그 손을 맞잡았다. "그럼 가서, 네가 기르고 싶은 걸 심으려면 먼저 땅에 뭘 해야 할지 볼까?" 내 두 딸은 예의 바르게 그녀에게로 향했지만 배시는 망설였다. 앤절라가 단호하게 배시의 얼굴을 자기 쪽으로 돌리고 그 앞에 무릎을 굽혀 앉았다.

"배시, 엄만 여기에 있을 거야. 그러니 언제든 엄마한테 올 수 있고, 네가 좋아하는 흙을 만질 수도 있단다." 그가 미심쩍게 고개를 끄덕이고는 리사와 우리 애들이 기다리는 곳으로 걸어갔다.

나는 앤절라를 쳐다보았다. 앤절라는 아이를 걱정스럽게 지켜보았다.

"약간 내성적인가 보네요."

그녀가 고개를 끄덕였다. "익숙해지면 괜찮은데 그때까지 시간이 좀 걸려요."

배시가 다른 사람들과 함께 서 있는데, 클레어가 갑자기 배시의 팔을 툭 치고 미소를 지었다. 그러고는 땅에 있는 뭔가를 가리켰다. 두 아이가 바닥에 쪼그려 앉았다.

"귀엽기도 하지." 앤절라가 말했다. 오늘은 머리 손질이 좀 느슨했는데, 애를 데리고 오느라 자기에게 쓸 시간이 없었던 것 같았다. 전반적으로 지난주보다 좀 편안하고 행복해 보였다.

"클레어가 사교성이 높아요. 선생님이 '유치원 시장님'이라고 부를 정도예요."

우리는 조용히 속닥거렸지만 에드워드가 목소리를 높였다.

"두 분 잘 듣고 계세요? 중요한 내용을 놓쳐서 채소들을 모두 죽일 셈입니까?" 목소리는 엄격했지만 얼굴에는 미소가 걸려 있었다.

"그러게 말이에요." 레이철이 톡 끼어들었다. "아니면 더 최악으로, 언니가 끔찍한 잡초들을 길러서 제 아름다운 에덴동산까지 망칠지도 몰라요."

마이크가 웃음을 터트리며 말했다. "전 풀만 기를 계획인데요."

"풀? 대마초를 말하는 거예요?" 프란세스가 엄한 표정을 지었다. '난 교사라고, 이 말썽쟁이야'라고 말하는 듯한 표정이었다.

"진짜 풀을 말한 거예요. 제가 뭘 제대로 기를 수 있을 것 같진 않아서요. 대마초 재배가 불법이란 건 말할 것도 없고요." 그는 전설의 동물인 빅풋과 예티가 싸우는 그림이 그려진 티셔츠를 입고 있었는데, 참 정신 사나운 옷이었다.

"사실 주 법률에 따르면, 의학용 대마초 처방전이 있는 경우에는 다 자란 대마 여섯 그루나 대마 모종 열두 그루까지는 기를 수 있어요."

모두 엘로이즈에게로 몸을 빙그르 돌렸다.

"적어도 내가 들은 바로는 그래요." 그녀가 프란세스를 쳐다 보았다. 프란세스는 눈꼬리를 살짝 치켜떴지만 아무 말도 하지 않았다.

에드워드가 헛기침을 했다. "옆길로 샜네요. 이제 채소와 꽃과 허브로 돌아가 볼까요? 허브는 먹을 수 있는 풀이죠."

진이 목소리를 높였다. "클레어는 딸기를 심을 계획인 것 같던데요."

나는 웃음을 터트렸다. "들으셨군요."

에드워드가 주머니에서 목록 하나를 꺼냈다. "좋습니다, 오늘의 과제입니다. 진 씨와 마이크 씨는 함께 당근과 콜리플라워를 심을 거예요. 프란세스 씨와 엘로이즈 씨는 샐러드 밭을 만들 거고요. 릴리언 씨와 레이철 씨, 앤절라 씨는 함께 다른 틀밭 두 곳에 콩, 호박, 옥수수, 후추, 완두콩, 토마토를 심을 겁니다."

그가 갑자기 두 팔을 들고 빙빙 돌렸다. "이 수업의 목적 중 하나는 여러분이 도시 안에서 자연의 세계를 보고, 계절이 어떻게 흐르는지, 땅이 어떻게 다 다른지, 우리가 어떻게 성장할 수 있는지 배우는 겁니다. 여기 계신 많은 분들이 계절, 날씨, 주위에서 일어나는 생명의 순환을 느끼지 못하며 살지요. 우리는 항공 운송 덕분에 1년 내내 채소와 과일을 먹을 수 있으니까요. 사무실에서 종일 시간을 보내는 분이라면, 지난주보다 이번 주가 조금 더 추워졌는지조차 못 느낄 수도 있어요. 물론 여기 가여운 로스앤젤레스 시민들에게는 계절이 하나밖에 없지만요. 덥거나 덜 덥거나, 비가 좀 오거나 아예 안 오거나 정도로 구분하면 두 계절일 수도 있겠네요. 슬픈 일이죠. 그래서 오늘 땅을 파고 식물을 심을 때는, 우리가 하는 일이 어떻게 이 땅을 일구었던 선대들과 우리를 연결해 주는지 생각해 봅시다."

에드워드가 예기치 못하게 시적인 짧은 연설을 마치자마자, 클레어의 폭발적인 웃음소리가 들려왔다. 나는 그쪽으로 고개를 돌렸다. 애들은 모두 거대한 챙모자를 자랑스럽게 쓰고 벌써 땅을 파고 있었다. 클레어와 배시가 깔깔댔다. 레이철이 모자에 주목했다.

"나도 모자가 있으면 좋겠는데. 땅도 파고 싶고 말이야. 이제 시작하죠."

에드워드가 미소를 지었다. "그럽시다. 이야긴 다 했으니까. 모자가 필요하면 내게 몇 개 있어요. 회사 로고가 다소 과하게 새겨져 있긴 하지만 쓰고 싶으면 쓰셔도 됩니다. 이제 자기 구역으로 가서 진짜 '손으로' 일을 해 봅시다. 진흙을 갈아엎고, 그 안을 들여다보고, 흙의 한결같음을 느껴 보세요. 각자 기를 채소에 필요하게끔 토질을 바꾸고, 지지대나 울타리도 설치할 겁니다. 제가 돌아다니면서 차례로 알려 드릴 거예요. 아시겠습니까?"

아이들이 즐겁게 재잘대고, 우리가 서 있는 쪽을 향해 활짝 웃어 보였다.

"바닥에 앉아 보세요, 엄마." 배시가 말했다. "따뜻해요!" 배시의 얼굴이 활짝 펴졌다.

앤절라가 미소를 짓고는 자리에 앉아서 우리를 둘러보았다. "배시 말이 맞아요. 무척 따뜻하네요." 그녀가 손으로 땅을 탁 쳤다.

레이철이 한숨을 쉬었다. "좋아요. 엉덩이를 더럽힐 차례군 요." 그러면서 다소 조심조심 자리에 앉았다. 나도 따라 앉았다.

나는 다른 사람들을 보았다. 엘로이즈와 프란세스는 근처에 있었다. 프란세스는 벌써 작업을 시작해서 땅을 갈퀴로 긁으며 흙을 골라냈고, 엘로이즈는 그냥 무릎을 꿇고 앉아 얼굴에 햇살 을 받고 있었다. 차분하고 평화로워 보였다. 어쩌면 돌이 된 것 같기도 하고.

마이크와 진은 에드워드와 이야기를 나누었다. 미친 듯이 잘 생긴 밥이 대나무가 쌓인 손수레를 끌고 다가왔다.

"안녕하세요, 레이철 씨." 그가 오이만큼 차갑게 말했다.

"안녕하세요, 밥 씨." 레이철이 똑같이 차갑게 응수했다.

"지난번 밤엔 재밌었어요." 그의 목소리는 여전히 차가웠지 만 눈빛은 이글거렸다. 앤절라와 나는 못 들은 체할 수가 없었다.

"나도요." 레이철이 몸에 열을 끌어올리고 나서 특유의 동작 을 취했다. 몸을 돌리고, 손을 뻗어 긴 머리를 틀어 올린 뒤, 목덜 미를 우아하게 드러내는 동작. 나는 이 동작이 97.8퍼센트 먹히 는 걸 익히 보아 왔다. 밥이 눈을 아주 약간 가늘게 뜨더니 나와 앤절라를 향해 씩 웃었다.

"배달 왔습니다, 숙녀분들."

밥은 수레에 실린 짐을 우리 옆에 내려놓고 나서 레이첼에게 한 마디도 더 하지 않고 터덜터덜 걸어갔다. 마치 자연 다큐멘터리를 보는 것 같았다. 내가 레이첼에게 날카롭게 말했다.

"레이첼 앤더비, 언제 밥이랑 데이트했어?"

"언니, 내가 라벤더 기를 거라고 얘기했어?"

앤절라와 나는 서로를 쳐다보았다. 앤절라가 한 번 더 시도했다.

"레이첼, 밥이랑 잤어요?"

레이첼이 갑자기 고개를 들어 하늘을 보았다. "저거 독수리 맞죠?"

우리는 포기했다. 하지만 충분히 알았다.

나는 밥이 무슨 보물을 주고 갔는지 보려고 몸을 숙였다. 긴 대나무 줄기와 노끈 한 더미였다. 나중에 연이라도 만들 건가? 안에 구멍이 뚫린 검은 파이프도 있었다. 멋질 게 전혀 없잖아.

레이첼이 앤절라와 수다를 떨었다. "무례하게 들릴지도 모르지만, 앤절라는 공영 주택단지에 살아요? 요즘에도 그런 집을 그렇게 부르는 게 맞다면요."

앤절라가 고개를 끄덕였다. "네, 단지에 살아요. LA 동부에 있는 거요. 좋은 곳이라고 말하고 싶지만 그렇지가 않네요. 전 밤에는 간호학교를 다녀요. 배시 아빠가 동의해 준다면 어디 다른 곳에 가서 살려고 해요. 아마 동의해 주겠죠. 아니면 그에게 총이라도 쏠까 봐요. 그게 일이 더 쉬울 거 같긴 한데." 그녀가 미소 지으며 농담을 하다가 갑자기 내가 과부라는 사실을 떠올렸는지 얼굴색이 변했다.

"미안해요. 완전히 잊었어요. 남편분이……."

나는 어깨를 으쓱했다. "슬프지만 저도 그 사람을 잊고 사는데요, 뭘. 어느 때는 몇 시간이고 그이가 죽었다는 사실을 잊고 지내요. 그러다 그 사실이 떠오르면 잠깐 기분이 거지 같았다가 다시 괜찮아져요."

"얼마나 됐나요? 돌아가신 지?"

"다음 달이면 4년이 되네요."

레이철이 얼굴을 찌푸렸다. "방금 내 머릿속에서 '1년'이라고 대답했는데, 그렇게 오래됐다니."

앤절라가 그녀를 바라보았다. "당신도 그분을 아는군요."

"물론이죠. 언니네 부부는 결혼생활을 오래 했어요. 우리는 같은 도시에 살고 있고요. 형부를 무척 많이 봤죠. 나도 형부가 그리워요. 재밌는 사람이었거든요."

에드워드가 다가왔다. 이번 주는 날씨가 따뜻해서 스웨터를 입지 않고 티셔츠에 청바지 차림이었다. 내가 상상한 교수의 이미지보다 훨씬 몸이 탄탄했다. 그림을 전공한 내가 본 예술대학 남자 교수들은 모두 마르고, 재미있게 생기고, 예술가라고 선언하듯 얼굴에 수염을 기르곤 했다. 하지만 에드워드는 소방수나 뭐 그런 직종 사람 같았다. 키가 크고, 튼튼하고, 단단한 몸매였다. 내가 그를 육체적으로만 평가하는 건 아니다. 그건 나에 대한 모욕이자 오해다. 에드워드가 양손을 비비면서 우리에게 씩 웃었다.

"손을 더럽힐 시간입니다, 여러분."

우리 셋이 빤히 올려다보자 그의 얼굴이 붉어졌다. "정말 말 그대로 흙을 만진다는 뜻이에요."

그가 우리 옆에 앉아 손으로 땅을 탁 쳤다.

"땅에서는 온갖 마술들이 일어나지요."

내가 대담하게 말했다. "중요한 건 태양과 물인 줄 알았는데요."(「세서미 스트리트」 같은 유아 교육용 TV 프로그램뿐만 아니라 57종에 이르는 기초 생물학 교과서에 다 나오는 말이다).

그가 고개를 끄덕였다. 그의 튼튼한 손가락이 흙을 만지작거렸다. "물론 태양과 물 없이는 아무것도 기를 수 없어요. 하지만 흙은 식물을 키워 내고 자양분이 되어 주는 곳으로, 식물이 얼마나 잘 자라느냐는 토질이 결정합니다. 뿌리가 자라기에 흙이 너무 빡빡하면 물과 햇빛도 별 도움이 안 돼요. 또 흙이 너무 성기거나 모래가 많으면 식물이 위로 뻗어 나가질 못 하죠."

우리 모두 진지하고 생각하는 듯한 표정으로 고개를 끄덕였다. 그가 공식적인 태도로(그리고 귀여운 억양으로) 설명을 계속했지만, 나는 내가 모든 걸 제대로 이해하고 있는지 알 수가 없었다. 칼륨, 질소, 기타 등등이 학창 시절 화학 수업을 떠올리게 했다. 이런저런 물질이 분해되어 비료로 사용되고 벌레들이 어쩌고…… 몇 분 듣고 있으려니 집중력이 떨어져서 나는 아래를 내려다보고 흙을 가지고 놀았다. 그의 목소리가 귓등으로 들렸다. 앤절라와 레이철이 질문을 했지만 아무도 나를 귀찮게 하지 않았다. 햇살은 따스했고, 아이들은 바쁘게 움직이고, 흙바닥에 앉아 있는 건 기분 좋았다. 비록 흙을 골라내고 있었지만 내 기분은 굳이 표현하자면, 행복했다.

갑자기 에드워드가 일어나서 다른 사람들도 일어났다. 젠장, 내가 뭔가를 놓친 게 분명하다.

"이제 졸음을 쫓으세요. 삽을 휘두를 때가 왔습니다." 레이철이 손을 아래로 뻗어 나를 일으켜 주었다. "괜찮아?"

나는 고개를 끄덕였다. "미안. 그냥 좀 여유를 즐겨 봤어."

미친 듯이 잘생긴 밥이 다시 나타났고, 그가 불장난을 두려워하지 않는다는 게 분명해졌다. 그러니까 그가 기본적인 전략으로 되돌아가서 맨투맨 티셔츠를 벗고 복근이 드러나도록 딱 달라붙은 티셔츠 한 장만 걸치고 돌아왔다는 말이다. 레이철은 그를 보지 않는 체했지만, 본의 아니게 주먹이 꽉 쥐여져 있었다. 밥이 어두운색의 뭔가가 가득 담긴 외바퀴 손수레를 밀고 와서 우리 옆에 쏟았다. 냄새가 났다. 그의 체취도 풍겼다. 하지만 전자가 좀 더 강했다.

"소거름입니다." 에드워드가 말했다. "가져가서 땅속에 파 넣으세요. 훌륭한 양분이 되어 줄 겁니다."

밥이 쇠스랑과 삽을 나눠 주고는 터덜터덜 걸어갔다. 아마도 거름을 더 가져오려는 듯했다. 이것이 아름다운 농가에 대한 환상의 실체겠지.

나는 기본 도구를 다루는 데도 애를 먹었다. "파 넣으라고요? 너무 답이 뻔한 질문을 하기는 싫지만, 정확히 어떻게 하라는 건가요?"

"제가 보여 줄게요." 에드워드가 삽을 집어 거름을 약간 퍼서 옆에 있는 흙 위에 뿌리고는, 쇠스랑으로 땅을 갈고 흙을 뒤엎기 시작했다.

"당신이 커다란 주방 믹서기라고 생각하세요. 재료들을 그냥 섞는 겁니다." 그가 씩 웃었다. "토질이 바뀌면 땅에 물을 약간 댈 겁니다." 그의 손가락이 검은색 파이프를 가리켰다. "그러고 나서 지지대를 몇 개 세울 거예요. 한 틀밭에는 잠두콩, 완두콩, 옥수수, 호박을 심고, 다른 틀밭에는 토마토와 영국 완두콩을 심을 거거든요."

그래, 적어도 그에게는 야심이 있다. 그가 우리에게 매력적인 미소를 날리고는 프란세스와 엘로이즈에게로 다가갔다. 우리 모두 그의 엉덩이가 씰룩이는 모습을 지켜보다가 몸을 돌려 일을 시작했다. 처음에는 쉬웠다. 하지만 5분 정도 지나자 땀이 나기 시작했다.

나는 레이철에게로 몸을 돌렸다.

"내가 문제야, 아니면 이게 내 생각보다 더 힘든 거야?"

그녀가 일평생 농업 용구에 몸을 기댔던 사람처럼 보이려고 애쓰면서 쇠스랑에 몸을 기댔다. 머리를 땋고 깅엄 셔츠만 입으면 딱이었다. 다만 그녀가 「비벌리힐스 아이들」의 등장인물 같다는 것만 빼면.

"솔직히 언니가 문제지. 육체노동이 쉬울 거라고 생각하다니 대체 어떤 환상의 나라에 살고 있는 거야? 육체노동이란 말이 무슨 뜻인지는 말 안 해 줘도 되지? 이런 일을 '육체휴가'나 '육체휴식'이라고 부르지 않는 데는 다 이유가 있는 거라고."

"육체휴식이라니 꼭 매춘부들이 낄 때 하는 말 같네요."

앤절라가 톡 끼어들었다. 크게 힘들이지 않은 것 같은데 벌써 자기 몫의 거름을 거의 다 섞은 뒤였다.

나는 요통을 유발하는 노동이 아니라 심신 수련 운동을 하는 듯이 일에 집중하려고 애썼다.

"엄마?" 방해꾼이 이렇게 반갑다니! 나는 동작을 멈추고 클레어에게 몸을 돌렸다.

"응, 아가?"

"내가 첫 번째 딸기를 심었어. 이리 와서 봐 줘."

나는 땅에 쇠스랑을 박아 넣고 딸기를 보러 갔다.

클레어가 평소처럼 재잘댔다.

"먼저 땅이 행복해지라고 냄새나는 소똥들을 모두 뒤섞고, 조심조심 손으로 조그맣게 구멍을 파고, 그 안에 조그마한 모종들을 부드럽게 놓고, 흙을 살살 다졌어. 멋지지? 선생님이 진짜 잘 가르쳐 줘."

진짜 잘 가르쳐 주는 선생님인 리사가 클레어가 재잘대는 사이 와서 미소를 지었다. "클레어, 무척 근사해! 쉽게 했네." 그녀가 흙투성이 손을 뻗었고, 나는 그 손을 잡고 악수를 했다. "따님들이 원예에 소질이 있어요, 기번 부인."

"릴리라고 부르세요. 아무튼 그렇게 말씀하시니 기쁘네요. 애들이 어디서 그런 자질을 물려받았는지는 모르겠지만요." 나는 아이들의 조그마한 밭을 내려다보았다. 땅은 모두 푹신해 보였고, 딸기 모종 하나가 한가운데에 완벽하게 세워져 있었다. 애너벨은 아직 일을 하느라 나를 쳐다보지도 않았다. 아이가 즐거워하고 있다는 좋은 징조였다. 애너벨은 조그마한 조약돌로 자기 구역 중심부에서부터 바깥쪽으로 어떤 모양을 만들어 나가고 있었다. 그 안을 씨앗으로 채우는 일은 거의 끝난 모양이었다. 애너벨 옆에 조그마한 씨앗 꾸러미들이 한 더미 쌓여 있는 게 보였다.

"왜 애너벨은 씨앗을 심고, 클레어는 모종을 심은 건가요?"

리사가 미소 지었다. "애너벨이 씨앗을 심고 싶어 해서요. 딸기는 조그만 모종에서 시작해야 잘 자라고요. 모종이 뻗어 나가 다음 몇 주 동안 이 공간을 다 채울 거예요. 씨앗을 심으면 수업이 끝날 때까지 과실을 맺는 걸 보지 못해요. 혹시라도 클레어의 모종이 과실을 제때 못 맺는다 해도 걱정 없어요. 우리 수업이 끝나도 몇 달 동안은 이 밭이 유지될 거니까, 여름에 와서 자기가 일한 결과물을 맛볼 수 있을 겁니다. 애너벨은 심을 꽃을 골라 놨더군요." 리사가 자기 뒤를 가리켰다. 붉은색 꽃과 푸른색 꽃이 가득 담긴 모판 하나가 조금 떨어진 곳에 놓여 있었다. "아직 애너벨을 잘 몰라서 일단 제가 가지고 와 봤어요. 하지만 애너벨은 씨앗으로 저것들을 길러 내고 싶다고 하더군요. 씨앗이 제때 잘 자라서 꽃을 피우길 바라야죠."

나는 내 구역으로 왔다. 앤절라가 안타까워하면서 내 거름더 미를 뒤집고 있었다. 자기 일은 벌써 다 마친 뒤였다. 나는 그녀 가 계속하게 두었다. 개인의 열망을 존중해야 하니까. 그러면서 나는 쇠스랑에 무력하게 기대 서 있었다.

땅을 다 갈고 나자 에드워드가 우리에게로 돌아왔다.

그가 땅바닥에 앉은 나를 내려다보며 미소를 지었다. "재미있 으세요, 릴리언 씨?"

나는 미소로 화답했다. "등이 아프지만 그것만 빼곤 굉장히 좋네요."

그가 웃음을 터트렸다. "새로운 일은 때로 힘이 들지요, 안 그 런가요? 그런 면에서 원예도 인생과 비슷해요."

나는 오만상을 찌푸렸다. "하지만 가끔 통증이란 건 그 일을 하지 말라는 계시이기도 하죠. 어쩌면 전 땅 파는 일은 적성이 아 닌 거 같아요."

레이철이 끼어들었다. "어쩌면 언니가 그냥 바보인 걸지도 모 르지."

나는 에드워드를 바라보았다. 그가 내게 윙크를 날렸다. "직 업 적성 논쟁은 아껴 둡시다. 여기에 뜰의 세 자매들을 심어 볼까 해요. 릴리언 씨는 이미 알고 계실 것 같은데."

고개를 절레절레 젓다가 퍼뜩 생각이 떠올랐다. "세 자매요? 미국 원주민들의 농사법이잖아요."

그가 고개를 끄덕였다. "네, 그리고 같이 심기에 완벽한 식물들이죠. 함께 심으면 서로 더 잘 자라게 해 주거든요."

"로맨틱하네요." 레이철이 한숨을 내쉬었다.

그가 레이철에게 미소를 지었다. "미국 원주민들은 경험 많고 효율적인 원예사인데, 로맨티스트이기도 했어요. 이 두 가지가 양립할 수 있다면 말이에요. 그들은 콩 줄기가 뻗어 나가도록 옥수숫대를 지지대로 이용했어요. 콩은 옥수수와 호박에 필요한 질소를 땅에 붙들어 두는 효과가 있고, 호박은 옥수수와 콩의 뿌리 덮개 역할을 해서 뿌리를 보호해 주지요. 그러면 모든 게 완벽하게 자라죠. 또 옥수수와 콩을 함께 먹는 건 완벽한 단백질 섭취원이 되기도 하고요." 그가 씩 웃었다. "짜릿하죠?"

우리 모두 그를 바라보았다. '짜릿'이라는 단어가 내가 사용하는 그 의미가 맞는 건지는 확신할 수 없지만, 멋지긴 했다. 그가 내 옆에 웅크리고 앉아서 땅을 다지기 시작했다.

"숙녀분들, 이리로 오세요. 높이 30센티미터, 넓이 60센티미터 정도의 둔덕 두세 곳을 만들어야 합니다. 그리고 나서 그 안에 옥수수 씨를 조금 뿌릴 겁니다. 그러면 지금 할 일은 끝납니다. 다음에 콩을 심고, 호박은 더 나중에 심을 거예요. 옥수수가 자라는 동안 기다리면서, 저쪽 틀밭에 더 빨리 자라는 식물을 심어 볼 겁니다." 그가 손짓을 했다. 티셔츠 아래 불끈대는 근육이 보였다. 돌연 내가 그에게 끌리고 있음을 깨달았다. 분명히 햇빛을 너무 오래 쬔 탓이다.

레이철은 매니큐어가 잘 발린 자기 손톱을 들여다보며 말했다. "이런 일을 하려고 인류가 조그마한 연장들을 만든 거 아닐까요?" 나는 레이철과 앤절라가 서서 우리를 지켜보고 있다는 사실을 깨달았다. 에드워드가 이쪽으로 다가오기 전부터 아직까지 나는 죽 땅바닥에 앉은 채였다.

에드워드가 어깨를 으쓱였다. "물론이죠. 하지만 우리가 하는 작업에는 인간의 손이 제일 좋은 도구예요. 그게 땅의 상태를 느끼는 데도 훨씬 좋고요. 그냥 진흙일 뿐이니까 씻으면 됩니다."

앤절라가 목소리를 높였다. "선생님이 우리를 놀리시네."

에드워드는 가만히 미소를 띠었다. "인류는 천지개벽 이래로 스스로를 위해 작물을 길러 왔지요. 사실 많은 식물들이 우리에게 맞추어 개발된 것이고, 일부만 새에게 먹혀 소화되어야 씨앗이 발아됩니다. 우리 역할은 건강한 토양에 씨앗을 심고, 물을 주고, 잡초를 제거하고, 평화롭게 놔두는 거예요. 그러면 먹기 좋은 과일, 씨앗, 꽃 들이 자라면서 호의에 보답할 겁니다."

그러고 나서 그가 대나무 줄기를 몇 개 집어 들고 내게로 다가왔다.

"토마토 지지대를 세우게 좀 도와주시겠어요?"

나는 알겠다고 하고 손에 묻은 흙을 털고 대나무 줄기를 집어 들었다. 그는 손에 대나무 줄기를 대여섯 개쯤 쥐고 느슨한 원 모양으로 땅에 박았다. 나도 그를 따라 했다.

"기본적으로 텐트 모양, 그러니까 원뿔형으로 만듭니다. 무슨 말인지 아시죠? 대나무들을 서로 받치고 그 꼭대기를 노끈으로 묶어야 해요. 끈을 지그재그로 엮으면, 대나무들이 균형 맞춰 지탱됩니다." 그가 시범을 보였다. 두 손이 무척이나 빠르게 움직였다. 갑자기 그가 내 손을 쥐고 대나무에서 치우더니 노끈을 건넸다. "제가 대나무를 잡고 있을 테니 노끈으로 감아 보세요. 할 수 있죠?" 나는 그를 올려다보았다. 그의 눈은 따뜻하고 친절했다. "실수하고 싶어도 못할 거예요. 조그마한 텐트가 잘 지탱되도록 느낌대로 하면 돼요."

나는 녹색 노끈 한 뭉치를 잡고는 그의 행동을 흉내 내려고 애썼다. 지지대 하나에 노끈을 감고, 그다음 지지대로 넘어갔다. 그의 말이 맞다. 자연스럽게 하면 되는 듯했다. 곧장 조그마한 대나무 텐트가 단단히 섰다.

"토마토 줄기가 어떻게 여기로 기어오르게 만들죠?" 나는 미간을 찡그렸다. "아니, 기어오르며 자라는 건 맞나요? 제가 토마토 자라는 걸 본 적이 없어서요."

그가 말했다. "그럼 뒤를 한번 보세요."

천천히 몸을 돌리자 모판에 담긴 뾰족뾰족한 초록색의 토마토 싹들이 보였다. "무척이나 천진하고 무해해 보이는군요."

그가 고개를 끄덕였다. "그래요. 기르는 식물로는 토마토가 무척 좋아요. 재배가 쉽고 늘 열매가 많이 맺히거든요. 벌레만 잘 쫓아 주면 햇빛 아래 놓아두기만 해도 배불리 먹을 수 있지요."
그가 입술을 핥았다. 꼬마 아이 같았다. "그리고 맛있고요."

"뭐가 맛있어요?" 나는 몸을 돌리다가 화들짝 놀랐다. 애너벨
이 내 바로 옆에 서 있었다. 텔레포트라도 한 것처럼.

"토마토가 맛있다고." 에드워드가 대답했다. "엄마가 토마토
심는 걸 도와주겠니?"

"물론이죠. 전 제 꽃 다 심었어요."

그가 애너벨에게 미소를 지었다. "선생님이 봐도 될까?" 그녀
가 고개를 끄덕이고는 그를 이끌었다. 그가 걸음을 옮기면서 몸
을 돌려 나를 바라보았다. "이제 물을 대는 관개 장치를 만들 겁
니다. 그러니 검은 파이프를 가져 오세요. 금방 돌아올게요."

나는 가만히 서서 두 사람이 멀어지는 모습을 보았다. 그의
옆에서 애너벨이 무척이나 조그마했다. 나는 몸을 한 번 부르르
떨고 파이프를 가지러 갔다.

알고 보니 그것은 식물에 자동으로 물을 주는 점적 관수 장치
였다. 무척이나 인상적이고 농업적으로 들리는 이 장치는, 씨앗
을 심을 자리를 따라서 골을 판 뒤 파이프를 파묻는 것이다. 우리
는 맨 끝에서 파이프가 튀어나오게 놔두었는데, 영리한 사람이라
면 거기에 물 호스를 연결할 것이다. 우리도 그렇게 했다. 에드워
드가 시계를 보더니 토마토 모종이 심긴 모판을 끌고 왔다.

"이것들까지 심을 시간이 있네요. 합시다."

애너벨이 내게 어떻게 하는지 보여 주었다. 나는 잠시 그대로

지켜보고는 함께 토마토를 심었다. 한두 그루쯤 심고 나니 이 일이 무척이나 좋아졌다. 토마토 모종에서 근사한 냄새가 풍겼다. 좋은 향만 나는 게 아니라, 재미있게도 알싸한 내음과 풀내음도 났다. 내 손에서, 햇살 가득한 공기 속에서도 그 냄새가 났다. 돌연 오감이 평소보다 훨씬 더 민감하게 작동하는 게 느껴졌다. 비판적인 뇌가 평소처럼 훈수를 두지 않는 건 이 때문인지도 몰랐다. 손은 물론, 눈, 귀, 코로 더 많은 정보가 유입되었다. 나는 벌들이 윙윙대는 소리, 새들이 뭔가를 두고 지저귀는 소리, 같이 수업을 듣는 사람들의 목소리, 클레어가 리사에게 고양이 젖꼭지에 대해 열변을 토하는 소리를 한 귀로 듣고 한 귀로 흘렸다. 육체적으로 힘든 일을 하고 있는데 어떻게 이토록 편할 수가 있는지 놀라울 따름이었다. 여기에서 은유적인 교훈을 끌어낼 수도 있겠지만 굳이 애쓰지는 않을 것이다. 최근 몇 년만에 처음으로 나는 생각을 멈추었고, 그저 땅을 파는 데 열중했다.

오이 기르기

씨앗을 심었다면 그물망이나 딸기 바구니를 이용하여 병해충을 막아야 한다. 가능하면 뭐든 이용해도 좋다. 특별히 훈련된 검독수리라도.

- 때때로 땅에 손가락을 찔러 넣어서 땅의 수분을 측정한다. 손가락 한 마디 깊이를 찔렀을 때 흙이 말라 있다면, 물뿌리개로 물을 뿌려 주라. 손가락이 잘 빠져나오지 않을 만큼 흙이 질척해졌다면 물을 너무 많이 준 것이다. 물이 규칙적으로 공급되지 않으면 과실 맛이 씁쓸해진다.
- 아침이나 이른 오후에 물을 천천히 뿌리되, 잎사귀에 뿌리지 않도록 한다. 연약한 잎사귀에 맺힌 물방울은 햇빛 아래서 돋보기 역할을 해서 식물에 화상을 입힌다.
- 덩굴에 설탕물을 뿌려 주면 꿀벌을 꾀어 과실을 더 많이 맺히게 한다.
- 피는 꽃이 모두 수꽃이라면 오이는 과실을 맺지 못한다. 암꽃과 수꽃이 동시에 피어야 한다. 인내심을 가져라.

8

수업이 끝난 후 우리는 모두 둘러서서 잡담을 나누었다. 진은 여전히 이상하고 무뚝무뚝한 표정을 짓고 있었지만 분명 기분 좋은 느낌이었는데, 그 모습이 꽤나 매력적이었다.

"그런데 진 씨," 나는 같이 수업을 듣는 친구를 탐색하기로 결심하고 입을 열었다. "아이는 있어요?"

그가 고개를 끄덕였다. "둘이요. 하나는 대학을 막 졸업했고, 하나는 막 첫딸을 낳았어요. 무척 신나요. 그래서 아내가 큰딸 집에 가 있어요. 아내가 없으니 집이 너무 적막하네요."

"그러면 우리 집에 와서 밥 먹어요." 클레어가 재잘댔다. 진이 마음에 든 것이다. 아마도 그가 트랙터를 타는 걸 도와줘서인 듯했다. "엄마가 채소밭에서 일을 하는 날엔 피자를 시켜 줄 거랬어요."

진이 조그맣게 미소를 띠었는데, 그의 식대로 가볍게 얼굴을 찌푸린 것이었다. "고맙지만 괜찮단다, 클레어. 손님이 없어야 엄마가 충분히 드실 수 있을 거야."

"이미 손님이 있는데요." 에드워드가 다가왔다. 미친 듯이 잘생긴 밥이 뒤를 따랐다. "밥과 제가 릴리언 씨 집 뜰에 예쁜 오아시스를 만드는 걸 도와주러 가기로 했거든요."

나는 미소를 지었다. 하지만 그가 집에 온다는 사실을 모두에게 말해서 살짝 당황스러웠다. 레이철이 끼어들었다. "나도 갈 거예요. 난 욕실에 서서 코 옆에 돋은 여드름을 살펴볼 계획이랍니다. 같이 가시면 저는 이론적으로만 할 수 있는 일을 실제로 해주실 수 있을 거예요."

나는 모두를 둘러보았다. 이게 대체 무슨 일이람? "우리 집에 와서 함께 놀다가, 피자를 먹고, 우리 뜰을 보고 웃음을 터트리실 수 있다면 누구든 환영이에요. 앤절라, 배시가 우리 애들이랑 같이 놀 수도 있을 거예요. 집이 엉망이고, 내가 할 일이란 게 피자 몇 판 주문하는 것밖에 없지만, 재밌을 거예요." 나는 편안한 초대이고, 전혀 강요하지 않는다는 뜻을 전달하려고 어깨를 으쓱했다. 나는 보통 성격이 강퍅하고 내면에 은둔하는 타입의 사람이지만, 이따금 적어도 외적으로는 스스로도 놀랄 만큼 친근하게 굴 수 있다.

놀랍게도 모두들 오겠다고 했다. 에드워드는 특히나 좋아했다.

"모두 오시면 오늘 오후에 일을 다 해치울 수 있겠는데요? 재밌겠어요!"

"그럼 다음 주에는 저희 집에 오세요." 앤절라가 웃음을 터트렸다.

"좋죠! 하나의 프로젝트가 될 수도 있겠네요. 다들 집에 뜰을 가꿔 보는 건 어때요?" 에드워드는 진지했다. "앤절라, 집에 뜰이 있나요?"

그녀가 딱 잘라 말했다. "아뇨, 발코니는 있어요. 실은 발코니가 두 개예요. 바로 옆집이 엄마 집이거든요. 10년 전에 두 집 사이의 분리대를 없앴지만, 그래도 집에 흙은 없어요."

에드워드의 눈이 빛났다. "좋아요. 컨테이너 정원을 만듭시다. 그것도 멋질 거예요!"

앤절라는 모호한 표정을 지으며 화제를 돌렸다.

내가 모두에게 집 주소를 알려 준 뒤 모두 각자 차로 향했다. 나는 곧장 집으로 속도를 높였다. 빨리 도착해서 사람들이 오기 전에 '유해 물질'들을 치우고 싶어서였다. 하지만 엘로이즈와 프란세스는 교사다운 속도로 달려온 게 분명했는데, 내가 도착했을 때 이미 우리 집 앞에 와 있었던 것이다.

프란세스가 내게 미소를 지어 보였다. "모두가 이 집을 습격하기 전에 치우는 걸 좀 도와주려고 서둘렀어요."

잠시 나는 도움이 필요 없는 척할까 생각했지만, 상식이 승리했다. "너무 좋아요! 지금 아마 재난 현장 같을 거예요. 짐작도 못 하실 만큼요."

엘로이즈가 웃음을 터트렸다. "우린 20년이나 초등학교 교사를 했어요. 온갖 걸 짐작할 수 있지요. 릴리언은 애 둘이 대파괴 현장을 만들어 낸다고 생각하겠지만, 애 열두 명이 어지른 곳을 한번 봐야 해요."

프란세스가 고개를 끄덕이고는 우리 뒤를 따라 집 안으로 들어왔다. 충격적인 냄새는 나지 않았다. "우리가 처음 교사 일을 할 땐 한 교실에 애들 서른 명 정도가 보통이었고, 교실이 무정부 상태가 되는 일도 자주 있었지요." 그녀가 웃었다. 안도한 웃음이었다. 그 시절이 정말 대단했나 보다.

엘로이즈가 주방을 둘러보았다. 아직도 사방에 아침 먹은 접시가 널려 있었다. "그렇게 나쁘진 않네요." 그녀가 말했지만, 분명 진심이 아니었을 것이다. "릴리언이 식탁을 치우는 동안 내가 접시를 식기세척기에 넣을게요. 프란세스와 레이철과 애들은 여기저기 좀 대강 치워요. 서둘러요."

그녀가 식기세척기를 열고 그릇을 넣기 시작했다. 그녀는 굉장히 유능했다. 초인종이 울려서 나는 문으로 나갔다. 앤절라와 배시가 서 있었다.

"청소하는 거 도와주려고 빨리 오려고 했는데 이제 도착했어요. 배시, 가서 애들이랑 놀아." 배시는 이미 집 안으로 총알같이 뛰어 들어온 뒤였다. 그녀가 몸을 돌려 내게 씩 웃어 보였다. "배시가 클레어를 좋아하는 것 같아요."

나는 어깨를 으쓱했다. "클레어가 배시한테 마음의 상처를 줄까 봐 걱정이네요. 변덕이 죽 끓듯 하는 애라서." 나는 몸을 돌려 그녀를 주방으로 이끌었다. 레이철과 프란세스 팀이 청소하는 곳을 지나 세 아이가 소파 뒤에서 물건을 던지고 노는 거실에 당도했다.

앤절라가 웃음을 터트렸다. "적절한 곳에 이미 팀이 꾸려졌군요."

나는 고개를 끄덕였다. "지금 엘로이즈가 주방에서 일하는데, 우리 둘이 같이 하면 더 수월할 거예요. 도와줘서 고마워요."

그녀가 내 팔을 꽉 잡았다. "다음 주에 이 수업을 듣는 사람 중 하나라도 우리 집에 온다면, 난 일가친척을 죄다 동원해서 대청소를 해야 해요. 안 그러면 앉을 곳도 없을걸요." 그녀가 집 주변을 둘러보았다. "집이 좋네요. 멋져요."

나는 혼돈의 현장은 못 본 척하려 애썼다. 사실 좋은 집이었다. 댄과 내가 샀을 때 완전히 난파선 같은 집이었지만, 우리는 열심히 쓸고 닦았다. 우리 애들이 태어나기 전이었다. 믿기 어렵겠지만, 사람들은 남의 집 페인트 칠에 흠집을 내고 아이들과 같이 발밑의 모래를 마룻바닥 위에 흩뿌리기도 한다. 우리 집에 온 방문자 중에도 그런 이들이 있었는데, 나는 아무도 안 볼 때 그들을 벽 안에 가둬 버리고 싶다는 충동을 느끼곤 했다. 우리 집은 스페인 양식의 단층 건물로, 바닥은 어두운색 목재로 되어 있고, 벽은 흰색 석회였으며, 복도 천장은 아치형에 독창적인 목공예가 군데군데 새겨져 있었다. 나는 벽 대부분을 흰색으로 칠했지만, 벽감은 밝은 파랑, 노랑, 오렌지색으로 칠하고, 아이들 방 역시 알록달록하게 칠했다. 앤절라가 계속 떠들었다.

"예술가라고 레이철한테 들었어요. 집을 보니 알 것 같아요."

나는 당혹스러워서 웃음을 지었다. "진짜 예술가는 아니에요. 그냥 일러스트레이터예요."

"뭐가 다른데요?"

나는 질문에 대답했다. "예술가는 영감을 받아 일을 하죠. 일러스트레이터는 지시에 따라 일을 해요. 문장을 그림으로 표현하는 거죠."

그녀가 잠시 생각하더니 다시 말했다. "그러면 차이는 오직 누굴 위해 일하느냐는 것뿐이네요."

"그런 것 같네요."

"제 생각엔 그렇게 큰 차이 같진 않아요."

레이철이 다가와서 이 말에 대꾸를 해야 하는 위기에서 나를 구해 주었다.

"다 끝났어. 나중에 우리 집에도 엘로이즈 씨를 불러야겠어. 청소의 달인이셔. 본인 말로는 교실을 다 정리할 때까지 퇴근할 수 없어서 그렇게 됐다는데, 내 생각엔 신이 내린 재능이야."

"예술가처럼 말이죠?" 앤절라가 대수롭지 않게 이야기하고는 주방으로 갔다.

레이철이 나를 쳐다보았다. "내가 뭘 놓쳤어?"

나는 고개를 저었다. "아니. 사람들이 오네. 다들 버스 전세 내서 왔나?"

에드워드, 진, 마이크, 리사가 집 앞으로 다가왔다. 진은 연장 몇 가지를 들고 있고, 마이크와 리사는 수다를 떨고 있었다. 나는 문을 열고 잡아 주었다.

"마이크가 서핑을 가르쳐 준대요." 리사가 흥분해서 말했다. "오늘 가려고요. 여기 일 마치면요."

나는 격려하는 표정을 지어 보였다. "그거 멋지네요. 네덜란드에서는 그렇게 서핑을 많이 하지 않나 봐요."

그녀가 웃음을 터트렸다. "거긴 북해예요! 일부러 거기에 가는 사람은 없답니다." 바보 같은 미국인들에 대해 낄낄거리면서 그녀와 마이크가 집 안으로 들어갔다.

다음으로 진이 들어왔다. "당신은 벌써 서핑을 하고 있겠죠, 진 씨?"

그가 얼굴을 찌푸렸다. "절대 안 해요. 하지만 그걸 하면 아내가 좋아할지도 모르겠군요. 그녀가 저에 대해 원대한 계획을 세웠거든요." 나는 그의 아내에 관한 의견을 수정했다. 내 생각보다 훨씬 더 배짱 있는 사람 같았다. 에드워드가 문 쪽으로 다가와서 멈춰 섰다.

"안녕하세요, 릴리언 씨."

나는 무사히 그 인사를 되돌려 주려고 했지만, 그가 가로막았다. "당신 집을 침공하러 오는 길에, 이렇게 되어서 당신이 불편

할지도 모른다는 생각이 들더군요."

나는 고개를 저었다. "아니에요. 내가 모두를 초대했잖아요. 기억 안 나세요? 우리 집을 변화시키러 새로운 분들이 오는 건데 멋지죠! 그리고 집이 엉망인 것에 대해 사람들이 뭐라고 생각할지 신경 안 쓸 만큼 이제 나이도 먹었고요."

그가 얼굴을 찌푸렸다. 오늘 참 많은 사람들이 내게 얼굴을 찌푸린다. "당신은 그렇게 나이 먹지 않았어요. 젊고 아름답다고요." 그리고 몸을 돌려 다른 사람들의 뒤를 따랐다. 나는 버섯처럼, 젊고 아름다운 버섯처럼 그 자리에 서 있었다. 그래 봤자 버섯이지만. 그가 내게 농담을 건넨 것인지 아닌지 모르겠다. 그는 무척이나 진지했고, 그 말을 할 때 웃음기 하나 없었다. 내게 아름답다고 했으며, 그건 듣기에 무척 좋았다. 머릿속이 혼란스러웠지만 기분은 좋았다.

나는 문을 닫았다. 그 바람에 밥의 얼굴을 후려칠 뻔했다. 가엾은 밥. 그랬다면 무척 아팠을 것이다. 그리고 여자들의 호감을 잃게 됐을지도 모른다.

"이런, 미안해요, 밥! 거기 있는 줄 몰랐어요."

그가 씩 웃었다. "괜찮아요. 에드워드 교수님께서 제게 이 집에 심을 식물을 트럭으로 실어와 달라고 하셔서 왔어요."

드디어 내가 얼굴을 찌푸릴 차례다. "우리 집에 심을 식물요?"

"네, 이 집 뜰에 심을 식물인 것 같은데요. 집으로 날라 드릴까요, 아니면 차를 세울 곳이 있나요?"

나는 그에게 트럭을 주차해 둘 집 옆 진입로를 알려 주었다. 트럭 안을 살펴보았다. 꽃, 식물, 관목, 이끼와 양치류, 흙과 비료 포대, 뿌리 덮개용 비닐 등이 가득했다. 수도 호스와 물뿌리개, 대나무는 물론 보도용 블록, 장식용 석조까지 있었다. 트럭이 내 옆을 지나갈 때 새 물통도 본 것 같았다. 이건 과하다. 나는 에드워드와 이 문제를 이야기하려고 안으로 들어갔다.

그는 진과 엘로이즈와 함께 뜰에 서서 인상적인 방식으로 이것저것을 가리키고 있었다. 세상에, 내 그림을 복사해 가지고 오다니! 보아 하니, 저들 외의 모두가 애들 방에서 「마이 리틀 포니」 장난감을 가지고 놀고 있는 듯했다. 프랭크만 빼고. 프랭크는 진 옆에서 그의 도닥임을 받고 있었다. 진이 멈춰 서자 프랭크가 불안정하게 발끝으로 서더니 고개를 들이밀었다. 뚱뚱보 래브라도에게는 엄청 도전적인 자세였다. 뻔뻔한 녀석 같으니.

내가 다가가자 진이 몸을 돌렸다.

"반려견이 귀엽네요." 그가 말했다. 진짜 미소를 띠고 있었다. 프랭크는 사람들에게 미소를 띠게 한다. 그건 인정한다.

"감사합니다." 하지만 난 이 대화에 휘말리지 않고 목적을 달성해야 한다. "선생님, 어째서 밥이 트럭에 짐을 한가득 싣고 온 거죠?"

에드워드가 놀란 표정을 지었다. "릴리언 씨네 집 뜰을 가꿔야죠. 식물들 없이 어떻게 가꾸려고요?"

나는 이 말을 생각해 보았다. "선생님이 일단 우리 집을 보시는 거 아녔어요?"

그가 어깨를 으쓱했다. "물론이죠. 하지만 몇 가지를 좀 가져 오는 게 나을 것 같아서요. 다 쓰지 못하고 남으면 도로 식물원으로 가져가면 되니까요."

나는 불신의 눈으로 그를 바라보았다. "몇 가지라뇨? 트럭 한 가득인데요. 제가 감당할 수 있는 게……." 나는 말을 끌었다. 갑자기 민망함이 몰려왔기 때문이다.

에드워드의 얼굴이 밝아졌다. "비용이 걱정돼서요? 깊이 생각하지 않아도 됩니다. 비용은 우리 회사에서 다 지불할 거예요. 제가 전후 사진을 찍어서 작업 비용으로 청구할 거니까요. 사실 수업 관련 책을 만들려고 생각하고 있거든요."

엘로이즈가 입을 열었다. "모두의 집이 바뀌기 전과 후를 책에 사용하시면 되겠네요. 정원을 가꾸는 법을 배우면 사람들의 옥외 공간이 어떻게 변화하는지 보여 주는 거죠. 무척 흥미로울 거예요."

에드워드가 고개를 끄덕였다. "릴리언 씨께 그걸 일러스트로 그려 달라고 할 수도 있죠." 그가 나를 보며 미소 지었다. "릴리언 씨가 우리 회사에서 내는 채소 안내서 그림을 그리고 있다고 하더군요. 첫날 이야기했던 게 그 책 맞죠?"

나는 이맛살을 찌푸렸다. "네. 어떻게 아셨어요?"

그가 어깨를 으쓱이고는 갑자기 당황한 표정을 지었다. "출판 관련 업무를 담당하는 여동생이랑 이야기를 했거든요. 우리가 새

출판사랑 일을 시작했는데, 그곳 일러스트레이터가 제 수업에 올 거라고 했지요. 앞뒤를 맞춰 보니 그게 당신이더군요."

나는 그를 바라보았다. 무슨 말을 해야 할지 알 수가 없었다. 그가 여동생과 내 이야기를 한 걸까? 아니면 두 사람이 종종 사업 이야기를 하는 걸까? 잠시 침묵이 흘렀다. 다행히도 엘로이즈가 끼어들어 수업에 관한 책이 어떻게 구성되는지를 물어 왔다. 나는 화제가 넘어가게 두고는 다시 주방으로 돌아왔다. 레이철이 주방 창으로 나를 지켜보고 있었다.

"왜 그렇게 겁을 먹었어? 뭐가 문젠데?"

나도 알 수가 없었다. "최근 스트레스로 약간 지쳤나 봐. 변화가 생겨서."

그녀가 생각하는 표정으로 나를 살펴보았다. "뜰을 가꿀 생각 때문에 그래, 아니면 선생님한테 반해서 그래?"

"무슨 말을 하는지 모르겠다. 너는 가망 없는 로맨티스트야, 레이철. 난 흥미 없으니까 관두자." 나는 커피를 내리려고 뜨거운 커피포트 속에 가득 찬 뭔지 모를 것들을 싱크대에 쏟아부었다.

"벌써 커피 내렸었어?"

그녀가 고개를 끄덕였다. "벌써 다 내렸는데." 나는 그녀의 손에 들린 머그잔을 보았다. 크림도 넣었군.

"미안."

"알았어. 빨리 다시 내려. 밥을 본 것 같으니까. 커피를 마시고 힘을 좀 끌어올려야겠어."

"진짜 그 친구랑 잤구나?"

"아직 아냐. 어쩌면 앞으론 그럴지도 모르지. 커피나 내려." 그녀가 머그잔을 싱크대 옆에 내려놓았다. "그리고 잔에 담긴 크림은 버리지 마. 안 그러면 진짜 때려 줄 거야."

나는 다시 커피를 내리기 시작했다. 프란세스와 마이크가 어슬렁거리며 다가왔다.

"아직 할 일이 많이 남은 건가요?" 두 사람이 창밖을 내다보았다.

마이크가 나를 보고 미소 지었다. "애들이 굉장해요."

프란세스 역시 미소를 지었다. "정말이에요, 릴리언. 애들이 무척 영리하고 재밌어요. 내가 수업을 할 때 우리 반에 왔으면 좋겠어요."

"좋은 말씀 감사해요." 곧 정원 쪽에서 고함이 들려와서 우리는 몸을 돌렸다.

"거기 게으른 분들, 이리 와서 좀 도와줘요!" 에드워드였다. 그가 흙 포대를 옮기면서 소리를 쳤다. 그와 진이 짐을 내리고, 엘로이즈가 조그마한 뜰 주변으로 다양한 식물을 놓았다. 우리 모두 우르르 밖으로 나갔다.

밥이 문 쪽으로 트럭을 대고 화물칸을 열어 두었던 것이다. 프랭크가 화물칸에 뛰어 올라가 감독을 했다. 새 친구 진에게 으스대는 것이었다. 모두가 돕자 일이 말도 안 될 만큼 빨리 진행됐지만 아직도 나를 짐이 많았다.

"선생님, 뭔가 착각하신 것 같아요." 내가 숨을 헐떡이면서 주변을 둘러보았다. "이거 놓을 자리도 부족할 것 같은데요. 이걸 다 어떻게 심죠?"

"절 믿어요." 그가 목소리를 한층 낮게 깔고 말했다. "전 전문가라고요."

클레어와 애너벨이 킥킥댔다. 배시까지 셋이 주방 문간에 서서 어른들이 땀에 흠뻑 젖어 가는 모습을 지켜보았다.

"아하!" 에드워드가 아이들을 보았다. "너희들의 동화 같은 정원을 어떻게 꾸미고 싶은지 와서 좀 알려 줄래?"

여자애들이 꺅 소리를 질렀고, 배시는 다섯 살짜리 남자애만이 낼 수 있는 소음을 냈다. 뭔가 소녀에게 어울릴 법한 일을 제안받았을 때 남자애들이 내는, 콧방귀와 비웃음과 토하는 소리가 한데 섞인 그런 소리였다.

"동화 같은 정원? 재미없어!"

"그렇지 않아." 에드워드가 배시에게 말했다. "남자 요정은 온갖 막대기와 돌을 무기로 사용하는 터프한 싸움꾼이니까. 너도 알게 될 거다. 족제비와 쥐에게서 동화 속 왕국을 보호하는 건 쉬운 일이 아니라는 걸."

"멋지네요." 내 옆에 있던 앤절라가 중얼거렸다. "애한테 더 다양한 물건을 던지는 걸 가르쳐 주다니, 정말 훌륭한 선생님이세요."

"걱정 마요." 나는 그녀를 안심시켰다. "배시가 저 말을 안 믿을 테니까요. 요정은 요정이에요. 터프한 요정 같은 건 없어요."

하지만 이번에도 내가 틀렸다. 배시가 넘어간 것이다. 애들은 동화 같은 정원을 만들 자리를 골랐고, 에드워드가 마무리 손질을 하겠다면서 주중에 들르겠노라고 약속했다. 그가 무슨 계획을 갖고 있는지는 모른다. 내가 들은 건 오직 주중에 한 번 들르겠다는 말뿐이었다. 이따금 내가 자기강박증이 있는 건 아닐까 걱정스럽다. 그러니까 내가 나 자신에 관한 생각을 너무 많이 한다는 말이다.

피자가 도착해서 모두 함께 둘러앉아 먹었다. 진이 잡담을 했다.

"그런데 프란세스 씨와 엘로이즈 씨는 어떻게 만났어요?"

잠시 침묵이 흐르고 두 사람이 서로를 마주보았다. 엘로이즈는 입안은 피자가 꽉 차고, 손은 산사태처럼 흘러내리는 치즈를 주워 올리느라 바빠서 프란세스가 대답했다. "학교에서요. 달리 어디겠어요? 우리 둘 다 다른 데는 별로 가지 않는걸요." 그녀가 미소 지었다. "그리고 그 시절은 요즘처럼 온갖 미디어에 레즈비언이 나오던 때가 아니었어요. 그래서 우리는 지금처럼 드러낼 수가 없었죠."

"함께하신 지는 얼마나 됐어요?" 마이크가 아직 따뜻한 피자를 한 조각 더 집으려고 손을 뻗었다.

"제법 됐지요. 20년도 넘었어요. 그때 난 막 교편을 잡았고, 내가 여자한테 접근할 수 있는지조차 몰랐죠." 그녀가 애들이 노는 곳을 건너다보았지만 애들은 전혀 관심을 보이지 않았다. "내가 자리를 잡고 학기가 지나서 엘로이즈가 예술 과목을 가르치러 부임했고, 그렇게 됐죠."

"그때부터 계속 함께한 거예요?"

"만나다 말다 했지만, 대부분 함께했어요." 그녀가 주변을 둘러보았다. "당신은 어때요, 레이철? 당신은 왜 싱글로 지내요?"

레이철이 특유의 어깨를 으쓱하는 몸짓을 해 보였다. "싱글로 지내지 않는 법을 많이 연습하고 있어요. 그래서 제대로 할 수 있을 때 누군가를 만나려고요. 전에 한 번 결혼을 했었어요. 오래 살진 않았지만요."

"결혼생활은 얼마나 했는데요?" 엘로이즈가 물었다.

"서른여섯 시간요."

"그리고 지금은 내 애들을 봐 주느라 바쁘죠." 나는 가벼운 어조로 말했지만, 내가 고마워하고 있음을 레이철에게 알리고 싶었다.

"하지만 다행히도," 레이철이 씩 웃으면서 응답해 주었다. "그렇게 좋은 일을 해서 매일 밤과 주말에는 내 시간을 가질 수 있어요. 그 시간은 나쁜 짓도 좀 하는 데 쓰고 있으니, 난 괜찮아요." 나는 밥을 건너다보았다. 레이철을 바라보면서 희미하게 미소 짓고 있었다. 어쩌면 그가 레이철에게 걸려든 게 아닌지도 모른다.

엘로이즈가 상대를 바꿔 물었다. "그럼 에드워드 선생님은요?"

그가 두 손을 들어 보였다. "제 얘긴 별로 재미없을걸요. 저도 이혼했고, 아들이 하나 있는데 암스테르담에 살아요. 전 혼자 지내고요."

엘로이즈는 집요하게 굴었다. "특별한 사람은 없어요?"

에드워드의 얼굴이 붉어졌다. "지금은요."

레이철이 나를 쳐다보고는 눈썹을 씰룩거렸다.

엘로이즈는 아직 끝낼 수 없어 보였지만, 에드워드가 자리에서 일어나 청바지에 손을 쓱쓱 문댔다. "이제 다시 일하러 갑시다. 밥이 4시에 가야 해서요. 저 친구 없으면 속도가 엄청 느려질 거예요."

나는 밥이 어디에 가는지 궁금했다. 가석방 담당자한테 가나? 아니면 모델 일을 하러 가러? 그는 실로 '원예 기계'였다. 땅을 파고, 뜰 끄트머리에 새로 화단을 만들고, 우리들이 시작도 하기 전에 벌써 꽃을 심고 있었다. 프란세스와 엘로이즈가 이따금 마이크의 도움을 받으면서 안에서 애들과 놀아 주었고, 나머지는 아까 에드워드에게 들은 일을 했다. 레이철은 화분을 채웠다. 나는 나무 하나 주위를 둥글게 파고, 거름을 섞고 뿌리 덮개를 덮고, 물을 듬뿍 주었다. 앤절라는 뜰 가장자리를 따라 키 큰 꽃들을 심었다. 에드워드가 내게로 돌아왔다. 신비로운 동화 속 정원을 만들려는 듯 이끼와 양치류가 담긴 모판을 가지고서.

4시가 되기 직전, 밥이 작업을 하다가 몸을 뒤로 물리고 쭉 폈다. 우리 모두 그 모습을 보았다. 마치 예술품 같았다. 하지만 너무 쳐다봐선 안 된다. 무례한 짓이니까. 뜰에서 일하는 그의 모습은 정원 카탈로그에서 볼 법한 모델 같았다. 나는 감명을 받았고, 그렇다고 말했다.

"너무 고마워요. 도와주셔서 정말 감사합니다. 정말 친절하시네요."

밥이 여유롭게 웃었다. "아닙니다. 제가 뜰에서 일하는 걸 좋아하지 않는다면 이런 일을 하지도 않겠죠."

"그렇네요." 나는 잠시 참았다가 불쑥 찔러 보았다. 정말로 알고 싶었던 것이다. "원래 원예 일을 하고 싶었던 거예요, 아니면 유명해지려고 로스앤젤레스에 왔다가 덜컥 하게 된 거예요?"

그가 웃음을 터트렸다. "이런, 아니에요. 전 이 도시 밖에 있을수록 좋은걸요. 전 여기에서 자랐고, 여기가 그렇게 황홀하지 않아요. 전 농부가 되고 싶어서 피어스 대학에서 농학을 전공하고 있어요." 그가 고갯짓으로 에드워드를 가리켰다. 에드워드는 양치류에 손을 대고 있었다. "지금은 에드워드 교수님 수업을 듣고 있지요. 그래서 교수님이 하시는 무료 강좌에 엮인 거예요. 보통 주말에는 일 안 해요."

"그럼 지금은 어디 가는 거예요? 학교?"

"아뇨, 성인 문학 강좌 자원 봉사 중이에요. 저희 엄마는 집에서 스페인어를 사용하시는데 저도 그래서, 이중언어 사용자들에게 도움을 주고 있어요."

나는 그를 응시했다. 내 추측들이 바닥으로 떨어져 산산이 부서지며 짤랑대는 소리가 들렸다.

"그렇구나. 그래요."

그가 씩 웃고는 성큼성큼 걸어갔고, 도중에 멈춰 서서 레이철에게 말을 걸었다. 두 사람의 이야기가 들리진 않았지만, 레이철이 그를 올려다보면서 유혹이 틀림없는 미소를 지으며 고개를 끄덕이는 모습이 보였다. 나는 레이철이 저녁거리로 그를 한입에 삼키지 않기를 바랐다.

그 후 모두들 한 사람씩 빠져나갔다. 마침내 뜰에는 나와 에드워드만 남았고, 멀리서 침실로 들어가는 애들 소리가 들려왔다. 이제 조만간 둘 중 하나가 울거나 소리를 지르기 시작할 것이며, 이 평화로운 순간은 곧 끝장날 터였다. 하지만 지금은 행복했다. 나는 와인 한 병과 잔 두 개를 찾아 들고 현관 앞 계단에 앉아 주변을 둘러보았다. 우리 집 뜰 같지 않았다. 건강하고 어두운색 흙에 신선한 식물이 심겨 있고 사방에 푸르른 이끼와 양치류도 깔려 있었다. 마치 마법 같았다.

에드워드가 내 곁에 다가와 현관 계단에 앉았다. 로스앤젤레스는 종종 저녁이 되면 놀라울 만큼 쌀쌀해지곤 한다. 하지만 지금은 해가 막 저물어서 따뜻했고, 그는 아직 티셔츠 바람이었다. 그의 맨팔이 때때로 내 팔에 닿았고, 나는 스웨터를 가지러 일어났다. 추워서는 아니었다. 그저 한 겹 더 필요했을 뿐이다.

"남편분은 뜰을 가꾸셨나요?" 이 질문은 나를 놀라게 했다.

보통 사람들은 댄에 대한 화제를 피하려고 했다. 나도 마찬가지였다. 나는 고개를 젓고 미소를 지어 보였다.

"전혀요. 저랑 똑같아요. 그이는 도시내기였고, 여기 이 공간을 정원으로 가꿀 생각조차 못 했을 사람이에요."

그의 입술이 씰룩거렸다. "제가 보기엔 그분만 그랬던 건 아닌 것 같은데요."

내가 고개를 끄덕였다. "지금 너무 멋지네요."

"남편분이 좋아했을 것 같아요?"

나는 주변을 둘러보고는 다시 한번 고개를 끄덕였다. "그랬을 거예요. 애들한테도 좋으니까요. 애들이 노는 걸 보고 좋아했을 것 같아요." 나는 침을 꼴깍 삼켰다. "그이는 클레어가 노는 걸 한 번도 못 봤어요. 클레어가 태어나고 얼마 안 지나서 죽었거든요."

그의 손이 뻗어와 내 손을 감쌌다. "힘들었겠네요. 남편분 일은 안타까워요, 릴리언 씨."

물론 사람들은 늘 이렇게 말한다. 그다음으로는 "당신, 괜찮아요?"를 수백만 가지 변형판으로 되풀이한다. 그 역시 그런 의미였을 것이다. 목구멍에 뭐가 걸린 듯한 기분이 들었지만 울지 않으려고 의지력을 발휘했다. 화제를 돌려야 해, 화제를 돌려야 해.

"아내분은 뜰을 가꾸셨어요?" 좋아, 화제를 완전히 돌리진 못했으니 계속 찾아보자. 그가 손을 뗐다.

"아뇨. 그녀는 변호사였어요. 어렸을 때부터 건너서 아는 사이였다가, 대학에 가서 사귀게 됐죠. 암스테르담은 큰 도시가 아니라서 부모님들이 서로 알고 지내는 사이셨거든요. '앤네케를 한번 찾아봐. 너랑 같은 학교에 다녀' 같은 말을 들었던 거지요. 어쨌든 우리는 만났고, 사랑에 빠졌고, 그렇게 됐죠. 그녀는 꽃을 좋아했지만, 흙에 있는 것 말고 꽃병에 꽂힌 걸 좋아했어요." 그가 씩 웃었다. "우리 아들 테오는 흙을 파헤치는 걸 좋아해요. 그래서 그건 부계 유전이 작용한 게 아닐까 생각해요."

"몇 살인가요?"

"이제 열두 살이에요." 그가 나를 바라보았다. 그의 얼굴이 무척이나 가까이 다가와 있었다. "물론 아내보다는 애가 훨씬 더 보고 싶어요. 하지만 뭘 어떻게 하겠어요?"

눈이 초록색이네. 아니 초록색과 회색이 섞인 눈동자야. 속눈썹도 누구나 부러워할 만큼 길게 위로 말려 올라가 있고……. 아니, 대체 내가 왜 십 대 소녀처럼 이 남자를 뚫어져라 쳐다보고 있는 거지? 정신 차려, 릴리. 나는 아래를 내려다보고 손이 더럽지도 않은데 바지에 문질렀다. 잠시 정적이 흘렀다. 그가 갑자기 벌떡 일어나서 뜰 뒷벽으로 다가갔다.

"문제가 하나 있는 것 같네요." 그가 말했다. "여기 과꽃 한 그루가 다른 것들보다 키가 커요. 그러면 혼자 이 사이에서 떨어져 나올 거예요." 그가 쭈그리고 앉아서 문제가 된 꽃줄기를 고쳐 심었다. 그 모습을 지켜보면서 나는 몇 년 동안 느끼지 못한 끌림을 느꼈다.

무서운 일이었다.

그가 고개를 돌려 나를 바라보았고, 잠시 후 내가 어떤 감정을 느끼고 있는지 깨달은 것 같았다. 그것이 표정에서 읽혔다. 끌림과 혼돈, 둘 다였다. 그가 자리에서 일어나 빠른 걸음으로 내게 다가왔다.

"괜찮아요?"

나는 고개를 끄덕였다. 이번에는 볼을 타고 흘러내리는 눈물을 멈출 수가 없었다. 에드워드가 엄지로 눈물을 닦아 주었다. 그리고 내 손을 꼭 쥐었다.

"아직 무척 슬프군요. 얼마나 되었나요?"

슬픈 게 사실이었지만 나는 고개를 저었다. "4년쯤요. 그게 아니고……." 뭐가 아니라는 건지 나 자신도 알지 못했고, 그래서 목소리가 차츰 잦아들었다. 나는 고개를 숙였다. 머리칼이 얼굴 앞으로 쏟아져 내렸다.

갑자기 그가 앞으로 몸을 숙이고는 아직 눈물이 흐르는 내 볼에 키스를 했다. 그의 한 손이 내 머리를 잡고, 다른 손은 내 손을 단단히 움켰다. 아주 짧은 순간 나는 그를 끌어당겼다. 그대로 있길 바라면서, 통제력을 그에게 넘기길 바라면서. 아무것도 느끼지 못하는 것처럼 내내 스스로를 억누르는 데 무척이나 지쳐서.

하지만 그때 집 안에서 간담이 서늘한 비명 소리가 들려왔다. 화가 난 조그마한 목소리가 그 뒤를 따랐다. 나는 에드워드에게서 몸을 떼고 사과하는 표정을 지어 보이고는 무슨 일인지 살펴보러 집 안으로 들어갔다.

상황이 종료되었을 때, 그는 가고 없었다.

댄이 떠나고 2년 정도가 지나자, 그때부터 사람들은 내게 이사를 가라고 말하기 시작했다. 특히나 우리 엄마가 그랬는데, 이상하게도 시부모님까지 같은 말을 했다.

시어머니는 특히나 아주 명확하게 말씀하셨다.

"우리 모두 댄이 그립단다. 하지만 네가 죽었다면, 우리는 그 아이에게 이사를 하고 재혼하라고 말했을 거야. 레이철이 네 입장이었다면 너도 그 애에게 같은 말을 했을 거고."

나는 고개를 거세게 저었다. "안 그럴 거예요. 전 그 애가 자기 방식대로 비통해할 시간이 필요하다는 사실을 존중해 줄 거예요."

그녀가 내게 미소 지었다. 나는 운이 좋다. 시어머니가 무척이나 좋은 분이고, 심지어 친엄마보다 훨씬 더 모정이 넘치시니.

"슬픔이 사라지진 않을 거야, 릴리. 누구도 그렇게 하진 못해. 우리는 매일 무수히 다른 방식으로 그를 그리워하게 될 거란다. 하지만 그게 새로운 사람을 만나거나 웃으면 안 된다는 의미는 아니야. 애들에겐 아빠가 필요하고, 너는 이렇게 혼자 해내지 않아도 될 자격이 있어. 댄이 우리 곁에 있다면 네가 행복하길 바랄 거야."

다들 이렇게 말한다. 그리고 이 말은 정말로 나를 분노하게 만든다. "댄은 네가 데이트하길 바랄 거야." 헛소리! 난 그가 무슨 말을 할지 안다. 전에 함께 이런 이야기를 나눈 적이 있기 때문이다. 우리는 온갖 이야기를 다 했고, 그래서 그가 이토록 그리운 것이다. 그가 변변찮은 남자였다면 이토록 고통스럽지는 않았을 텐데.

"내가 죽으면," 애들이 태어나기 몇 년 전 언젠가 그가 침대에 누워서 이렇게 말했다. "난 당신이 완벽한 빅토리아 시대 식으로 애도해 주길 바라. 알겠어?" 그때 그는 똑바로 누워 있고, 나는 덩굴처럼 그에게 몸을 칭칭 감고, 그의 어깨에 머리를 기대고 있었다. 그 자리가 세상에서 가장 편안하고 안전한 곳이었다.

나는 그의 목에 대고 씩 미소를 지었다. "검은색 옷을 입고 7년, 보라색을 입고 3년, 보라색에 흰색 살짝 섞인 옷을 입고 3년, 그렇게 지내란 거지?"

그가 미소 짓는 게 느껴졌다. "보라색에 관해선 잘못 생각한 것 같지만, 맞아. 베일을 쓰고 그런 거 말이야."

"비통해하면서 옷을 갈기갈기 찢는 거?"

"옷을 찢어발기는 관습은 유대교에서 온 듯하지만, 그냥 죄다 섞어서 해 봐. 하고 싶은 만큼 다 해도 돼." 그가 침대 시트 아래로 내 등을 쓰다듬었다.

"애도해 줄게."

"요란하게 그럴 테지."

"비탄에 빠져 줄게. 정처 없이 여기저기 헤매 다니기도 하고."

그가 내 허리를 꽉 끌어안고 고개를 돌려서 머리에 키스했다. "그건 좀 도가 지나치군. 난 그저 적절히 존중해 달라는 말이었어."

"알았어, 자기."

아이들을 낳은 뒤 어느 날, 나는 그에게 내가 죽으면 몰몬교도가 되어 자유롭게 여러 여자와 재혼해도 된다고 말했다. 다만 이런 소리를 한 것은 대개 식기세척기를 비우지 않은 그에게 화가 났기 때문이었다. 그는《플레이보이》10월호 모델 전체와 재혼할 거라고 대꾸했고, 나는 실현 가능성이 없는 계획이라고 응수했다. 열아홉 살짜리 미녀들이 평균보다 한 5킬로그램 더 나가는 중년 남자에게 잘도 빠져서 결혼할 테니까. 그다음 순간 그는 내 쪽으로 더러운 트렁크 팬티를 집어 던졌다. 이런 대화는 가볍게 하기도 하고 화가 난 채로 하기도 하지만, 어쨌든 한번 하고 나면 잘 잊히지 않는다.

갑작스러운 죽음에 준비가 된 사람은 없다. 모든 일이 '갑작스럽게' 이루어지기 때문이다. 상황을 미리 그려 볼 수 있다고 생각하는 사람이 있을지 모른다. 하지만 이런 일은 첫아이를 가지는 것과 비슷하다. 그러니까 다른 사람들이 그럴 때 어땠는지 본 대로 느낀다는 말이다. 얼마나 힘들까? 사건이 발생한다. 첫 석 달은 마치 마약에 취하지 않고 전쟁에 참전하는 것 같다. 애도도 비슷한데, 사실 어마어마하게 훨씬 최악이다. 약도, 무기도 없이, 또 살갗에 뭐 하나 덮어쓰지도 못하고 베트남 전쟁에 참전하는 것 같다고 할까. 여기에 대해 사탕발림을 하진 않을 것이다. 숨 한 번 쉴 때마다 부끄럽고, 약사들이 으레 지어 보이는 미소 하나하나가 상처가 되고, 아침에 홀로 깨어날 때마다 목구멍에 누가 증오에 찬 주먹질을 해 대는 것 같다. 그가 칫솔질을 하는 소리가 그립고, 치약 거품을 뱉기 전에 잠시 멈추던 그 정적이 그립다. 샤워를 하고 나올 때면 늘 내게 들려주고 싶은 아이디어를 가지고 있던 그 얼굴이 그립다. 다른 방에서 아이들이나 프랭크에게 말을 건네던 그의 목소리가 그립다. 그가 문 자물쇠를 열던 소리가 그립다. 아이들을 재우고 나서 내가 침대에 오를 때 정신 없이 잠들어 있던 그 모습이 그립다. 그의 목덜미에서 풍기던 냄새가 그립다. 침대 모서리에 젖은 타월을 남겨 두던 습관처럼 나를 화나게 하던 행동들조차 그립다. 지금도 눈을 감으면, 그가 타월을 떨구고 천천히 몸을 돌려서 바닥에 벗어 둔 트렁크 팬티를 찾고 있는 모습이 보인다.

나는 눈을 감고, 그가 몸을 돌리는 모습을 보면서 잠이 든다.

콩 기르기

봄의 마지막 서리가 내린 뒤면 언제든 바깥에 씨앗을 뿌릴 수 있다. 흙의 온도가 씨앗이 쉽게 자랄 만큼 적당히 따듯해진 상태여야 한다.

- 강낭콩: 5센티미터 간격으로 심는다.
- 덩굴제비콩: 격자망이나 울타리 같은 것을 설치하고, 7.5센티미터 간격으로 심는다.
- 콩은 자랄 때 지지대를 필요로 한다. 지지대로는 울타리 목재, 대나무 줄기, 노끈, 뜰의 구획을 가르는 줄, 전남편의 골프채 등을 이용할 수 있다. 뭐든 효과가 있다.
- 여름 내내 콩을 따 먹고 싶다면 2주마다 씨를 뿌려라. 집을 비울 거라면 심지 않도록 한다. 콩은 누구도 기다려 주지 않는다.

9

그 주 화요일, 회사에서 예기치 못한 일이 일어났다. 대개의 경우가 그렇듯이 사건은 전화 한 통에서 시작되었다.

로즈였다. "안내데스크에 누가 오셨는데."

"네?"

"내가 농담하는 게 아니라, 어떤 여자가 당신을 만나고 싶다면서 자기 이름은 못 밝히겠대요." 나는 로즈가 의심이 가득한 눈길로 그 이름 모를 가엾은 여성을 뚫어져라 쳐다보는 걸 그려볼 수 있었다. 나는 얼굴을 찌푸렸다.

"알았어요. 이상하네요. 당장 가 볼게요."

복도 끝을 돌았을 때, 며칠 전 문득 시어머니 생각을 했던 것이 어떤 전조였음을 깨달았다.

"마지!"

나는 신이 나서 꽥 소리를 지르며 안내데스크로 뛰어갔다.

마지는 댄의 여동생일 뿐만 아니라 내 오랜 친구이기도 했다. 댄보다 그녀를 먼저 알았는데, 고등학교 1학년 시절 함께 동아리 활동을 하면서였다. 첫눈에 우리는 서로를 알아보고 곧 친구가 되리라고 느꼈다. 우리 둘 다 영국 뉴웨이브 밴드 플럭 오브 시걸스처럼 짧은 머리를 부스스하게 세운 스타일이었기 때문만은 아니었다. 우리는 관심사가 같았다. 선생님들은 우리가 떨어지면 자기들 인생이 좀 더 쉬워지리라는 사실을 이내 알아차렸지만, 우리는 떼려야 뗄 수 없는 사이였다. 그녀가 댄을 내게 소개했다. 그이가 죽은 뒤로 우리는 딱 두 번 만났는데, 마지가 남편과 함께 이탈리아에 살고 있기 때문이다.

"네가 여기에 오다니, 세상에! 왜 미리 말하지 않았어?" 나는 그녀를 포옹하며 웃음을 터트렸다. "로즈, 여긴 마지. 우리 시누이예요."

마지가 미소를 지었다. "안녕하세요, 로즈 씨. 이름도 말 안 하고 이상하게 군 것 죄송해요. 릴리를 정말 놀라게 해 주고 싶었어요."

"성공하셨네요."

"어떻게 왔어? 베르토는 어디에 있고?"

마지가 말을 멈추고 시계를 보았다. "나랑 점심 먹으러 나갈 수 있어?"

"물론이지, 잠깐만 기다려." 나는 핸드백을 움켜쥐고는, 세 시간 동안 점심을 먹게 될지도 몰라 샤샤에게 변명거리를 부탁했다. 사무실을 나서 거리로 나와 나는 다시 그녀를 끌어안았다.

"애들이 깜짝 놀랄 거야!"

"애들이 날 기억이나 하려나?"

"아마 기억할 거야. 설령 기억 못 해도 조잘조잘 잘 떠들걸? 마지막으로 봤을 때 애들이 정말 조그맸지? 레이철도 좋아할 거야. 전화해 볼까?" 레이철과 마지 역시 친구였다. 레이철이 고등학교에 우리보다 2년 늦게 들어왔지만.

"어떤 음식이 좋아? 이탈리아 음식은 아니겠지?"

그녀는 힘없이 웃었다. "절대 아냐. 초밥 어때?"

"좋아." 우리는 거리를 따라 내려갔고, 자리를 잡고 나서 나는 그녀를 바라보았다. 그녀는 댄의 여성형같이 키가 크고 마른 체형이었다. 댄은 갈색 머리고 그녀는 어두운 붉은 머리칼이란 점만 달랐다. 뭔가 그녀를 괴롭히고 있는 게 분명했다. 지친 듯 보였다. '지친'은 이전에는 그녀를 묘사하는 형용사로 절대 쓰이지 않았을 말이다. 오빠처럼 그녀는 늘 인생을 충만하게 살았고 유머 감각이 뛰어났다.

"그런데 무슨 일이야?" 나는 잠시 기다려 주었지만 마지는 아무 말도 하지 않았다. "베르토는 어디 있어? 같이 안 왔어?"

그녀가 젓가락을 바로 세우고 간장소스를 찍었다. "아마 지금쯤 자기 학생 하나랑 신나게 바람피우고 있을 거야. 한 달 전에 집을 나갔는데, 내 생각엔 그 애 때문인 것 같아. 아니, 그 애 때문에 나를 떠났다고 말해야겠지." 마지는 영문학 교수다. 그래서 이런 상황에서도 의미가 명확한 표현을 해야 직성이 풀리나 보다.

"거짓말이지?"

그녀가 고개를 저었다. "난 거짓말 못 하잖아."

"그럼 농담하는 거지?"

"재미있어야 농담이지."

"하지만 베르토는 널 사랑하잖아!"

"맞아. 그는 아직도 날 사랑한다고 말하지. 하지만 그 사랑은 이상하게도 다른 여자랑 놀아나는 게 가능한 거더라고. 자기도 어쩔 수가 없대. 열정이고 '아모레(사랑)'래. 완전히 개소리지." 이미 눈물이 다 마른 눈으로 그녀가 나를 바라보았다. "내가 뭘 해야 할지 모르겠어. 그래서 학기가 끝나서 그냥 집에서 나왔어. 부모님은 아직 내가 여기 온 걸 모르셔."

웨이터가 다가와서, 우리는 사람들이 흔히 모든 게 괜찮은 체할 때 하는 행동들을 했다. 그러니까 잠깐 사회적 정보를 교환하다가 앞서의 대화로 다시 돌아갔다.

마지 얼굴이 약간 파랗게 질린 듯했다. 어쩌면 초밥이 썩 좋은 선택이 아닐지도 모르겠다.

"너 괜찮아? 금방이라도 토할 것 같은데."

"괜찮을 거야. 꿈을 꾸는 것 같아. 조니 뎁이 타이어가 펑크

174

났다며 우리 집 앞에 서 있는 것도 아닌데 말이야. 나는 베르토를 잘 안다고 생각했어, 내적이든 외적이든."

나는 고개를 끄덕였다. "나도 그랬어. 너무 충격이야. 베르토가 아닌 것 같아."

마지가 오만상을 찌푸렸다. "나랑 베르토가 처음 만났을 때 우리 사이도 그렇게 열정적이었지."

기억이 났다. 대학 2학년 때 마지는 이탈리아어를 배우고 단테를 공부하겠다고 이탈리아로 날아갔고, 완전히 다른 여자가 되어 돌아왔다. 이탈리아어를 유창하게 하는 것뿐 아니라 베르토와 열정적인 사랑에 빠져 있었던 것이다. 베르토 역시 단테 전공자였고, 둘은 졸업할 때까지 가급적 휴일을 같이 보냈다. 베르토가 처음 미국에 왔을 때 그가 얼마나 멋졌는지, 얼마나 유쾌했는지 떠올랐다. 남자친구가 있는 애들조차 모두 그에게 빠졌다. 그는 매력적이고, 독특하고, 섹시하고, 완벽한 이탈리아인이었기 때문이다. 두 사람은 졸업하자마자 결혼을 했고, 댄과 나는 그때부터 적어도 1년에 한 번씩 두 사람과 함께 시간을 보냈다. 두 사람 다 교직에 몸담고 조그마한 옛날 아파트에 살다가, 점차 경력을 쌓아 교수가 되고 피렌체의 좀 더 큰 아파트로 옮겨 갔다. 아주 멋진 삶이었다. 이제 다 끝장났지만.

마지의 분노가 점차 극에 달했다. "그 자식한텐 바람피울 기회까지 있는데 어째서 우리는 우아하게 늙어만 가야 하는 거지?"

나는 어깨를 으쓱했다. "네가 어린 남자를 만나는 일을 막는 건 아무것도 없어."

그녀가 한숨을 쉬었다. "우린 너무 오랫동안 애들을 키우느라 노력했어. 그러느라 우리한테 남은 게 없는 것 같아." 그녀의 눈이 번득였다. "나한테 뭔가 남은 게 있었더라면, 그가 다른 사람과 사랑에 빠지지는 않았겠지."

초밥이 나왔다. 우리는 대화를 중단하고 먹기 시작했다. 마지는 무척 배가 고팠던 듯하다. 롤 하나를 먹을 때마다 안색이 나아지는 걸 보니 말이다.

"제일 짜증나는 게 뭔지 알아?" 그녀가 젓가락으로 나를 가리켰다.

나는 고개를 저었다. 죄다 무척 짜증나는 것처럼 보이는데 그중에서 어떻게 고르라고.

"내가 그를 비난할 수가 없다는 사실이야. 이기적인 자식이라고 비난할 수도 있고 비난해도 되는데, 사실대로 실토할 때 그가 요즘 정말 최고로 멋진 시간을 보내고 있다는 게 내 눈에 보였거든. 그 사랑스러운 젊은 계집애는 그에게 흥미를 불러일으키고, 둘은 같이 박물관에 가고, 하루 종일 침대에서 그 짓을 하고, 늦은 시간까지 계속 대화를 나눠. 그는 스무 살로 돌아간 것 같은 기분이겠지. 그러니까 그가 어째서 끌렸는지 내가 이해가 됐다고. 오랜 시간 동안 결혼생활을 한 여자에 대한 감정을 보호하는 것보다 그런 기분을 느끼는 것이 더 매력적이라는 사실이 그냥 화가 날 뿐이야."

나는 무슨 말을 해야 할지 생각해 내려고 애썼다. "열정이 사그라들면 다시 집으로 기어들어올 거야."

그녀가 간장 종지에 와사비를 섞으며 고개를 저었다. "그가 뭘 하든 신경 안 써. 난 끝냈어."

"넌 그냥 머리끝까지 화가 난 것뿐이야."

"맞아. 하지만 한동안은 이럴 계획이고, 그러고 나서는 우아하고 무관심하게 굴 거야. 그 어린애가 젊은 남자 때문에 그를 버리면 내게 돌아올 수도 있겠지. 하지만 난 이미 그를 존중할 마음을 잃었어." 그녀가 내게로 몸을 기울였다. "그는 머리 염색도 했다고."

"이런!"

"그래. 그리고 노란색 베스파 스쿠터도 샀어."

나는 웃음을 터트렸다. 참을 수가 없었다. "에이, 설마."

"진짜야. 그는 어깨에 스웨터를 걸치고, 펠리니 영화에 나오는 것처럼 바람을 가르고 돌아다니고 있어."

"그러다 뇌졸중이 와서 죽으면 어떡하니."

"내 바람이야. 하지만 그러면 내 마음이 찢어질 거야. 진짜 뜻밖의 결말일 테니까. 나는 아직도 그를 증오하는 것만큼이나 그를 사랑해. 그래서 그 사람 때문에 아직도 당황스럽고, 그 사람이 부끄럽고, 그 사람에게 잘된 일이라고 생각하면서도, 그 사람이 질투나기도 해."

나는 마지막 초밥 한 점을 다 해치우고 케이크를 먹고 싶다고 신호를 보냈다. "잘된 일이라고 생각한다는 건 믿긴 어려운데. 그 놈은 나쁜 자식이야!"

그녀의 입술이 뒤틀렸다. "물론. 하지만 나는 그를 사랑하고, 오랜 시간 그의 가장 친한 친구였어, 알잖아? 무척 어렵지만, 잠시 그 사람에 대한 분노와 실망감을 밀쳐 놓으면, 그가 행복해하는 모습을 바라볼 수 있게 되고, 그가 행복하길 바라게 돼. 동시에 그가 공개적인 자리에서 갑자기 활발해진 대장 운동을 통제 못 해서 사고를 치길 바라지만 말이야." 그녀가 입을 다물었다. "너무 힘들어."

그러고 나서 마침내, 그녀가 울음을 터트렸다.

점심 식사가 끝난 뒤 마지는 소식을 전하러 부모님 댁으로 가고 나는 사무실로 돌아왔다. 엄청나게 화가 치밀었다. 나는 이제 내가 결혼식에 참석했던 부부들이 이혼하기 시작하는 나이에 도달해 있었다. 어떤 이유에서인지 보통 자녀들이 3, 4학년이 될 무렵에 그러는 것 같았다.

내 남편이 먼저 가는 바람에 나는 이혼 통고 같은 걸 경험하지 못하겠지만, 내가 본 패턴은 이러하다. 결혼을 하고, 서로를 사랑하고, 수없이 잠자리를 하고, 종종 말다툼도 하지만 모든 일이 잘되어 간다. 서로 동의한 고난의 작업인 아이 낳기를 감행한다. 스트레스를 받으면 함께 힘을 합치거나 서로를 물어뜯게 되는데, 운이 좋으면 힘을 합치는 쪽이 된다. 몇 년이 흐르고, 잠자리를 하지 않거나 함께 시간을 보내지 않는다는 이유로 첫 말다

틈을 하지만, 어느새 두 가지 다 별로 아쉬워하지 않게 되고, 더이상 아쉬워하지 않는다는 데 안도감을 느끼기 시작한다. 자기일과를 서로에게 종알대지 않게 되는데, 어차피 서로 신경도 안쓰기 때문이다. 재밌는 농담을 들어도 말해 주기 귀찮아진다. 좋은 책을 읽으면 친구에게 빌려준다. 그런 책을 상대가 좋아하지않아서다. 그러고 나서 이러저러하다가 끝이 난다. 서른하나, 서른 둘, 마흔, 쉰, 예순, 그리고 사망.

엘리베이터에서 내렸을 때 로즈가 책상 위에 올라서 있었다. 포플러프레스에서 10년 이상을 일했지만 나는 오늘 처음으로 그녀의 발목을 보았다. 오늘 하루가 조금씩 피곤해지고 있다.

"로즈, 쥐라도 나왔어요?"

그녀가 고개를 저었다. "아니에요, 릴리. 난 항의하는 중이에요."

"좋아요. 도와줄 건 없어요?"

"아뇨, 당신이 합류해 주는 건 환영하지만요."

나는 핸드백을 내려놓았다. "뭐에 항의하고 있나요?"

"부서 감축에요."

나는 그녀를 쳐다보고는 얼굴을 찌푸렸다. "어느 부서요?"

"우리 부서요. 창작 부서."

"뭐라고요?"

그녀의 얼굴에 늙은 기운이 확 스쳐 갔다. "릴리, 잘 들어요. 로버타 킹 실장이 점심시간에 다녀갔어요."

갑자기 나는 로버타 실장이 안됐다는 생각이 들었다.

"그녀가 나보고 앉으라고 하더니, 내게 수십 년 동안 일해 줘서 감사하다고 인사를 하고 나를 잘랐어요. 아니, 나를 자르려고 시도했지요."

"그래서 해고된 건 아니죠?" 이런, 나는 두 시간이나 자리를 비웠다.

"잘렸어요. 하지만 나는 받아들이지 않았죠. 나는 여기에서 누구보다 오래 일했어요. 나를 이렇게 자를 수는 없어요!" 마지막 단어가 꽥 하고 올라갔지만 그녀는 분별력을 잃지 않았다.

"그 뒤에 무슨 일이 있었는데요?"

"킹 실장이 모두가 기다리고 있는 주 회의실로 갔지요." 그녀가 나를 향해 이맛살을 찌푸렸다. "당신이 이 책상에 올라오겠다면 환영할게요. 하지만 실장이 다른 사람들과 함께 당신을 부른 것 같군요."

젠장! 나는 핸드백을 집어 들었다. "그게 언제 일어난 일이에요?"

그녀가 어깨를 으쓱했다. "방금 전에요."

나는 몸을 돌려 주 회의실로 향했다. 나는 가는 길에 녹아내리는 기린이나 집채만 한 아기 머리통이 튀어나오는 모습을 보게 되길 반쯤 기대했다. 그러니까 현실의 법칙이 깨지기를 바랄 만큼 절박했다는 말이다.

회의실 안은 사람들로 꽉 차 있었다. 우리 부서 직원이 많은 건 아니었지만, 회의실이 그리 크지 않았기 때문이다. 문을 열자 로버타가 연설을 하다가 말을 멈추고 내게 반사적으로 미소를 지어 보였다. 나도 미소로 화답했다. 수세기 동안의 사회적 조건화의 결과로 튀어나온 것이다. 나는 속으로 질겁했다.

나는 샤샤 옆에 앉았다. 그녀는 울고 있었다. 나는 그녀의 손을 꼭 쥐어 주었다.

로버타가 목청을 가다듬었다. "와 줘서 기뻐요, 릴리. 무척이나 슬픈 날이긴 하지만요. 방금 설명했는데, 관리 부서에서 새로운 일러스트 일감은 모두 해외로 아웃소싱하기로 결정했어요. 알다시피 우리는 이미 프리랜서 작가들을 많이 활용하고 있지요."

모두가 몸을 돌려 엘리엇을 바라보았다. 그 방에 있는, 작가 명패를 가진 유일한 인물이다. 그의 얼굴이 붉어졌다. "사실 전 편집자에 가깝죠."

로버타가 말을 이었다. "사실 확인 부서는 품질 관리 문제가 있으니 계속 회사 내 조직으로 유지될 거지만, 일러스트, 레이아웃, 디자인 부서는 지금 하는 프로젝트를 마치고 나면 자유롭게 떠나도 됩니다."

오랜 침묵이 흘렀다. 레이아웃 부서의 한 여자가 손을 들었다. "그 전에 떠날 수 있나요?"

로버타가 놀란 표정을 지었다. "물론입니다. 하지만 공식 해고 전에 퇴사하면 실업 수당 같은 거나……."

로버타가 말을 멈췄다. 레이아웃 부서 여자가 벌떡 일어났기 때문이다. "그딴 건 신경 안 써요. 지금 나갈게요." 그녀가 말했다. "몇 년 동안 쥐꼬리만 한 보너스랑 추가 근무 수당을 아껴 저축했거든요. 이제 꿈을 좇으며 살 때가 되었네요." 그녀가 자기 물건을 챙겼다. 얼굴이 빛나고 있었다. "난 캐나다에 가서 미니어처 말을 기를 거예요. 실직은 내가 기다리던 결정적 계기일 뿐이에요."

편집자 엘리엇이 질문했다. "캐나다에 그냥 갈 수 있나요? 비자 같은 거 안 받아도 돼요?"

레이아웃 부서 여자가 놀란 표정을 지었다. "난 캐나다인이에요." 그녀가 엘리엇을 바라보고는 인상을 썼다. "우리는 2009년에 6개월 동안이나 잠자리를 한 사이인데, 그것도 몰랐어요?"

그가 고개를 숙였다. "말 이야기는 알고 있었는데……."

레이아웃 부서 여자가 어깨를 으쓱하고 자리를 떴다. 그녀가 복도를 콩콩 뛰어가는 소리가 들렸다.

아이들은 평상시처럼 침착하게 내가 가져온 소식을 받아들였다. 클레어는 "예이" 하고 말았는데, 그 애 생각에 직장일이란 억지로 해야만 하는 지겨운 것이었기 때문이다. 애너벨은 우리가 가진 돈으로 얼마나 버틸 수 있느냐고 물었다.

"꽤 오래. 영원히 직장이 없을 것도 아니고, 저축도 좀 있단다. 우린 괜찮아. 걱정 마." 나는 주방 아일랜드 식탁에 기대어 애들이 간식을 먹는 모습을 지켜보았다. 레이는 애들 방을 정리하고 있었지만, 우리 말을 듣고 있는 게 느껴졌다.

애너벨이 표정을 찌푸렸다. "그럼 집을 팔아야 하는 거예요?"

대체 언제부터 일곱 살짜리가 이런 걱정을 하게 된 거지? 머리를 쫑쫑 땋고, 서로 가까이 붙어 인형놀이를 하던 어린 여자애들이 사실은 부동산 시장 하락세에 대해 토론하고 있었던 걸까? 바비 인형이 말리부 해변 저택을 잃을 것인지, 집달관들이 지프차를 압수할 것인지에 대해? 순간 나는 댄의 생명보험금 덕분에 집 대출금을 다 갚았다는 사실에 감사함을 느꼈다. 그의 죽음으로 인한 유일한 좋은 일은 우리가 집을 잃지 않으리라는 점이었다. 하지만 집을 덥히고 불을 밝히는 일은 다른 문제다.

"아니, 집 안 팔아도 돼. 사실 많이 변하진 않을 거야. 엄마가 집에서 좀 더 어슬렁거리는 거 말고는. 어쨌든 다음 달이면 엄만 새 직장을 찾을 거고, 그러면 다 끝나." 로버타 실장에게 채소 백과사전 일을 물어볼 기회가 없어서 그 일을 내부에서 할지, 아니면 아직 결정되지 않았는지 알 수가 없었다. 내일 그녀에게 질문하려고 나는 메모를 했다.

레아가 주방으로 왔지만 나와 눈을 마주치지 않았다. 애너벨이 이 모습을 보고는 꼬마 인류학자가 되어 잠시 침묵을 지켰다. 그러다 내게로 주의를 돌리고 말했다.

"맥도날드에선 언제든 일자리를 찾을 수 있을 거예요, 엄마."

클레어는 더 힘껏 말했다. "맞아, 맥도날드에서 일하는 거야. 그러면 우리도 공짜로 프렌치프라이를 먹을 수 있잖아!"

클레어는 맥도날드의 프렌치프라이를 좋아한다. 온통 양념으로 범벅을 하기 때문일 것이다.

"엄마가 맥도날드에서 일자리를 구하진 않을 거란다. 엄만 프리랜서 일러스트레이터로 일을 할 거야."

"프리랜서가 뭔데요? 공짜로 일하는 거예요?" 애너벨이 회의적인 표정을 지었다.

"너희 간식 다 먹었니?" 내 질문에 애너벨이 고개를 끄덕였다. "더 줄까?" 이번에는 고개를 저었다. "프리랜서는 공짜로 일한다는 뜻이 아냐. 스스로를 위해 일한다는 의미지."

"어디서요?"

나는 어깨를 으쓱했다. "여기에서."

잠시 정적이 흘렀다. 클레어가 의자를 뒤로 빼고 일어나서 다 먹은 접시를 싱크대에 가져다 놓았다. "좋은 생각 같아. 그러면 엄마가 집에 하루 종일 있을 거라는 말이잖아. 차고를 치워서 엄마 사무실로 쓰면 돼." 이 아이디어를 떠올리고 클레어는 이리저리 서성이다가, 프랭크에게 이리 와서 놀자고 소리쳤다. 그녀가 조그마한 플라스틱 장난감을 가지고 복잡한 상상 게임을 하며 노는 동안 프랭크는 종종 그 곁에 누워 있었고, 그녀는 시시때때로 프랭크에게 의견과 조언을 구했다. 프랭크가 대답하는 소리를 들어 본 적은 한 번도 없지만, 많은 것을 답해 주는 게 분명하다.

레아가 애너벨을 쳐다보았다. "숙제 없니?"

"읽기 숙제뿐이에요."

"가서 숙제하지 않을래?"

"네." 그녀가 자리에서 일어나서 자기 방으로 갔다가 다시 돌아왔다. "클레어랑 프랭크가 시끄러워요. 엄마 방에서 읽어도 돼요?" 나는 고개를 끄덕였다.

애너벨이 자리를 뜨자 레아가 나를 바라보았다.

"그러면 저도 일자리를 잃게 되나요?" 레아는 단도직입적으로 물었다.

나는 고개를 저었다. "아뇨. 적어도 지금은 아니고, 앞으로도 안 그러고 싶네요. 한두 달 정도 지나고 나서도 일자리를 구하지 못하면 상황을 재고해야 할 수도 있겠지만, 지금은 괜찮아요. 프리랜서 작업이 얼마나 있을지는 모르겠네요. 난 책 작업을 바라는데……."

그녀가 나를 향해 눈을 치켜떴다. "어떤 책요?"

"아동용 책요. 하지만 잘 모르겠어요." 이 말은 진실이었다. 그 순간 나는 앞으로 어떤 일이 벌어질지 알 수 없었다. 그래서 나는 확실한 일을 했다. 내가 먹을 커다란 아이스크림 선디를 만들고 동생에게 전화를 한 것이다.

마늘 기르기

⟋⟍⟋

마늘은 기르기 쉽고, 성장에는 오랜 시간이 걸리지만 알이 많이 맺힌다. 버터와 섞으면 무척 맛이 좋을 뿐 아니라 마늘 자체가 유기농 벌레 퇴치제가 되기도 한다.

- 식료품점에서 사 온 마늘을 심지 마라. 그것들은 당신 땅에 심기에 적합한 품종이 아닐 수 있고, 장기간의 진열을 위한 뭔가가 첨가되어 있을 수도 있다. 이런 첨가물들은 마늘이 자라는데 방해가 된다.
- 마늘을 5센티미터 깊이로 눕혀서 똑바로 심는다. 간격은 10센티미터 정도를 둔다.
- 봄에 날씨가 따뜻해지면 싹이 돋을 것이다.
- 수확할 때는 조심스럽게 정원용 쇠스랑으로 들어낸다. 흙을 잘 털어 내고 2주간 바람이 잘 통하고 그늘진 곳에 두어 마늘이 회복되게 한다. 마늘들을 노끈으로 엮어 거꾸로 달아 두면 전체적으로 바람이 충분히 통한다.
- 어떤 사람들은 마늘을 날것으로 먹으면 영생을 얻게 된다고 믿는다. 하지만 이것은 삶을 영원하게가 아니라 극도로 평화롭게 만들어 주는 방법에 가깝다. 생마늘을 먹고 나면 아무도 가까이 오려 하지 않을 테니까.

10

레이철은 저녁시간에 맞춰 모습을 나타냈다. 마지도 함께 왔다. 시부모님들은 마지를 만나서 기뻐하셨지만 상황을 듣고 슬퍼하셨으며, 베르토를 아주 결딴낼 분위기셨다고 한다.

"마피아를 시켜서 차로 밀어 버리는 건 좀 어려울까? 이탈리아인데!" 이런 생각을 한 마지의 아버지, 즉 내 시아버지는 실용적인 양반이다. 좀 이상하긴 하다. 이혼할 때 우리는 기본적으로 상대의 가족 전체를 잘라내 버린다. 시가 혹은 처가는 더 이상 시가나 처가가 아니고, 따라서 우리는 더 이상 상대의 가족이 아니게 된다. 이에 비해 남편이 죽으면 여전히 법적으로 가족인 상태가 유지되지만, 그때에는 그들을 지칭하는 정확하고 적절한 단어를 찾을 수 없다. 고故 시어머니? 아니, 시어머니는 돌아가시지 않았다. 그럼 전 시어머니? 아니, 아들이 죽었어도 여전히 내 시어머니다. 이건 좀 까다로운 문제고, 영어 어휘와 용어의 부족함을 보여 주는 좋은 사례다.

지금 우리가 당면한 주제는 '이제 릴리언은 대체 어떻게 해야 하나?'다. 아이들을 비롯한 모두가 각자 의견을 내놓았다.

"다시 학교로 돌아가서 완전히 새로운 걸 배워야 할 수도 있어." 레이철은 마지만 데려온 게 아니라 와인 두 병도 들고 왔다. 그래서 이제 다들 낄낄대는 국면으로 전환되었다.

"어떤?"

마지가 손을 들었다. "핵물리학 어때?"

나는 고개를 저었다. "수학 공부를 많이 해야 해."

"수의학과는?" 레이철이 제안했다.

나는 다시 한번 고개를 저었다. "우리 집 동물들도 간신히 목숨을 붙여 놓고 있는데."

클레어가 끼어들었다. "아이스크림 만드는 사람 어때? 난 아이스크림이 너무 좋아!"

나는 미소 지었다. "나도 그래. 그런데 아이스크림 가게는 돈이 너무 많이 들 것 같은데?"

레이철이 얼굴을 찌푸렸다. "벤과 제리 아이이스크림 본사에 상담해 봐."

"의사가 되는 건 어때요? 엄만 사람들을 잘 돌보잖아요." 애너벨이 식탁 아래에서 프랭크와 놀다가 말했다.

나는 놀랐다. "그렇게 생각해? 하지만 엄마가 좀 전에 수학 공부가 싫다고 했잖아. 게다가 의대처럼 오래 다니는 학교를 가기엔 엄마 나이가 너무 많단다." 나는 자리에서 일어났다. "아가씨들, 이제 목욕할 시간이야."

"싫어!" 클레어가 맹렬하게 저항했지만 효과는 없었다. 나는 클레어를 앞으로 몰아 가면서 욕실로 달려갔다. 양치기 개가 되는 건 어떨까? 이렇게나 경험이 풍부한데.

두 아이를 욕조에 담그고 목욕을 시키고 나서 나는 주방으로 돌아와 와인 한 잔을 따랐다. 내가 없는 동안 레이철과 마지는 음모를 획책하고 있었다.

"마지 님께서 밖에 나가자 하시오." 레이철이 선언했다. "짐朕도 그래야 한다고 보오."

"술을 너무 많이 마셨네." 내가 대답했다. "넌 머리가 울리면 꼭 그렇게 말하더라."

"어떻게 하는데?"

"대영제국 왕처럼 말한다고."

"이런 무례한! 릴리언, 자네 실수 하는 걸세."

나는 눈썹을 치켜올렸지만 레이철은 가볍게 이를 무시했다.

"자비롭게도 레아가 애들을 봐 주겠대. 시내에 나가자."

나는 레아를 바라보았다. 그녀가 나를 보고 씩 웃었다. 내가 말했다. "레아가 저 두 사람이랑 나가는 게 낫지 않겠어요? 애들이 나랑 남고?"

그녀가 힘겹게 웃었다. "어떻게 말해야 할지 잘 모르겠지만 나쁘게 받아들이진 마세요. 혼자 사는 중년의 술 취한 여자들과 저녁을 보내는 게 그렇게 매력적일 것 같진 않아서요."

마지와 레이철이 항의했다. "무자비하네!"

"악질적이기도 하지!"

나는 웃음을 터트렸다. "중년이라는 부분에서 화가 난 거예요, 술 취했다는 부분이 아니고." 나는 어깨를 으쓱했다. "좋아, 나가지 뭐. 하지만 미친 곳엔 안 가, 레이철. 그냥 커피에 파이나 먹으러 가자."

레이철이 손끝을 모았다. "내가 앞장서겠어. 생각해 둔 완벽한 곳이 있어. 디저트라고 생각해."

스트립 클럽에는 음식 메뉴가 없었다. 사람들이 바닥에서 미끄러질까 봐 걱정되어서인 듯했다. 미국 원주민 복장을 한 남자, 그러니까 깃털 달린 머리 장식을 쓰고 조그마한 화살통을 멘 남자가 테이블 주변에서 뛰어다닐 때, 사람들은 그가 마지막에는 감자 껍질에 미끄러지길 고대하는데 말이다. 하지만 그러면 스트립 클럽 첫 손님들은 기분을 망치고, 그저 법적 책임을 누가 질까만 생각하게 될 것이다.

레이철과 마지는 나를 클럽에 끌고 들어가려고 20분이나 실랑이했고, 레이철은 끈덕지게 그냥 호프집과 다를 게 없다고 말했다. 그러면서 내게 마지를 위해 들어가야 한다고 주장했다.

"마지 언니한테는 정신 팔 곳이 필요해. 다른 남자들을 봐야 한다고."

"발가벗은 남자들을 봐야 한다고?" 우리 둘 다 마지를 쳐다보았다.

그녀가 어깨를 으쓱했다. "한 번도 남편을 배신한 적이 없어서 뭐가 도움이 될지는 진짜 모르겠다. 하지만 젊은 남자가 벗고 내 무릎에 앉아서 영혼을 고양시켜 줄 수도 있다면 한번 시도해 보지."

레이철이 그녀를 조심스럽게 가리켰다. "이 교수님은 실험을 두려워하지 않으시네요."

마지가 고개를 끄덕였다. "사실이지."

당연하게도 손님들은 모두 여자였다. 나는 한 여자와 그녀가 앉은 의자 다리를 고쳐주는 것으로 보이는 목수 댄서 사이에 멈춰 서서 거의 기절 일보 직전이었다.

하지만 나는 마지를 응원해 주려고 여기에 왔고, 따라서 런웨이 바로 옆 테이블에 자리 잡았다. 그리고 주변을 탐색하면서 레이철이 술을 주문하게 놔두었다.

독창적인 장면이 수없이 펼쳐졌다. 미국 원주민과 목수 말고도 파일럿(삼각 모자를 쓰고 황금색 수술이 달린 옷을 입고 파일럿의 증표로 여권을 손에 들었다), 의사(청진기를 걸고 상처에 조심스럽게 밴드를 붙여 줬다), 해적(커다란 모자를 쓰고 조그마한 해골 아래 대퇴골 두 개가 교차된 그림의 깃발을 들고 있었다)도 있었다. 웨이터들은 트렁크 팬티 차림에 나

비녁타이를 매고 있었는데, 사실 내게는 그게 더 섹시해 보였다. 해적과 자 본 적은 없지만 트렁크 팬티를 입고 있던 누군가와는 자 봤기 때문이다. 적어도 마지막 순간이 오기 전까지는.

모두 젊고 잘생겼으며 상처 하나 난 데 없었지만, 내가 잘못 생각한 건지 몇몇은 고등학생 정도로 어려 보였다. 저 애들 방과 후에는 집에 가야 하지 않나? 여기 있으면 불법 아닌가? 이런 생각만 떠올랐다.

마지도 약간 신경이 곤두서 보였다. 하지만 모두들 테킬라를 들이키자 마침내 편안한 분위기가 감돌았다.

나는 고개를 팔에 괴고, 다소 조심스럽게 마지에게 소리를 질렀다.

"말해 봐. 너 아직도 베르토가 그리워? 아니면 이게 정말 도움이 돼?"

그녀가 생각하는 표정을 지었다.

"그냥 정신없네." 그녀가 소리치며 대답했다. "하지만 이따금 그가 저지른 짓을 잊고, 그가 여기에 있으면 얼마나 좋을까 생각해." 그녀가 한숨을 쉬었다. "한심하지."

"나 토할 것 같아." 그때 레이철이 벌떡 일어나 휘청거리면서도 빠른 속도로 뛰는 듯이 걸어 화장실에 갔다. 아마 그녀는 달리는 자동차 바닥에 난 구멍을 통해 보는 것처럼 땅바닥이 획획 지나가는 듯 느껴질 것이다. 그리고 다음 순간 갑자기 화장실 타일 바닥이 빠르게 덮쳐오는 걸 보게 되겠지. 하지만 그런 상태에서도 무사히 화장실에 당도해서 너무나 기쁠 것이다.

마지와 내가 자리에서 한참을 기다렸지만 레이철은 돌아오지 않았다. 우리가 앉은 곳은 제일 좋은 자리여서 몇 무리가 주시하고 있었지만 우리는 꿈쩍하지 않았다. 나는 마지에게 랩댄스를 주문하지 말라고 단단히 일러두고는 벌떡 일어나 레이철을 찾으러 갔다.

레이철을 찾기는 어렵지 않았다. 마구간같이 주르륵 붙어 있는 화장실 칸 한 곳 아래로 긴 머리칼이 물결치고 있었던 것이다.

"괜찮니?"

머리칼이 움직였다.

"나 죽었어."

"그러지 않길 바라. 내일 너 출근해야 하잖아. 일어날 수 있어? 아님 더 토해야 할 것 같아?"

잠시 정적이 흐르고 머리칼이 사라졌다. "기다려, 시스템 점검 좀 할게." 한 번 더 정적이 흘렀다. "나 괜찮은 것 같아." 화장실 잠금쇠가 풀리는 소리가 들리고 그녀가 나타났다. 전반적으로 괜찮아 보였다.

"잠깐 잠 좀 잤어. 훨씬 낫네."

나는 눈썹을 치켜떴다. "화장실 바닥에서?"

"그렇게 나쁘지 않던데. 너무 피곤해서."

"집에 가자."

그녀가 고개를 저었다. "아니, 뭐 좀 먹으러 가자. 나 배고파.

핑크스에 가서 핫도그나 먹자."

핑크스는 로스앤젤레스의 명소다. 핫도그 하나 먹겠다고 사람들이 몇 시간씩 줄을 서는데, 필레미뇽이라도 주는 게 아니라면 그만큼 줄을 설 만한 가치가 있을 리가 없다. 게다가 역사상 가장 느리게 줄어드는 줄이라서, 결국 죽을 만큼 배가 고파지고 몸을 휘청대게 된다. 하지만 지금 이 순간은 핑크스에 가는 게 무지 좋은 생각 같았다.

"넌 천재야, 레이철."

"언니도. 하지만 나 언니 이름이 생각 안 나. 알고는 있는데 입을 연 순간 잊어 버렸어."

"나 릴리언이야. 네 언니."

"맞다."

레이철이 정신을 차리자 우리는 마지와 합류해 클럽을 나와 핫도그를 먹으러 갔다.

서늘한 저녁 공기가 약간 도움이 되었고, 우리는 큰 사건 없이 핑크스까지 가까스로 걸어갔다. 마지는 술에 취해서 올빼미같이 고요한 상태에 도달해 있었지만 나는 약간 짜증이 올라왔다. 섭취한 알코올 양이 유의미한 수준으로 감소하면서 레이철이 다시 원기를 되찾고 어치처럼 재잘댔다. "언니는 학교에서 예술 과목을 가르칠 수 있지 않을까? 애들 학교에서 일자리를 구할 수도 있을지도 몰라. 그러면 우리 동창 제시카처럼 애들은 교사 자녀가 되겠지. 나도 교사 자녀가 되고 싶었는데."

"횡설수설하네."

레이철의 목소리에 나를 향한 짜증이 섞이기 시작했다. "교사가 되는 건 괜찮을 거야. 주변에 온통 애들밖에 없다는 것 빼고는. 아니면, 보헤미안이 되어서 멋진 그림을 그리는 건 어때?"

나는 코웃음을 쳤다. "좋아, 하지만 엄청난 청구서들은 누가 처리해 주지?"

"에드워드가! 에드워드랑 데이트해! 그는 부자잖아."

"멋진데! 근데 데이트하면 돈을 받아도 되는 거니?"

그녀가 웃음을 터뜨렸다. "부자 남자친구가 보헤미안 예술가를 어련히 도와 주려고 하지 않겠어?"

나는 그녀를 향해 얼굴을 찌푸렸다. "우리 애들은 어쩌고? 다른 데 보내야 하나?"

우리는 5분간 줄을 서 있다가 드디어 세 걸음 앞으로 나아갔다. 짜증이 났다.

레이철이 다시 일장연설을 했다. "뭐든 두고 보면 알겠지. 다 그렇잖아. 언니는 운이 좋아."

내 배 속에서 토기가 올라왔다. 어쩌면 그래서 이성을 잃었는지도 모른다. "운이 좋아? 내가? 뭐가 운이 좋은데? 서른넷에 과부가 된 거? 혼자 애를 키우는 거? 실직하게 생긴 거?"

레이철도 벌컥 화를 냈다. "아니! 아무 감흥이 없어서 참 좋겠다고. 왜 나한테 화를 내? 나는 잘못한 거 하나도 없어. 사실 언니를 도울 수 있는 건 다 했잖아. 그런데 언니는 불평만 하지!"

정적이 흘렀다. 그 순간 내가 그냥 사과했더라면 모든 게 다 괜찮을 수도 있었겠지만, 나 역시 스스로를 구원하기에는 너무 멀리 갔다.

"불평? 난 불평한 적 없어! 오히려 너한테 눈물겹게 고마워했다고! 모두들 네가 나를 구해 줬다는 걸 알지. 미친 언니를 도와주려고 자기 인생을 포기하다니, 착한 레이철! 미친 언니를 위해 조카들을 돌봐 주다니, 가엾은 레이철! 너무 큰 희생을 했어, 어쩌고저쩌고!" 나는 머리를 홱 치켜들었다. 사춘기에 도달한 열세 살짜리처럼 완전히 제정신이 아니었다.

레이철이 허옇게 질렸다. 줄을 서 있던 모두가 로스엔젤레스 사람 특유의 열렬한 호기심을 가지고 우리 쪽을 쳐다보았다. 그들이 배우라면 이건 연기의 자양분이 될 만한 날것 그대로의 감정이 표출되는 광경일 터이고, 그들이 작가라면 썩 좋은 소재거리가 될 터였다. 마지는 그저 빤히 응시할 뿐이었다.

내 동생이 미친 듯이 화를 뿜어냈다. "언니 엄청 엿 같아. 난 한 번도, 단 한 번도 언니한테 고마워해 달라고 말한 적 없어. 기대도 안 했어. 입장 바꿔서 언니도 나한테 해 줬을 만한 일을 했을 뿐이야. 언니는 지금 잠들어 있던 욕망이 깨어났는데, 그걸 감당하기엔 너무 새가슴이라서 그냥 짜증이 난 거야!" 그녀가 분노에 차서 성큼성큼 걸어 나갔고, 줄을 선 사람들은 그녀가 나가는 길을 따라 고개를 돌렸다. 돌연 그녀가 다시 돌아왔다. "그리고 착하디착한 레이철이라고 해서 하는 말인데, 언니는 피해자 콤플

렉스 아냐? 이 이기주의자 같으니! '가엾은 릴리언은 남편을, 평생의 연인을 잃었어!' 이렇게 늘 자기만 생각하지. 그런데 말이야, 언니만 잃은 게 아니야. 나는 절친한 친구를 잃었고, 애들은 아빠를 잃었어. 마지 언니는 어때? 저기 서 있는 마지 언니는 하나뿐인 오빠를 잃었어. 이건 언니 일만이 아니야. 이제 좀 깨달을 때가 되지 않았어?" 그리고 마지막 일격으로 이번에는 진짜 자리를 떴다. 나는 그대로 서서 레이철 말이 완전 옳다, 나는 진짜 멍청이다, 마지가 막 내 신발에 토했다는 사실을 차례로 깨달았다.

나는 간신히 차를 불러서 마지를 집에 데려갔다. 그리고 레아와 함께 아기 물티슈 한 통을 다 써서 그녀를 닦아 주고 나서 손님방으로 데려다 놓았다. 이 일이 다 이루어지는 동안 그녀는 완전히 의식이 없었다. 침실로 돌아오는데 나를 부르는 소리가 들렸다.

"왜, 마지?"

"베르토한테 우리가 스트립 클럽에 갔었다고 말하지 마."

나는 고개를 끄덕였다. "약속할게."

"안 그러면 너한테 토할 거야."

나는 미소를 지었다. "알았어."

약한 흐느낌이 들려왔다. "방이 빙글빙글 도네. 네 남편이 보고 싶다."

내 목이 빡빡해졌다. "나도 그래, 친구야. 내일은 좀 더 괜찮아지겠지."

물론 완전히 새빨간 거짓말이었다.

다음 날 아침 나는 구토로 하루를 시작했다. 나는 술고래가
아니다. 술을 즐기지 않는다. 댄은 십 대 남자애들이 한탄하듯이
이 사실을 표현했다. "당신은 너무 귀여워. 두 잔만 마셔도 취해.
그러면 더 멋져. 하지만 그다음엔 나쁜 여자가 되는데, 그건 너무
별로야. 그리고 나서 토를 해, 완전 우울하게. 그 순간 당신은 모
든 남자가 꿈꾸는 이상형에서 최악의 악몽으로 바뀌지." 그리고
나서 그는 애정을 담뿍 담아 미소를 지어 보였고, 나는 그에게 손
가락 욕으로 화답했다. 좋은 시절이었다.

나는 일어나자마자 레이철에게 전화했지만 그녀는 받지 않았
다. 어느 모로 보나 죄다 끔찍했다.

말할 것도 없이 우리 애들은 내가 숙취에 시달리는지 마는지
신경 쓰지 않았다. 임신을 하고 장밋빛 꿈에 부풀어 있을 때는,
앞으로 한동안 작은 소시오패스를 위해 하루 24시간 일주일 내
내 일해야 한다는 사실을 알지 못한다. 휴가도 없고, 건강을 해치
게 된다는 것을 절대 미리 알 수 없다. 발을 깊이 들이고 나서야
아이를 먹이고 입히는 데는 초인적인 능력이 필요하다는 사실을
알게 된다.

딸들을 먹이고 입히고 나서 다시 레이철에게 전화를 걸었다.
여전히 받지 않았다.

내가 펄쩍펄쩍 뛰며 청바지에 다리를 집어넣으려 애쓰는 동

안 마지가 비틀거리며 손님방에서 나왔다. 나는 바지 입기가 육체적인 도전 과제임을 오늘에야 알았다. 내 침실 문에 기대 선 채 나를 쳐다보는 마지는 보기보다 상태가 훨씬 더 나아 보였다.

"도와줘?"

나는 고개를 저었지만 곧 후회했다.

"나 어젯밤에 별 짓 안 했지?" 그녀의 목소리가 쉬어 있었다.

"기억 안 나?"

그녀가 내 말에 곧장 얼어붙더니 고개를 저었다. "젠장! 클럽은 기억나. 하지만 거기까지야. 우리 뭘 좀 먹었니?"

"아니. 핫도그 먹으러 갔다가 레이철과 내가 한바탕 싸우고, 넌 나한테 토했어. 그래서 집에 왔어."

그녀가 눈을 감았다. "미안."

"별거 아냐. 학교에 다닐 때 기억나? 우리가 기억하는 것보다 훨씬 더 많이 내가 너한테 토했을걸. 이제 반대로 할 때가 되었지. 커피 좀 내려 줄까?"

"아니, 아직 속이 안 좋아. 계속 그럴 것 같아. 레이철이랑은 뭣 때문에 싸웠어? 넌 술 취하면 늘 누군가랑 싸우더라. 무슨 일이야?"

나는 어깨를 으쓱했다. 고개를 젓는 것보다 크게 나을 것이 없는 몸짓이었다. "모르겠어. 내면의 억압된 분노? 사회적 불안? 레이철이 너무 도와주고 잘해 줘서 싸웠지."

"그게 널 얼마나 성가시게 하는지 알지." 그녀는 앞뒤로 느릿

느릿 몸을 흔들고 있었는데, 자기도 모르게 그러는 게 분명했다.

마침내 나는 바지를 다리에 다 꿰었다.

"난 애들을 학교에 데려다주고 출근해야 해. 넌 괜찮겠어?"

"물론. 내 머리를 뽑아 내고 수도꼭지 아래서 헹군 다음에 다시 잘 거야."

"좋은 생각이야. 이따가 전화할게."

우리는 서로의 몸이 흔들리지 않게 조심조심 포옹을 했다. 그러고 나서 나는 용맹하게 문밖으로 나와 로스앤젤레스의 태양 아래로 밝고 당당하게 행진해 나갔다.

나는 한 시간마다 레이철에게 전화를 걸었다. 음성 메시지도 남겼다. 먼저 횡설수설하는 사과로 시작했지만 어느새 노래를 부르거나 시를 지어 읊어 대고 있었다. 하지만 레이철은 아예 전화를 받지 않았고, 하루가 다 지나갈 때까지 나는 그녀와 이야기를 하지 못했다. 끔찍했다. 당신과 하루에 세 차례씩 통화를 하던 사람이 이런다면, 그 침묵에는 무척 큰 의미가 있는 것이다.

내가 집에 돌아왔을 때, 마지는 마침내 중추 신경계에 대한 통제력을 회복하고 막 집을 나서는 중이었다. 그녀는 부모님 집으로 향했고, 나는 레이철에게 다시 한번 전화를 걸었다. 이번에도 안 받았다. 레이철이 다쳤거나 어딘가 예기치 못한 곳에서 생을 마감했을 수도 있었다. 건성으로 애들에게 저녁 식사를 만들어 주고, 나도 대충 입에 음식을 욱여넣었다. 누군가가 문을 두드렸을 때, 나는 레이철일 수도 있다고 생각하면서 펄떡 일어났다. 하지만 에드워드였다. 그는 거대한 상자들을 들고 씩 웃으며 서 있었다. 애들이 나란히 서서 꺅꺅거리며 그에게 달려들었다. 그가 뭘 가져온다고 약속했는지 기억한 것이다. 그가 애들 머리 너머로 나를 바라보며 미소를 지었고, 나는 그를 보게 되어 얼마나 기쁜지 깨닫고 놀랐다. 그가 식탁에 남은 저녁 식사를 보고는 애들에게 말했다. "저녁 다 먹을 때까지 열면 안 돼. 안 그러면 엄마가 나한테 화내실 거야."

애들이 징징대다가 그가 상자들을 다시 들자 조용히 멈췄다. 게다가 애들은 양고기 스테이크를 좋아했다. 즉 애들한테는 뭘 해도 좋은 상황이었다. 애들은 순식간에 식사를 다 마쳤다. 콩까지 다 먹었다. 에드워드는 즐거워했다.

애들이 저녁을 싹 핥아먹고 접시를 다른 것들과 함께 식탁 한 옆으로 몽땅 밀어 내고 나자 에드워드가 준비를 했다.

"드럼 소리 내 줄래, 클레어?" 그는 이미 클레어의 비장의 무기인 비트박스 기술을 알고 있었다. 아마 「마이 리틀 포니」를 보는 동안 알았을 것이다. 클레어가 훌륭하게 드럼 소리를 냈다.

그가 커다란 상자에서 90센티미터 정도 높이의 무척이나 세밀하게 조각된 석조 요정의 집을 꺼냈다. 전체적으로 버섯 모양이었는데, 안에는 조그마한 방들과 내부 계단이 있고, 둥그런 모자같이 불룩 솟은 지붕 부분에는 다락도 있었다. 말도 안 될 만큼 귀여웠다. 이번에는 그가 조금 더 작은 상자를 열었는데, 그 안에는 열두 개의 조그마한 요정 인형이 들어 있었다. 모두 눈에 띄게 섬세하게 만들어지고, 알록달록했으며, 풍화에도 닳지 않도록 코팅 처리가 되어 있었다. 모두 동화 같이 예뻤다.

아이들이 그것들을 받아들고 조용해졌다. 클레어는 식탁 위로 몸을 숙여 인형 하나를 집어 요정의 집 안에 넣었다. 그러고 나서 팔을 뻗어 에드워드의 손을 잡았다. 나는 그를 바라보았지만 그는 클레어를 바라볼 뿐이었다.

"선생님," 클레어가 조그맣게 재잘거렸다. "지금까지 본 것 중에 제일, 제일, 제일, 멋져요! 선생님은 최고로 멋져요. 다음에 「마이 리틀 포니」 놀이를 할 때 선생님이 스파클워크스 해도 돼요." 클레어가 에드워드의 손을 놓고 잠시 기다렸다. 그를 바라보아야 하는 순간임을 알았던 것이다.

"정말?" 에드워드가 미소 지으며 클레어를 바라보았다.

클레어가 진지하게 고개를 끄덕였다. 나는 마치 목구멍에 뭐가 걸린 것 같았다. 스파클워크스는 클레어가 가장 좋아하는 캐릭터였다. 아무도 감히 건드리지 못하는 건데.

"고맙구나." 에드워드가 말했다. "너도 맘에 드니, 애너벨?"

애너벨이 고개를 끄덕였다. 완전히 사로잡혀 있었다. 그녀가 인형 하나를 집어 들고는 양손 안에 쥐었다. 소년 인형도 몇 개 있었는데, 배시가 좋아할 듯싶었다. 비록 그것들이 무서운 무기를 휘두르는 요정이라기보다는 브로드웨이의 백댄서 같은 모습이긴 했지만.

세 사람이 뜰로 향했고, 나는 그들이 완벽한 장소에 요정의 집을 내려놓는 모습을 지켜보았다. 잠시 후 에드워드가 돌아왔다. 이벤트의 성공으로 얼굴에 홍조를 띤 그가 말도 안 되게 섹시해 보였다.

"위업을 달성하신 것 같은데, 본인은 어떻게 생각하세요?" 그가 주방 창문을 통해 밖을 응시하면서 우쭐대지 않으려고 애를 썼다.

우리는 서서 지켜보았다. "아이들을 재울 때까지 여기 계셔주세요. 이제 큰일 났다고요. 애들이 분명 정원에서 잔다고 할 테니까요. 너무너무 멋진 선물이에요. 고마워요."

그가 몸을 돌려 싱크대에 몸을 기댔다. 우리 둘 사이의 거리가 무척이나 가까웠다. 가만히 있기가 힘들어서 나는 불쑥 말을 내뱉었다. "어젯밤에 레이철이랑 크게 싸웠어요. 지금 연락이 안 되는데, 걱정돼 죽겠어요." 왜 그랬는지는 모르겠다. 그냥 말이 튀어나왔고, 그러고 나서 더 최악이게도 울음이 터져 나왔다. 내가 완전 미쳤다고 생각할 텐데.

그가 휴지를 건넸다. "왜 싸웠는데요?"

나는 어깨를 으쓱했다. "어제 우리 둘이 술을 너무 많이 마셨고, 제가 바보 같은 말을 해서요."

그가 미소 지었다. "술을 많이 마시면 누구나 다 바보 같은 말을 하지요. 레이철이 잘 있지만 그냥 당신한테 화가 난 것 같아요, 아니면 진짜로 무슨 일이 생긴 것 같아요?"

"모르겠어요. 그냥 밤거리로 성큼성큼 가 버렸고, 그 뒤로 그 애랑 말을 못 했어요."

"밖에서 싸웠어요?" 그가 혼란스러워했다.

나는 고개를 끄덕였다. 약간 부끄러웠다. "네, 길거리에서요. 십 대 애들처럼요."

그가 충격받은 시늉을 했다. "놀랍네요. 예외가 없군요. 다들 한두 번쯤 그러나 봐요."

"다들 그런다고요?"

그가 고개를 저었다. "아뇨, 십 대 애들은 다 그런다고요. 어 쨌든 당신 기분이 더 나아지게 해 줘야겠죠?" 그가 휴대전화를 꺼내 들었다. "제가 전화를 걸어 볼게요. 레이철이 당신 전화를 피하고 있다면 제 전화를 받을 거고, 그러면 그녀가 무사하다는 걸 알게 되겠죠. 전화를 안 받으면 그땐 인터폴에 신고하죠."

그는 침착하고 든든하게 말했다. 나는 그에게 전화번호를 알 려 주었다. 그가 전화를 걸고 잠시 기다렸다.

"안녕하세요, 레이철 씨? 에드워드 블로엄이에요. 원예 수업 선생요."

레이철은 살아 있었다. 좋은 일이었다. 하지만 내가 그녀에게 짜증나는 인간이 되었다는 건 나쁜 일이었다.

"지금 언니 댁에 와 있는데, 언니가 레이철 씨를 무척 걱정하 고 있어요." 그가 잠시 귀를 기울였다. 그의 입술이 비틀렸다. "그 말을 그대로 전할 수 있을지 모르겠네요. 혹시 언니한테 직접 말하고 싶지 않아요?" 그가 말을 멈췄다. "전할게요." 그가 전화를 끊고 나를 바라보았다. "레이철이 당신과 이야기하고 싶지 않지만 자긴 잘 있다고 전해 달래요."

나는 그를 바라보았다. "전하기 어려운 말은 뭐고요?"

"영어로 편집을 좀 해야 하는데 모국어가 아니라서, 알죠?" 그가 나를 사려 깊은 표정으로 바라보고는 서서히 미소를 지었다. 녹색 눈동자가 따뜻했다. 그가 밖에서 들어오는 내음을 맡았다. 키는 훤칠하고 어깨는 넓고 너무나 남자다웠다. 여자들만 사는 집에서 그는…… 무척이나 달라 보였다. 머릿속에는 오직 그에게 키스하고 싶다는 생각만 차올랐다. 릴리, 너 정말 제정신이 아니구나.

잠시 생각할 시간이 필요해서 나는 싱크대 쪽으로 가까이 다가가 창밖을 응시했다. 애들이 싸우지는 않나 보았지만, 동화 속 왕국은 무척이나 평화로웠다.

"알아요?" 에드워드가 스스럼 없이 말했다. "당신 목 옆선, 머리칼이 닿아 있는 쪽이 조가비 안처럼 쑥 들어가 있는데, 제가 지금 거기에 키스하고 싶다는 걸요."

나는 얼굴이 달아올랐다. 누군가의 목소리가 이렇게 말했다. "그렇게 하세요." 다름 아닌 내 목소리다. 내 입이 두뇌를 통제하고 있는 게 분명하다.

에드워드가 앞으로 몸을 숙이더니 내 목덜미에 키스했다. 요 몇 년 간 인생에서 가장 로맨틱한 순간이었다. 다리가 풀렸다. 그가 내 어깨에 두 손을 갖다 대고는 내 몸을 돌려세워 자기를 바라보게 했다. 하지만 키스에 더욱 열중한 사람도, 두 손을 그의 허리에 갖다 붙이고 가까이 끌어당긴 사람도 나였다. 매혹적인 욕망의 태풍 속에서 내게는 아이들이 있고, 죽은 남편이 있으며, 단단히 화가 난 여동생도 있고, 심지어 나는 현재 실직 직전이라는 사실도 잊었다. 머릿속에는 온통 그를 맛보고, 내 등을 잡은 그의 손아귀 힘을 느끼는 일밖에 떠오르지 않았다. 아직 이런 욕구가 죽지 않았음을 깨닫고 나는 충격을 받았다.

에드워드가 뒤로 물러서서 나를 바라보았다. 그의 동공이 나만큼이나 커져 있었다. 이건 단순한 키스가 아니었고, 우리 둘 다 그 사실을 알았다. 우리는 연인이 되어 가고 있었다. 서로의 옷을 벗기고, 살갗을 낱낱이 핥고, 서로를 거듭 희열에 차게 할 연인. 내 몸은 이런 열정을 느낀 지 너무 오래되었다. 나는 앞으로 일어날 일을 기대하며 취했다. 그도 내 얼굴에서 이 사실을 읽었다. 그의 피부가 달아오르고, 그의 입술이 다시 내 입술을 뜨겁게 달구었으며, 그의 손이 내 머리칼을 단단히 움켰다. 이럴 때엔 젊음보다 경험에 더 큰 이점이 있다. 그러니까 내가 이게 진짜라는 사실을, 이 남자를 갖고 싶어 한다는 사실을, 그런 일이 일어나리라는 사실을 안다는 말이다. 경험에서 온, 무엇보다 분명한 지식이다. 성적 관계에서 첫 한 시간만큼 강렬한 경험은 아무것도, 정말 아무것도 없다. 그건 로켓 연료와 같다. 에드워드가 자리를 바꾸더니, 내 손을 이끌어 나를 주방 식탁 쪽으로 밀어 붙이고 식탁

위의 물건들을 쓸어 냈다.

바로 그 순간, 밖에서 클레어가 외쳤다. "엄마! 언니가 내 인형 색깔이 별로래!"

아이들이 안으로 달려 들어올 때까지 우리에게는 대략 15초의 시간이 있었다. 우리는 서로를 응시했다. 에드워드가 네덜란드어로 뭐라고 말했는데, 깊이 좌절한 느낌이었다.

나는 기운이 빠져 웃음을 터트렸다. "저한텐 애가 있죠."

그는 얼굴에서 핏기가 가시고 있었지만 이렇게 대답할 수 있을 만큼 잘 추슬렀다. "애들을 완전히 잊고 있었어요. 부끄럽게도." 그가 여전히 내 손을 붙잡고 있다가 나를 빠르게 끌어당겨 한 번 더 힘껏 키스를 하고, 내 입술에 대고 중얼거렸다. "하던 거 안 끝났어요. 이건 약속이에요." 그는 내 입술을 부드럽고 깨물고는 나를 놔주었다. 나 역시 무척이나 아쉬웠다. 하지만 애들이 덮쳐 오면서 그런 마음은 그냥 증발해 버렸다. 충격적이었다. 하지만 이게 옳았다.

클레어는 아직 언니에게 짜증이 난 상태였고, 얼굴을 붉힌 채 서 있는 두 어른에게서 이상한 점을 감지하지 못했다. "언니가 이 인형 옷이 별로래. 진짜 그런 거 아니지?"

애너벨이 클레어 뒤에 나타나 문에서 멈춰 서서 무슨 상황인지 이해하려고 했다. 그녀는 무슨 일인가 벌어지고 있음을 느꼈지만 정확히 어떤 일인지는 알 수 없었다. 눈을 가늘게 떠 보았지만, 이미 많이 지친 상태라서 현재 상황을 드러내는 지표들을 분석해 낼 수가 없었던 것이다.

"내가 언제 그렇게 말했니?" 애너벨이 따졌다.

이에 클레어가 방침을 바꾸었다. "나, 요정의 집을 우리 방에 가져가서 잘 거야."

나는 고개를 흔들었다. "안 돼. 둘 다 이제 잘 시간이야. 에드워드 선생님도 가셔야 하고."

그가 순순히 내 제안을 받아들이고 재킷에 손을 뻗었다. "토요일 원예 수업에서 보자꾸나. 저 요정의 집이 그때도 좋은지 말해 주렴." 그가 내게로 몸을 돌렸다. "잘 있어요, 릴리언. 다시 얘기해요." 그에게는 더 많은 말을 할 필요가 없었다. 우리 둘 다 아직도 몸이 떨리고 있었다. 하필 클레어가 그 순간에 그에게 달려들어 다리를 끌어안고 올려다보면서 고맙다는 말을 되풀이했다. 클레어는 정말 감정이 풍부하다. 그건 인정한다.

나는 자동항법 모드로 전환해 잠자리에 들 준비를 시작했다. 욕망에서 집안일로의 갑작스러운 하강은 고통스러운 수준이었다. 내가 원하는 일과 해야 하는 일이 정확하게 충돌하는 순간은 수없이 많았다. 잠을 자고 싶었지만 자리에서 일어나서 악몽을 꾼 아이들을 도닥여야 하던 순간도 있었다. 공원에서 누워 책을 보고 싶었지만 대신 아이들의 그네를 밀어 주고 싸움을 말리고, 결국 내가 하고 싶은 일은 한낱 꿈일 뿐임을 깨닫고 그 마음을 놓아야 했던 순간도 많았다.

댄이 죽은 뒤로 나는 죽기를 바라면서 행복해했다. 하지만 우리 집에는 애들이 있었고, 애들에게는 먹이고 입힐 사람이 필요했으며, 애들은 엄마가 비통한지 아닌지 신경 쓸 여력이 없었다. 애들은 그저 먹고 싸고 울고 잤다. 마치 그것 말고는 해야 할 일이 없는 것처럼. 병원에서 나는 종종 아이들이 살아 있다는 것을 잊었다. 나는 멍하니 지내며 먹기도 마시기도 거부하고, 그저 다 놓아 버리고 서서히 절벽 아래로 소용돌이치면서 사라지고 싶어 안달했다. 한번은 아이들이 세상 어딘가에 있다는 사실과 내 심장에는 아이들을 위해 아파할 자리가 있다는 사실을 기억해 내고는, 날이 추워져 서늘해진 바람과 부끄러움에 서서히 몸이 차가워졌다. 그리고 자주 아이들이 죽기를 바랐다. 그래야 내가 생을 마치고 숨을 멈출 수 있기 때문이었다. 이런 바람은 아무에게도, 심지어 그래버 박사에게도 말하지 않았지만, 때때로 지금처럼 심장이 죄어들었다. 마치 하나님께서 내 소망을 들으시어 어딘가에 적어 두신 것처럼.

병원에서 나왔을 때 나는 계속 살아가야 한다는 사실을 거의 받아들였고, 일상적인 행위를 반복하는 게 실제로 도움이 된다는 사실을 깨달았다. 나는 이런저런 허드렛일을 처리하는 법을 알았다. 댄 없이 혼자 했던 일들 말이다. 그가 많이 도와줬어도, 내가 엄마로서 단독 비행을 하며 다루어야 하는 일들이 있었으니까. 물론 그가 하던 일들, 그와 함께 하던 일들도 많았다. 이런 일들은 더 힘에 부쳤다. 내게는 알코올중독자인 친구가 있는데, 그는 이것을 '맨 정신의 위탁'이라고 불렀다. 이 말인즉 전에는 술에 취해 하던 일들을 이제는 맨 정신으로 해야 한다는 말이다. 뭐라고 말해야 단번에 알아들을 만하면서도 폼이 날지는 모르겠지만, 아무튼 나는 그동안 행복하게 하던 일들을 슬픔 속에서 하게 되었다. 그리고 천천히 이런 상황에 적응해 나갔다. 나는 계속 숨을 쉬었고, 몇 년이 흐른 지금도 살아 있다.

아이들은 목욕을 하는 내내 요정의 집에 대해 떠들었다. 나는 충분히 경청을 해 주지 못하다가, 애들 몸을 말려 주고, 파자마를 고르고, 이야기를 해 주고, 마침내 불을 끄러 갈 때가 되어서야 온갖 경탄스러운 물건들과 비밀의 방들에 대해 귀 기울여 들을 수 있었다.

"침실 문 뒤쪽을 보면 조그마한 옷장 문이 하나 있어. 그 뒤에는 진짜 옷장이 있고, 그림이 그려진 조그마한 옷걸이에 조그마한 옷들이 걸려 있어."

"정말 조그마하더구나."

"하지만 거기에 인형을 놓을 수 있어."

"왜 아니겠니?" 나는 클레어의 이마에 흘러내린 머리칼을 쓸어 올리다가 머리 선에 초콜릿 푸딩이 묻어 있는 것을 발견했다. 어떻게 목욕시키는 동안 못 봤지? 내가 푸딩을 긁어내자 클레어가 내 손을 밀쳐 냈다.

"거기에 내 인형을 뒀어. 그러니 언니 인형보다 훨씬 눈에 띌 거야. 엄마도 다른 이유라면 거기에 인형을 놔둬도 돼."

나는 문을 닫았다가 다시 의무감에서 7센티미터쯤 열어 두고는 거실을 서성였다. 프랭크가 내게 카베르네 포도주 한 잔을 따라 주고 마사지 베드를 준비해 주면 얼마나 좋을까. 애들에게 정신을 팔지 않자, 내 몸은 곧 방금 전의 실망감을 곱씹을 준비를 했다. 몸이 이렇게 말하고 있었다. 짜증나. 시작을 했으면 끝을 냈어야지! 이상하게도 나는 지금 여기에 댄이 있어서 대화를 나눌 수 있기를 바랐다. 하지만 그는 없다. 그는 죽었다. 정말로 죽었다. 그리고 레이철은 나와 말을 섞으려 하지 않는다.

나는 다시 한번 레이철에게 전화했다. 그녀가 이번에는 전화를 받았다.

"좋아," 그녀가 말했다. "언니가 엿 같은 짓을 한 지 24시간 지났네. 난 사과받을 준비가 됐어."

"정말, 정말, 정말 미안해."

"그럴 거라고 생각했어. 좀 더 말해 봐."

나는 미소 지었다. "나는 진짜 지독한 멍청이야. 네가 나한테 해 준 모든 일들에 완전 감사한 마음뿐이고. '착하디착한 우리 레이철' 같은 생각은 1초도 한 적 없어. 그딴 소리가 어디서 나왔는지 모르겠어."

동생이 한숨을 쉬었다. "좋아, 이제 끝. 가끔은 내면의 비애를 방출해야 건강하겠지. 그런 게 이상하게 이유 없이 나올 때도 있어. 다음에는 집 안에서 싸우자, 어때?"

전화 너머의 레이철은 날 보지 못하지만 나는 고개를 끄덕였다. "집엔 잘 들어갔어?"

"응. 뛰쳐나오고 나서야 언니랑 고주망태가 된 마지 언니를 도시 한가운데에 놔두고 왔다는 걸 깨달았어. 하지만 대탈주를 하고 나서 다시 돌아가기가 힘들더라고. 마지 언니 이번에도 토했지?"

"응."

"그래. 이제 그다음 일은 어떻게 된 거야? 에드워드가 왜 언니랑 있었는데? 무슨 일이야?"

"그 사람이 요정의 집을 가져다주러 왔어."

그녀가 코웃음을 쳤다. "남자들은 매번 그런 핑계를……."

"그리고 주방 식탁에서 섹스 직전까지 갔어."

정적이 길게 이어졌다. 내가 레이철을 놀라게 한 것이다.

"세상에! 제일 중요한 걸 마지막에 이야기하다니."

나는 어깨를 으쓱했다. "지평을 넓히라고 계속 나를 부추긴 건 너야."

"맞아." 그녀가 대답했다. "하지만 언니가 첫 데이트에서 모든 일을 해치우리라고는 생각 못 했지."

"어째서? 넌 늘 그러면서."

레이철이 웃었다. "나는 두 번째 데이트를 하고 싶을지 어떨지 모르겠어서 그러는 거지." 한숨 소리가 들렸다. "하지만 그 순간 언니한텐 애들이 있다는 게 기억난 거지?"

"정확하십니다." 나도 한숨을 쉬었다. "지금 난 완전히 혼란스럽고 스트레스로 초토화됐어. 이래서 연애 같은 건 하고 싶지 않았는데." 나는 짜증내며 소파에서 삐져나온 실밥을 확 뜯었다. "나는 연애하고 싶지 않아."

"앞으로 평생 독신으로 살려고? 언닌 아직 삼십 대야. 앞으로 60년은 더 살지도 모르는데."

나는 소파에 몸을 기대 거실을 둘러보았다. 모든 것이 그 자리에 그대로 있었다. 댄이 죽은 뒤 나는 할 일을 계속 만들고, 삶을 예측 가능하게 만드는 데 많은 시간을 투자했다. 나는 레이철에게 그 점을 설명했다. "에드워드가 매력적이지 않다는 말이 아니야. 정말이지 그에게 끌려, 확실히. 솔직하게 오늘 저녁 그 뜨거운 5분 동안 나는 내 삶이 어떤지 잊었고, 그 시간은 너무나 강렬해서 그냥 한순간에 사라질 만한 게 아니었어. 내 인생에 나쁜 이었다면 아마 난 식탁을 진즉 부쉈을 거야. 하지만 나는 혼자가 아니고, 이젠 너무 늦은 거겠지."

목구멍이 달라붙는 것 같았다. 짜증이 났다. "지금 울고 싶은 기분이야. 에드워드랑 못 자서 슬픈 건지, 누구와든 그냥 잠자리를 못해서 슬픈 건지도 모르겠어. 어쩌면 댄이 너무 그리워서 슬픈 것 같기도 해. 그래서 주방에 함께 있던 사람이 좋아졌는지도 모르지. 내 인생에 이런 혼돈은 필요하지 않아, 레이철. 난 지금 뭣 때문에 눈물이 나는 건지 알고 싶을 뿐이야. 무슨 말인지 알겠니?"

그녀가 동정적인 목소리로 말했다. "인생목표: 내가 뭣 때문에 울고 있는 건지 알기."

"응, 바로 그거야."

"언니가 전화를 끊어도 괜찮아질 때까지 다른 얘기할까?"

정말 사랑하는 내 동생! "응, 그래 줘." 나는 코를 훌쩍이며 소맷자락으로 콧물을 훔쳤다.

그녀가 숨을 들이쉬었다. "나 고양이를 입양할까 생각 중이야. 어떻게 생각해?"

호박 기르기

공간이 넉넉하고 햇빛이 많이 드는 장소가 필요하다. 호박은 이런 장소에서 잘 자란다.

- 조그마한 둔덕을 만들어 심으면 흙이 더 빨리 적절한 온도에 도달하고, 씨앗이 더 빨리 발아하게 된다. 둔덕은 직접 만들어야 한다. 원예용품점에서 팔지는 않으니까.
- 둔덕을 2.5센티미터 깊이로 파고 한 둔덕당 씨앗 4~5개를 뿌린다. 둔덕 사이는 10~20센티미터 간격으로 떼도록 한다.
- 둔덕당 2~3그루의 줄기가 5~7.5센티미터 정도 길이로 자라면, 뿌리는 건드리지 말고 불필요한 가지를 정리해 준다.
- 처음 핀 꽃에서는 열매가 맺지 않는 것이 정상이다. 수꽃과 암꽃이 함께 개화해서, 서로를 알아 가는 느긋한 시간을 보내야 열매가 열릴 것이다.

11

불쾌한 꿈을 꾸고 잠에서 깼다. 아침부터 짜증이 솟구쳤다. 애너벨 역시 기분 나쁜 상태로 깬 바람에 우리 둘 다 오전 내내 서로에게 으르렁거리며 학교에 갈 준비를 했다.

애너벨은 분홍색 티셔츠를 찾았다.

"그 분홍색 티셔츠가 아녜요."

"그것도 아녜요."

"그것도 아녜요. 엄마, 말 그려진 분홍색 티셔츠라고요."

"응, 그거잖아."

"더럽잖아요."

이제 애너벨은 울기 시작했다.

어째서 집에 깨끗한 게 아무것도 없는 거지? 어째서 아무도 애를 돌봐 주지 않는 거지? 아무리 다른 일들로 '무척이나' 바빴다 해도 어째서 나는 빨래도 못 한 거지?

"애너벨, 말이 그려진 다른 티셔츠는 안 될까?"

"안 돼요."

"다른 분홍색 티셔츠는? 말 그림은 없지만 분홍색인 티셔츠."

"안 돼요."

"그럼 네 맘대로 골라 봐. 엄만 아침 만들러 가야 해. 뭐 먹고 싶니?"

"먹고 싶은 거 없어요."

"토스트 만들어 줄까?"

"아니요."

"달걀은?"

"됐어요. 아무도 돌봐 주지 않아서 전 굶어 죽을 거예요."

"내가 돌봐 주잖니. 엄마가 아침을 만들어 주고 싶구나. 클레어, 넌 뭐 먹고 싶니?"

"팬케이크요."

"팬케이크, 접수."

"전 팬케이크 싫어요. 달걀 먹고 싶어요."

"아니, 난 팬케이크 만들 거야."

애너벨이 다시 울기 시작했다. 나도 쿵쾅거리며 주방으로 갔다. 애너벨이 주방 통로에서 울부짖었다. 나는 프라이팬을 달그락거렸다. 애너벨이 주방 문 앞으로 와서 계속 울었다. 프랭크가 스트레스로 토했다.

이런 상황을 겪고 나서 나는 애들을 집밖으로 내보낼 준비를 해야 했다. 신발을 신기는 걸 포함해서.

아이들 등교 준비에서 신발 신기 단계가 없어진다면, 나는 거리로 달려 나가 폭죽을 터트릴 것이다. 내게는 신발이 세 켤레뿐이지만 우리 애들은 십수 켤레씩 가지고 있다. 그래도 한 번에 가장 좋아하는 한 켤레만 신을 수밖에 없고, 애들은 가장 좋아하는 신발을 학교에서 돌아오는 오후마다 어딘가에 숨겨 놓는다. 이따금 한 짝만 숨겨 놓기도 하는데, 따라서 나는 한 짝을 먼저 발견하고 희망으로 가득 찼다가, 다시 나머지 한 짝은 영영 어디에서도 찾지 못할 것임을 깨닫고 절망에 휩싸인다.

이렇게 아이들과 사소한 일로 크게 충돌하면, 또다시 댄이 아니라 내가 죽었어야 했다는 생각이 든다. 10분 후면 이 감정이 사라지기는 한다. 하지만 일곱 살 난 딸과 신기로 했던 양말에 관한 입씨름을 하며 화가 치밀어 오르면, 나는 오직 절망 그 자체에 휩싸여 완전히 너덜너덜해지고 삶을 견딜 수 없어진다. 어떤 여자가 자녀와 싸웠다면, 분명 붉은 안개가 그녀의 분별력을 앗아가기 전에 들은 말이 "저건 도라 인형이 아니잖아!"였으리라고 확신한다.

마침내 나는 아이들을 학교에 내려 주고, 회사로 가면서 머릿속에서 에드워드와의 키스 사건을 모조리 몰아내기로 결심했다. 나는 에드워드에게도, 다른 어떤 상대에게도 관심이 없다. 하루 종일 미친 듯이 일해서 내가 맡은 프로젝트를 말끔히 해치우고, 책상을 정리하고, 다른 일자리를 찾아볼 것이다. 점심으로는 샐러드를 먹어야지. 5킬로그램 정도를 감량할 것이다. 전동칫솔로 2분을 꽉꽉 채워 이를 닦을 것이다. 나 자신을 돌보는 데만 집중할 것이다.

하지만 회사에 가자 에드워드가 보내 온 꽃이 나를 반겼다.

꽃이 보이기 전에 먼저 그 내음이 풍겨 왔다. 나는 일전에 에드워드에게 장미가 향을 많이 잃으면 얼마나 슬픈지 모른다고 말한 적이 있다. 그때 그는 에어룸 장미를 비롯해 내가 모르는 것들에 대해 이야기했었다.

남자들은 보통 귀 귀울여 듣는 데 능숙하지 않다. 내가 살구나 고양이를 좋아한다고 말하면, 그 말이 내 입 밖에 나오는 순간 그들의 머릿속을 슥 하고 빠져 나간다. 나는 개인적으로 사람의 성격을 알려 주는 단서들을 잘 포착한다. 이를테면 로즈는 야한 시대물 로맨스 소설을 좋아하고 걷기 운동을 하며 오들스 박사라는 이름의 샴 고양이 한 마리를 키우고 있다는 것을 안다는 말이다. 하지만 댄에게 룸메이트의 대학 전공이 뭐냐고 묻는다면 그는 잘 모르겠다고 대답할 것이다.

어쨌든 에드워드는 보통 남자들과는 달랐다. 이렇게 사무실을 가득 채우고 마음을 부풀게 할 만큼 달콤시큼한 향기가 강하게 풍기는 아름다운 장미 꽃다발을 보냈지 않는가. 짙은 크림색에 꽃잎이 빡빡한 장미들이 마치 그림 같았다.

샤샤가 나를 바라보고 있었다.

"어젯밤에 환상적인 뭔가를 한 것 같은데? 내가 이걸 받고서 스케치를 해 놨지. 정말 오랜만에 보는 예쁜 마담 아르디야." 그녀가 자기 물건들을 정리하는 게 보였다. 그러니까 책상 위에 뚜껑 열린 상자 몇 개가 널려 있었다는 말이다. 그녀의 포트폴리오와 함께.

"장미 아니야?" 나는 몸을 숙이고 코로 향을 깊이 들이마셨다. 그리고 카드를 찾았다.

샤샤가 웃음을 터뜨렸다. "마담 아르디가 장미 종의 이름이야. 다마스크 장미인데, 현재 존재하는 것 중에서 가장 유명하고 오래된 종이지. 자기가 기르는 장미가 어떤 종인지 아는 사람들도 있다고."

카드는 안 보였다. 기대가 과했나?

나는 샤샤에게 몸을 돌렸다. "언제부터 그렇게 장미에 대한 지식이 해박했어?"

"작년에 『아기 고양이와 강아지』 제3판을 누가 할 건지 결정하려고 너랑 나랑 가위바위보를 했던 때부터. 그때 내가 져서 『세계의 장미』 제2판을 작업했잖아."

"아하."

나는 장미를 바라보았다. "누가 장미를 보냈는데 카드는 없네. 누굴까?"

"네가 지금 관심을 두고 있는 섹시한 원예학자가 몇 사람이나 된다는 말이군. 그중 한 사람이겠지."

"무슨 말을 하는지 모르겠네." 나는 눈을 감고 코를 킁킁댔다.

"릴리, 누군가가 대화 중에 네 번 이상 어떤 남자에게 '흥미롭다'는 단어를 사용한다면, 아무도 그게 순전히 '흥미'를 말하는 거라곤 생각하지 않을 거야. 너 지금 '나 선생님에게 몸이 달았어요'라고 쓴 티셔츠를 입고 있는 수준이야."

나는 말대꾸를 해서 그 말을 확인해 주고 싶지 않았는데, 그 순간 다행히도 전화벨이 울렸다.

"여보세요?"

"내가 보낸 꽃 받았어요?" 전화상으로도 에드워드의 목소리는 깊고 묵직했다. 나는 얼굴이 달아올랐다.

"선생님이 보낸 거예요?"

에드워드가 웃었다. "분명히 말하죠. 장미를 보낸 건 나예요. 다른 꽃이라면 당신을 쫓아다니는 다른 남자가 보낸 거고요."

그가 시시덕대고 있었다. '다른 남자'라는 단어가 공기 중으로 흩어졌으나, 이 자신만만한 남자가 내 건방짐을 한층 끌어올렸다.

그가 목청을 가다듬었다. "꽃 잘 받았죠?" 그의 목소리가 살짝 떨렸고, 갑자기 나는 괜찮은 기분이 들었다. 로맨스 따위는 흥미 없었지만, 에드워드는 그 자체로 '흥미'로웠다.

나는 미소를 지었다. "네. 내 앞에 있어요. 향기도 죽여줘요.

고마워요."

그가 미소 짓는 소리가 들렸다. "천만에요. 내가 가고 나서 어땠어요?" 그의 목소리가 살짝 처졌다. "자백할게요. 난 한숨도 못 잤어요."

갑자기 나는 다시 심란해졌다. 혼란스러웠다. 나는 스스로를 감정적으로 괴롭히고 있었다.

"괜찮았어요. 레이철과 오래 통화를 했어요."

"화해했어요?"

"네, 완전히요."

"오늘 점심 식사 어때요?"

음. "잘 모르겠어요. 사실 며칠 전에 회사에서 직원을 여럿 잘랐거든요. 그래서 나도……." 나는 말을 멈추고 다시 장미 향을 음미했다. "모르겠어요."

그의 목소리가 차분해졌다. "그냥 커피만 마셔요. 어젯밤처럼 말고 그냥 커피만요, 괜찮죠?"

"좋아요." 나는 그에게 회사 위치를 알려 주었다. 언제든 그에게 그만 만나자고 할 수 있다. 내 자리로 돌아와 서랍을 치우면서 나는 애써 장미 향을 무시했다.

에드워드가 다가왔을 때 나는 책상 아래 웅크린 채 동전을 찾는 중이었다. 최악은 책상 아래로 기어들어 가 무릎 꿇고 앉아서 더듬거리고 있던 게 아니라, 의자에 앉은 채 상체만 수그리고 동전에 손을 뻗고 있었다는 사실이다. 물론 전혀 소득이 없었지만, 나는 반쯤 긴 채 그 사실을 받아들이기를 거부하고 있던 참이었다. 그러니까 내가 가장 예뻐 보이는 모습은 아니었다는 말이다.

"릴리언?" 그의 목소리가 틀림없었다. 당연히 나는 잽싸게 허리를 펴다가 머리를 쿵 소리 나게 찧었다.

최소한 그는 재미있어하는 것 같았다.

"내가 당신을 신발로 알아본 것 같네요." 그가 씩 웃었다. 저 인간한테 던질 만한 거 없나?

"그쪽이 장미를 보내신 분인가요?"

에드워드가 빙글 돌아서 샤샤에게 미소를 지어 보였다. "네, 접니다." 그가 한 걸음 앞으로 나섰다. "에드워드 블로엄이라고 해요, 그쪽은······?"

"샤샤예요." 그가 샤샤와 악수를 나누고 다시 내게로 돌아와 손을 내밀었다. 나는 그 손을 잡았다.

"갈까요?" 그가 나를 끌어 올리고 내 동료에게로 돌아섰다. "만나서 반가웠습니다, 샤샤." 샤샤가 그의 등 뒤에서 '그 남자 섹시한데?' 하는 표정을 지어 보였지만 나는 못 본 체했다.

엘리베이터로 걸어가는 동안 그는 내 손을 계속 잡고 있었다. 엘리베이터에서도 거리에서도 그는 손을 놓지 않았고, 내가 걸음을 멈추었을 때도 계속 손을 잡은 채였다.

"당황스럽네요." 입에서 말이 그냥 툭 튀어나왔다. 나는 걸음을 멈추고 진실을 말할 것인가, 그의 무릎 뒤를 한 번 발로 차고

도망칠 것인가 결정해야 하는 기로에 서 있었다.

그가 표정을 진지하게 바꾸었다. "그래요? 손 놓을까요?" 손은 아직도 놓지 않았다.

나는 고개를 저었다가 다시 고개를 끄덕였고, 그러고 나서 한 번 더 고개를 저었다. "모르겠어요. 이게 대체 무슨 일인지 모르겠어요. 그냥 당황스러워요. 더 나은 표현을 찾을 수가 없네요. 난 인생에 아무 기대가 없었어요. 잘 지내고 있었어요. 그런데 지금 당신이 여기에 있고, 어젯밤에 그 일이 있었고, 이제 내가 지금 잘 지내고 있는지 알 수가 없어졌어요."

그는 아무 말도 하지 않았다. 가만히 내 손을 놓아 주고 주변을 둘러보았다. 길 맞은편에 조그마한 레스토랑이 있었다. "저기 가서 이야기 좀 합시다, 어때요? 밀크셰이크라도 먹을까요?"

그가 내 밀크셰이크 취향을 아는지 모르겠지만, 솔직히 나는 목숨이 왔다 갔다 하는 상태였고, 누군가가 밀크셰이크를 먹자고 하면 그걸 먹기 위해 뛰기 대회도 할 요량이 있었다.

우리는 길을 건넜다. 물론 나는 여전히 그의 손을 잡고 있기를 소망했다.

우리는 마주 보고 앉아서 밀크셰이크가 나올 때까지 조용히 기다렸다. 그러다 서로에게 빨대 포장 비닐을 후 불어 날렸고, 이 행동으로 긴장이 조금 가라앉았다.

"내가 먼저 이야기해도 돼요?" 그가 묻고는 먼저 입을 열었다. "나도 무엇도 기대하지 않고 지냈어요. 잘 살고 있었어요. 하지만 당신을 처음 봤을 때, 인사를 하고 나서 당신을 좀 더 알고 싶다는 사실을 깨달았어요. 당신은 무척 아름다워요, 알아요? 하지만 당신에게는 그것 말고도 뭔가가 있어요." 그가 얼굴을 붉혔다. "말로는 분명하게 표현할 수가 없네요." 그가 숨을 들이쉬었다. "당신 상황이 힘들다는 건 나도 알아요. 당신한텐 아이들이 있지요. 남편과는 사별했고요. 어젯밤은 정말이지 많은 생각이 들더군요. 하지만 난 성인 남자예요, 십 대 소년이 아니라. 당신이 준비가 될 때까지 기다려 줄 수 있다는 말이에요." 그가 의자에 등을 기대고 밀크셰이크를 쭈욱 빨았다.

나는 그를 바라보며 나 자신과의 싸움을 했다.

그가 미소 지었다. "지금 무슨 생각하고 있는지 말 안 해 줄래요, 릴리언?"

"그냥 어리벙벙해요."

그가 어깨를 으쓱했다. "아무 말이나 해 봐요."

"당신이랑 자고 싶어요."

그에게서 갑자기 웃음이 터져 나왔다.

나는 말을 계속했다. "하지만 도망쳐서 다시는 당신을 안 보고 싶기도 해요. 난 당신을 원해요, 정말로 원해요. 나도 십 대 여자애가 아니에요. 이 상황이 어떻게 될지 알고 있지요." 우리는 둘 다 이제 얼굴이 상기되어 있었다. 그가 테이블 위로 손을 뻗어서 내 손을 다시 쥐고, 엄지로 손등을 살살 쓸었다. "그런데 그렇게 생각하자, 이게 어떤 의미일지 생각하자 겁이 났어요. 그러니까 누군가와 함께한다는 게요." 갑작스러운 상념이 나를 후려치자, 얼굴이 더욱 달아올랐다. "당신이 그 이상을 기대하지 않는한 어쩌면 당신이 바라는 건 그저……." 좀 전에 내가 십 대가 아니라고 했던 말은 무시하자.

그가 나를 보고 씩 웃었다. "당신은 재밌어요. 난 잠자리만 원하는 게 아니에요. 물론 우리가 잘 순 있겠죠, 당신이 원한다면요." 그의 눈이 나를 향해 빛났다. "하지만 나는 그것만으로 만족할 수는 없을 것 같아요." 그가 테이블 너머로 몸을 숙이고 목소리를 낮췄다. "당신을 침대로 데리고 가서 당신 안에서 슬픔을 마지막 한 조각까지 몽땅 몰아내고 싶어요. 당신을 행복하게 해주고 싶어요, 릴리언." 그가 손을 빼내고 손바닥을 내밀었다. "내게도 평소와는 다른 일이에요. 보통 때 같으면 난 예의 바르게 저녁 식사를 하자고 묻고는, 한두 번 식사를 하고 난 뒤에 키스를 해도 될지를 파악했을 거예요. 그러고 나면 연인 사이가 될 수도 있지요. 안 될 수도 있지만요. 아무튼 이번엔 그렇지 못했네요, 미안해요."

나는 테이블을 내려다보고는 지금 내 기분이 어떤지 이해하려고 애썼다. 그리고 내가 어떤 기분인지 깨달았다.

"나 배고파요." 내가 말했다. "우리 주문할까요?"

당연하게도 일단 음식을 먹자 기분이 한결 나아졌다. 둘 다 햄버거를 주문했는데, 입에 착 붙는 맛이었다. 우리는 암묵적으로 둘 다 뭔가를 말해야 한다는 데 동의했다. 그가 자기 가족 이야기를 했다.

"어려워요. 우리 가족은 모두 기본적으로 같은 일에 종사하고 현재 블로엄 사는 큰누나가 운영하고 있어요. 그래서 좀 떨어져 있으려고 1년 간 제가 여기 와서 이러고 있는 거랍니다. 암스테르담은 조그만 도시라서 서로 늘 마주치거든요. 내 결혼생활이 끝장났을 때 가족들은 무척이나 비판적이었지요."

나는 그 일을 생각해 보았다. "이혼 과정이 깔끔하지 않았나 봐요?"

그가 인상을 찌푸렸다. "다른 식의 이혼도 있나요? 그나마 우리는 교양 있게 했어요. 물론 아들한테는 미안하죠. 애 엄마랑 갈라서고 난 뒤로 나는 그 애 인생의 많은 부분을 보지 못했거든요."

"두 분이 갈라설 때 아이는 몇 살이었는데요?"

"여섯 살이요. 하지만 갈라서기까지 1년 동안 별거했어요. 그리고 그 전에 해외에 많이 나갔었고요." 그는 슬퍼 보였다. "우리가 이혼한 게 그 애 인생에 큰 영향을 준 건 아닌지 모르겠어요." 그가 등을 기대고는 화제를 바꿨다. "당신 일은 어떻게 될 것 같아요?" 그가 조그맣게 미소를 지었다. "우리 채소는 누가 그리게 되죠?"

"솔직히 채소 책이 어떻게 될지 모르겠어요. 이틀 전에 해고 통보를 받았거든요. 확실한 건 아무것도 없어요." 나는 밀크셰이크를 빨아들이며 생각했다. "어쩌면 그래서 제가 극도로 스트레스를 받고 지쳤나 봐요. 우리 일은 모든 게 그냥 갑자기 딱 벌어졌잖아요."

그가 고개를 끄덕였다. "이해해요. 하지만 이따금 사건은 그냥 일어나기도 해요, 안 그래요? 어느 날 갑자기 겨울이 오고 모든 게 갈색으로 바뀌고, 이틀 후에 봄이 오고 일시에 싹이 트고 꽃이 피지요. 자연은 문득 어떤 생각을 떠올리면 바로 그걸 진행한답니다."

나는 그에게 미소를 지었다. "우리가 봄과 같은 건가요? 자연현상처럼?"

그가 계산서를 요청하고는 내게 미소를 되돌려 주었다. "그저 한동안 자연스럽게 흘러가게 두는 것도 괜찮다는 말이에요."

그 생각을 존중하여, 나는 회사로 돌아가는 동안 그가 내 손을 잡게 내버려 두었다. 대체 내게 무슨 일이 벌어지는 건지 여전히 확신할 수 없었지만, 한동안 그냥 받아들이고 지켜보기로 결심했다. 시간을 두면 보면 알 수 있을 것이다. 늘 그렇듯이.

곤충에 대해 평정심 유지하기

뜰에서 개미들과 평화롭게 공존하도록 노력하자. 개미는 이로운 곤충이며, 우리보다 대략 10억 배 이상 개체수가 많다. 개미들을 채소밭에서 꾀어내려면 묵은 멜론을 이용해 보길 권한다.

- 진딧물은 자주 정원용 수도 호스로 물을 세게 주면 박멸할 수 있다.
- 노란색과 검은색 줄무늬의 콜로라도 감자잎벌레나 푸른빛이 도는 초록색 콩풍뎅이가 식물에 기어 다니는 게 보이는가? 그렇다면 이 벌레들이 가장 활발하게 활동하는 아침에 바닥에 천을 깔고 식물을 흔들어 그것들을 떨어뜨려라. 그다음에 천을 비눗물에 담그면 그것들을 없앨 수 있을 것이다.
- 허브는 병충해 방제에 이용할 수 있다. 약쑥, 서양톱풀, 황면국, 탄지, 민트, 라벤더는 전통적인 나방 퇴치제다. 로즈메리 오일 또한 효과가 좋다.

12

그날 밤 아이들이 잠들었다고 생각했는데, 몇 시간 후 애너벨의 울음소리가 들려왔다. 나는 무슨 일인지 알아보러 갔다. 애너벨이 침대에 앉아서 무릎에 놓인 뭔가를 바라보고 있었다. 스탠드 옆에서 정말로 괴로워하는 게 보여서 나는 아이를 안아 올려 내 침실로 데려갔다. 애너벨이 자기가 바라보던 물건을 가져왔는데, 살펴보니 내가 전에 본 적 없는 사진 앨범이었다. 눈물로 인해 아이의 볼에 머리카락이 붙어서 살며시 귀 뒤로 넘겨 주었다.

"무슨 일이니, 벨? 무슨 일이야?"

애너벨은 아무 말도 하지 않고 내 어깨에 얼굴을 묻은 채 앨범을 건넸다. 앨범을 열고 나는 약간 인상을 썼다.

"누가 이런 걸 모으게 도와줬어?"

"레아 이모요. 몇 년 전에, 같이 애기 때 쓰던 물건을 담아 놓은 상자를 살펴보고 제가 원하는 사진을 골랐어요. 그리고 이모가 여기에 붙이는 걸 도와줬고요. 클레어도 가지고 있지만, 죄다 프랭크 사진이에요."

나는 애너벨을 바라보았다. "결혼 앨범처럼?" 애너벨이 미소를 지었지만 잠시였고, 곧 얼굴이 쾡해졌다.

앨범을 넘겨다 보니 약간 혼란스러워졌다. 대부분 애너벨의 사진이었다. 더 어렸을 때 그네를 타는 모습, 길을 걸어 내려가는 모습, 공중에 던져지고, 웃음을 터트리고, 말을 타는 모습들이었다. 클레어의 사진도 한두 장 있었다. 무척이나 조그마한 클레어가 안겨 있고, 애너벨이 그 모습을 빤히 응시하는 모습이었다. 모든 사진에 애너벨이 있었다.

나는 지푸라기라도 잡으려고 애썼다. "어릴 적이 그리워서 슬펐던 거니?"

애너벨이 나를 바라보았다. 평소처럼 한숨을 억누르고 있었다. 아이가 고개를 저었다. 눈물이 다시 뚝뚝 떨어지기 시작했다. "아니요, 그런 게 아니에요."

다시 들여다보았지만 알 수가 없었다. 나는 고개를 젓고 애너벨을 바라보았다. "무슨 일인지 엄마한테 말해 줄래? 무엇 때문에 슬퍼진 거야?"

"이건 나를 행복하게도 하고 슬프게도 해요."

애너벨이 베개에 기댔다. 부드러운 머리칼이 볼 아래로 물결

쳐 내려왔다. 조그마하고 움츠러들어 있는 그 모습이 너무 사랑
스러워서 나도 울음이 터져 나올 것만 같았다. 애너벨은 댄과 무
척이나 사이가 좋았다. 아이가 이토록 슬퍼하는데 그가 여기에
있으면서 도움을 줄 수가 없다는 사실이 화가 났다. 물론 그가 여
기 있었더라면 애너벨이 이토록 슬플 일도 없었겠지만.

애너벨이 자세를 고쳐 앉더니 갑자기 화난 목소리로 앨범을
가리켰다.

"이것들은 저랑 아빠 사진이에요. 아빠가 안 보여요? 전부 다
저랑 아빠 사진이라고요." 그러고 나서 다시 드러눕더니 진심으
로 슬피 울기 시작했다. 나는 다시 앨범을 들여다보았다.

이번에는 댄이 눈에 들어왔다. 모든 사진에서 그는 아이의 손
을 잡고 있거나, 그네를 밀어 주거나, 말을 끌어 주고 있었다. 하
지만 사진 속에 담긴 건 그의 손이나 팔뿐이었다. 애너벨이 응시
하는 그의 어깨, 애너벨이 고개를 묻은 그의 목덜미, 애너벨을 하
늘로 던져 주는 그의 손. 물론 사진들은 내가 찍은 것이었다. 그
가 아니라 아이에게 초점을 맞춰서. 하지만 그는 모든 사진에 있
었다. 이건 아빠의 조그마한 조각들이었다.

"저기에는 아빠가 전부 있어요. 우리 집엔 아무 데도 없는데."
애너벨이 속삭였다.

나는 아이의 머리를 쓰다듬어 주고 엉엉 울게 놔두었다.

"왜 집에 아빠 사진이 없는 거예요? 엄마는 아빠가 보고 싶지
않아요?" 애너벨은 내게 화가 나 있었고, 그래서 힘들어했다. 그

가 죽은 게 내 탓이 아니라는 사실을 알긴 했지만, 누군가 비난할 사람이 필요했던 것이다. 자기 자신 말고. 그녀가 고개를 들어 나를 바라보았다. "아빠 얼굴이 기억이 안 나요. 제가 너무 어렸을 때라 하나도 모르겠어요. 그래서 아빠를 계속 생각할 수가 없어요!" 애너벨이 흐느꼈다.

애너벨 말이 맞다. 어디에도 사진 한 장 없었다. 실은 가족이 다 함께 찍은 사진이 몇 장 있긴 했지만 책꽂이 높은 곳, 내 눈높이에 치워 두었다. 나는 집이 애도의 장소가 되길 바라지 않았고, 걸음걸음마다 내가 잃어버린 무언가를 상기하고 싶지 않았다. 하지만 내가 애너벨에게서 뭔가를 의도치 않게 빼앗았음을, 아빠의 기억이 희미해지게 하여 죄책감을 느끼게 만들었음을 깨달았다. 레이철의 말이 맞다. 나는 정말로 이기적이다.

나는 시계를 보았다. 밤 11시였다. 그리고 내일은 학교를 가야 했다. 나는 자리에서 일어났다.

"잠시만 기다리렴, 벨."

나는 노트북과 아이에게 줄 핫초콜릿 한 잔을 가져왔다. 우리는 한 시간 동안 함께 앉아서 내가 찍은 댄의 사진을 모두 살펴보았다. 디지털 사진 기술 덕분에 수백 장이나 되었다. 임신한 나와 댄의 모습, 애너벨을 품어서 부풀어 오른 내 배에 얼굴을 딱 붙인 댄의 얼굴, 사랑과 경탄이 어린 얼굴로 아직 아기인 애너벨을 안은 댄의 사진을 보여 주었다. 아이는 원하는 사진들을 십수 장 골랐고, 나는 그것들로 앨범을 만들었다. 그리고 댄에 대한 이야기를 나누었다. 엄마가 아빠를 얼마나 사랑했는지, 아빠가 애너벨을 얼마나 사랑했는지, 우리 둘 다 아빠가 얼마나 보고 싶은지를.

"클레어는 아빠를 기억 못 해요." 애너벨이 한결 차분해졌다.

나는 어깨를 으쓱했다. "어떻게 기억하겠니? 아빠가 돌아가셨을 때 클레어는 너무 어렸잖아. 그건 클레어 잘못이 아니야."

애너벨이 내게 미소 지었다. "알아요. 전 클레어를 사랑해요. 클레어가 아빠를 기억 못 해서 안타까워요."

나는 애너벨에게 미소로 화답했다. "하지만 우린 아빠 얼굴을 알잖니. 그거면 됐어."

그녀가 고개를 끄덕였다. 아이의 눈꺼풀이 내려앉기 시작했다. "이제 가서 자도 돼요?"

나는 노트북을 닫았다. 아이를 눕히고 이불을 덮어 주고 등을 토닥였다. 아이의 얼굴이 까무룩 잠 속으로 빠져 드는 모습을 지켜보았다. 눈썹은 댄을 닮았고, 볼은 레이철을 닮았으며, 입은 아무도 닮지 않은 자기 고유의 것이었다. 아이가 잠이 들고, 가볍게 코를 골고, 얼굴이 완전히 편안해지고 나서도, 한참 동안 나는 그대로 앉아서 아이를 바라보며 바보 같았던 나를 속죄하려고 애썼다.

나는 조심스럽게 일어나서, 거실에 노트북을 가져다 놓고 주방에서 와인 한 잔을 가져와 앉았다. 노트북 앞에 앉아 내 사진을 살펴보았다. 애너벨이 태어나기 전에 그와 함께 찍은 사진들을.

그는 무척이나 잘생겼고, 내 남편이었다. 잊고 있었다. 우리는 스물네 살에 만났고, 그는 고작 서른아홉에 죽었다. 무척이나 건강했고 충만한 인생을 살고 있었는데. 그의 죽음이 야기한 충격에서 헤어난 뒤로, 나는 앞으로 나아가는 데만 초점을 맞추었다. 내가 잘 해 나가고 있다는 사실을, 사람들에게 이제 그만 걱정해도 된다는 사실을 보여 주려고 애썼다. 현재를 회피하고 앞으로만 나아갔다. 정신병원에서 나온 뒤 내가 주로 느낀 감정은 당혹감이었다.

나는 늘 현실적인 사람이었다. 현실감은 늘 위기 속에서 기댈 수 있는 자질이었다. 하지만 사고가 일어난 날 나는 완전히 정신을 놓았다. 완전히 미쳐 날뛰었다. 거리에서 비명을 지르며 울부짖고, 차에 달려들고, 그의 부러진 다리 위에 올라타고, 그를 정신 차리게 하려고 피 흐르는 얼굴을 손바닥으로 때리고, 그에게 제발 일어나라고 애원했다. 응급구조사가 나를 떼 내려고 했지만 꼼짝도 하지 않았다. 그가 죽은 것은 분명했다. 차 파편으로 그가 의자에 박혀 있었다. 쇳조각은 작았지만 치명적이라서 그는 즉사했다. 응급구조사들의 말로는 그가 너무나 빨리 죽어서 고통을 느끼지도 못했을 거라고 했다. 고통을 느낄 새조차 없었다고, 뭐가 자신을 쳤는지도 몰랐을 거라고 그들은 말했다. "저 여자애가 그이를 쳤어!" 나는 다른 차에서 울부짖고 있는 십 대 여자애에게 달려가 소리를 질렀다. "이 애가 그이를 쳤어!" 소리를 지르면서 그녀를 땅바닥으로 끌어내고, 악을 쓰면서 그녀를 발로 찼다.

사람들이 흥분한 나를 떼 내고 주사를 놓았다. 나는 장례식을 어영부영 치러냈지만 그 후로 완전히 무너졌고, 가족들이 나를 추슬러 두 달 동안 병원에 집어넣었다. 아무것도 기억이 나지 않았다. 좋았던 일조차도. 사고를 낸 가해자 아이는 피가 묻어 있던 내 얼굴을 영원히 눈앞에 떠올리게 되겠지. 하지만 그녀가 어떨지는 관심 없다.

지금 나는 사랑하는 댄의 얼굴을, 온전하고 하나도 다치지 않은 얼굴을 보고 있다. 하지만 그 얼굴은 사진 속에 갇혀 있다. 숨도 쉬기 힘들 만큼 그가 보고 싶었다. 나는 무너짐으로써 애너벨을 저버렸다. 애너벨은 유치원에서 손가락으로 그림을 그리고 금붕어를 입에 넣다가 집으로 돌아왔는데, 갑자기 아빠가 죽었다는 소식을 들었고 그 뒤로 거의 석 달 동안 엄마를 볼 수 없었다. 엄마가 입원해 약에 취해 있는 동안 어린 동생은 밤새도록 젖을 못 먹어 울어대고, 할머니와 레이철 이모도 울었다. 아이에게 이만큼 나쁜 일이 또 어디 있겠는가? 애너벨은 어떤 기분이었을까? 그때 고작 세 살이었는데. 세 살은 책임이 무언지 아는 나이이다. 우리는 아이에게 나누어 쓰는 법을 가르쳤다. 자기 인형, 강아지에 대해 책임감을 가져야 한다는 것도. 자기 행동에는 결과가 따른다는 것도. 나는 울면서 사진을 바라보고, 와인에 취해 자기 연민에 푹 절어 부끄러워했다. 에드워드에게 끌리는 마음을 느끼는 것이 남편과 아이들에 대한 배반 같았다. 대략 한 시간 동안 뜨거운 회한과 책임감으로 그런 끌림은 완전히 그을어 재가 되었다.

그저 봄이 된다고 해서 다시 소생할 수 없을 만큼.

마침내 나는 잠이 들었고, 아침이 되어 깨어나자 다 타버린 기분을 느꼈다.

출근한 뒤 나는 레이철에게 전화를 걸어 간밤의 일을 이야기 했다. 레이철의 목소리가 갈라졌지만, 늘 그렇듯이 다른 무엇보다 나를 걱정해 주었다.

"그것 때문에 에드워드를 못 만나겠어?" 그녀가 내 대답을 기다리지 않고 직접 대답했다. "아니야. 언닌 그냥 자기 껍데기 속에 다시 틀어박히려고 하는 거야."

나는 종이 한 장을 꺼내 끼적끼적댔다. 상자 속에 또 상자를 그렸다. "애들이 우선이야, 레이철. 언제나 그렇듯이. 나는 애너벨에게 집중하고, 새 일자리를 찾고, 상황을 안정시키는 데 집중해야 해. 에드워드도 이해할 거야."

"그럼 언니는? 언니의 행복은?"

나는 얼굴을 찌푸렸다. "난 행복해. 다 좋아. 데이트는 나중에 언제라도 할 수 있어."

"에드워드에게 말할 거야?"

나는 고개를 끄덕였다. "오늘 아침에 이메일 보냈어. 벌써 그렇게 했어."

"클레어처럼 말하네."

"최악은 아니지."

"그건 그래." 그녀가 한숨을 쉬었다. "내일 수업에서 봐. 일이 이렇게 돼서 안됐어, 언니."

나는 활기차게 말했다. "그럴 거 없어, 레이철. 그냥 그렇게 된 건데, 뭐."

나는 전화를 끊고, 그날 하루를 보냈다. 아무 일도 아니다. 그저 앞으로 나아가자.

상추 기르기

～

먼저 흙이 빡빡하지 않고 물이 잘 빠지는 상태인지 확인한다. 그
다음 파종 한두 주 전에 비료를 섞어 주도록 한다.

- 상추씨는 엄청 조그마해서 모판 흙을 고르게 해 주어야 한다.
  작게 덩어리진 흙도 상추가 자라는 데 방해가 될 수 있다.
- 상추씨가 일단 발아하면, 적절한 간격으로 솎아 낸다.
  · 잔주름상추: 10센티미터 간격으로 심는다.
  · 양상추: 20센티미터 간격으로 심는다.
  · 윗부분이 벌어지지 않고 완전히 다물려 자라는 배추류: 40센
  티미터 간격으로 심는다.
- 계속 수확하면서 2주에 한 번씩 씨앗을 추가로 뿌릴 수 있다.
- 상추를 보면 언제 물을 뿌려야 하는지 알 수 있다. 잎이 아래로
  처지고 시들어 보이면 물을 조금 주어야 한다. 그러면 다시 고
  개를 처들 것이다. 완전히 축 처져 있다면, 상추가 생기를 다시
  찾을 때까지 돌봐 주도록 한다.
- 잔주름상추를 수확할 때는 바깥쪽 잎사귀들을 먼저 떼 준다.
  그래야 안쪽 잎사귀들이 계속 자랄 수 있다.

13

　내 우울한 기분과 반대로 이번 원예 수업은 대성공이었다. 모두 각자 자기가 맡은 구역을 보고 행복해하고, 뜰 여기저기서 새순이 돋아나는 모습에 무척이나 기뻐했다. 예전에 애들을 디즈니랜드에 데려 간 적이 있다. 그때 식물원에서 진짜 식물을 보았을 때 애들이 터트린 환희의 비명은 그 지구상에서 가장 행복한 장소를 뒤흔들고 사방에 퍼져 나갔었다. 사실 클레어가 디즈니랜드의 메인 스트리트를 지나는 인어공주를 보고 너무 크게 비명을 지른 나머지 보안요원이 출동했을 때만큼 엄청나지는 않았지만, 이건 너무 극단적인 경우다. 참고로 뭔가 극단적으로 인상적인 것을 보고 싶다면, 디즈니랜드에서 어린이 유괴 사건에 대처하는 법을 보면 된다. 갑자기 블록버스터 액션 영화를 현실에서 볼 수 있을 것이다. 나무에서 총을 든 사람들이 내려오고, 일곱 난쟁이들이 자동 소총을 꺼내고, 신데렐라가 제다이 기사처럼 싸울 태세를 취한다. 그래, 내가 허풍이 셌다. 하지만 디즈니랜드가 어린이 유괴에 대해 무척이나 엄중한 방침을 취하는 것은 사실이다.

내가 심은 토마토 모종들이 쑥쑥 크고, 옥수수는 새 잎을 달고, 레이철이 심은 라벤더도 멋지게 자랐다. 진과 마이크도 자기들 상추를 보고 우쭐댔지만, 엘로이즈와 프란세스는 직접 심은 씨앗이 모두 싹을 틔웠는데도 평정을 유지했다.

에드워드가 우리를 둥그렇게 모이게 했다. 나는 발치로 고개를 숙였고, 내가 댄이 죽은 뒤 처음으로 특별한 부츠를 신고 있다는 사실을 깨닫고 시선을 나무로 돌렸다. 에드워드는 내 이메일에 간결한 답장을 보냈다.

기다릴게요. 난 인내심이 강해요. 당신은 무척 특별한 사람이고요.

진짜 대단하시네. 나는 그의 목소리를 들으며 나 자신에게 미안한 감정을 느끼지 않으려고 애썼다.

"오늘은 무척 신나는 날입니다. 대자연의 경이로운 일꾼들에게 도움을 요청하는 날이니까요."

클레어가 내게 몸을 돌려 세상에서 제일 시끄럽게 속삭였다. "벌레야, 엄마. 선생님은 벌레를 말하고 있는 거라고!"

에드워드가 웃었다. "클레어 말이 맞습니다. 벌레를 이야기하는 거예요. 지렁이는 정원사에게 가장 중요한 협력자입니다. 땅속에서 기어 다니는 것만으로도 흙에 산소를 공급하고, 죽은 식물체나 음식 찌꺼기 같은 유기물을 소화시켜서 벌레 차도 만들어 내지요. 벌레 차는 이용할 수 있는 가장 강력한 비료 중 하나입니다."

은퇴한 은행가인 진은 뇌가 작동을 멈춘 듯했다. "지렁이 차요? 지렁이는 손도 없는데 어떻게 차를 낸답니까?"

우리 모두 같은 그림을 상상했다. 뜨거운 주전자는 말할 것도 없고 지렁이들이 찻잔을 들려고 애쓰는 모습까지. 모두에게 충격적인 순간이었다.

감사하게도 공립학교에 다니고 있는 클레어가 말했다. "그건 지렁이 '쉬야'예요. 왜 차라고 부르지? 그냥 쉬야인데."

에드워드가 씩 웃으며 고개를 끄덕였다. "벌레들은 액체류를 배설하는데, 근본적으로 '쉬야'라고 할 수 있죠. 거기에는 영양분이 무척 풍부합니다. 무척 농도가 짙고요. 그래서 물을 많이 뿌려서 희석해야 해요. 안 그러면 작물 뿌리가 다 상해 버리거든요."

"그 오줌을 어떻게 얻어 내죠?" 앤절라는 어느 때보다 실용적이었다. 질문을 하면서도 한 눈으로는 저 채소밭 너머로 질주하는 배시를 계속 주시하고 있었던 것이다. 배시는 마치 트랜스포머 티셔츠를 입은 조그마한 그레이하운드가 달려가는 것 같았다. "지렁이들한테 도뇨관을 꽂을 순 없잖아요."

"엄청 귀찮겠네." 레이철이 끼어들었다.

"지렁이들이 그걸 좋아하진 않을 것 같은데요." 엘로이즈가 덧붙였다. "땅속에서 조용히 숨어 살기를 좋아하는 생명체들이 니까요."

에드워드는 차분함을 유지했다. "그런 건 안 꼽아도 됩니다. 지렁이들이 그냥 자연스럽게 우리에게 줄 거예요. 우리가 할 일은 그저 지렁이들에게 집을 만들어 주고 먹을 걸 주는 거예요."

그리고 이 말과 함께 그가 채소밭 한쪽에 쌓인 상자 더미들을 가리켰다. "이제 집을 지어 볼까요?"

우리가 시골 오두막이나 센트럴파크가 내려다보이는 아파트를 꿈꾸는 동안, 지렁이들은 지주 위에 놓인 검은색 플라스틱 상자를 꿈꾸었으리라. 상자가 생각보다 무거워서 미친 듯이 잘생긴 밥이 도움을 주었다. 그는 달걀 상자라도 되는 듯 그것들을 번쩍 들었다.

진과 마이크는 벌써 자기들 몫의 지렁이 집을 다 만들고, 요상한 아버지와 아들 혹은 은행가와 서퍼 간의 관계를 구축해 나가고 있었다. 두 사람은 함께 어울릴 만한 유형은 아니었다. 이 수업이 아니었더라면 절대 만날 일이 없을 사람들이었는데, 둘은 완벽하게 섞여 있었다. 진은 우리에게 새로 태어난 손주와 컵케이크 소식을 전했다.

"프로스팅은 분홍색으로 했어요. 우리 에밀리를 기념해서요. 정말이지 세상에서 가장 완벽한 아기예요."

그가 우리에게 윈스턴 처칠을 닮은 투실투실한 아이의 사진을 보여 주었고, 우리는 모두 적절한 감탄사를 터트려 주었다. 그는 심지어 유혈이 낭자했던 출산 당시의 상황까지 상세하게 전했으며, 아이 몸무게와 키까지 알려 주었다. 그를 존경하지 않을 수가 없었다. 내 죽은 남편은 두 차례 다 분만실에 있었지만, 애들 몸무게가 얼마인지는 물론 그 밖의 다른 것들도 전혀 기억하지 못했다. 그는 그 일은 마치 군인에게 자기를 쏜 총이 몇 구경이었는지 생각해 내라는 말이나 다름없다고 불평했다. 마치 출산의 트라우마로 모든 것을 깡그리 잊은 듯이. 나는 그저 총에 맞은 군인은 그가 아니라 나라는 사실을 일깨워 줬을 따름이다. 아무튼 댄은 계산을 잘하는 유형은 아니었다. 하지만 진은 모든 것을 파악하는 유형이었는데, 그런 그가 지금 흥에 겨워 컵케이크들을 나눠 주고 있었다.

진이 우리에게 부탁을 하나 했다.

"아내를 위해 향기로운 정원을 만들고 싶어요." 그의 얼굴이 붉어졌다. "아내가 딸네 집에 가 있는 동안 몰래 만들었으면 해요. 벌써 식물들이랑 필요한 물건들을 다 샀어요. 에드워드 선생님이 도와주셨죠. 여러분 중에 우리 집에 오셔서 심는 걸 도와주실 분이 있을까요? 내가 피자는 살게요. 애들이 놀 곳도 있어요."

"전 갈게요, 친구." 마이크가 말했다. 그라면 말할 필요도 없어 보였지만.

"저도요, 배시도 함께요." 앤절라가 덧붙였다. 나도 고개를 끄덕였고, 마침내 모두가 함께 가기로 했다. 이 얼마나 멋진 원예 수업인가. 그러고 나서 우리는 모두 다시 지렁이 집 짓기를 시작했다.

지렁이 집을 만드는 일은 재미있었다. 다리 달린 납작한 플라스틱 상자에 다른 상자를 끼워서 만드는 것이었는데, 어려울 것이 전혀 없었다. 그 사이 아이들은 리사가 지렁이 잠자리를 만드는 데 쓸 섬유질 덩어리를 물에 담그는 일을 도왔다. 우리 모두 호기심에 찬 눈길로 꼬마 도우미들이 쥐고 있는 조그마한 린넨 포대를 바라보았다.

촉촉한 잠자리까지 다 준비되자, 우리는 작은 봉투를 열어 꿈틀거리는 작은 벌레 한 무더기를 거기에 놓아주었다. 표준적인 지렁이, 그러니까 고리 같은 띠를 두른 길고 통통한 모습을 기대했던 나는 살짝 실망했다.

"줄지렁이에요." 리사가 알려 주었다. "이런 일에 가장 흔히 사용하는 지렁이지요."

애너벨이 지렁이에 대한 전문 지식을 공유하려고 톡 끼어들었다. "사람들이 지렁이를 반으로 잘라서 두 마리로 만들 수 있다고 하는데, 그건 틀린 말이에요."

"맞아," 클레어가 맞장구를 쳤다. "그건 할머니들이 하는 새빨간 거짓말이야."

나는 재빨리 그 말을 수정해 주려고 애썼지만 곧 의욕을 잃게 되었다.

나보다는 리사가 우리 애들에게 더욱 인내심을 발휘했다. "네 말이 맞아. 하지만 특정한 조건에서는 두 조각으로 잘라도 죽지 않는단다. 보통 지렁이는 뇌 하나와 심장 두 개를 가지고 있는데, 심장 하나가 주로 움직이고 나머지 하나는 보조 역할을 하지. 만약 지렁이를 잘랐는데, 한쪽에 주로 움직이는 심장과 뇌가 있다면 그 부분은 살아남아. 그런데 한쪽에 뇌와 보조 심장이 있고, 다른 한쪽에 주요 심장이 있다면, 둘 다 죽게 되지."

내게 지렁이 응급 절단술을 해야 하는 일이 생기면 쪼그마한 엑스레이 기계가 반드시 필요하겠군.

밥이 세운 캐노피 아래 지렁이 집들을 나란히 놓아두고 나서, 우리는 각자 담당 구역으로 물러나 씨를 뿌리고, 살펴보고, 정리했다. 기본적으로는 수다를 떨었지만.

에드워드가 내가 심을 세 자매 작물에 대한 이야기를 해 주려다가왔다. 애처롭게도 내 몸뚱이는 에드워드에게 더 이상 관심을 주지 말라는 두뇌의 전언을 수신하지 못했다. 그가 근처로 다가오자마자 그의 체취를 맡고 그의 입술과 손을 바라보았던 것이다. 나는 스스로를 꾸짖으며 침착하라고 중얼거렸다. 효과가 없었다. 그리고 스스로에 대해 최악의 기분을 느끼게 되었다. 어떤 상황인지 알 만하지 않은가.

"지난주에 첫째 언니인 옥수수를 심었죠. 옥수수는 자라는 데 시간이 오래 걸리지만 다른 두 동생들한테 그늘을 만들어 줍니다."

나는 고개를 끄덕였다. 내 옥수수가 조그맣게 싹을 틔운 것이 무척이나 자랑스러웠다. 그런 자이언트 옥수수캔에 그려진 것처럼 거대한 줄기를 갖게 될지는 아직 모르겠지만.

"이제 콩을 심을 겁니다. 콩은 자라면서 옥수숫대를 지지대로 삼을 거예요. 무척이나 우아하지요."

그가 땅에 구멍을 파고 콩 씨를 떨어뜨리는 법을 보여 주었다. 정말로 무척 쉬웠고 자연스러웠다. 자연스럽지 않은 일은 그가 내게 바싹 붙어 있는데, 내가 손을 뻗지도 않고 그와 닿지도 않은 것이다. 그는 이를 그다지 맘에 들어 하지 않았다. 우리 둘 다 자리에서 일어났고, 그가 나를 바라보고 조그맣게 슬픈 미소를 짓고는 진에게 다가갔다. 내가 그의 뒤를 쫓아 달려가지 않아서 다행이었다.

나는 토마토로 주의를 돌리고 잡초를 찾았다. 마음이 아팠다. 내 결정에 대한 대가였다.

"잡초를 뽑아야 할 것 같지 않나요?" 나는 깜짝 놀라서 몸을 돌렸다. 엘로이즈가 나를 보고 미소 짓고 있었다. 그녀 뒤에서 햇살이 내리쬐며 그녀의 얼굴에 그늘을 드리웠다. "한 번씩 뿌리 옆에 돋은 잡초를 뽑아서 던져 버리면 무척 만족스러워요. 마음도 정리되고."

나는 씩 웃었다. "엘로이즈 씨가 몸을 돌릴 때까진 그걸 하고 있었을걸요."

"벌레는 찾았어요?" 그녀가 내 토마토를 응시했다. "저기 있네요." 그녀가 무척 조그마한 초록색 애벌레를 잎에서 떼 내 울타리 너머로 던졌다. "가라, 이 조그만 벌레야." 그녀가 사냥을 계속했다. "이 벌레들은 잎사귀를 먹어 치우고 줄기에 상처를 입혀요. 토마토가 나오면 이것들도 같이 자라지요."

나는 얼굴을 찌푸렸다. "그냥 두면 안 되겠네요." 나 역시 한 마리를 찾아 잎사귀에서 비틀어 떼 냈다. "사라져, 골칫덩이야." 벌레가 조그마한 발로 잎사귀에 너무 착 달라붙어서 잠시 미안해지기까지 했다. 하지만 내 소중한 잎사귀에서 벌레가 씹어서 난 구멍을 발견하고는 가슴이 무거워졌다. "저리 가!" 벌레가 울타리 너머로 날아가면서 조그맣게 "아야" 하는 소리를 들은 것도 같은데, 어쩌면 내 귀가 과하게 민감한 건지도 모르겠다.

엘로이즈가 토마토 밭 반대쪽에 앉아 몸을 이완시켰다. 그녀는 통통하고 너그러운 몸매의 소유자였지만 자신 있게 움직였다. 말랐다가 살이 찐 여성들은 보통 눈에 띄지 않으려고 하는데, 엘로이즈는 그런 주저함 같은 것을 전혀 보이지 않았다. 그녀에게는 웬만한 일은 코웃음치고 넘기는, 말로 표현할 수 없는 특유의 분위기가 있었다. 나는 그게 좋다.

"저 선생이 당신을 귀여워하는 게 분명해요." 그녀가 잎사귀들 사이로 나를 응시했다. 그녀가 거대한 애벌레같이 보였다.

"뭐라고 하셨어요?" 얼굴이 살짝 붉어져서 나는 짐짓 잎사귀를 탐구하는 데 열중했다.

"에드워드 선생은 처음에는 당신 집의 뜰을 꾸며 주었죠. 또 당신에게 토마토를 심고 돌보게 했고요. 토마토는 '사랑의 사과'

라고도 불린답니다."

나는 그녀에게 얼굴을 찌푸려 보였다. "착각하신 거예요. 멋지게 말씀하셨지만, 그래도 착각은 착각이에요."

그녀가 어깨를 으쓱했다. "난 그냥 선생이 당신을 좋아한다고 말하는 것뿐이에요. 다들 알고 있을걸요?"

나는 그저 작게 친근한 미소를 지어 보였다. 갑자기 그녀가 이맛살을 찌푸렸다. 그녀가 뭔가 물어보려고 입을 연 순간 프란세스가 나타났다. 프란세스의 그림자가 우리 위를 덮었다.

"당신의 둔탁한 발소리가 들린 것 같더라니." 엘로이즈가 방어도 못 하는 가엾은 벌레들을 추방하는 작업을 끝내고 자리에서 일어났다. "난 그냥 릴리에게 원예 선생을 쫓아가라고 격려 중이었어." 나는 손을 들어 태양빛을 가리고 고개를 들었다. 프란세스가 내게 미소를 짓고 있었다.

"릴리가 알아서 할 거야, 엘. 참견하지 마."

"오, 프란세스. 당신은 나만큼이나 구제불능일 정도로 로맨틱한 인간이잖아. 배우자 이름을 문신으로 새기고 있는 게 누구더라? 당신 아닌가?"

나는 씩 웃었다. "어디 새겼는데요?"

"절대 말 안 해 줄 거예요." 프란세스가 몸을 돌리면서 가볍게 응수했다. 엘로이즈가 조용히 배우자의 엉덩이를 가리키고는 뒤를 따라갔다. 나는 혼자 미소 짓고는 다시 곤충 부대와 전투를 시작했다. 조그마한 말들이 비료를 섞은 흙에 쿵 하고 발을 찍는 소리가 들려온 것 같아서, 나는 퇴비 구역에 성벽을 쌓고 싶어졌다. 그들은 아마 당황해서 어쩔 줄 모를 것이다. 지금 내가 그렇듯이.

수업이 끝나고 우리는 진의 집에 갈 채비를 마쳤다. 그의 집은 비벌리힐스에 있었다. 진은 미리 준비할 것들이 있다면서 먼저 출발한 참이었다. 레이철이 주소를 보고는 눈썹을 치켜올렸다. "와, 생각보다 은행원이 돈을 많이 버나 봐."

엘로이즈와 프란세스가 코웃음을 쳤다. 둘 다 평생 노조 소속이었다. "당연하죠." 엘로이즈가 말했다. "은행이 뭐 자선 사업을 하나요? 거긴 돈을 버는 곳이에요."

"그렇죠." 레이철이 그 말에 수긍했다. "갑자기 나도 은행 지점장으로 은퇴하면 어떨까 하는 생각이 드네요."

마이크가 그 말을 진지하게 받아들였다. "진은 웨스트코스트 지역의 거대 투자 은행을 담당했대요. 아시아 주식시장에서 거래하는 일을 했다던데요." 그가 웃었다. "전 꽤 다양한 포트폴리오를 구성해서 투자하죠. 특히나 요즘 분위기에서는 그래야 해요. 진과는 주로 채권 이야기를 많이 하는데, 진이 제가 영리한 선택을 했다고 하더군요."

모두가 평소 마이크를 보던 시선에 이 새로운 정보를 조화시키려고 잠시 말을 잇지 못했다. 마침내 앤절라가 우리의 생각을 대신 말해 주었다. "미안한데, 마이크, 투자도 해요? 서퍼 아녔어요? 서퍼는 물에서 살지 않아요? 선탠을 하고, 순간을 즐기면서요."

알고 보니 마이크는 자기 짝꿍인 진처럼 진중한 사나이였다. 머리 모양은 그렇게 보이지 않았지만.

"앤절라, 미래를 대비하지 않으면 순간을 즐기며 살 수도 없어요, 형편이 안 되니까. 우리 노인네가 가르쳐 준 거예요. 우리 아버지는 경제학 교수였는데, 젊었을 때 무척 조심스럽게 투자하고 예순에 넉넉한 돈을 쥐고 은퇴하셨죠. 전 그게 멋지다고 생각해요."

"멋지네요. 우리 노인네는 칠순이 다 되어 가는데도 아직도 개처럼 일하고 있는데 말이죠. 무엇도 내려놓을 수 없을 만큼 돈을 못 벌었거든요. 입에 풀칠이 되는 상황이면 돈을 모을 수 있지만, 그마저도 못하면 저축은 꿈도 못 꾸거든요."

불편한 정적이 흘렀지만 앤절라는 화가 난 것 같진 않았다. 그냥 진실을 말할 뿐이었다. 마이크도 고개를 끄덕이는 모양이 거슬린 것 같지 않았다. "거기에는 운이 많이 작용을 하죠. 우리는 비슷한 연배고, 부모님도 비슷한 연배실 거예요. 하지만 그분들에게는 각자 다른 행운이 있었겠지." 두 사람은 서로를 쳐다보고 미소를 짓고는 어깨를 으쓱했다. "그리고 우린 여기에서 만났죠. 원예 수업에서요." 마이크가 생글거렸다.

"그리고 우리 부모님들은 평생 서로를 만날 일이 없겠죠." 앤절라가 말했다.

"당신네들 결혼식이 아니라면요." 레이철이 웃으며 말했다.

잠시 정적이 흘렀는데, 놀랍게도 앤절라와 마이크가 둘 다 얼굴을 붉혔다. 나는 레이철을, 그다음으로는 엘로이즈를 바라보았다. 두 사람 모두 내게 눈썹을 치켜올려 보였다.

마이크가 뭐라고 중얼거리다가 자리를 떴다. 배시가 엄마를 불러서 앤절라도 그곳을 벗어날 수 있었다.

"흠." 레이철이 말했다. "재밌네."

우리 아이들이 달려왔고 앤절라도 그 뒤를 따라 돌아왔다.

"배시가 벌레를 먹었어." 클레어가 내게 알려줬다. "그런데 꿈틀거리지 않았대."

앤절라가 배시의 입을 벌리게 하고 입안을 들여다보았다. "삼켰어? 정말?"

배시가 고개를 끄덕였다.

"얘들아, 배시를 걱정하는 거야, 아님 벌레를 걱정하는 거야?" 내가 물었다.

"둘 다요." 애너벨이 말했다. "벌레는 죽었을 거예요. 배시가 씹었거든요."

우리 모두 새삼 존경 어린 눈빛으로 배시를 쳐다보았다.

리사가 아이들 바로 뒤에 섰다.

"좋아요. 점심 드실 준비되신 분?"

진이 사겠다고 했던 피자를 말하는 것 같았지만, 아닐 수도 있었다.

진의 집으로 차를 몰고 가면서 나는 주차권을 달라고 해야 할지 잠시 생각했지만, 진의 집 차량 진입로는 우리 집 앞의 길보다 훨씬 더 넓고 차를 댈 공간이 충분했다. TV 여행 프로그램에 나오는 프랑스 전원 마을에서나 볼 법한 집이었다. 노란색 석조 벽에, 테라코타 지붕이 얹혀, 전체적으로 몇 세기 동안 전해 내려온 저택 같아 보였다.

"1972년에 무대 디자이너가 동성 애인과 여생을 보내며 살려고 지은 집이에요." 진이 내 의문을 풀어 주었다. "하지만 슬프게도 그 바람이 너무 짧게 실현되었지요. 에이즈에 걸린 것 같아요. 난 90년대 중반부터 여기에서 살았고, 여기에서 생을 마치고 싶어요."

집 안으로 들어가자 엄청나게 넓은 공간에 가볍고 단순하게 가구가 배치되어 있었다. 사방에 커다란 꽃다발이 놓여 있어 마치 향기로운 구름 사이를 걸어 다니는 기분이었다.

클레어와 애너벨이 진을 따라서 먼저 뛰어 들어갔다. 우리들은 관광객 무리처럼 모여 섰다. 기념품 가게도 있을 것 같은데, 어디 있나?

앤절라는 배시를 옆에 끼고 다녔는데, 아마도 뭔가를 깰까 봐 걱정한 것 같았다. 하지만 사실 깨 먹을 물건이 아무것도 없었다. 놀랄 만큼 깔끔한 집이었다. 바닥에 온통 사진이며 책, 잡지, 애들 그림이 널려 있는 우리 엄마 집과 정반대였다. 엄마만이 뭐가 어디에 있는지 알지만 엄마는 절대 알려 주지 않는다.

거대한 거실을 지나 가장 안쪽으로 들어가자, 두 짝으로 된

유리문 세 벌이 정원 쪽으로 열려 있었다. 리사 벨링가가 문간에 뚝 멈춰 섰고, 나도 앞으로 나아갈 엄두가 나지 않았다. 100년에 한 번 나타난다는 전설의 브리가둔 도시랄지, 영화 「레전드」에서 젊은 시절 톰 크루즈가 당황한 채 뛰어 다니던 숲 같았다. 공중에 잎사귀와 꽃잎이 계속 날렸다. 내 머릿속에서 비벌리힐스 저택의 정원이란 카지노 직원처럼 잘 차려입은 고용 정원사가 존재하는 격조 있고 우아한 곳이었다. 하지만 이곳은 상상과 전혀 달랐다. 꽃으로 장식된 높은 생울타리와 오래된 벽돌 담장이 넝쿨로 뒤덮인 채 저 멀리 보이는 곡선형 벽까지 길게 뻗어 있었다. 벽 앞으로는 향긋한 꽃들로 군데군데 덮인 키 큰 관목들이 늘어서 있었다. 마치 숲속 빈터에 있는 듯한 기분이었다. 널찍한 포장도로에는 양쪽으로 꽃밭과 잔디밭이 섞여 있고, 그 사이로는 이끼들이 산발적으로 길을 군데군데 끊어 놓았다. 여기저기 벤치와 그네, 잔디로 만든 모자이크 그림, 연못, 그 밖의 눈길을 끄는 많은 것들이 있었다.

진이 내 옆에 와서 섰다. "멋지죠? 이 집을 지은 사람이 자기가 어린 시절부터 꿈꿨던 정원을 만들고 싶었다고 말해 주더군요. 자기가 바라던 그대로 만들어졌다고도 했어요. 그와 애인이 대부분 이곳에서 시간을 보내지 않았을까요?" 그가 손을 들어 가리키며 말했다. "다소 야생적으로 보이긴 하지만, 사실 영리하게 계획된 거예요. 저기에 예술적인 관개 수로와 작은 야외 주방도 있어요." 그가 어깨를 으쓱했다. "우리 애들도 여기서 놀며 자랐지요. 이제 여기에 다른 아이들이 있는 걸 보니 무척 사랑스럽군요." 그가 씩 웃었다. "몇 년 후면 손주 에밀리가, 바라건대 다른 아이들과 함께 뛰어다니겠지요. 전 행운아랍니다, 릴리." 이 말과 함께 그가 손을 비비면서 피자 배달원에게 문을 열어 주러 자리를 떴다.

사실이었다. 아이들은 정원으로 소리를 지르며 뛰어다녔는데, 즐거워서 제정신이 아니었다. 배시는 밧줄로 엮은 그네를 타고, 애너벨은 연못을 들여다보고, 클레어는 어디로 갔는지 보이지 않았다. 나는 주변을 둘러보았다. 클레어가 엘로이즈에게 뭐라 뭐라 종알대고 있었다. 아마 벌레에 관한 이야기일 것이다. 나는 말소리가 들릴 만하지만 방해는 되지 않을 거리까지 다가가 섰다.

"하지만 아빠가 죽어서 난 이제 아빠가 없어요."

엘로이즈가 고개를 끄덕였다. "우리 아버지도 돌아가셨단다."

클레어가 동정 어린 표정을 지었다. "아줌마한테는 아직 엄마가 있는 거죠?"

"그래, 하지만 엄마를 자주 못 본단다."

"난 엄마랑 맨날 같이 지내는데. 엄마에겐 도움이 필요해요."

엘로이즈가 클레어의 머리 위로 나와 시선을 마주치고 눈을 찡긋했다.

"정말? 엄마는 무척이나 계획적인 분이고, 도와줄 사람도 있는 것 같은데."

클레어는 어깨를 으쓱했다. "맞아요. 하지만 엄마는 손이 한 짝뿐이에요. 혼자 모든 걸 하진 못 해요."

웃음을 참는 엘로이즈의 입꼬리가 뒤틀렸다. 내가 평소에 하던 불평을 앵무새처럼 따라하는 소리에 나는 당혹스러워 죽고 싶었다.

"그리고," 클레어가 분명한 어조로 덧붙였다. "엄마는 마법사가 아니에요. 문어도 아니고."

그건 사실이다.

"레이철 이모는 엄마한테 남자친구가 필요하대요. 왜인진 나도 몰라요. 남자애들은 짜증만 나는데 말이에요."

엘로이즈가 고개를 끄덕였다. "괜찮은 남자애들도 있단다."

클레어가 미심쩍다는 표정을 지었다. "정말요? 난 괜찮은 남자애들을 본 적이 없는데."

"배시는 어떠니?"

클레어가 콧방귀를 꼈다. "배시는 빼요. 걔는 내 친구니까요." 그녀가 주위를 둘러보았다. 밥이 꽃나무 묘목들을 정원으로 나르는 걸 에드워드가 돕고 있었다. "에드워드 선생님은 멋져요. 어쩌면 선생님이 엄마 남자친구가 될 수도 있을 거 같아요."

정말 끝내주네. 애들은 이런 부분에서 성가시다. 평소 애들은 대개 귀머거리로 보인다. 뭔가를 가져다 달라고 할 때나 집중하라고 말할 때나 먹고 싶은 게 뭐냐고 물어볼 때면, 저 멀리서 파도치는 소리도 들려올 만큼 조용해진다. 하지만 누군가와 낮은 목소리로 통화를 하고 나면, 그 내용을 온 동네방네에 떠들어 댈 거라고 장담할 수 있다. 친한 친구 하나는 자궁절제술을 했는데, 다섯 살 먹은 그 집 애가 베이비갭 매장에서 자기 엄마는 '창자' 를 들어내서 더 이상 아기를 가질 수 없다고 일장연설을 했다. 가게 직원들이 전부 동정 어린 시선으로 쳐다보았음은 물론이다.

엘로이즈는 이제 나와 눈을 맞추고 있지 않았고, 따라서 나는 몸을 돌려 서성거렸다. 진이 피자를 가져와서 바쁘게 상자들을 열고 피자를 잘랐다. 그가 피자를 열두 판이나 시켰는데, 내가 배가 고픈 게 무척 다행이었다.

"한 판씩 먹어요, 진?"

그가 어깨를 으쓱했다. "이자벨이 언제까지 집을 비울지 몰라서요. 제가 먹을 게 필요할 거예요." 내가 너무 앞서 생각했다. 일부러 푸짐하게 시킨 게 아니었구나. 빙 둘러서서 피자를 먹으면서, 우리는 진이 화초 정원으로 꾸미려고 골라 둔 장소를 바라보았다. 거대한 나무 두 그루 사이에 둥지를 틀고 있는 그곳은 집 안에서는 보이지 않는 위치였다. 어딘가에서 사랑스러운 낡은 벤치 두 개도 가져다 두었는데, 벤치 양 끄트머리 위에 각각 조그마한 타일 명판이 붙어 있었다. 나무 두 그루는 머리를 맞대고 휘영청 솟아 있고, 잎새로 남부 캘리포니아의 햇살이 비춰 들어와 얼룩덜룩한 그림자를 만들어 냈다. 나는 진의 아내가 그곳에 앉아 비벌리힐스의 빈자들을 위해 베개에 수를 놓는 모습을 상상했다. 사실 이건 그냥 질투였다. 나는 저 벤치가 갖고 싶었다. 진은 벌써 땅을 치워 두었다. 어쩌면 누군가가 대신 치워 준 걸지도 모르지. 나무와 꽃도 한 무더기씩 가져다 두었는데, 그 주위로 화분이 줄지어 있었다. 사방이 알록달록했지만, 큰 계획은 없어 보였다. 어느 면에서 그는 센스가 없었다. 내가 이름을 알 법한 꽃은 몇 가지 안 되었지만, 어쨌든 모두 향은 엄청나게 좋았다. 리사가 입 안에 페퍼로니 피자를 잔뜩 넣고 우물거리며, 나를 위해 꽃 이름을 하나하나 불러 주었다.

"재스민, 프리지아, 라벤더, 스위트피, 알리섬, 밤꽃 스토크, 향기 나는 풀협죽도, 클레머티스 덩굴이 있고, 예쁜 월하향도 좀 있네요." 그녀가 진을 건너다보았다. "잘 고르셨네요. 아내 분이 1년 내내 차례차례 꽃향기를 맡으실 수 있겠어요. 밤에 향이 더 진해지는 것도 있어요."

진이 기쁜 표정을 지었다. "이자벨이 라일락을 많이 키웠거든요. 아내 말로는 원예점 남자가 여기에서는 라일락이 못 자랄 거라고 했대요. 너무 덥다면서요."

리사가 어깨를 으쓱했다. "라일락에도 다양한 종류가 있어요. 제가 진 씨를 위해 살펴봐 드릴게요. 하지만 1년 내내 작물을 심고 뽑아 내실 수 있을지 잘 생각해 보세요. 일이 절대 안 끝나요. 정원에는 그게 좋지만요."

레이철이 내게 기대며 말했다. "뜰을 가꾸는 데는 사람을 미치게 하고, 좌절시키고, 영혼을 파괴하는 구석도 있죠. 그것도 절대 끝나지 않고요." 레이철이 피곤해 보여서 혹시 여기 일을 건

어차고 집으로 돌아가 낮잠이나 자려고 하지 않을까 하는 생각
이 들었다. 막 이 말을 하려던 참에 집 뒤쪽에서 구식 초인종이
울렸다. 진이 자리를 떴다.

우리는 식물의 색을 각기 다르게 조합하려고 애쓰면서 화분
을 옮기기 시작했다. 향기 나는 식물들이 너무 많으면 벌들이 과
하게 몰려드는 문제가 발생한다고 에드워드가 설명했다. 따라서
우리는 진이 다시 나타날 때까지 논쟁을 했다. 그가 잔뜩 흥분해
돌아왔다. "아내가 오고 있어요! 에밀리가 투정을 안 부려서, 하
루이틀 정도 시내에서 할 게 있다면서 금방 돌아왔어요. 무슨 일
인지 모르지만 일처리를 하고 다시 갈 거랍니다. 샌타바버라 공
항에 있대요. 우리한테는 최대 두 시간 정도밖에 없어요. 뭘 해야
할까요?"

마이크가 마지막으로 피자를 배부르게 먹고 나서 손을 털
었다.

"시간은 충분해요, 친구. 이 귀여운 녀석들을 심읍시다. 아내
분이 도착하실 때면 다 준비되어 있을 거예요."

엘로이즈가 고개를 끄덕였다. "배치는 거의 다 해 놨으니 땅
에 심는 건 금방이에요."

"아내분은 우리가 여기에 왔었다는 걸 절대 알 수 없을 거예
요." 앤절라가 덧붙였다.

잇따른 사건에 진이 다소 갈팡질팡해서 우리는 그에게 아이
들을 맡겼다. 아이들이 그를 따라 잔디 맞은편에 놓인 멋진 그네

를 타러 갔다. 그네 터가 내가 예전에 살았던 아파트보다 컸다.

일곱 사람이 심으니 정말 한 시간도 걸리지 않았다. 가장 주의해야 할 부분은 누군가가 한 작업 사이에 또 새로운 식물을 심지 않는 것이었다. 리사가 우리를 지휘했다. 우리는 뒤쪽에서부터 앞쪽으로 식물을 심고, 얼마 안 있어 작업의 결과를 기분 좋게 바라보며 서 있었다. 정말로 예뻤고 향기도 환상적이었다. 나는 벤치에 앉아서 두 눈을 감았다. 들리는 것이라고는 아이들이 노는 소리, 예상치 못한 잔치가 벌어진 데 흥분한 벌들이 웅웅대는 소리였다. 그 사이로 간간이 프란세스와 마이크가 섹스 왁스(서핑용 보드에 바르는 왁스로 마찰력을 높여 안정적인 자세를 취할 수 있게 해 준다. ─옮긴이)에 대해 이야기하는 소리가 들렸는데, 단순한 오해에 기반한 대화 같았다. 앉아서 귀를 기울이고 있으니 천국이 따로 없었다. 이상한 대화만 빼고. 꽃향기가 코를 가득 채웠고 햇살은 따사로웠다. 이자벨은 정말 운이 좋은 여자다.

진의 목소리에 나는 눈을 떴다. "어때요?"

나는 미소 지었다. "아내분이 얼마나 복이 많은 분인지 생각했어요. 정원은 너무나 아름답고, 진 씨는 정말로 사려 깊은 남편이세요."

그의 얼굴에 다시 홍조가 돌았다. "이자벨은 이런 대접을 받을 만하죠."

그때 자갈길을 덜덜거리는 바퀴 소리가 들려왔다. 진이 토끼처럼 펄쩍 뛰었다.

"이런! 이자벨이 벌써 왔네요."

우리는 모두 버릇없는 애들처럼 낄낄댔다. "우리 숨을까요?" 레이철이 물었다.

진이 약간 놀란 듯 그녀를 바라보았다. "당연히 아니에요. 그럴 필요 없어요." 그가 뭔가를 막 말하려다가 대신 집 안으로 쏜살같이 달려갔다. 우리는 그 자리에 기다렸다. 애들은 그네를 타고 또 탔다. 애들이 으레 그렇듯이.

잠시 후 진이 한 여자와 함께 테라스에 모습을 드러냈다. 나는 자세히 보려고 얼굴을 찌푸렸다. 딸인가? 막 아이를 낳은 딸이 저 여잔가? 여자가 강한 런던 억양으로 쉴 새 없이 지껄였다.

"진, 정말이지 에밀리는 우리가 본 가장 작고 귀한 보물이에요. 애를 내려놓을 수가 없어요. 에밀리를 두고 제인이랑 씨름했다니까요." 그녀가 웃음을 터트리자 얼굴이 밝게 빛났다. 무척 아름다웠고, 사람들이 자꾸 보고 싶어 할 법한 명랑한 얼굴이었다. 그리고 그 얼굴은 꽤 젊어 보였다.

그녀가 우리의 존재를 알아채고는 꽥 소리를 질렀다. "어머나, 진! 손님들이 있다고 말 안 했잖아요." 그녀가 계단을 달려 내려와서 우리 모두에게 악수를 청했다. "안녕하세요, 전 이자벨이에요. 원예 수업을 함께 듣는 친구분들이시죠? 이렇게 와 주셔서 너무 좋네요! 제가 할머니가 되었다는 말은 들으셨어요?" 그녀는 놀라울 만큼 큰 소리로 웃음을 터트리고, 한 사람 한 사람과 악수를 나누고 아이들을 포옹했다. 바로 옆에서 보니 귀엽기까지

했고, 살결은 부드럽고, 위로 올려 묶은 금발에서는 빛이 났다. 푸른 눈에서는 유쾌함과 유머러스함의 불꽃이 튀었다. 나는 진을 바라보았지만, 그는 크림을 얻어낸 고양이처럼 아내를 바라보고 흐뭇해하느라 정신없었다.

갑자기 그녀가 다시 소리를 질렀다. "진, 이런 장난꾸러기 같으니! 이게 다 뭐예요?" 그녀가 벤치를 발견하고 털썩 앉았다. "아, 너무 좋은 향기가 나요." 그녀가 그를 올려다보았다. 마치 그가 육십 대의 은퇴한 은행원이 아니라 잘나가는 영화배우라도 되는 듯이. "날 위해 준비한 거예요?" 우리 모두 그를 쳐다보려 몸을 빙글 돌렸다. 그가 얼굴이 고추처럼 새빨갛게 익는 모습으로 우리의 노력에 보답했다. 마이크가 갑자기 웃음을 터트리고는 그의 어깨를 찰싹 때렸다. 우리 모두 한바탕 웃음을 터트렸다.

레이철, 프란세스, 앤절라와 나는 그네 주변 잔디에 앉아서 아이들을 지켜보며 피자를 먹었다. 이자벨이 한 바퀴 둘러보고 우리에게 다가왔다.

그녀가 우리 앞에 놓인 상자에서 피자 한 조각을 집어 들고는 큰 목소리로 말했다.

"저한테 질문하실 거 있죠? 누가 먼저 용기를 내시려나?"

레이철은 두 번 권할 필요가 없는 인간이다. "제가 내 볼게요. 진 씨보다 훨씬 더 앳되어 보이시는데, 어떻게 두 분 사이에 다 큰 애들이 있는 거죠?"

이자벨이 웃음을 터트렸다. "그것도 늘 나오는 질문이긴 하네요. 저같이 머리 비고 행실 안 좋아 보이는 여자가 어떻게 진 같은 대어를 낚았느냐는 질문이 먼저 나올 줄 알았는데." 나는 그녀를 가까이 쳐다보았다. 농담을 하고 있는 게 아니었다. 그녀는 진이 큰 포상이라고 생각했고, 어쩌면 진짜 그럴 수도 있었다. 그녀가 설명했다.

"전 진과 10년 전에 만났어요. 그는 쉰이고, 전 스물여덟이었죠. 첫 번째 아내가 그를 버렸는데, 그건 아시죠?" 우리는 고개를 저었다. 그녀가 피자 한 입을 베어 물고 말을 이었다. "두 딸이 아직 어릴 때 그녀가 진을 떠났어요. 지금 당신들 나이 즈음에요." 그녀가 나를 바라보았다. "그는 아이들을 혼자 길렀죠. 그 바보 같은 여자가 사라져 버렸으니까요. 그냥 어느 날 밤 떠나서 돌아오지 않았대요. 그는 몇 달 동안 그녀를 찾아 헤맸어요. 경찰과 FBI까지 나서서 수색을 했는데, 그녀가 납치되거나 무슨 일을 당했을 거라고 말했다더군요. 진은 돈이 많았고 중요한 위치에 있었으니까요. 하지만 납치범의 메시지는 오지 않았어요. 끔찍했겠죠. 진짜 악몽이었을 거예요. 그러다가 난데없이 그녀가 전화를 해 왔대요. 자기는 엄마이자 아내로서 할 만큼 했고, 이제 자신을 찾고 싶어졌다고요. 몇 달을 인도에서 보냈다나요. 자기가 두고 떠나온 사람들을 한 번도 생각하지 않았고, 이혼을 하고 싶다고 하면서 아슈람에서 만난 남자랑 결혼하겠다고 했대요. 그런 말도 안 되는 소리가 어디 있어요?" 이자벨의 눈이 빛났다. "제가 진을 만났을 때, 애들은 고등학생이었어요. 그가 대단한 일을 해낸 거죠. 하지만 그는 무척이나 외로워하고 있었어요. 멀리서 봐도 알 수 있을 정도였지요."

이자벨이 손을 탁탁 털었다. "그래서 눈 깜짝할 사이에 제가 그를 낚아챘죠. 제 입으로 이런 말을 해도 되는지 모르겠지만, 저는 그를 무척 행복하게 해 주고 있어요. 물론 전 매일 이런 큰 행운에 감사하고 있답니다." 그녀가 마이크와 함께 잔디에 앉아 있는 진을 건너다보았다. 진은 종이에 뭔가를 그리면서 설명을 하고 있었다. "그는 저 젊은 친구를 무척 좋아해요. 저 친구를 언제 저녁 식사에 초대해야 할 것 같아요." 그녀가 팔짝 일어나서 두 사람에게 다가갔다. 아마도 마이크에게 초대하겠다는 말을 하러 간 듯했다. 나는 피자를 꿀꺽 삼킨 뒤에 이렇게 말했다.

"전 이자벨이 정말 너무 좋아요. 다른 분들은 어떤지 모르겠지만."

"멋진 여자예요." 레이철이 고개를 끄덕였다. "딱 달라붙는 청바지에 섹시한 금발 미인이 아니라 지적인 슬랙스를 입은 여성을 기대했지만, 세상은 놀라움으로 가득 찬 곳이니까요."

"나도 끌릴 정도로 멋진 여자예요." 프란세스가 경쾌하고 확실하게 한마디를 더했다.

호박 기르기

꾸ᐟᐩ

호박은 따뜻한 토양을 좋아하므로, 파종을 하려면 적어도 초여름이 될 때까지 기다려야 하며 한여름에 심는 편이 가장 좋다. 호박유리나방 유충과 만화 속 악당과 같은 이름을 지닌 다른 병해충들을 조심하라.

- 호박은 햇빛을 듬뿍 받고, 물을 많이 먹고, 배수가 잘 되는 토양에 심어 주어야 한다.
- 호박은 뿌리가 얕게 내리므로 이를 보호할 뿌리 덮개를 덮어 수분을 유지해 주어야 한다.
- 물은 한 주에 한 번 충분히 준다. 적어도 땅속 10센티미터 깊이까지 촉촉하게 적신다.
- 꽃이 개화했지만 열매가 열리기 전에 시들거나, 과실이 아주 조그마한 상태에서 자라다가 멈추면 수분受粉 문제다. 과실을 잘 맺으려면 벌이 수꽃의 꽃가루를 암꽃으로 충분히 옮겨 주어야 한다. 이 일을 해 줄 벌이 없다면 면봉으로 직접 꽃가루를 옮겨 주어도 좋다.

14

다시 월요일이다. 월요일이란 짜증날 만큼 늘상 다시 돌아오
며, 어느 월요일도 지난주 월요일보다 쉽지 않다. 한번쯤 화요일
에 한 주를 시작하는 건 어떨까 하는 생각까지 든다.

나는 이 회사를 영원히 다닐 거라고 생각해서 헤드헌터를 이
용해 본 적이 한 번도 없다. 대학 동창 멜라니가 그쪽 업계에 있
어서, 나는 로버타 실장이 우리를 내보낸 날 멜라니에게 전화를
걸었다. 가시적으로 몇 가지 일이 뒤따랐다. 내 전화가 울렸는데,
그녀가 건 것이었다. 로버타 말고 헤드헌터 멜라니 말이다. 로버
타는 요즘 로즈가 무서워 이리로 전화를 잘 하지 않는다.

"릴리언! 연락 줘서 고마워!" 멜라니는 언제나 이렇게 감탄사
를 내뱉으며 강조하듯 말한다.

"안녕, 멜라니. 잘 지내?"

"그럼. 그보다 넌 어때? 포플러 사 소식은 들었어. 나 너무 흥분돼!"

"뭐가 흥분되는지 난 잘 모르겠네."

그녀가 웃었다. "농담해? LA 출판업계에서 일어나는 일 중 내가 모르는 건 아무것도, 정말 아무것도 없어. 도처에 출판사가 널려 있는 뉴욕이랑은 달라서 말이야."

"정말?"

"그렇다니까!" 그녀가 거의 소리를 지르듯 말했다. 사람들이 출판업계의 우여곡절에 이렇게 관심이 많은지 몰랐다. "넌 지금 아주 인기 있는 상품이야. 이 업계의 슈퍼 럭키걸이라고, 알아?" 그녀가 마치 십 대 애들처럼 문장 끝을 올려 말했다. 괜찮다. 낙관주의는 그녀의 일에 필요한 중요 요소라고 생각한다. "벌써 너랑 이야기하고 싶어 하는 회사가 두 곳이나 돼. 굉장하지? 지금 앞에 달력 있어?"

사실 내 앞에는 백지 한 장이 놓여 있었지만, 내 남은 생에서 계획되어 있는 것은 아무것도 없으니 달력이 있거나 없거나 마찬가지다. 그날 오후에 바로 멜라니가 말한 회사 한 곳과 면접을 보기로 하고, 다른 한 곳은 다음 주에 만나기로 했다.

"오늘 만날 회사는 작고 특색 있는 출판사인데, 교과서를 내지는 않아. 다른 것들을 내지." 그녀가 말을 멈췄다. "우리 직원이 뭐라고 써 뒀는데, 글씨를 잘 읽을 수가 없네. '어린이용'라고 쓴 것 같은데 정확히는 모르겠어. 아무튼 특별한 종류의 책을 낸대. 일러스트레이터가 필요하고. 너 포트폴리오 가지고 있지?"

"아니. 하지만 면접 전에 집에 뛰어가서 가져오면 돼. 한동안 앉은 먼지가 쌓였겠지만."

그녀가 혀를 찼다. "그러면 오늘 오후에 면접 보고 나서 포트폴리오 업데이트를 해야겠네. 이력서도 좀 보충하고. 물론 얼굴 사진도 넣어야 해. 너 아직도 대학 때 모습이니?"

"마르고, 창백하고, 듀란듀란 티셔츠 입고 있냐고? 아니."

"살쪘어?" 이런 직설적인 여자 같으니.

"아니. 그저 애가 둘이고, 남편은 죽었어."

그녀가 한숨을 쉬었다. "그래, 기억나. 무척 슬픈 일이야. 그런데 너 살 빠진 것 같던데?"

이제 내가 한숨을 쉬었다. 그녀는 자기 상품에 집중하고 있었고, 그 상품은 나였다. 나는 좀 더 협조하려고 노력해야 한다.

"멜라니, 나 아직도 생긴 건 똑같아. 좀 더 나이 먹었을 뿐이지. 그런데 대체 일러스트레이터나 그래픽 디자이너를 뽑는데 사진은 왜 필요하다는 거야?"

"몰라." 그녀가 가볍게 대꾸했다. "하지만 노벨 평화상 수상 같은 상관없는 경력도, 네게 있다면 난 이야기할 거야. 너는 모델처럼 생겼었잖아. 바글바글한 지원자 중에서 너를 돋보이게 할 게 있으면 우린 그게 뭐든 이용해야 해."

맞는 말이다. "나 얼굴 사진은 없어. 사진 없이 어떻게든 해야 할 것 같은데."

그래도 그녀는 기가 꺾이지 않았다. "우리가 일자리를 빨리 찾아주지 못하면, 그 사이에 사진을 찍어 두자. 걱정 마, 릴리언. 우리가 너한테 '정말' 조만간에 '멋진' 일자리를 구해 줄게!"

그날 오후에 면접 볼 회사는 우리 사무실과 그리 멀리 떨어져 있지 않은 곳이어서, 집에서 포트폴리오를 가져와서 좀 수정해 들고 갔다. 내게는 멋진 정장이 하나 있는데 기적적으로 아직 몸에 잘 맞았다. 나는 그 안에 닥터 수스의 『모자 속 고양이』 그림책 티셔츠를 받쳐 입었다. 나는 재기발랄한 사람이고 예술가이기 때문이다. 뭐, 이 옷이 깨끗해서이기도 하지만. 지금 나는 직장을 옮겨야 하는 상황에 몰렸고, 그래서 어떤 종류의 일을 하고 싶은지 많이 생각하게 되었다. 교과서 말고 조금 더 특수한 분야도 좋을 것 같았다. 나는 흥분 상태였고 3분마다 에드워드 생각을 했다. 그중 2분은 애너벨에게 죄책감을 느꼈기 때문에, 남은 1분만 흥분하는 데 쓸 수 있었다.

면접 볼 회사는 우리 회사보다 약간 더 낡은 건물에 있었지만 썩 괜찮은 곳이었다. 창이 더 많고, 파티션은 더 적었다. 벽으로 가로막지 않은 널찍한 공간에 책상들이 여기저기 흩어져 있고, 예쁜 커피 머신이 있고, 벽에는 세련된 사진들이 걸려 있었다.

면접관은 크리에이티브 디렉터인 제임스 피치(이제부터 나는 이 이름을 좋아할 것이다)라는 사람이었다. 젊고 외모가 근사한 남자였다. 안내데스크로 내려왔을 때 그는 어딘가 약간 고마운 듯한 표정이었다.

그가 나를 자기 사무실로 안내했고, 나는 주의를 집중해 그의 말을 들으며 그를 따라가는 동시에 사무 공간을 확인했다. 많이 바빠 보이지는 않았다. 소리 지르며 뛰는 사람은 아무도 없었고, 내가 지나갈 때 눈이 마주친 사람 모두가 미소를 지어 주었다.

그의 사무실은 단순하지만 스타일리시하고 근사했다. 내가 어떤 직장을 원하냐고? 바로 여기다!

피치 씨가 자리에 앉아서 미소를 띠었다. "포르노 일을 해 본 적 있으세요?"

"네?" 이게 대체 무슨 소리지?

그가 미소를 거두지 않고 말했다. "'어른용' 일이요. 전에 '19금' 책 작업을 해 봤냐고 물었습니다."

이런, '어른용'이군. '어린이용'이 아니라.

나는 침을 꼴깍 삼키고 진정하며 얼굴을 붉히지 않으려고 애썼다. "무슨 말씀인지 확실히 모르겠군요. 전 10년 이상 교과서 회사에서 일했어요. 다양한 분야의 책들을 그려 보긴 했지만 대부분 초중고 학교와 대학 시장을 겨냥한 거였죠."

그가 자기 뒤에 있는 서가에 팔을 뻗어 양장본 책 몇 권을 꺼냈다. "우리도 대학 시장을 겨냥한 책들이 있습니다. 교재는 아니지만 나름대로 교육용 가치도 있고요." 그는 웃음을 터트렸다. 능글맞은 19금 식 미소는 아니었다. 어쩌면 내가 그의 말을 몽땅 잘못 알아듣는 것일 수도 있다. 내가 건네받은 책들을 살펴보는 동안 그가 계속 말을 이었다.

"대부분 성인 소설이고, 수위가 높은 것들도 있어요. 우리 회사 전문 분야는 일러스트가 들어간 소설인데, 크게 성공했습니다. 사진보다 일러스트를 사용하면 포르노가 예술적이고도 에로틱하게 바뀌어요. 그리고 그래픽 소설 독자들도 잡을 수 있고요."

나는 『세 아가씨 이야기』를 집어 들어 아무 곳이나 펼쳐 보았다. 여자 셋이 서로를 핥는 장면이 나왔다. 펜과 잉크로 그렸는데, 뭐랄까 세부 묘사에 어마어마하게 공을 들인 것이었다. 이번에는 『바람과 함께 찾아오다』를 펼쳐 보았다. 애틀랜타가 불타는 동안 몇 사람이 서로를 애무하고 있었다. 이걸 보고 대체 무슨 말을 해야 할지 알 수가 없었다.

피치 씨가 말을 멈췄다. 나는 그를 바라보았다. 그의 입술이 약간 뒤틀렸다.

"어떤 일인지 전혀 모르고 오신 것 같은데, 맞나요?"

나는 고개를 끄덕였다.

"약간 충격을 받으신 것 같네요."

나는 목소리를 가다듬었다. "잘못된 일이라고 생각해서 충격을 받은 건 아니에요. 그냥 예상하지 못한 일이라서 놀랐을 뿐이에요." 나는 『언덕과 모피』를 집어 들었다. "이런 책이 있다는 것도 몰랐고, 마못 같은 동물로 이런 그림을 그리는지도 몰랐어요."

그가 손을 들어 보였다. "실제로 마못을 데려다 어떻게 한 건 아니에요. 그게 이런 책을 만들 때 좋은 점이죠." 그가 한숨을 쉬었다. "제가 이 일을 시작한 건 포르노 산업에는 돈이 많이 돌기 때문이에요. 하지만 결과적으로 착취도 많이 일어나지요. 나는 다른 방식으로 일해야 한다고 느꼈고, 그렇게 하고 있습니다. 우리는 환상을 만들어 냅니다. 그게 다예요. 우리 작가들이 만들어 내는 꿈을 당신은 믿지 못할 수도 있겠지만, 그중 많은 것들이 독자가 보고 싶다고 말해 준 걸 바탕으로 하고 있지요. 예를 들어 외계 종족을 다루는 하위 장르의 경우 사진으로 표현하면 웃기기 그지없는 장면이 되지만, 일러스트로는 마법 같은 분위기를 풍기게 만들 수 있어요." 그는 실망한 듯 보였다. "릴리언 씨는 이런 일엔 흥미가 없어 보이는군요."

그가 내게 외계물 소설 한 권을 건넸다. 자궁이 세 개 달린 생명체를 그린 아름다운 일러스트가 담겨 있었다. 기술적으로 말해 아름다운 작품이었지만, 내 취향은 아니었다.

"저와 맞는지 잘 모르겠군요. 죄송합니다."

"괜찮습니다. 이건 여기에 있는 우리로서는 꿈이 실현되는 일입니다. 난 여기서 일하는 사람들이 모두 같은 생각을 하길 바라고요." 이 말에 나는 뭐라 답할 수 없었다.

우리는 자리에서 일어나서 악수를 나누었다. 사무실을 지나나가는데 사무실이 앞서와 약간 다르게 보였다. 여기 사람들이 왜 다 미소를 짓고 있는지 알 것 같았다. 이런 쾌락이 충만한 근무 환경에서 일하니 흐뭇하기도 하겠지.

나는 멜라니에게 전화를 걸었다. 그녀에게는 일을 더 꼼꼼히 할 수 있는 부하직원이 필요하다.

이것저것 시도해 보다 죄다 실패하면, 생물학 교과서들을 작업하며 온갖 생물의 생식활동을 접했던 경험으로 일을 구할 수도 있겠군. 이번 면접에서 건진 것은 이것뿐이었다.

다음 날 아침 일찍 앤절라가 전화를 걸어 왔다. 놀랍지만 유쾌한 일이었다. "애들 오늘 학교 쉬나요?"

"네. 쉬는 날이에요."

"그래요? 애들을 함께 놀게 해 주고 싶은데, 괜찮을까요?" 나는 주방에서 식기세척기에 설거짓거리를 채워 넣고 돌리는 막간을 이용해 느긋하게 휴식을 즐기던 참이었다. 화려한 인생이다.

"물론 너무 좋아요. 레이철이 일을 마치고 놀러 오기로 했는데 같이 나가서 저녁 먹을래요? 오후에 들르시면 보모에게 애들을 맡기고 어디 가서 이른 저녁이나 같이 해요. 재밌을 거예요." 나는 이 계획에 즐거워하며 전화를 끊었다.

아이들은 배시에게 요정의 집을 보여 줄 생각에 엄청나게 흥분했다. 서로 다른 환경에서 자랐음에도 우리 애들은 배시와 나무랄 데 없이 잘 지냈고, '아이들이 우리의 미래'라는 말을 한 번 더 입증했다. 앤절라, 레이철, 나는 아이들을 뜰에서 놀게 풀어 주고 주방에 앉아 커피를 마셨다.

앤절라가 레이철에게 밥과의 관계를 캐물으려고 최선을 다했지만, 이는 레이철을 과소평가한 것이었다.

"말할 게 없는데." 레이철이 힘주어 말했다. "진짜 아무 일도 없었다니까요. 저녁 한 번 같이 먹고, 내가 추잡한 꿈을 일곱 번 꾼 게 다예요. 저녁을 먹으면서 그가 한 이야기라고는 '돌려짓기' 뿐이에요. 난 그게 뭔지도 모르는데 말이죠. 아마 어떤 방식으로 돌아가면서 뭘 하는 것 같긴 하지만." 그녀가 양손을 들어 보였다. "미안해요. 하지만 내가 보기에 그 사람은 자기 외모를 대상화하는 걸 좋아하지 않는 것 같아요."

앤절라가 코웃음을 쳤다. "그래요. 남자들이 우리가 자기들을 성적 대상화하는 걸 퍽이나 싫어하겠죠. 무척 불안하고 부끄러울 테니까요."

"자기들의 정신적인 측면이 평가절하당했다는 생각도 들 거고요." 내가 덧붙였다. "꿈이 산산조각 나는 기분도 느끼겠죠."

레이철이 우리를 번갈아 보고 눈썹을 치켜올렸다. "아니, 우리 남성 혐오자 모임이에요?"

나는 어깨를 으쓱했다. "화제 바꾸려고 들지 마. 우리는 남자들을 비웃는 게 아니야. 우리가 비웃는 건 너야."

앤절라가 고개를 끄덕였다. "그런데 우리 중에 어떤 종류든 로맨스를 경험하고 있는 사람이 레이철만은 아니지요." 그리고 내게로 화살을 돌렸다. "내가 잘못 판단했을 수도 있지만요. 억측했다면 미안하지만 릴리, 당신도 더 자세한 얘길 해 줬음 해요."

"억측 아니에요. 사실이에요." 나는 창문을 가리켰다. "하지만 난 애들이 있잖아요?" 나는 다른 사람, 적어도 에드워드가 누군지 아는 사람과는 그에 대한 이야기를 하고 싶지 않았다. 이런 사실을 알고 있는 레이철은 입을 다물고 있었다. 하루하루 지나면서 주방의 키스 사건이 전혀 일어나지 않았던 것처럼 생활하기가 점점 더 쉬워졌다.

앤절라가 웃음을 터트렸다. "알아요. 우리가 로맨스나 섹스에 관심이 없는 건 아니지만, 관심과 기회가 동시에 생기는 게 정말 힘들죠. 더 중요하게는 몸이 안 따라 주고요."

레이철이 이맛살을 찌푸렸다. "두 분이 나 같은 미혼 여성에게서 자녀 양육에 대한 기대감을 앗아가시네요."

앤절라와 내가 동시에 말을 뱉었다. "알 건 알아야죠?"

마지가 나타났다. 알아서 들어온 것이다. 프랭크가 벌떡 일어나 분당 1.6킬로미터의 속도로 꼬리를 치면서 그녀를 맞이했다.

"멋진 경비견이네, 릴리." 그녀가 앤절라를 보고 씩 웃더니 손을 내밀었다. "안녕하세요, 전 마지라고 해요. 릴리의 시누이죠. 얼마 전에 이탈리아에서 왔어요. 남편이 바람이 나서요."

앤절라가 잠시 말을 받지 못하고 있다가 입을 열었다. "안녕하세요, 전 앤절라예요. 릴리와 레이철과 함께 원예 수업을 듣고 있어요. 얼마 전에 LA 중남부 지역에서 왔어요. 전남편이 뭘 하는지는 관심 없고요."

"만나서 반가워요."

"저도요."

마지가 자리에 앉았다가 커피를 내려 오려고 곧바로 일어났다. "그거 알아?" 그녀가 말했다. "내가 이탈리아에 처음 갈 때 미국에서는 모두 인스턴트 같은 싸구려 원두커피를 마시고 있었어. 그런데 이제는 모두 이탈리아인들보다 훨씬 더 좋은 커피를 마셔. 무슨 일이 일어난 거야?"

갑자기 애들이 주방으로 난입했다.

"인형 날개가 부러졌어!" 클레어가 속상해했다.

"우리가 고쳐 줄 수 있어." 배시가 차분하고 자신만만하게 말했다. "우리 엄마는 간호사거든."

앤절라가 조그마한 요정 인형을 클레어에게서 받아 들고는 세심히 살펴보았다. "괜찮을 것 같은데. 잘 붙이기만 하면 돼."

내가 접착제를 가져오자 그녀가 전문적인 솜씨로 인형을 수선했다. "이제 가서 놀거라. 몇 분 지나면 접착제가 마를 거야. 다 되면 불러 줄게."

배시가 클레어의 손을 잡고 이끌었다. "내 인형 가지고 놀아도 돼, 클레어."

우리 모두 둘을 지켜보았다. 마지가 한숨을 쉬었다. "적어도 클레어는 멋진 남자를 찾았구나."

앤절라가 코웃음을 쳤다. "클레어가 전투 로봇으로 돌변해 레이저 빔을 쏘기 전까지는 괜찮을 거예요. 그러면 배시가 흥미를 잃을걸요." 그리고 나를 쳐다보고 어깨를 으쓱했다. "내가 좀 솔직해요."

"괜찮아요. 어쨌든 저 애들은 실패할 운명이에요. 초등학교 동창 커플의 이혼률은 잔혹할 정도죠. 결혼생활은 보통 휴회 기간도 없고요."

하지만 클레어와 배시, 애너벨은 저녁 식사 시간이 될 때까지 평화롭게 놀았다. 레아가 도착하자 셋은 소파에 앉아 영화를 보았다. 앤절라네는 자고 가기로 결정했고, 따라서 우리는 늦게까지 나가서 놀 수 있었다. 이것은 아이들에게도 신나는 소식이었다.

드라마에서처럼 우리 넷은 옷을 갖춰 입고 문으로 향했다.

"스트립 클럽은 안 돼, 레이철." 마지의 목소리가 단호했다.

앤절라가 눈썹을 치켜올렸다. "나만 스트립 클럽에 못 간 것 같은데요? 불공평하게."

"이탈리안 레스토랑에 가요."

"초밥은 어떨까요?"

"프렌치 레스토랑이 좋겠어요."

"햄버거 먹읍시다."

우리는 거리에 서서 서로를 쳐다보았다. "여러분, 우리 힘을 합쳐 보아요." 나는 엄마 말투로 말했다. 내가 가장 잘하는 거다. "우리 모두가 만족할 수 있는 선택지가 있을 거예요."

"갑자기 배가 무지 고파졌어." 햄버거가 먹고 싶은 레이철이 경고했다. "당장 뭘 먹어야 해. 안 그러면 짜증이 날 거야."

나는 한 손을 번쩍 쳐들었다. "그로브에 가는 거 어때요? 거긴 메뉴도 다양하고, 영화도 볼 수 있고, 서점에서 어슬렁거릴 수도 있잖아요." 그로브는 대형 야외 쇼핑몰이다. 분수와 영화관, 온갖 상점이 있어서 별 탈 없이 시간을 보낼 수 있다. 물론 돈도 쓸 수 있고.

"좋은 생각이에요." 앤절라가 대답했다. "거기 가 본 적 없거든요."

"사람들이 엄청 바글거릴 수도 있어요." 레이철이 말했지만, 깊게 생각하는 투는 아니었다.

마지는 이미 길을 나서고 있었다. "가 봅시다. 솔직히 '여자들의 밤'에서 최악은 이렇게 입만 놀리고 있는 거죠. 가요!"

공교롭게도 그로브에서는 관광객들을 위한 쇼가 펼쳐지고 있었다. 잔디밭에서는 밴드가 연주를 하고, 분수에서는 아름다운 분수쇼가 펼쳐졌다. 공중에 높이 물줄기를 쏘고, 색색의 조명을 비추어 댔다. 유쾌하고 분주했지만 많이 붐비진 않았고, 우리는 곧장 레스토랑 구역 테이블에 앉아 두꺼운 메뉴판을 들었다. 레이철은 햄버거를, 나는 스파게티를, 마지는 샌드위치를, 앤절라는 프렌치 양파 수프를 주문했다. 모두가 만족스러웠다. 역시 엄마는 늘 옳은 법이다.

"그런데 앤절라," 마지가 말했다. "이번엔 당신 차례인 것 같은데요? 전남편이 있다고 했고, 아들은 벌써 만나 봤고, 남자친구 같은 건 없어요?"

앤절라가 고개를 저었다. 마지가 한 번 더 물었다.

"그럼 여자친구?"

앤절라가 다시 고개를 저었다.

레이철이 몸을 숙였다. "마이크한테 관심 있죠?"

앤절라가 미소를 지었다. "난 마이크를 좋아해요. 하지만 오해는 말아요. 우린 너무 다른 사람들이에요."

마지가 혼란스러운 표정을 지었다. "마이크가 누군데? 나도 알 만한 사람이야?"

내가 고개를 저었다. "아니, 원예 수업 같이 듣는 남자야."

나는 손을 들어 커피를 주문했고, 레이철이 말을 이었다. "맞아요. 마이크와 당신은 달라요. 하지만 이따금 그런 게 더 짜릿하잖아요. 어때요, 마이크한테 끌리나요?"

앤절라가 웃었다. "물론이죠, 당신은 안 그래요? 그 사람 섹시하잖아요."

정적이 흘렀다. 레이철과 나는 서로를 바라보았다. 마이크는 외모가 괜찮았지만, 어떤 면에서든 섹시한 구석은 없었다. 물론 내 하찮은 의견이다. 레이철이 우리의 의견을 말했다. "귀엽긴 하죠. 하지만 밥 같은 매력은 없잖아요."

"정말요?" 앤절라는 진심으로 놀란 듯했다. "난 그가 끝내주게 섹시하다고 생각하는데."

그 주제는 넘어가기로 하고 우리는 디저트 메뉴를 의논했다. 초콜릿 케이크 네 조각이 나오고, 우리는 비틀거리며 레스토랑을 나와서, 소화를 시키려고 잠시 잔디에 앉았다.

잔디밭에 앉아 있는 건 근사했다. 나는 멍하니 있다가 한 남자가 레이철을 뚫어지게 응시하고 있다는 사실을 알아차렸다. 마치 어린애가 먹는 아이스크림에 온통 시선을 집중하고 있는 강아지 같았다. 나는 레이철을 팔꿈치로 쿡 찔렀다. "저 남자가 널 보고 있어."

그녀가 건너다보았다. "익숙한 얼굴인데." 레이철과 눈이 마주치자 그가 목소리를 높였다.

"빤히 쳐다봐서 죄송합니다. 그런데 혹시 레이철 앤더비 씨 아닌가요?"

레이철이 미소를 지었다. 하지만 남자를 기억 못 하는 게 분명했다. "맞긴 한데, 누구시죠?"

당연히 우리 모두 시선이 고정되었다. 남자는 귀여웠고, 우리는 모두 가망 없는 로맨티스트였기 때문이다. 울적한 과부, 젊은 이혼녀, 마음의 상처를 입은 교수. 이보다 더 나은 관객이 또 어디 있으랴.

그가 살짝 얼굴을 붉히고 우리 쪽으로 다가와 옆에 앉았다. 키가 컸는데, 이건 레이철 취향이었다. 머리색은 어두웠는데, 이것도 레이철 취향이었다. 캐주얼한 차림, 합격. 높은 광대뼈, 합격. 깔끔한 모습, 합격. 이것도 합격, 저것도 합격. 나는 팔꿈치를 뒤로 기대고 관전했다. 그는 살짝 긴장한 듯했다.

"그러니까 우린 예전에 만난 적이 있어요. 당신이 우리 회사에 와서 수입품 법규에 관해 논의했었는데, 그때 뵀었죠. 그 자리에 저도 있었거든요."

레이철은 놀란 듯했다. "회의 자리요?"

"네."

"거기 계셨다고요?"

"네."

"어느 회산데요?"

"부글러, 아서앤 반스 사요."

그녀가 눈썹을 치켜올렸다. 잘 모르겠다는 표정이었다.

"법률회사예요. 전 변호사고요. 뭐, 직원들이 다 변호사죠."

그녀의 얼굴이 밝아졌다. "맞아요! 기억나요." 그리고 잠시 말을 멈췄다. "와, 회의가 꽤 괜찮았나 보네요. 1년도 넘게 지났는데 기억하시는 걸 보면요."

그가 미소를 지었다. 평정심을 조금 회복한 것 같았다. "맞아요. 무척 좋은 회의였죠."

나는 레이철을 바라보며 그녀의 반응을 가늠했다. 레이철은 무척이나 침착했고, 다행히 완전 섹시했다. 아직 저녁노을 빛이 남아 있어 그녀의 머리칼을 밝게 빛냈고, 얼굴은 언제나처럼 깨끗하고 사랑스러웠다. 나이 든 언니가 걱정할 게 아무것도 없었다. 하지만 레이철이 그에게 호감이 있는지는 알 수가 없었는데, 이건 평소와 달랐다. 평소 그녀는 호감을 느낄 때 약간 피식거리곤 한다. 하지만 지금은 전혀 그런 모습이 보이지 않는다.

"국제법 전문인가 봐요?"

그가 고개를 저었다. "아뇨. 사실 전 지루한 기업법 전문인데, 그때 회의 전에 당신을 보고 회의실로 따라갔다고 할 수 있죠."

그녀가 그에게 표정을 찌푸렸다. "그러니까 국제법이라는 주제에는 관심이 없었단 말이군요?"

그가 미소를 지었다. "당신 이야기에는 완전히 집중했었답니다."

앤절라, 마지, 나는 대화를 듣지 않는 체하려고 쓸데없는 노력을 했다. 두 남녀는 개의치 않는 것 같았다. 레이철은 철저히 탐색하는 우리의 시선을 아는 것 같았지만, 침착했다.

"그런데 변호사 일은 좋아해요?"

그가 어깨를 으쓱했다. "물론이죠. 그리고 전 연기생활도 합니다. 이 동네에선 다들 그렇지 않나요?"

그녀가 고개를 저었다. "전 아니에요. 그래서 당신은 로스앤젤레스 시민답게 변호사 겸 배우라는 건가요?"

그가 겸연쩍어했다. "그런 셈이에요. 너무 뻔하죠?"

"웨이터 일을 했다면 더 로스앤젤레스적이었을 거예요."

그가 얼굴을 찌푸렸다. "실은 웨이터 일도 다양하게 해봤어요. 그리고 이렇게 법률 학위를 땄고요. 평범한 경로는 아니죠. 음, 전 반항아랍니다."

"불법 행위를 저지르는 반항아요?"

"법 없이도 사는 반항아요."

"그럼 낮에는 기업 변호사고, 밤에는 배우예요?"

"네. 변호사 일은 돈을 벌려고 하는 거고, 배우 일은 헛되고 영혼을 파괴하는 취미로 하고 있죠."

레이철이 미소를 지었다. "그래서 잘되는 것 같은가요?"

그가 미소로 화답했다. "최고예요. 전 저한테 뭐가 문제인지 알려 주고 쫓아 보내는 낯선 이들을 수없이 만나요. 그러면 상대적으로 여성에게 거절당하는 일 정도는 괜찮아져요."

"당신이 자주 거절당한다고요? 상상이 안 돼요."

"놀라실 거예요."

"이렇게 잘생겼는데."

"이 동네 사람들은 다들 그래서 여기 온 거 아닌가요?"

"사실 그렇긴 하죠."

이런 긍정적인 대화가 오고간 뒤 두 사람은 잠깐 침묵에 빠졌다.

앤절라는 충분히 만끽한 것 같았다.

"전 서점에 가려고요. 같이 가실 분?"

마지도 일어섰다. 레이철이 이마를 쳤다.

"이런, 너무 무례했네요. 제 일행들에게 소개를 안 해 드렸잖아요."

"제 이름도 모르시잖아요."

"그렇네요. 이름이?"

"리처드요."

"리처드, 이쪽은 제 친구 앤절라, 이쪽은 우리 언니 릴리언, 이쪽은 언니네 시누이 마지예요."

"당신 시누이도 되는 건 아니죠?"

나는 고개를 저었다. "아니에요, 제 시누이예요. 레이철은 제 동생이고, 두 사람이 시누와 올케 사이는 아니에요. 레이철은 미혼이거든요." 나는 말을 잠시 멈췄다. "지금은 미혼이라고요." 어색한 말이었다. 하지만 마지가 상황을 더 악화시킬 차비를 했다.

"그런데 리처드 씨는 결혼하셨나요?"

그가 미소 지었다. "저도 지금은 미혼입니다."

"여자친구 있으세요?"

그가 고개를 저었다.

마지가 한숨을 쉬었다. "그러면 레이철이랑 계속 이야기하셔도 좋아요." 그리고 한 손을 들어 보였다. "당신은 귀엽고 고지식해 보이지만, 많은 남자들이 지질하고 밑바닥까지 거짓말의 대가죠. 그리고 전 레이철이 상처 입지 않았으면 좋겠어요."

잠시 정적이 흘렀다. 앤절라가 목을 가다듬었다. "좋아요, 그럼 이제 서점에 가도 되나요?"

우리 셋은 레이철과 리처드가 이야기를 나누도록 남겨 두고 자리를 떴다. 레이철이 그 고지식해 보이는 남자를 그냥 보낼지 아닐지 생각하면서 말이다. 뒤를 돌아보니 두 사람은 괜찮아 보였다. 나는 잠시 멈춰 서서 마지와 앤절라에게 기다려 달라고 말했다. 그러고는 휴대전화를 꺼내 들고 리처드에게 다가가 어깨를 톡톡 쳤다.

"성은 뭐예요?"

"바이른요, 리처드 바이른입니다."

나는 전화에 이름을 입력했다.

"주소는요?"

"사회보장번호는요?"

그는 이것도 술술 불었다. 바보 같으니. 나는 모든 정보를 입력하고 물었다.

"아니, 신원 도용 같은 거 걱정 안 돼요?"

그가 나를 향해 씩 웃어 보였다. "제가 거짓말을 한 게 아닌지는 어떻게 아세요? 물론 그러지는 않았지만요. 언니가 동생을 보호하려고 그러시는 거잖아요." 그가 레이철을 쳐다보았다. "물론 레이철은 성인이죠. 레이철이 활약하는 걸 본 적이 있어서 잘 알아요."

나는 그에게 눈을 흘겼지만 고개를 끄덕였다. "네, 레이철은 성인이고 유도 검은띠예요. 나는 그저 확실히 확인하고 믿음을 가지려고 하는 거고요. 우리가 돌아왔을 때 레이철이 여기 없으면 경찰에 전화를 걸고 당신 이름을 인터넷으로 검색해 볼 거예요."

그가 휘파람을 불었다. "와, 너무해요."

레이철이 그의 팔을 건드렸다. "유도 검은띠는 거짓말이에요."

나는 몸을 곧추세웠다. 그래 봤자지만. "나는 말이에요, 선생,

레이철 언니예요. 내 인생에서 그건 의미가 있다고요."

그가 나를 향해 빙긋 웃었다. "제게도 누나가 있답니다. 저희 누나도 언니분만큼 절 보호하려 들지요."

"그럴싸하네요. 재밌게 보내세요. 한두 시간 후에 올 테니까."

10분 후 문자가 왔다. "저녁 먹으러 갈 거야. 내일 전화할게."

나는 답장을 했다. "너 아까 저녁 먹었잖아. 네가 진짜 레이철인지 내가 어떻게 알지? 그 남자가 네 휴대폰을 훔쳐서 문자를 보낸 거 아냐? 너 납치하고 나서."

답신이 왔다. "더 먹을 거야. 언니가 열두 살 때 이웃집 개에게 혀를 넣고 키스한 거 기억 나?"

사실이었다. 그러고 보니 클레어가 애정을 아낌없이 베푸는 건 당연한 일이다. 유전이니까.

나는 다시 문자를 보냈다. "좋아, 하지만 조심해."

그녀의 한숨이 전해졌다. "그만 좀 해."

레이철이 확실하다.

샐러리 기르기

✦

뜰을 가꾸는 많은 사람들이 샐러리는 기르기 까다로운 채소라고 여긴다. 당신의 성공 가능성을 늘려 드리겠다. 마지막 서리가 내리기 8~10주 전에 씨앗을 실내에서 심어 보라.

- 유기농 비료로 작업하거나, 심기 전에 흙에 두엄을 섞는다.
- 하루에 두어 시간씩 모종판을 실외에 내다 놓으면서 차가운 공기에 적응하게 한다.
- 모종은 20~30센티미터 간격으로 옮겨심기하고, 씨앗은 약 1센티미터 깊이로 뿌린다. 줄기가 15센티미터 정도 자랐을 때 솎아서 30센티미터 정도 간격이 벌어지게 한다.
- 심은 후에 뿌리 덮개를 덮고 물을 직접 뿌려 준다.
- 샐러리는 물을 충분히 먹지 않으면 줄기가 작고 마르게 된다. 그건 다름 아닌 당신 잘못이다.

15

물론 나는 어떻게 된 일인지 알아내려고 전화 걸 시간을 쟀다. 그리고 다음 날 아침 9시가 지나고 딱 3초 뒤 레이철에게 전화를 걸었다.

"괜찮아?"

피곤한 목소리가 들려왔다.

"괜찮아, 왜?"

나는 몹시 성질을 부리는 목소리를 냈다. "레이철, 말 돌리지 마. 우린 가급적 빨리 다 토해 내기로 서로 합의했잖아."

"서면으로?"

"장난 말고 토해 내. 어제 무슨 일 있었어? 정말로 저녁 먹으러 간 거야?"

"응. 그런데 그도 이미 밥을 먹었다는 게 밝혀져서 디저트 먹으러 갔지."

"그 사람은 뭘 먹었는데?"

"거기에 이상하게 집착한다? 아이스크림 핫퍼지 선디를 하나 시켜서 둘이 나눠 먹었어."

"고등학생 같군. 좋아, 그리고 나서?"

그녀가 한숨을 쉬었다.

"그 사람이 나를 집까지 태워다 줬고, 나는 그에게 키스조차 안 했어. 차 안 분위기는 후끈한 수준 이상이었고, 그래서 나는 그 사람을 집 안으로 들이지 않으려고 자제력을 마지막 한 톨까지 발휘했어."

내가 뭔가 놓치고 있는 게 분명하다.

"어째서 집 안으로 들이지 않았는데? 너 어디 아팠어?"

그녀가 다시 한번 한숨을 쉬었다. "아니, 나도 잘 모르겠어. 아마 내가 그 사람을 정말로 좋아해서인 것 같아. 만나자마자 잠자리로 끌어들여서 그 관계를 망치고 싶지 않았다고 할까."

나는 낄낄대며 추궁했다.

"너 누구야? 내 동생한테 무슨 짓을 한 거야?"

"엄청 재밌네. 솔직히 말해서 그 사람이랑 눈이 탁 마주친 그 순간부터 문제가 생길 줄 알았어. 그러니까 내가 그 사람을 좋아하거나, 아니면 그를 좋아하지 않지만 좋아한다고 생각하거나, 그것도 아니면 그를 좋아하는데 그렇지 않다고 생각하거나." 레이철이 멍청하게 횡설수설했다.

"알았어, 진정해. 점심에 시간 있어?"

내 남편이 죽기 전 우리의 삶은, 특히나 남자와의 관계는 다른 방식을 취했었다. 나는 결혼을 하고 아이를 낳았고, 레이철은 이 두 가지 모두에 관심이 없었다. 어쩌면 엄마가 남자란 늘 여자의 외모에 가치를 두는 법이라고 말하면서, 모든 남자가 레이철의 외모만 본다는 생각을 심어 줘서일 수도 있다. 초단기로 끝난 한 번의 결혼생활을 셈에 넣지 않더라도, 늘 그녀는 한없이 가벼운 관계를 즐겼다. 그리고 남자들에게 흥미를 느끼다가 독점적 관계를 맺게 되는 순간이 오면 관계를 깨곤 했다. 늘 친절했는데, 이것 역시 그녀에 대해 많은 말을 해 준다. 레이철은 끌리는 사람과 침대에 들기를 절대, 정말 절대 주저하지 않았다. 적어도 어제까지는. 그녀가 나이가 들었거나, 뭔가 평소와 다른 일이 벌어지고 있는 것이다.

레스토랑으로 걸어 들어가면서 건너편에서 레이철을 보았는데, 먼 거리에서도 그녀가 짜증을 잔뜩 품고 있는 게 보였다. 정신도 없어 보였는데, 이랬던 적은 한 번도 없다. 그리고 립스틱을 발랐는데, 이 역시 한 번도 없었던 일이다.

"내가 햄버거 두 개랑 밀크셰이크 두 개 시켰어. 괜찮지?" 레이철의 목소리가 살짝 우렁찼다. 평소보다 톤도 살짝 높았다. 참고로 여긴 이탈리안 레스토랑이다.

"여기 메뉴에 그런 게 있어?"

그녀가 주변을 둘러보았다. "있을 것 같아서 그냥 자리에 앉으면서 웨이터한테 그렇게 말했는데. 그래서 웨이터가 놀란 거구나. 하지만 알겠다고 말하고 가던데."

"맥도날드에 누굴 보낸 거 아닐까?"

"그럴 수도 있지."

나는 주변을 둘러보았다. 뒤쪽에서 웨이터가 신경이 곤두 선 채로 서서 우리 쪽을 쳐다보고 있었다. 우리가 다음엔 초밥을 주문할까 걱정하는 듯했다.

"대체 무슨 일이야? 리처드가 오늘 아침에 너한테 전화 안 했니?"

그녀가 어깨를 으쓱했다. "했어. 메시지를 남겼지. 내가 전화를 받고 싶지 않았거든. 나도 모르겠어. 기분이 완전히 이상해. 언니, 형부가 죽고 나서 미쳤었잖아. 그때 자기가 미쳐 가고 있다는 거 알았어?"

이번엔 내가 어깨를 으쓱할 차례였다. "기억 안 나. 이 남자랑 저녁을 먹는 게 너한테는 남편이 죽은 것만큼이나 트라우마가 된다는 말이야? 그럴 것 같아서 두 번째 데이트가 하고 싶지 않아?"

그녀가 나를 쳐다보고는 스스로 상황을 수습하려고 팔을 뻗어 내 손을 꽉 잡았다.

"미안, 언니. 전혀 그런 뜻이 아니었어. 정말 내가 정신이 완전히 나갔나 봐. 오늘 아침에 해외 송장 두 개도 헷갈렸어. 에트

루리안 항아리를 기다리는 고객이 갈라파고스 거북이 박제가 담긴 상자를 받고 항의 전화를 할 거야."

"그 사람 거북이 등짝에 꽃을 꽂으려면 고생 꽤나 하겠군."

그녀가 다시 한숨을 쉬었다. 이쯤 되자 레이철이 호흡기 감염병이라도 걸린 게 아닐까 걱정이 되었다. 그러니까 여자 한 사람에게 필요한 산소 양이 얼마나 될까를 진지하게 고민했다는 말이다.

웨이터가 다가와 조심스럽게 접시 두 개를 내려놓았다. 접시에는 각각 레귤러 햄버거로 보이는 것이 사이드 메뉴 스파게티와 함께 담겨 있었다. 어쨌든 햄버거였다. 밀크셰이크도 나왔다. 그가 할 일을 마치고 물러갔다.

우리 둘은 햄버거를 한 입 베어 물었다. 그리고 서로를 바라보았다.

"이거," 레이철이 말했다. "인생 최고의 햄버거야."

나는 고개를 끄덕였다. "잘 알고 있군. 트라우마가 최고의 소스라는 거."

레이철이 흡입하듯 햄버거를 먹어 치웠다. 좋아 보였다.

"내가 얼마나 배가 고픈지도 몰랐네. 오늘 아침에 아무것도 안 먹히더라."

하. 이건 정말로 심각하다. 레이철은 냉장고가 쓰러져서 그 밑에 깔려도, 누가 도와주러 올 때까지 기다리는 동안 먹을 게 있나 냉장고 문을 열어볼 애인데.

"나 혼란스러워." 나는 이해할 수가 없었다. "그 남자가 좋은 게 뭐가 문제야? 전에도 좋아하는 남자들이랑 데이트했잖아. 이 번에도 그냥 만나. 그 남자한테도 주말쯤이면 시들해질지 모르 잖아."

"물론. 하지만 전에 남자들을 만날 때는……. 이게 좀 이상하 게 들릴 건데, 안전한 느낌이었어. 무슨 말인지 알겠어?"

나는 고개를 저었다. "아니, 전혀. 무슨 말이야?"

그녀가 앉은 자리에서 꼼지락거렸다. "그러니까 내가 떠날 수 있었다는 말? 내가 그들을 좋아한 것보다 그들이 날 더 좋아했다 고. 내가 칼자루를 쥐고 있었어. 그런데 뭣 때문인지 리처드는 내 신경을 곤두서게 해. 두려운 게 아니고, 그냥 신경이 예민해지는 거야. 그가 내 속을 꿰뚫어 보는 것 같은 기분이 들어."

나는 밀크셰이크 한 모금을 마시고 생각에 잠겼다.

"어떤 관계든 시작할 때 약간 울렁거리는 기분이 느껴지는 거잖아. 그런데 이번엔 그런 거랑은 다르다고?" 나는 손을 뻗어 서 레이철의 이마에 댔다. "혹시 무슨 병이라도 걸린 거 아냐?"

"모르겠어. 한 번도 이랬던 적이 없어. 전에는 남자한테 관심 을 다 쏟고, 만나고 잠자리를 하는 모든 일이 짜릿했어. 그런 관 계를 늘 즐겼고." 그녀는 나를 바라보았다. "솔직히 그러면서도 내가 뭔가 잘못됐을 수도 있다고 생각했었어. 언니가 형부랑 어 떻게 지내는지, 언니가 어떻게 싸우고, 논쟁하고, 계속 관계를 유 지해 나가는지, 어떻게 상대를 뒷받침해 주는지 봐 왔잖아. 그래서 내가 뭔가를 놓치고 있는 건 아닐까 생각했었어. 나는 늘 내 독립성을 유지했었잖아." 그녀가 햄버거 한 입을 베어 물고는 잠시 침묵에 잠겼다가 음식을 씹었다. "형부가 죽었을 때 나는 어쩌면 신의 뜻이랄지, 우주의 계획이랄지, 뭐 운명 같은 게 있는 게 아닐까 생각했어. 오해하지는 마. 그때 내가 마침 혼자 지내고 있어서 언니가 그 상황을 겪어 내도록 도와 줄 수 있었잖아. 그래서 하는 말이니까. 나한테 남편과 자식이 있었더라면 그렇게 해 주진 못했을 거야."

이제 나는 그녀의 손을 잡았다.

"레이철, 네가 나한테, 우리 애들한테 해 준 일은 하나도 잊지 않을 거야. 네가 없었다면 무슨 일이 일어났을지 나도 모르겠어. 애들을 직접 키울 수 없었을지도 모르지. 네가 우리 가족을 구해 줬어. 넌 나의 영웅이야."

그녀가 미소 지었다. "내가 언니한테 힘이 됐어?"

나는 웃음으로 화답했다. "그래. 하지만 이제 좀 쉬어도 돼. 네가 누군가와 사랑에 빠지고 결혼을 하고 아이를 낳는다면 좋을 것 같아. 어쩌면 그래서 내가 재혼을 안 하는 걸지도 몰라. 그래야 너를 도와줄 수 있으니까."

그녀가 몸을 떨며 웃었다. "결혼해서 애를 갖고 싶다고는 말 안 했어."

나는 그녀를 바라보았다. "하지만 넌 사랑에 빠지고 싶은 것 같은데."

그녀는 아무 말도 하지 않았다. 그저 자기 접시를 내려다볼 뿐이었다. 눈물 한 방울이 접시 위로 떨어졌다. 나는 손을 뻗어서 그녀의 머리를 헝클어 주었다. 내가 평생 그래 왔던 것처럼.

"새로운 남자 때문에 정신이 나가 있는 것도 괜찮아." 문득 이런 생각이 떠올랐다. "그 남자가 너랑 같은 기분이 아닐까 봐 걱정되니?"

그녀가 고개를 들지 않은 채 어깨만 으쓱했다. "모르겠어. 솔직히 내 감정이 어떤지도 모르겠어. 우리는 몇 시간이고 별별 이야기를 하고 또 했어. 형부가 죽고 무슨 일이 벌어졌는지, 그 사람 부모님이나 우리 부모님이 어떤 분인지, 죄다. 그 사람은 유쾌하고 영리하고 친절해. 나를 몹시 겁나게 만들기도 하지. 그건 자기감정에 솔직하기 때문이야. 그도 나를 좋아하는 것 같아. 하지만 아니라면 어떻게 하지?"

"물론 그는 널 좋아해. 그가 처음부터 그런 말을 꺼내긴 어렵겠지만." 나는 갑자기 레이철이 안됐다는 생각이 들었다. 그녀는 늘 자신만만하고 강했는데 이렇게 안절부절못하다니. 그녀가 남자 때문에 우는 모습은 지금껏 딱 한 번 본 적이 있다. 남자가 크게 화를 돋워서 벽을 발로 차다가 발가락이 부러졌을 때였다. 이번은 그때와는 완전히 달랐다.

나는 영수증을 달라는 손짓을 했다.

"동생아, 넌 지금 엄청 피곤해 보여. 잠 못 잤지? 어제 저녁에 감정을 많이 소비하느라 쉬질 못해서 생각을 제대로 할 수 없는 것 같아. 오늘 오후에 일을 쉬고 집에 가는 게 어때?"

그녀가 고개를 끄덕였다. "언니 말이 맞아. 뭔가로 마음을 가라앉히고, 자고 일어나면 다시 괜찮아질 거야."

"그래, 그럴 거야." 나는 음식 값을 지불하고, 레이첼을 일으켜 밖으로 나갔다. 내가 레이첼의 팔을 끼자 그녀가 내게 기대 왔다.

이번엔 내가 힘이 되어 줄 차례였다.

집에 돌아오자 댄과 아이들의 사진이 도착해 있었다. 우리의 결혼식 사진, 애너벨과 클레어가 태어났을 때의 사진 등을 인화했던 것이다. 어떤 이유에서인지 이제 사진들을 살펴보면서 심장이 찢어지고 짓눌리는 기분을 느끼지 않았다. 우리가 그 시간을 함께했다는 사실에 행복할 뿐이었다. 사진 몇 장은 다시 눈물을 쏟게 했다. 처음 애너벨을 안던 순간 그의 얼굴을 찍은 사진, 애너벨이 우리에게 달려올 때 그가 팔을 벌리고 서 있는 사진, 그가 내 동생과 함께 있는 사진이었다. 마지와 베르토의 결혼식에 참석하러 다 함께 이탈리아에 갔을 때인데, 두 사람은 언덕에서 카메라를 보고 씩 웃으며 서 있었다. 두 사람 다 젊고 행복한 얼굴을 한 채, 나를 애정 어린 시선으로 바라보고 있었다. 그가 죽었을 때 우리 모두가 뭔가를 잃었다는 사실을 나는 깨닫게 되었다. 나만이 아니었다. 아이들만이 아니었다. 우리와 삶을 함께했던 사람들 모두가 그를 잃은 것이었다. 얼마 전 핑크스에서 레이철이 말했었지만, 나는 사진을 보면서 이제야 그 사실을 느낄 수 있었다.

　여기 한 대가족이 있다. 추수감사절이나 기타 행사가 있으면 반드시 한자리에 모이던 댄의 가족과 우리 가족의 사진이다. 친정 엄마 무릎에 앉은 애너벨, 시어머니 어깨에 얼굴을 묻은 조그마한 클레어. 댄이 죽기 바로 전의 추수감사절 풍경이었다. 클레어는 태어난 지 한 달째였고, 우리 아빠가 사진을 찍었던 것 같다. 베르토도 마지와 함께 있었다. 이 이탈리아인은 유럽 남자들만이 소화해 낼 수 있는 분홍색 스웨터를 입은 독특한 모습이다. 종이로 만든 순례자의 모자를 쓴 댄은 식탁 끝에 앉아 빈둥거리고 있다. 그는 무척이나 유쾌하고 바보 같은데, 나도 마찬가지다. 우리 둘 다 뭔가를 하고 또 하면서 모두를 계속 웃겨 주었다. 처음부터 우리는 서로를 웃게 만들어 주면서 더욱 가까워졌었다. 그가 죽은 뒤 내가 다시 웃을 수 있게 되기까지는 수개월의 시간이 걸렸다. 처음 웃었을 때 나는 즉시 울음을 터트렸다. 마치 청각장애인이 생전 처음 자기 목소리를 들었을 때 같았다. 기쁨에 찼다가 즉시 눈물이 뒤이어 터졌다. 웃는 일은 점차 쉬워졌고, 이제 웃음은 나를 지탱하고 빈정거리거나 바보 같은 농담도 할 수 있게 해 주었다.

　나는 대담한 짓을 했다. 엄마에게 전화를 건 것이다. 익숙한 번호를 누르는 동안 나는 무의식적으로 소파에서 공처럼 몸을 둥글게 말았다. 만약을 위해서.

"안녕, 할머니."

"안녕, 딸. 너 혹시 감옥에 갇히기라도 했니?" 이번에는 엄마의 목소리가 멀쩡했다. 마침내 술집들이 엄마를 출입금지시켰나?

"아뇨, 그냥 엄마한테 사랑한다고 말하고 싶어서."

긴 침묵이 이어졌다. 정말로 긴 침묵이.

"거기 계세요?"

"응, 여기 있다. 암 선고라도 받은 건 아닌가 걱정돼서."

"내가 사랑한다고 말해서요?"

"그래, 이제 너는 사랑한단 말을 거의 안 하잖니. 네 아빠가 죽었을 때 하고, 작년 크리스마스에 했구나."

"내가 언제 마지막으로 사랑한다고 했는지 기억하시는 거예요? 슬프네요."

"그래." 엄마의 어조가 언제나처럼 건조했다. "넌 늘 애정이 많은 애는 아니었지. 네 동생은 그에 비해 긍정적이고 사랑스러운 애였고."

슬슬 화가 나기 시작해서 나는 호흡을 가다듬었다. "댄이 죽었을 때 그 사람을 잃은 건 나만이 아니라 우리 모두라는 사실을 지금 막 깨달았어요. 정말이지 분명한 사실인데 말이죠. 그리고 엄마도 아빠를 잃었잖아요. 엄마랑 그 일에 대해, 그러니까 둘 다 남편을 잃었다는 사실에 대해 이야기를 나눠 본 적이 없더라고요."

엄마가 숨을 들이쉬었다. "이런, 세상에! 너 정말 암 걸린 거 아니니? 네 유방 모양은 늘 이상했잖니."

나는 눈을 질끈 감고, 전화선을 내 목에 감아 의식을 잃을 때까지 조이고 싶은 충동에 저항했다. 엄마가 아직도 이야기 중이었다.

"제발 네가 암에 걸린 거라고 말해, 애들이 아니고."

그 말이 우스워서 나는 웃음을 터트렸다.

"엄마! 침착해요. 아무도 암으로 안 죽어. 그냥 엄마한테 사랑한다고, 엄마의 상실감에 공감한다고, 내 감정을 엄마랑 나누고 싶다고 말하려는 거예요. 그런데 정말 힘들게 만드네요." 그럼에도 나는 아직 미소를 걸고 있었다. "우린 늘 이랬죠. 감정에 대해 빈정거리고 속 깊은 이야기는 절대 안 하고. 하지만 우린 이제 늙었어요. 그러니 정신을 좀 차려야 해요."

엄마가 뭘 생각하는지 한 번 더 침묵이 이어졌다. "너 나한테 끔찍한 소식을 전하지 않을 거라고 약속해. 내가 암에 걸린 게 아니라고 말이야."

솔깃한데? 나는 분노로 한숨을 내쉬었다. "엄마, 관둬요. 엄마는 나만큼 나빠."

"그럼. 네가 누굴 닮았겠니?"

"엄마겠지."

"네 아빠가 그립구나. 그 사람은 늘 너희와 이야기하는 데 능숙했지. 내가 하고 싶지만 표현하지 못하던 말들을 대신 해 주기도 했단다. 그이가 죽은 뒤 나는 입을 열 때마다 실수하는 건 아닌가 하는 기분이 들었어. 다행히도 댄이 죽었을 때 그이는 아직 여기에 있었지. 내가 그때도 일을 망치지 않았던 건 아니지만. 미안하구나."

"나도 알아요, 엄마. 그래도 우리 장례식 때 일에 대해 화해했잖아요. 나도 아빠가 그리워요. 엄마는 왜 더 자주 안 들르세요?"

"왜 더 자주 안 들르느냐고? 나는 이 큰 집에서 콩깍지 속의 콩처럼 덜그럭거리면서 혼자 지내잖니. 여기로 손녀들이 오는 게 좋아."

"말도 안 돼. 우리가 들를 때마다, 애들은 뭔가를 깨뜨리고 엄마는 부적절한 말을 하잖아요. 그래서 애들이 엄마 집에 가면 불안해한다고요."

"너와 네 동생처럼 말이니?"

나는 잠시 말을 멈췄다. 우리의 대화는 내 생각보다 괜찮게 이어졌으며, 나는 엄마가 예전으로 돌아가길 바라지 않았다. 하지만 개의치 않고 다시 덤벼들었다.

"네, 나와 레이철처럼요. 우리는 엄마를 무척 사랑하지만, 엄마는 이따금 상처가 되는 말들을 해요."

"의도하는 건 아니야."

"엄마 의도가 아니었다는 걸 나는 몰라요. 엄마도 어쩔 수 없다는 건 알지만, 그건 다른 문제죠. 약간 더 험하게 말해 볼까요? 우리의 기묘했던 지난 평생을 뒤집을 수 있을지 난 모르겠어요. 하지만 지금까지처럼 살고 싶지도 않아요. 이제 나는 눈물을 터트리지 않고 댄을 생각할 수 있게 되었어요. 엄마도 바란다면 나한테 사랑한다고 말할 수 있겠죠. 난 엄마 말에 열다섯 살 때처럼 반응하지 않을 수 있고, 레이철도 사랑에 빠질 수 있을 거예요."

엄마가 웃었다. "너무 앞서가지 말자꾸나."

나는 동의했다. 나중에도 시간은 있었다. 어째서 갑자기 이런 온갖 일들에 관한 내 감정이 바뀌었는지 모르겠지만, 전화를 끊자 오랫동안 느껴왔던 것보다 기분이 훨씬 나았다.

아이들이 학교에서 돌아왔다. 레아가 아이들 뒤를 따라 들어왔다. 아이들이 문으로 달려 들어와서 내게 뛰어들고 평소처럼 재잘거렸다. 방금 나도 엄마에게 내 딸들처럼 재잘거린 셈이나 마찬가지다. 그동안 우리 사이에 있던 대화의 물꼬는 서서히 바짝 말아서 겨우 물이 찔끔거리는 수준이었다. 오랜 시간에 걸쳐 하나씩 쌓인 조그마한 돌들이 어느새 댐을 이루고 있었던 것이다.

아이들이 가방과 종이를 바닥에 떨어뜨리고 정원으로 향했다. 요정의 집을 가지고 놀려는 것 같았다. 아이들이 떨어뜨린 그림을 주워서 들여다보았다. 클레어가 정원을 그려 놓았다. 정원에는 사과나무 한 그루가 심겨 있고, 연못에는 오리들이 둥둥 떠다니고, 실내복을 입은 호랑이도 한 마리 있었다. 퍽 인상적이었다. 멋지네. 하지만 내가 앉을 벤치는 아직 없었다. 뭔가가 떠올라서 나는 애너벨에게 주었던 스케치북을 찾으러 갔다. 한 장씩 획획 넘겨 내가 그린 정원 그림을 찾아냈다. 벤치가 있었다. 그리고 거기에 댄이 벤치에 앉아서 빈둥대고 있었다.

나는 한숨을 쉬고 저녁을 하러 갔다.

아이들은 사진을 보고 재미있어 죽겠다는 반응을 보였다. 세상에, 어찌나 웃어 대던지. 엄마 너무 웃기게 생겼어! 아빠도 너무 웃기게 생겼어! 레이철 이모는 너무 예뻐! 할머니는 비키니를 입었네! 이렇게 모든 것이 폭로되었다.

나는 거의 4년을 무감각하게 흘려보냈다는 사실에 기분이 엉망이 되었다. 그리고 내가 엄마처럼 냉정하고 자기만 아는 인간이었음을 깨달았다. 나도 안다. 그게 엄마가 나를 기른 방식이고, 할머니 할아버지가 엄마를 기른 방식이다. 지겹게 되뇌었던 바다. 동생이 우는 모습을 목격하는 것이 '깨달음의 순간'이 되어서는 안 되지만, 벌써 그렇게 됐다. 새로운 깨달음이 일었다. 다른 사람들에게도 감정이 있다! 그걸 무시해 온 데 대해 자책하고 스스로를 괴롭힐 수도 있지만, 이제 그런 일도 그만하기로 했다. 적어도 나는 아이들에게 유방이 이상하게 생겼다고 말한 적은 없다.

우리는 사진 앨범에 완전히 푹 빠졌다. 나는 일어나서 카메라를 가지러 갔다. 사진을 찍고 또 찍은 뒤, 스케치북을 집어 그림을 그렸다. 이건 새로운 출발이다. 이제 아무것도 놓치지 않을 테다.

레아가 저녁까지 집에 있어 주겠다고 해서 나는 미친 짓을 한 번 하기로 했다. 혼자 타깃에 간 것이다. 뭔가를 사야 했는데, 뭘 사기에 타깃보다 좋은 곳은 없다. 유아, 세 살짜리 아기, 이와 비슷한 기타 예측할 수 없는 사람들에 대한 책을 읽은 적이 있다. 그 책에는 아동의 활동에 관한 도표와 다이어그램이 실려 있었다. 아이들이 공간 안을 서성거릴 때의 모습은 기본적으로 거미줄 모양이었다. 내 인생을 이와 같이 표현한다면 아마 정사각형일 것이다. 집, 학교, 사무실 그리고 타깃. 사무실이 빠진다면 삼각형으로 변한다. 사각형 모양을 유지하려면 이제 단골 주유소 같은 곳을 맴돌아야 할지 모른다.

아무튼 타깃은 냄새만으로도 나를 행복하게 한다. 병원에서 처음 나왔을 때, 나는 아이들 학교가 끝나길 기다리는 동안 타깃에서 어슬렁거리면서 많은 시간을 보냈다. 한동안 일을 할 수 없었는데, 뭘 그리고 있었는지 기억할 만큼 집중력을 오래 유지할 수가 없어서였다. 따라서 나는 아이들을 학교에 데려다주고 데려오는 사이에 거의 아무 일도 하지 않았다. 아침 9시 5분에는 타깃이 닫혀 있었고, 주차장도 거의 텅 빈 상태였다. 멍하니 카트 손잡이에 기대서 「세서미 스트리트」 주제곡을 흥얼거리면서 주차장을 네 바퀴씩 돌고 있는 여자에게 두 번 시선을 주는 사람은 아무도 없었다.

아무것도 사지 않는 날이 많았지만 이따금 미친 듯이 열렬하게 물건들을 카트에 던져 넣기도 했다. 우리 집 주방 선반은 도넛 만드는 기계, 아이스크림 제조기, 진짜 나무 냄새가 나는 조그마한 가짜 크리스마스트리 등으로 채워졌다. 아이들 옷, 레이철 옷, 프랭크 옷도 샀다. 내 양말도 샀는데, 살이 빠져도 발 크기는 그대로였다. 댄이 죽은 뒤 거의 20킬로그램이 빠지고 생리도 끊겼다. 마침 심리 치료사는 내게 스스로를 돌보지 않으면 병원에 다시 집어넣겠다고 위협했다. 나는 엄격하게 하루 네 번 스니커즈 초콜릿바 요법을 실시해서 살을 약간 붙였다. 하지만 스니커즈만으로 해결할 수는 없었다. 꼬박꼬박 식사를 하면서 스니커즈를 추가로 먹어야 했다. 나는 더 이상 스니커즈를 먹지 못한다. 스니커즈가 그 첫해를 떠올리게 만들기 때문이다. 스니커즈, 우리 집 주방 바닥, 비 냄새, 컨버스 하이톱 운동화, 깨진 유리잔, 알코올을 묻힌 면솜, 셰릴 크로의 노래, 남편의 면도 크림, 내 입에서 나는 피 맛. 이 중 무엇도 이제 견딜 수가 없다.

반려동물 용품 코너를 배회하면서 프랭크가 씹어 먹을 반려견용 오리고기를 곰곰이 살펴보고 있는데 휴대전화가 울렸다. 프랭크는 더러운 빨랫감을 훨씬 더 좋아하지만, 내가 이런 생각을 했다는 걸 알면 감사해하긴 할 거다. 전화는 레이철이었다.

"그가 공식적으로 나를 좋아해."

"인사도 없이 다짜고짜?"

"효율적으로 구는 거지. 안녕, 언니?"

나는 반려동물 용품 코너에서 DVD 및 책 코너로 움직였다. 작가들은 하나도 모르겠고, 신간은 몇 권쯤 아는 것이 있었다. 이래서 사람은 집에만 있으면 안 된다.

"그가 널 좋아하는지 어떻게 알았어?"

"그 사람이 말했으니까. 언닌 인사 안 해?"

"안녕, 레이철? 그게 언젠데?"

"전화로, 지금 막. 언니 어디야?"

"타깃. 그래서 너도 그를 좋아한다고 말해 줬어?"

"응, 말했어. 간 김에 마커 한 상자 사다 줄래?"

나는 카트를 끌고 문구용품, 카드, 종이 등이 있는 구역으로 갔다. 몇몇 사람들이 휴대전화에 대고 말을 하면서 목적 없이 카트를 끌고 배회했다. 눈썹을 치켜올리고, 반쯤 미소를 짓고, 미안하다고 입을 벙긋거리며 카트를 부딪칠 뻔하는 멋진 한편의 마임을 공연하면서도, 좁은 통로 한가운데에서 카트가 십여 개 줄지어 서는 사태가 벌어지지 않도록 애쓴다.

"좋아. 두 사람은 하루하고 반나절을 알았고, 서로를 좋아해. 최고야."

"비웃는 거지?"

"전혀. 내가 마트를 나설 때면 비행기가 하늘에 구름으로 '레이철은 리처드를 좋아한다'라고 써 넣은 게 보일 거 같다. 넌 이미 페이스북에 상태 메시지를 바꾸었을 테고."

"나 페이스북 안 하잖아."

"알아. 비웃은 거야. 그래서 앞으로 어떻게 할 건데?"

"몰라."

"마커 샀어. 검은색 맞아?"

"응."

나는 컬러 마커 한 세트도 더 집었다. 신상 마커 세트에는 절대 저항할 수가 없다. 우리 애들은 마커를 한 양동이 가지고 있다. 진짜다. 레이철이 전화를 끊었고, 나는 속옷 코너로 갔다. 가만히 서서 뭘 살지 생각했다. 팬티를 새로 사야 할 때가 됐나? 팬티를 사는 게 꼭 누군가에게 보여 주기 위해서는 아니다. 나는 회색과 어두운색이 섞인 레이스 팬티와 검은색과 황갈색이 섞인 레이스 팬티를 고르느라 20분을 소모한 뒤 계산대로 갔다. "마음이 바뀌었어요, 이건 빼주세요." 계산원은 내 말을 개의치 않고 받아주고는 마커펜, 프린터 용지, 고양이 그림이 그려진 티셔츠, 고래 그림이 그려진 티셔츠, 양말 세 켤레, 반려동물용 오리고기, 대용량 피넛버터 한 통을 계산했다. 그 모습을 지켜보며 나는 다시 마음을 바꿀 용기를 내려고 애썼다. 사실 웃기는 일이었다. 원래 나는 다른 사람의 시선을 신경 썼고, 그러다 우리 애들에 대한 시선까지 신경 썼었다. 그런데 지금 내가 원할 때 누군가의 관심을 끌 수 있기를 바라다니.

마침내 그녀가 계산을 마치고 내게 미소를 지으며 기적적으로 이렇게 말했다. "속옷, 정말 계산하지 말까요?"

나는 말했다. "아뇨, 필요해요. 물어 봐 줘서 고마워요."

그녀가 씩 미소를 짓고 계산대 아래에 내려놓았던 속옷을 끄집어냈다. "잘 어울리실 것 같아요." 그리고 바코드를 찍으며 말했다. "한 번씩 자기 자신을 대접해 주는 것도 좋지요."

그녀 말이 옳다. 물론이다. 하지만 그 팬티들은 서랍장 뒤쪽에 얌전히 자리 잡고 있다. 어쩌면 영원히 빛을 보지 못할지도 모른다. 그래도 내가 한 걸음을 뗐다는 게 중요한 거다. 안 그런가?

딸기 기르기

✦

딸기는 땅을 쉽게 경작할 수 있는 시기가 될 때 심는 것이 좋다.

- 딸기는 제멋대로 뻗어 나가는 식물로 금세 땅을 뒤덮는다.
- 뿌리가 전체적으로 휘지 않고 잘 뻗어 나가도록 널찍한 간격으로 깊이 심도록 한다. 다만 꼭지가 지표로 똑바로 자라나야 한다. 경작은 정밀한 과학이다.
- 공간을 널찍하게 할애하고, 햇빛을 듬뿍 받게 해 주어야 한다. 딸기는 특히 틀밭에서 기르는 것이 좋다.
- 근래에 토마토나 후추, 가지를 길렀던 땅은 피하도록 한다. 딸기가 시들 것이다.

16

새로운 시작에 대해 말이 나온 김에, 다음 날 나는 다른 회사 면접에 갔다. 이번에는 멜라니를 꼬치꼬치 심문했다.

"아동 도서 출판사야. 그러니 네 경력은 여기에 맞아. 다양한 스타일로 그릴 수 있는 사람을 원한다는데, 그건 네가 할 수 있는 거고. 그런데 아마 계약직일 거야."

"무슨 뜻이야?"

"그 회사는 이미 정규직 화가와 일러스트레이터를 여럿 보유하고 있는데, 폭을 좀 넓히고 싶대. 널 내부 사원으로 채용할지, 프리랜서 일을 맡길지는 아직 모르겠어."

나는 얼굴을 찌푸렸다. 건강 보험을 제공하는 직장을 찾아야 하는데, 그게 아루바에 주말 별장을 가지는 일만큼 힘들다니. 뭐 그게 매물로 나와 있는지는 잘 모르겠지만. 나는 다시 한번 정장 속으로 기어 들어갔고(이번에는 톰슨 트윈스의 빈티지 티셔츠를 입었다), 20분 일찍 도착했다.

러버볼프레스의 분위기는 '성인용' 출판사와는 약간 달랐다. 일단 첫인상은 안내데스크에서 두 사람이 맹렬하게 논쟁하는 모습에서 시작되었다.

"네가 틀렸어! 그건 문어라고."

"오징어야. 이름에 '징'이 들어가잖아!"

"하지만 다리 수를 세 봐!"

"이건 만화야, 교과서가 아니라고! 개한테 다리가 몇 개 있는지는 문제가 안 돼."

「네모바지 스폰지밥」 이야기였다. 징징이가 문어냐 오징어냐에 관한 논쟁은 매력적이지만, 궁극적으로 정답이 없는 것이었다. 내가 불쑥 말했다.

"끼어들어서 무척 죄송하지만, 만화에서는 양쪽 다로 묘사되는 것 같아요."

두 사람이 내게로 휙 돌아섰다. 이방인이 자기들 논쟁에 끼어든 것을 이상하게 여긴다기보다는 정보에 열린 자세였다.

"하지만 징징이는 다리가 여섯 개뿐인데요." 한 명이 반박했다.

나는 어깨를 으쓱했다. "이걸 받아들이기가 당황스럽긴 하겠지만, 「네모바지 스폰지밥」을 만든 사람에게 직접 들었어요. 그

310

냥 다리를 여섯 개만 그리는 게 편해서 그랬대요. 열 개면 어디론
가 당장 도망쳐 버리고 싶었을 거라고요. 너무 많아서."

두 사람은 고개를 끄덕였다. 이들은 일러스트레이터가 확실
하다. 장담할 수 있다. 일러스트레이터란 원래 이렇게 희한한 인
간들이다.

안내데스크 직원이 내게 미소를 지었다. 내가 신분을 밝히자
그녀는 알았다는 표정을 지어 보이고는 의자에 앉으라고 권했다.
주변을 둘러보았다. 누드화는 없었다. 대신 밝고 알록달록한 색
의 물건들과 장난감들이 많았다. 우리 집이랑 비슷했다. 조금 더
깔끔했지만.

잠시 후 내 또래의 여성이 나타났다. 잔뜩 지쳐 보였는데, 내
이름을 말할 때 질문하듯 끝을 올려 발음했다.

그녀의 사무실은 그리 크지 않았으며 우리 집과 무척 닮았다.
온통 사진, 장난감, 종이가 널려 있었던 것이다. 컴퓨터는 포스트
잇으로 도배가 되고, 책상에 커피 잔이 세 개나 올려져 있었다.
한 꺼풀 벗겨 보면 우리 둘은 영혼의 자매가 틀림없을 거다. 그녀
의 이름은 베티였다. "베티 붑과 이름이 같죠." 그녀가 말했다. 나
는 내 이름이 릴리언이라고 말했는데, 기억에 남을 만한 적당한
말을 덧붙일 수 없어서 아쉬웠다.

"멜라니 말로는 파퓰러 사에 창작 부서가 없어지면서 나오게
됐다고요?"

나는 고개를 끄덕였다. "일러스트는 모두 해외로 아웃소싱하

기로 했답니다."

베티가 얼굴을 찌푸렸다. "우리도 그렇게 해 봤는데, 좋았던 부분은 지금까지 함께 일하고 있는 프리랜서 몇 명을 발굴했다는 것뿐이었어요. 결국에는 빠르게 작업물을 얻어 내거나 아웃소싱한 그림을 수정하려면 내부에 일할 사람들을 두어야 해서 원상복귀했지요. 파퓰러 사도 아마 우리의 전철을 밟을 거예요."

나는 양손을 들어 보였다. "저도 파퓰러에서 프리랜서로 일하면 너무 좋겠지만, 제겐 아이들이 있어서 진짜 직장을 구해야 하거든요."

"우리는 정규직원을 찾는 게 아닌데요. 멜라니가 그 얘긴 안 했나요?"

심장이 철렁 내려앉았다. "확실하진 않다고 말했어요."

그녀가 살짝 이맛살을 찌푸렸다. "당신 시간을 낭비하고 싶지 않군요. 우리는 내부에 정규직원은 한두 사람만 두고, 나머지 작업은 십여 명의 일러스트레이터들이 원하는 장소에서 하게 해요. 대신 안정적으로 일할 수 있을 만큼 일감을 충분히 보장해 주긴 하지요." 그녀가 팔을 위로 들어서 책 몇 권을 내렸다. "운이 좋았어요. 우리 회사의 찍찍이 다람쥐 캐릭터가 크게 유행해서, 매달 이 캐릭터와 관련된 책을 두 권씩 만들고 있거든요. 또 몇몇 아동용 케이블 텔레비전에서 우리 책 캐릭터들이 나오고요. 이 짜증나는 책들이 시리즈물인 건 아시죠?"

나는 고개를 끄덕였다. 그녀 말이 맞다. 짜증나는 책이다. 그래도 일은 일이다. 그녀가 책 두 권을 뽑아서 내게 건넸다.

"개인적으로 저한테는 엄청나게 성가신 책들이죠. 특히 아이들한테 읽어 줄 때요. 하지만 애들은 여기에 환장하죠."

"애가 몇인데요?" 나는 그녀의 책상에서 사진을 찾아보았지만, 온갖 잡동사니 아래에 깔려 있어 볼 수가 없었다.

그녀가 미소를 지었다. "둘요. 둘뿐이지만 정신없어요. 여덟 살, 여섯 살이랍니다. 딸들이고요."

나는 미소로 화답했다. "저도 일곱 살, 다섯 살짜리 딸 둘이 있어요."

"그러면 우리 회사에서 뭘 하는지 정확히 아시겠군요. 따님들이 우리 책의 타깃이니까요." 그녀가 내 포트폴리오로 손을 뻗어서 넘겨 보기 시작했다. 침묵이 점점 더 무겁게 전해져 왔다.

"굉장히 훌륭하네요. 물론 본인도 알고 계시겠지만요."

나는 얼굴을 찌푸렸다. "아니에요. 제 스타일로 그린 지가 제법 오래되어서, 더 이상 제 스타일이 뭔지도 모르겠거든요."

그녀가 포트폴리오를 넘겨 보았다. 그리고 펜과 잉크로 애들을 그린 조그마한 그림을 펼쳐 놓았다. 사실 포트폴리오 채우기 용으로 넣어 둔 그림이었다. 나는 늘 이런 조그마한 낙서들을 끼적이며, 딱히 작품이라고 생각하지 않았다.

"이 그림들은 훌륭해요. 놀랍도록 독특하고 재밌어요. 그리고 많은 걸 전해 줘요. 무슨 말 하는지 아시겠어요? 이 아이들이 어떻게 생겼는지 알 수 있을 뿐더러 성격까지 느껴진다고요. 이건 진짜 기술이에요. 어쨌든 우리에겐 융통성 있고 다양한 스타일로 그릴 수 있는 예술가들이 필요해요. 글은 쓰나요?"

나는 고개를 저었다. "아뇨, 전 작가가 아닌데요."

그녀가 포트폴리오를 덮고 돌려주었다. "우리는 작가들에게도 안정적으로 일거리를 주는데, 당신한테 맞을 것 같은 일이 생기면 같이 작업할 수 있을 거예요. 우리 회사는 독자적인 작품들로 많은 돈을 벌었고, 당신의 독특한 펜과 잉크 그림은 지금 당장 우리가 하는 작업들과는 잘 맞지 않아요. 생각을 좀 해 볼게요."

면접이 끝난 건가? 갑자기 혼란스러워졌다. 다행히 베티는 아직 그 자리에 있었다. 공동경영자라 해도 무방할 관리자의 면모는 지친 분위기에 가려져 있었다.

"우리 작업자 명단에 당신 이름을 올리게 되어서 너무 좋네요. 릴리언 씨, 일이 들어오면 사무실에 잠시 들러서 작가나 편집자와 회의를 하고, 사무실이나 집에서 일하시면 되어요. 비용은 시간당 급여가 아니라 권당 원고료로 지급되고요."

무슨 뜻인지 잘 파악이 되지 않았다. "제가 일자리를 구한 건가요?"

그녀가 웃었다. "네, 릴리언 씨가 수락한다면요. 현재 두 가지 프로젝트가 있는데, 내가 내일 정리해 봐야 해요. 할 수 있겠어요? 하나는 기존 시리즈 중 한 권이고 하나는 새로 착수한 시리즈인데, 스타일이 정해져 있어서 거기에 맞춰 그리면 됩니다. 참고용 일러스트는 오늘 보내드릴게요. 그러면 될까요?"

그녀가 자리에서 일어섰다. 나도 따라 일어섰다.

"하지만 전 이번 달 말까지는 파퓰러 사 직원인데요."

"그럼 한 프로젝트만 맡아도 돼요. 다른 하나는 다른 사람한 테 맡기죠. 시간이 더 필요한 상황이 되면 시간을 더 드릴 거고 요." 그녀가 갑자기 커다랗게 함박웃음을 지었다. "신나네요! 당 신은 정말로 재능이 있어요. 우리 앞으로 재밌을 겁니다." 그녀가 나를 사무실 밖으로 이끌었다. "아이들을 데려오셔도 돼요. 우린 아래층에 시설 좋은 놀이방을 갖추고 있답니다."

오, 세상에! 내가 지금 천국에 있는 건가? 이보다 좋을 수는 없었다. 베티가 덧붙였다.

"에스프레소 기계는 바로 옆에 있고요."

나는 흥분해서 제정신이 아니었다. 일을 받았다! 그것도 재 밌는 일을! 원하면 집에서 애들을 돌보면서 할 수도 있다. 내 작 품을 그릴 수도 있으리라. 건강 보험 문제를 확인해 봐야 하지만, 한동안은 연방 의료법으로 기존 의료보험 혜택을 받을 수 있을 것이다. 그다음은 일은 그때 가서 보자. 나는 차분하고 평화롭고 낙천적이 되어 갔다. 전에는 늘 하강 중인 낙하산 부대원 같은 기 분이었지만 이제 기분 좋은 변화가 일어나고 있었다. 나는 아이 들이 집에 왔을 때 미소로 맞이했고, 레아에게도 미소를 지었으 며, 샤워를 하면서 부드럽게 스트레칭을 하고 유방을 꼼꼼히 확 인했는데(사실 그렇게 희한한 모양은 아니었다), 이는 요가와 확인 작업을 동시에 완수하는 기분이었다. 나는 느긋하게 어슬렁거리려고 멋진 파자마를 입었다.

레이철이 내 구직 소식에 환호했다. 진짜로 주방을 돌아다니며 춤을 췄다. 난 식기세척기를 비우는 중이었기 때문에 춤을 출 수는 없었다.

"잘될 거야. 난 알아. 언니는 유명한 아동도서 일러스트레이터가 되고, 부자가 될 거야. 그리고 나는 조지 클루니를 만나게 되겠지."

나는 눈썹을 치켜올렸다. "조지 클루니가 애들 책에 관심이 많았던가? 그 사람한텐 애도 없지 않니?"

"자세히, 자세히, 말해 봐." 그녀가 내 질문을 가뿐하게 넘겼다. 레이철 역시 상태가 한결 나아졌는데, 마침내 굴복하고 리처드와 잔 것이었다. 그 일에 대해 아무 말도 없는 걸 보니 엄청 좋았던 것 같다. 보통 때라면 그림을 그릴 수 있을 만큼 자세히 알려 주는데.

"오늘 리처드 만나?"

"아니, 그 사람이 회식이 있어."

"그래서 우리랑 같이 먹으려고?"

"언니가 끝까지 안 물어보면 어쩌나 했어."

"꼭 물어보려던 건 아닌데."

나는 식기세척기를 비우고 다시 설거짓거리를 넣었다. 집안일이 힘든 건 이런 점 때문이다. 처리하고 나면 또 일거리가 생기고, 다시 처리해야 한다. 이런 일이 하루 종일 반복된다. 애들 방 바닥에서 잡동사니를 정리하면, 이 조그마한 짐승들이 내가 몰래 버린 꼬마 공주 인형을 찾는다고 다시 온갖 물건을 집어던진다. 커피 한 잔을 마시고 침실 탁자에 빈 잔을 내려놓고 나면, 주방으로 가지고 가는 걸 까맣게 잊고 만다. 출근 준비를 하면서 욕실에서 마시던 커피 잔은 갑자기 구토를 하는 개를 살펴보러 달려나오는 바람에 또 거기 두게 된다. 그러다 보면 집은 온통 커피 잔들로 뒤덮이게 되어 기분이 나빠지는데, 애초에 잔을 주방에 가져다 두어야 한다는 사실을 계속 떠올리는 게 더 짜증난다. 그래도 텅 빈 머리보다는 어수선한 집이 낫다. 아빠가 늘 하시던 말씀이다. 평생 청소라고는 해 본 적 없던 양반의 명언인 셈이다.

저녁 식사 후에 나는 차고를 작업 공간으로 쓸 수 있을지 살펴보러 갔고, 그동안 레이철이 애들과 놀아 주었다. 나는 문을 열고 가만히 서서 쌓여 있는 잡동사니를 바라보았다. 댄의 자전거, 댄의 스키, 댄의 여행 가방, 지금도 애들이 가지고 놀 만한 커다란 인형의 집, 우리 부모님이 애들이 안전하게 가지고 놀 만한 나이가 되기 한참 전에 사 주셨다가 내가 완전히 까먹어 버린 용수철 달린 말. 알 수 없는 물건들이 든 상자도 몇 개나 되었다. 캘리포니아 남부 날씨에는 절대 걸칠 일 없을 겨울 코트 하나, 스키를 못 타는 내게는 필요 없는 스키복들. 젠장, 나는 발을 헛디디지 않고 길을 걸어 내려가는 것조차 간신히 하는 사람이다. 그런데 이런 빛나는 고강도 폴리머 판에 발을 걸고 어딘가로 미끄러져 내려가고 싶겠는가? 그냥 당구 채로 두 발목을 분지르면 스키 여행에 드는 비행기 푯값이라도 아낄 수 있는데 말이다.

주변을 둘러보자 가능성이 엿보였다. 차고는 이 집과 같이 지어진 것으로, 세심하게 건축되어 있었다. 이를테면 천장 들보도 있고, 멋진 창문도 두 개 있다. 바닥도 벽도 습기가 차지 않고, 전기도 들어왔다. 배 속에서 뭔가가 올라오는 기분이 드는데 뭐랄까? 그래, 흥분이었다.

"어때?" 고양이처럼 발소리도 안 내고 내 뒤에 불쑥 나타난 걸 보면, 레이철은 분명 닌자 훈련을 이수한 게 틀림없다. 나는 공중으로 펄쩍 뛰어올랐다.

"이런, 그렇게 놀라게 하지 좀 마! 나한텐 애들이 있다고. 내 골반이 넘어지는 충격을 감당할 수도 없고. 애들이랑 노는 줄 알았더니."

"애들이 날 해고했어. 이 스키, 내가 가져도 돼?"

"물론. 네가 스키를 탄다는 걸 잊어버렸네. 여기를 작업실로 쓸 생각이야."

그녀가 곰곰 생각하는 표정을 지었다. "괜찮을 것 같네. 난 저 창문들이 좋더라."

"나도. 거기에 책상을 놓으려고."

"그거 꽤 큰데." 그녀가 한 발 앞으로 나서서 어슬렁거렸다.

"회사에 있는 내 자리보다 훨씬 크지."

"임대도 가능하겠어." 그녀가 램프를 켰다. 내가 한 번도 보지 못했던 것이다. 모르는 사람들이 언제 우리 집 차고에 기어들어 와 물건들을 쌓아 두고 갔나 보다.

"맞아, 샤샤가 같이 쓰고 싶다고 할지도 몰라." 하지만 내가 작업실을 같이 쓰고 싶은지는 모르겠다. 혼자만의 공간이 생기면 멋질 것 같다.

"여길 치우는 데 도움이 필요할 거야."

"네가 도와줄래?"

그녀가 어깨를 으쓱했다. "물론이지. 나 잡동사니 버리는 거 좋아하잖아. 이 램프는 내가 가져도 돼?"

나는 고개를 끄덕였다. "다 자선단체에 보낼 수 있다면 좋겠는데."

박스 더미 뒤에서 레이철의 대답이 들려왔다. "그거 좋다! 그렇지 않으면 내가 절반 정도는 가지고 갈 거야. 물론 둘 공간은 없지만. 목마는 어디에 둘 거야? 애들 모르게 하려면 학교 가 있는 동안 버려야 해."

"좋은 생각이야. 그거 어디 둬야 할지 몰랐는데."

"우리 방에 놓으면 돼요." 조그마한 목소리가 튀어나왔다. 나는 눈을 질끈 감았다.

"인형의 집은 거실에 두면 되는데." 다른 목소리가 조그맣게 덧붙였다.

몸을 돌리자 아이들과 프랭크가 올망졸망 일렬로, 키 순서대로 서 있었다.

다음 날 나는 그래버 박사와 상담이 있었다. 상담이 너무 자주 돌아오는 것 같아서, 나는 그렇게 말했다.

"간격은 바뀌지 않았어요, 릴리언. 그저 당신이 말할 게 많아진 것 같은데요."

"아니면 말하고 싶지 않은 게 많아졌을 수도 있죠."

"뭘 말하고 싶지 않은데요?"

"그런다고 말할까 봐요?"

그녀가 웃음을 터트렸다. 내가 그녀에게서 좋아하는 면모였다. 그녀는 나를 그렇게 심각한 환자로 대하지 않는다. "말해 보세요. 릴리언은 자기 경험에 관한 내 전문적인 분석과 조언에 돈을 내고 있잖아요. 무슨 일이 있었는지 이야기해 주면 도움이 될 거예요."

나는 기운이 북돋는 기분이 들었지만 다소 초조하기도 했다. "무슨 일인지 추측해 보시지 않겠어요?"

그녀가 나를 바라보았다. "누군가에게 성적으로 끌리면 댄이 떠올라서 당신은 발가벗고 약해진 기분을 느끼는 거예요. 당신은 변화하고 싶은 욕망에 죄책감을 느끼는 한편, 무의식적으로 화를 내고 있어요. 과도한 죄책감이 자신을 가로막으니까요."

그녀의 말이 맞았고, 나는 이 사실이 정말 싫었다. "제가 '과도한' 죄책감을 느낀다고는 생각하지 않아요. 단지 준비가 안 됐을 뿐이에요."

"내 생각엔 당신은 준비가 됐어요. 준비됐다고 받아들일 준비가 안 됐을 뿐이죠."

"무슨 말씀인지 도통 모르겠어요."

그녀가 깊은 인내심을 발휘하여 나를 바라보았다. "당신이 일군 삶에서 당신은 편안함을 느끼지요. 여전히 슬프고 외롭다 할지라도요. 판에 박힌 생활이지만 그게 당신 일상이죠. 무슨 말인지 알겠어요? 그런데 당신은 지금 전면적인 거대한 변화를 겪게 되었어요. 댄이 살아 있을 때 다니던 회사에서 떠나게 되었죠. 여동생은 새로운 관계에 뛰어들었고요. 또 시누이는 이혼을 할지도 모르지요. 그들의 결혼생활 역시 당신 인생의 한 부분을 차지했었는데 말이에요. 큰아이는 아빠를 잃은 것이 어떤 의미인지 깨닫기 시작했고, 그 과정으로 아빠에 대한 이야기를 더욱 자주하게 되었지요. 그 애와 동생은 자라고 있고, 유아에서 어린이가 되고 있는데, 딸들이 자랄수록 당신과의 관계는 변화해요. 이런 와중에 당신은 전화를 집어던지지 않고 엄마와 대화를 하려고 애쓰고 있고, 누군가에게 깊이 끌리지만 그를 못 본 체하려고 애도 쓰고 있죠. 다뤄야 할 게 너무 많네요."

"정말 엄청나게 많네요." 나는 몸을 길게 쭉 폈다. "그 모든 상황에서 침착함을 유지하고 있는 제 능력이 대단한데요?"

"네, 나도 그렇게 생각해요."

"선생님은 제가 어느 순간 강한 바람에 흩어지는 서류 더미처럼 무너질 수도 있다는 걸 알고 계시는군요."

"네. 물론입니다."

"전 지금 간당간당하게 버티고 있어요."

"내게도 그렇게 보여요."

"내면이 전부 부서졌어요."

"완전히 부서져 있지요."

나는 소파에 몸을 둥글게 말고 남은 상담 시간 동안 울었다. 내가 미쳤다는 걸 그녀가 알고 있어서 다행이었다. 안 그러면 정말 정신이 이상한 사람이라고 생각했을 테니 말이다.

콩 기르기

콩은 기르기 쉽다. 하지만 성장할 수 있는 계절이 무척이나 한정적이고, 수확 후 하루 이틀 정도밖에 신선함을 유지하지 못한다. 이 모든 일에 실패하면 콩은 마트 농산물 코너에서 찾아야 한다.

- 콩을 심기 전에 땅에 나무 태운 재를 뿌리면 도움이 된다. 콩에게는 이것으로 충분하다.
- 콩은 기온에 까다롭다. 눈을 맞는 건 괜찮지만, 기온이 낮은 건 꺼린다. 반대로 기온이 섭씨 21도 이상 오르는 것도 좋아하지 않는다. 솔직히 말해 콩은 작지만 불평이 많은 식물이다.
- 2.5센티미터 깊이로 심고, 토질이 건조하다면 더 깊이 심어야 한다. 간격은 5센티미터가 적당하다.

17

다음 날은 토요일이었다. 원예 수업 날이다. 에드워드는 친절했지만 내게 조금 거리를 두었다. 어쩌면 그에게 흥미를 잃은 내 모습을 보고 마침내 그도 내게 흥미를 잃은 것일지도 몰랐다. 물론 거지 같은 상황이다. 나는 그에게 흥미가 있기 때문이다. 흥미가 없는 게 아니라 신경 쓰지 않으려는 것뿐이었다. 모든 게 무척이나 복잡했다.

우리 채소밭은 엄청나게 무성해져 있었다. 이제 세 자매 중에 호박을 심을 차례였다. 나 자신을 자연에 조율하는 기분으로 호박을 심고 나서 한동안 충격적인 경외심에 휩싸였다. 마이크와 진이 담당한 샐러드 채소밭도 엄청 놀라웠다. 끝이 둥그런 잎사귀들이 두툼한 카펫처럼 깔렸다. 아직은 죄다 작았지만 제대로 된 모양을 갖추고 건강하게 푸릇푸릇 우거질 게 눈에 선했다. 앤절라와 레이철은 딸기를 길렀고, 엘로이즈와 프란세스는 다양한 콩을 길렀다. 모두 기운차게 자라고 있었다. 미친 듯이 잘생긴 밥은 감동한 표정이었다. 어째서 채소밭을 바라보는 것만으로 평온함과 행복감으로 충만해지는지 설명할 순 없지만, 그런 일이 일어났다. 전에는 수업에서 바보가 된 기분을 느꼈었지만, 남은 수업 동안은 평온함과 행복감을 느끼게 될 것 같았다. 우리는 잡초를 뽑고 잠시 빈둥거린 후 서로의 밭을 돌아다니며 감탄사를 연발했다.

레이철의 조그마한 라벤더 밭은 모종을 심었을 때는 그다지 눈에 띄지 않았는데, 예쁘게 꽃이 피어 있었다. 물론 근사한 향기도 풍겼다.

"기분은 좀 나아졌어?" 나는 목소리를 낮춰 레이철에게 물었다. 리처드에 관해서는 레이철이 좀 비밀스럽게 구는 데다, 미친 듯이 잘생긴 밥이 이 상황에 적응을 했는지 잘 몰라서였다.

"응. 언니랑 애들이랑 같이 하룻밤 지내는 것만으로도 무척 좋았어. 그걸로 진정이 되더라. 리처드와 무슨 일이 있든 나한테는 가족이 있으니까." 목소리가 날카로워졌다. "하지만 내 라벤더를 한 송이라도 꺾으면 귓구멍을 찌를 거야."

나는 손을 뻗다가 중도에 멈췄다. "네가 가족에게 감사하는 마음으로 가득한 것 같구나."

"맞아, 그런데 내 꽃에서 그 발 좀 치우시지."

"알았다, 또라이야." 나는 앤절라에게로 갔다. 그녀는 사마귀 떼를 정원으로 풀어놓으려는 참이었다.

"나는 파괴의 신 시바다." 그녀가 목청을 돋웠다. "나는 세상의 종결자다." 그녀가 조그마한 모슬린 부대를 탈탈 털어서 가늘고 그 무서운 곤충 몇 마리를 떨어뜨렸다. 기어 나오게 한 건지도 모르지만. "바로 복수의 신 사마귀!"

나는 그녀를 바라보고 눈썹을 치켜올렸다. 그녀가 어깨를 으쓱했다. "아들한테 배운 거예요." 그녀가 배시를 가리켰다. 손가락 끝에 조심스레 무당벌레를 올려놓은 배시가 꼬마 성 프란체스코처럼 보였다. "적절한 이름을 붙이고 사운드트랙을 틀어 놓으면 레고 조각도 엄청나게 무서운 게 되지요."

"우리들, 오늘 수업 끝나고 당신 집으로 가요?"

그녀가 고개를 저었다. "아뇨. 생각해 봤는데 이사를 간 뒤에 오는 게 낫겠어요. 운 좋게도 진짜 정원이 있는 집을 찾을지도 모르니 그때까지 여러분 인력을 아껴 둬야죠. 잘되길 바라 주세요."

"배시 아빠가 들르진 않고요?"

그녀가 쭈그리고 앉았다. 방금 풀어 놓은 사마귀가 대학살을 저지르는 현장을 보기에는 그 편이 나을 터였다. "어쩌면요. 며칠 전에 그에게 말했어요. 새 여자친구가 생겼대요. 그러니 제가 이사한다고 하면 좋아할 거예요." 그녀는 배시가 신중하게 씨앗을 뿌리는 모습을 건너다보았다. 곁에는 우리 애들이 있었다. 배시는 조용히 집중하고 있었는데, 우리 애들은 그러거나 말거나 계속 종알댔다. 앤절라가 몸을 곧추세우고 쭉 뻗었다. "자연 속에 있는 게 아이를 조금 느긋하게 해 주는 듯해요. 도시 외곽으로 이사할까 봐요. 조금 더 싸고, 조금 더 넓은 곳을 찾을 수 있을 거예요. 절 위해서 학교에서 너무 멀진 않은 곳으로요." 그녀가 한숨을 쉬었다가 다시 미소를 지었다. "우리 앤 평소 인간 태풍인데, 저렇게 부드럽게 변신한 걸 보니 좋네요."

엘로이즈가 다가왔다. "애들이 즐거워 보이네요." 우리 모두 잠시 아이들을 지켜보았다. "다다음 주가 마지막 수업이에요. 그날 프란세스와 내가 우리 집에서 기념 식사라도 준비하고 싶어요. 근사하게 많이 차릴 거예요. 샐러드도 확실히 준비하고요. 여기서 기른 토마토랑 옥수수, 딸기도 있으니까요. 어때요?"

"너무 좋아요." 내가 말했다. "다들 각자 조금씩 먹을 걸 가져갈까요?"

그녀가 고개를 저었다. "아뇨, 프란세스가 멋들어지게 보여 주고 싶은 것 같아요. 가정 과목을 가르치면서 교사 일을 시작했거든요. 슬프게도 공립학교에서는 더 이상 가정 과목을 가르치지 않지만요. 아마 프란세스가 학교를 졸업한 애들이 달걀 하나 못 삶는다고 화를 내면서 두서없이 일장연설을 할 거예요."

에드워드가 모이라고 소리쳤다.

"대자연이 친절을 베푼 게 보이지 않나요? 넉넉한 햇살, 건강한 흙, 적절한 양의 물로 여러분이 심은 꽃과 작물이 움텄어요. 이제 수업은 2주가 남았는데, 그동안 상당히 자랄 겁니다. 식물원에서 이 텃밭을 여름이 끝날 때까지 유지해 준답니다. 그러니 원한다면 각자 집 뜰에 옮겨 심을 수 있을 만큼 자랄 거예요. 이 수업은 가을에도 할 겁니다. 여러분이 한 번 더 등록해서 더 깊이 배우고 원예를 즐기게 된다면 좋겠군요." 내 네덜란드어 실력도 자랑할 만한 수준이 아니었지만, 그는 얼빠진 듯 말을 했다. 나는 그날의 키스를 떠올리고는 그가 내게 다시 키스를 하고 싶어 할지 궁금해하면서 그를 응시했다. 우리가 자게 될까? 우리가 다시 같이 점심을 먹게 될까? 그러다가 모두가 나를 쳐다보는 시선이 느껴졌다.

애너벨이 나를 구해 주었다. "이 수업을 다시 들을 거냐고 선생님이 물어보셨어요."

"아," 나는 얼굴을 붉히고 에드워드를 보며 말했다. "어쩌면요. 나중에 말씀드려도 될까요?"

"우린 한 번 더 들을 거예요." 클레어가 자신만만하게 말했다. 아무렴, 소인이 그렇게 해 드려야지요.

"의논해 보자꾸나."

에드워드가 내게 미소를 짓자 배가 조였다. 십 대 여자아이가 된 것 같았다. 연약하고, 사람들이 죄다 나만 쳐다보는 기분이 들었다는 말이다. 갑작스레 때 이른 폐경기를 겪는 듯한 느낌이 들기도 했다. 몸이 뜨거워졌다 차가워졌다 반복하는 건 호르몬 탓이겠지. 이 모든 상태에 더해 피부 열감, 기억력 감퇴, 질 건조증까지 찾아온 것 같았다. 끝내주네, 젠장.

수업이 끝나고 모두들 잠시 서서 앤절라에게 집 발코니에 식물을 좀 심으러 가겠다고 설득했다. 그녀는 단호했다.

"아뇨, 여러분을 맞을 준비가 안 되었어요. 어떻게 꾸밀지도 생각 못 했다고요." 그녀가 우리들을 둘러보았다. "마이크의 집은 어때요? 마이크네도 안 가봤잖아요."

그녀 말이 맞다. 모두 몸을 빙그르 돌리고 마이크를 바라보았다. 그가 웃음을 터트리며 양손을 들어 보였다. "친구들, 무기 내려놓으시죠. 사실 저한텐 그럴 공간이 없어요."

진은 놀라지 않은 듯했는데, 그에게는 새로운 소식이 아닌 것 같았다. 다른 사람들은 깜짝 놀랐다. 레이철이 목소리를 높였다. "무슨 말이에요?"

그가 양손바닥을 내보였다. "전 사실 거의 떠돌이거든요. 차에 트레이너를 매달아 끌고 다니면서 살아요. 계속 정처 없이 돌아다니죠. 이 수업을 듣고 싶었던 또 다른 이유는 내가 할 수 없는 걸 해 보고 싶어서예요. 뜰을 가져 보는 것 말이에요."

정적이 흘렀다. 모두에게 다행스럽게도 애너벨이 다소의 예의를 발휘했다.

"그러면 또 피자를 먹으러 우리 집에 오세요. 배시도 인형의 집을 보고 싶어 하고, 또 엄마가 차고를 청소해서 사무실로 써야 하는데 여러분이 오셔서 도와주시면 좋을 것 같아요. 엄마가 새 일자리를 찾으셨어요."

"왜 진즉 말하지 않았어요?" 앤절라가 살짝 분개했다. "그러니까 엄청 큰 뉴스잖아요? 너무 좋은 소식 아녜요?"

나는 주위를 둘러보며 고개를 끄덕였다. 은퇴한 은행가, 교사 한 쌍, 떠돌이 서퍼, 이혼한 워킹맘, 희귀 예술품 수출입 회사 직원, 아이 셋. 완전 뒤죽박죽 조합이었지만, 모두들 함께하며 즐거웠고 친구가 되어 가고 있었다. 우리의 시선이 에드워드에게로 안착했다. 그는 우리를 보고 부드럽게 미소 짓고 있었다. 나는 미소를 되돌려 주고 사람들을 향해 말했다.

"네, 정말 좋은 소식이죠. 괜찮다면 와 주세요. 차고 청소하는 걸 도우실 필요 없어요."

"괜찮은 계획 같아요." 프란세스가 말했다. "릴리의 집에서 마이크가 어떻게 트레일러에서 살게 되었는지 말해 주겠죠."

마이크가 끙 하고 신음했다. "별로 재밌는 얘긴 아니에요."

프란세스가 혀를 찼다. "그건 우리가 판단할게요, 친구."

마이크가 가장 쉬운 일을 했다. 트레일러를 우리 집까지 몰고 온 것이다. 앤절라가 살짝 빈정거렸다.

"좋아요, '친구.' 우리는 거친 인생에 대한 생각이 다르군요. 트레일러가 우리 부모님 아파트보다 큰데요? 두 가족이 살아도 되겠어요."

그가 약간 겸연쩍어했다. "맞아요, 아까 한 말은 고정된 주소지가 없다는 거였어요. 저는 기분에 따라 이동하고, 서핑할 수 있는 곳으로 가는 걸 중요하게 생각하죠."

차가운 은빛 트레일러는 빵 덩어리 같은 모양새로 길이가 6 미터나 되고, 엄청나게 낡은 지프차에 연결되어 있었다. 그 모습이 마치 "캘리포니아에 가고 싶은 젊은이들 모두 모여라!"라고 소리치는 것 같았다. 꼭대기에는 긴 서핑 보드가, 후면에는 자전거 거치대가, 양옆으로는 스키가 걸쳐 있었다. 말 그대로 바퀴 달린 스포츠용품 가게였다.

말할 필요도 없이 애들은 흥분했다. 클레어는 계속 들락날락거리면서 까르르대며 조그마한 가구들을 보았고, 애너벨은 트레일러 안 테이블에 자리 잡고 색칠을 했다. 딱 10분 정도만 귀여워 보이고 그다음에 짜증나는 일이었다. 누군가가 앞에 서서 애들을 지켜보아야 한다는 의미이기 때문이다. 그래서 우리는 아이들을 끌어내 그들의 관심을 요정의 집으로 돌렸다.

이윽고 주방에 에드워드와 나만 남겨졌다.

"잘 지냈어요? 난 그동안 당신 생각을 했는데." 그를 바라보고 내가 그를 불행하게 만들고 있음을 깨달았다.

"잘 지내요." 나는 커피를 내리고 애써 목소리를 차분하게 가라앉혔다. "이렇게 되어서 미안해요. 아마 당신은 나를 포기했겠지요."

"당신이 나를 포기한 것처럼요?"

나는 이맛살을 찌푸리고 그를 향해 몸을 돌렸다. 하지만 그는 벌써 뜰로 나가는 문 쪽으로 절반쯤 나아간 뒤였다. 나는 커피를 다 내렸다. 두 손이 부들부들 떨렸다. 나는 손을 움켜잡고 뜰로 커피 쟁반을 가지고 나갔다. 마이크의 트레일러에 대한 이야기로 정신을 분산시킬 준비를 하고.

놀랍게도 트레일러에 관한 이야기 자체는 다소 지루했다. 그건 마이크의 부모님이 젊은 히피 시절 샀다가 아들에게 선물한 것이었다. 하지만 그 뒤의 대화는 아주 흥미롭게 펼쳐졌다.

"대학은 갔어요?" 프란세스가 이야깃거리를 찾기로 결심한 듯했다.

마이크가 고개를 저었다. 찢어진 청바지에 오스트레일리아 록밴드 비지스가 프린트된 낡은 티셔츠를 입은 모습이 그에게 다소 안 어울려 보였다. "아예 안 간 건 아니고요. 음, 간 셈이긴 하죠."

프란세스가 혀를 찼다. "갔다는 거예요, 안 갔다는 거예요?"

그가 당황했다. "가긴 갔어요. 일찍 들어갔고, 4년을 다 채우진 못했어요."

"낙제?"

"아뇨, 조기 졸업요." 그가 자신의 반스 운동화를 빤히 응시했다. 운동화는 그의 개인사를 닦달하지 않으니까.

레이철이 엉겁결에 흥미를 내보였다.

"마이크."

"네, 레이철."

"소위 '고등 교육기관'에 들어간 거예요?"

"네."

"어디요."

"매사추세츠, 캠브리지에 있는 거요."

"하버드?"

"MIT요."

"이제 말이 좀 진척됐네요. 당신, 괴짜네요?"

그가 목청을 가다듬었다. "그냥 모범생이죠. 괴짜는 닭대가리를 물어뜯는 인간이고요."

"미안하네요."

"괜찮아요. 흔한 착각이죠." 그가 점차 서퍼처럼 굴지 않고 있다는 걸 알아차렸다. 말투가 좀 바뀌었던 것이다. '친구'라는 말도 쓰지 않고 있었다.

"MIT에는 몇 살에 들어갔는데요?"

"열다섯요."

"그렇군요. 학위는 다 마치고 졸업했어요?"

"네, 컴퓨터공학요."

"그게 언젠데요?"

"열일곱요."

"좋아요. 그러니까 서핑하는 히피 범생이 천재였군요?"

"아뇨, 천재는……."

"마이크?" 경고하는 어조였다.

"네, 그렇네요. 꼭 이름표를 붙이고 싶다면요."

우리 모두 자리에 앉아서 그를 다른 시선으로 바라보았다. 어떤 사람이 예기치 못한 무언가를 드러내면 누구나 그럴 것이다. 생각이 바뀌는 소리가 공기를 가득 채웠다. 마이크가 한숨을 쉬었다. "이제 여러분 모두 절 다르게 보게 되었네요."

우리 모두 고개를 저었다. 어떤 이유에서 약간 화가 난 듯한 앤절라만 제외하고. 그녀가 손으로 등을 받쳐 몸을 기댄 채 고개를 한쪽으로 꺾었다. "낙제한 히피인 줄 알았는데 번아웃된 히피였군요. 그러니까 이렇게 된 거 아니에요? 당신은 너무 머리가 좋아서 교육을 너무 많이 받았고, 미처 준비가 되기 전에 대학에 보내졌고, 당신만큼 똑똑하지만 나이는 훨씬 많은 애들을 죄다 꺾어 버릴 수 있어서 계속 질주했었죠. 그러고 나서 부모님 집에서 2년간 숨어 자기를 추스르다가, 다 포기하고 이 해변에서 저 해변으로 차를 몰고 돌아다니게 된 거죠. 이런 수업을 듣게 된건, 당신 머리를 너무 오랫동안 둔하게 방치할 수가 없어서고요." 그녀가 그를 차갑게 응시했다. "내 말이 맞죠?"

우리 모두 그를 바라보았다. 나는 우리 모두가 같은 것을 보았다고 생각한다. 이렇게 비아냥대는 이야기에 대한 그의 첫 번째 반응은 분노였다. 이해할 만한 반응이었다. 남이 자기를 마음대로 판단하는 걸 좋아하는 사람은 없으니까. 하지만 그는 곧 씩 웃었다.

"그보다 잘못 짚을 순 없네요. 비약의 여왕님. 무슨 일이 일어났는지 사실대로 이야기해 줄게요. 그럼 정말 나를 다르게 볼 거예요. 그러고 나서 '당신'이 어떤 사람인지 '내가' 말해 볼게요."

그녀가 고개를 끄덕였다. 나는 에드워드를 바라보았다. 그는 나를 어색한 표정으로 바라보고 있었다. 레이철에게 시선을 돌리자 그녀가 어깨를 으쓱했다. 이제부터 진흙탕 싸움이 벌어질까 봐 약간 걱정되기 시작했지만, 내가 뭘 할 수 있겠는가? 뜰에서 모두가 행복하게 피자를 먹고 있다가, 바로 다음 순간 장면이 「파리대왕」으로 넘어갔다. 하지만 젠장, 마이크와 앤절라는 늘 불편한 관계이지 않았는가.

마이크가 잔디에 벌렁 드러누워 양팔을 가슴 위로 교차시켰다. 나는 주변에 잠깐 시선을 돌렸다. 놀고 있는 아이들과 프랭크와 시간을 보내는 진만 빼고 모두가 흥미로 눈을 반짝였다. 나는 마이크를 내려다보았다. 그는 하늘에 그려진 문양을 읽어 내는 듯 보였다.

"네, 전 어렸을 때 엄청 똑똑했어요. 그래서 대학에 조기 입학도 했고요. 하지만 조기 졸업을 한 건 지상군의 정보 처리 방식을 바꾸는 방법을 알아냈고 정부로부터 시스템 개발을 요청받게 되어서예요. 우리 부모님은 버클리 출신의 골수 평화주의자여서 내가 졸업할 때까지는 그 일을 하면 안 된다고 반대하셨어요. 그래서 전 학위를 조기에 따고 중동으로 가서 우리 군이 더욱 안전하게 일할 수 있도록 시스템을 만들었죠. 우리 군인들은 대부분 저보다 겨우 몇 살 많았어요. 그래서 좋았어요. 그러다 군인 다섯 명과 함께 제가 탄 트럭이 폭탄에 날아가서 셋이 죽었어요. 끔찍했죠. 전 다리뼈가 산산조각 나서 귀국했고, 샌디에이고의 재활

병원에서 1년을 보냈고 거기에서 서핑에 빠졌어요. 부모님이 트
레일러를 주셔서 방랑하고, 서핑하고, 군사 정보를 실시간으로
처리하는 것과 관련한 박사 학위를 땄죠." 그가 계속 누운 채로
팔꿈치에 머리를 대더니 앤절라를 다소 방어적으로 쳐다보았다.
"당신이 한 가지는 맞췄어요. 내 뇌가 새로운 먹잇감을 공급받는
걸 좋아해서 이 수업을 듣는 거요. 전 병원에 누워 있는 동안, 인
생이란 생각만 하면서 보내기엔 너무 짧다는 걸 깨달았거든요."

그렇다. 마이크는 그냥 천재 범생이가 아니라 천재 범생이 전
쟁 영웅이었다. 나는 충격을 받은 군중에게 음료수를 가져다 주
려고 목청을 가다듬었다. 그때 마이크가 말을 이었다.

"이제 내가 당신에 대해 추측할 차례죠, 앤절라. 당신은 엄청
똑똑하지만 동네에 있는 쓰레기 같은 공립학교를 다닌 탓에 고
등교육은 받지 못했을 거예요. 자신이 더 나아질 수 있는 걸 알
지만 방법을 못 찾은 거지요. 어쩌면 한 교사가 당신의 가능성
을 봤겠지만, 다른 교사들은 당신에게 신경 써 주기에 너무 지쳐
서 지나쳤을 거예요. 당신은 자기를 탈출시켜 줄 계획을 지닌 자
신감 넘치는 남자를 만났고, 우연찮게 임신을 했겠죠. 빵! 그 일
로 한동안 대학은 물 건너갔을 거고요. 그 뒤에 애 아빠랑 결별
했고, 그건," 그가 배시를 바라보고 소리가 들리는 거리에 있음
을 알고는, 애가 노는 데 정신이 팔려 있음에도 목소리를 바짝 낮
췄다. "그건 그 사람이 당신만큼 똑똑하지 못해서였겠죠. 이혼을
하자 아이를 돌보고 학업을 계속하기가 무척이나 어려워서 결국

대학을 중도에 그만두었을 거고요. 배시가 조금씩 자라면서 당신은 애를 어린이집에 보내거나 엄마에게 맡기고는 일을 구하고, 검정고시를 치르고, 간호학교에 등록했겠죠. 의대에 갈 형편은 안 되니까요. 지금 당신은 자격증을 따려고 애쓰고 있을 거예요. 그래야 지금 사는 동네에서 나와서 더 나은 삶을 일굴 수 있을 테니까. 당신은 두려움이 없고 결단력이 있죠. 그리고 나는 당신이 매력적이고 대단한 사람이라고 생각하지만, 당신이 나 같은 사람과 데이트를 할 확률은 거의 1400만분의 1정도밖에 안될 거예요. 기껏해야." 그가 그녀에게 뒤틀린 미소를 지었다. "내 말 틀려요?"

맹세컨대 우리 모두 숨을 멈췄다.

그녀는 표정 하나 변하지 않았지만, 대답에 딱 1분이 걸렸다. "맞아요, 그리고 틀리기도 해요. 내 인생이 어땠는지 당신 말은 무시무시하게 잘 맞아요. 내가 앞으로 어떻게 살지 생각한 것도 논리적으로 맞췄고요. 하지만 다른 것들은 완전히 틀렸어요. 난 당신이랑 데이트하는 게 너무 좋을 테니까."

우리 모두 갈채를 쏟아 냈다. 살면서 자기 눈앞에서 로맨스가 펼쳐지는 장면을 과연 얼마나 자주 보겠는가. 마치 방청객이 된 것 같았다. 아이들은 무슨 일이 벌어지는지 몰랐지만 환호를 올렸다. 이것이 애들이 가진 장점 중 하나다. 애들은 늘 파티에 뛰어들 준비가 되어 있지 않은가.

모두 떠난 뒤 아이들을 재우는 일을 레이철이 도와주었다. 아이들은 아직도 요정의 집에서 눈을 떼지 못했다. 이따금 애들도 깊이 열중할 때가 있다. 아이들은 요정 인형을 죄다 집 안으로 끌고 들어와서 목욕을 시키고 수건과 면봉으로 조심스럽게 물기를 닦아 냈다. 침실 카펫에 인형들을 줄 세우고, 다섯 차례나 순서를 바꾸고 이름을 붙이고, 무척이나 신중하게 그 이름들을 모조리 적어 두었다. 인형들 간의 관계와 가계도에 관해서도 많이 논의했다. 마치 소규모 인류학 강의 같았다.

분류가 다 끝나고 나서야 아이들은 잠을 자러 가는 데 동의했다. 애너벨이 베개에서 눈을 들어 나를 보았다. 분홍빛 얼굴이 편안했다. "배시네 엄마랑 마이크 아저씨랑 데이트하러 나갔어?"

내가 말했던가? 우린 아이들이 뭘 하는지 몰라도 아이들은 항상 우리 일에 주의를 기울이고 있다고. 여기 전형적인 사례가 하나 더 있다. 맹세코 애너벨은 무슨 일인지 소리가 들리지 않을 만큼 떨어져 있었지만, 어떻게 한 것인지 그 대화를 들었다. 나는 침대 위에서 대여섯 개의 봉제 인형들을 집어 바닥에 내려놓았다. 애너벨이 자다가 질식이라도 당할까 염려되어서였다.

"어쩌면," 나는 말했다. "말해 주기엔 너무 이르단다. 종종 서로를 좋아해도 마지막에는 함께하지 못하는 경우도 있어. 그걸로도 다 괜찮고."

"엄마랑 에드워드 선생님처럼?"

"그건 다르단다."

"어째서?"

"엄마는 누구와도 데이트를 할 준비가 안 되어 있어. 하지만 마이크 아저씨랑 앤절라 아줌마는 그럴 준비가 되어 있지."

애너벨이 여전히 차분한 표정으로 나를 사려 깊게 바라보았다. 처음으로, 대화를 나누며 걱정을 하는 사람은 애너벨이 아니었다. 이야기를 나누며 근심에 휩싸인 사람은 바로 나였다. 이것도 변화라면 변화니까, 또 한 걸음 나아간 셈이다.

"엄마가 좋다면, 남자친구를 사귀어도 돼요. 아빠는 뭐라고 하지 않을 거예요."

나는 아이에게 이불을 끌어다 덮어 주었다. 레이철은 건너편에서 클레어에게 동화를 읽어 주고 있었지만, 이 대화를 다 들었다고 장담할 수 있다. 클레어도 이모가 딴 데 정신을 팔고 있는 걸 아는 것 같았다. 갑자기 클레어가 책을 톡톡 쳤다.

"이모! 여기 잘못 읽었어."

레이철이 반박했다. "네가 어떻게 알아? 넌 아직 글씨도 못 읽잖아."

"거의 읽을 줄 알아. 그리고 이 책도 알아." 클레어가 전체를 외워 줄줄 읊었다. "이모는 '갈색 곰'이라고 했어. 하지만 거긴 '벌꿀색 같은 갈색 곰'이야."

레이철이 이맛살을 찌푸렸다. "너무 사소한 거 아냐?"

"그래도 안 돼."

나는 애너벨이 둘의 대화로 주의가 흐트러졌길 바라면서 몸을 돌려 그녀를 바라보았다. 하지만 아니었다. 애너벨의 눈동자는 여전히 내게 고정되어 있었다. 우리 애가 언제부터 이단 심문관처럼 이렇게 집요해졌더라? 아무도 이런 일을 기대하진 않을 텐데.

"이제 잘 시간이야." 나는 아이에게 몸을 숙이고 입을 맞췄다.

"내일 아침에 이야기할 수 있어요?"

나는 자리에서 일어났다. "아니, 이야기할 게 아무것도 없는 걸." 대답을 기다리지 않고 나는 클레어에게로 다가가 입을 맞추고, 레이철이 책을 마저 읽게 남겨 두고 나와 불을 껐다.

9시가 다 된 시간이었지만 나는 커피를 더 내렸다. 어떤 사람들은 스트레스를 받으면 술을 마시거나, 기도를 하거나, 명상을 한다. 나는 커피 여과지를 한 장 꺼내서 원두 가루를 채운다. 각자의 취향이다. 하지만 적어도 나는 어떤 재앙이 몰려 온다 해도 그 순간에 깨어 있을 것이다.

레이철이 주방으로 들어와서 숨을 크게 내쉬었다.

"만약 내가 애를 낳는 바보 같은 짓을 저지른다면, 애들을 인간과 접촉하지 못하게 외딴 곳에 떨어뜨려 둬야겠어. 옷장이나 뭐, 수녀원이라도."

"수녀원에는 인간들이 드글드글한데."

"인간들이 펭귄처럼 옷을 입고 있잖아. 그러니까 속세와는 좀 다르지."

"그런데 대체 왜 그런 짓을 하려는 건데?"

그녀가 주방 의자에 앉았다가 곧장 일어나 물을 가지러 갔다.
"애너벨이 언니한테 질문하는 것 때문에 깜짝 놀랐어. 울고 싸기
만 하는 저 조그마한 것들이 기꺼이 자기 의견을 표출하는 인간
이 되었다는 게 말이야."

"맞아. 그리고 아직도 울고 싸기까지 해." 나는 커피를 조금
따랐다.

"무섭네."

"그리고 애들이 완전히 너덜너덜 진을 빼고 네가 애들이 하
는 말 한마디 한마디에 매달리고 있다 보면, 어느새 애들은 집을
떠나 대학에 가 있겠지." 나는 그녀 맞은편에 앉았다. "리처드랑
은 어때?"

"아무 일도 없어. 좋아. 다 좋아. 심지어 어떤 건 무지 좋아."

"리처드를 엄마에게 소개할 거야?"

그녀가 웃었다. "난 잘되어 가고 있다고 말했어. 그런데 왜 그
런 위험을 감수하겠어? 게다가 이제 막 시작하는 단계야. 결국에
는 경험이 환상을 깰 거고, 그럼 내가 멀쩡한 인간이 아니라는 사
실을 알게 될 텐데 내가 굳이 그걸 가속화할 이유는 없지." 그녀
가 스웨터 소맷자락을 손등까지 끌어 내리고 몸을 살짝 떨었다.

나는 한숨을 쉬었다. "며칠 전에 엄마랑 거의 정상적인 대화
를 했어."

"전화번호 잘못 누른 거 아니지?"

"아니야. 나에 대해 무척이나 자세하게 많이도 알고 있던 걸

로 봐선 엄마 맞아."

"그럼 맞겠네. 아무튼 난 아직 누구한테도 그 사람을 소개하
지 않았어. 어쩌면 그가 사이코패스일지 모르잖아?"

"진짜 낙관적이다."

우리는 거실로 향했고, 나는 장난감을 한데 모아 정리하는 저
녁 의례를 거행했다.

"언니, 인생이 지겨워?"

나는 피셔프라이스 리틀 피플 장난감 통에서 시선을 떼고 레
이철을 올려다보았다. "어느 부분에서?" 그러면서 통에 말 인형
하나를 던졌다. "장난감 정리하는 부분, 끝없이 저녁을 만들어야
하는 부분, 아니면 계속 징징댈 일이 생기는 부분?" 나는 곰곰 생
각하면서 등을 쭉 폈다. "그중 어떤 부분이 다른 어떤 부분보다
훨씬 더 지루하거나 훨씬 더 흥미롭거나 하진 않아. 아이를 가질
때까지 너는 자신을 위해 일하고, 따라서 정말로 지루한 일은 덜
할 수 있지. 하지만 애가 생기면 애를 위해 일하게 돼. 그건 더 지
루하겠지만 목적이 있는 지루함이지. 내 말 알겠니?"

"나도 그렇게 생각해." 레이철이 청소를 도왔다. 하지만 이내
차고에서 들여온 인형의 집으로 시선을 돌렸다. 나는 기어가서
그녀 옆에 앉았다. 인형의 집을 차고에서 끄집어 낸 뒤 나는 조그
마한 인형 가구들로 꽉 찬 거대한 플라스틱 통을 찾았다. 그것은
아이들의 마음을 완전히 강타했다. 이제 나와 레이철은 나란히
앉아서 인형의 집 안을 채워 넣었다. 레이철이 정리한 방은 내가

정리한 방보다 훨씬 다채로웠다.

"너 무척 창의적이다." 내가 말했다.

"미니어처에만 그래." 그녀가 별일 아니라는 듯 대답했다. "그런데 뭐 하나 물어봐도 돼?"

"물론." 나는 조그마한 쿠션들을 배열했다. 별로였다.

"처음 형부를 만났을 때 바로 이 남자다 싶었어?"

놀라운 질문이었다. 레이철은 우리 관계를 처음부터 끝까지 지켜보았고, 다른 모든 사람들처럼 댄이 대단히 좋은 남자라고 생각했었는데. 내 마음을 읽었는지 레이철이 말을 계속했다.

"내 말은 형부가 멋진 사람이란 건 우리 모두 알았지만, 세상에는 멋진 사람이 무지 많잖아. 저 남자가 바로 내 유일한 한 사람이라는 걸 어떻게 알았냐는 거야."

나는 어깨를 으쓱했다. "근데 왜 유일하다고 생각하는 거야? 몇 사람이 있을 수도 있잖아. 나는 인연이 하나뿐이라고 생각하지는 않아."

그녀가 나를 바라보았다. "그런데 왜 다른 남자랑 데이트하는 데 관심이 없어? 형부가 유일한 사람이고 그 어떤 남자도 형부만 못하다고 생각해서 그러는 거 아니야?"

나는 조그마한 서랍장에 조그마한 날붙이류를 넣으면서 이 말을 생각해 보았다. "난 아직 준비가 안 됐을 뿐이야. 이런 식으로 생각해 봐. 네가 다리가 부러졌어. 그러면 다리가 붙을 시간을 주어야 하고, 당분간 사용해선 안 돼, 그렇지? 나는 아직 치료 중이고, 달릴 준비가 안 됐어. 앞으로도 다른 남자와 데이트하지 않을 거라는 말이 아니라고." 등이 아파서 나는 소파로 자리를 옮겼다. "그런데 왜 그런 걸 물어? 리처드 때문이야?"

그녀가 계속 인형의 집을 정리하면서 고개를 끄덕였다. "응, 그는 그동안 만난 남자들과 다르게 느껴져."

"그럼 네가 준비가 된 걸지도 모르겠다. 다르게 느껴지는 게 그 사람이 아니라 너 자신인지도 몰라."

그녀가 웃었다. "특별한 게 그가 아니라 나란 말이야?" 인형의 집 침실 위치가 마음에 안 들었는지 그녀가 갑자기 방 두 곳에서 모든 물건을 꺼내고 다시 시작했다. 뭔가 생각이 있는 것이었다.

나는 소파에서 몸을 둥글게 말았다. 편안했다. "내 생각을 말해볼까? 인생에 오직 한 사람만 있는 건 아냐. 많은 사람이 있을 수 있지. 네가 얼마나 많은 사람을 만나는지, 얼마나 많은 사람을 만나지 못하는지 생각해 봐. 매일 우리는 거리에서 수백 명의 사람들을 스쳐 지나가고, 그들 중에는 내가 사랑에 빠지고, 함께 아이를 낳고, 평화롭게 여생을 함께 보낼 만한 사람이 있을 수 있어. 하지만 그 사람이 내가 그곳에 도착하기 전에 모퉁이를 돈다거나, 깜빡 잊고 두고 온 물건을 가지러 집으로 돌아간다거나, 스타벅스에서 커피를 1분만 더 오래 마신다면 나는 그 사람을 못 만나겠지. 하지만 우리가 만난다고 해도, 나나 그 사람이 컨디션이 좋지 않다거나, 누군가와 갈라섰다거나, 감기에 걸렸다거나 하는 이유로 딱 맞는 짝이 안 될 수도 있어. 이렇게 누군가를 만난다는 건 놀라운 일이야."

그녀가 나를 빤히 응시했다. "내 질문에 대한 대답이 아닌 건 언니도 알지?"

나는 실망했다. "아냐? 난 지혜롭게 말해 준 것 같은데."

"미안. 질문에 그냥 대답해 줄 수 없어? 언니는 형부가 언니한테 딱 맞는 사람이라는 걸 언제, 어디서, 어떻게 알았어? 진정한 사랑을 찾지 못하게 되는 우주적인 가능성에도 불구하고 언닌 알았잖아."

나는 어깨를 으쓱했다. "모르겠어. 그냥 느낌이 딱 왔던 것 같아."

그녀가 돌연 씩 웃었다. "이제 도움이 되네."

"이게?"

"응." 그녀가 인형의 집을 행복하게 응시했다. "이제 이해됐어. 리처드도 딱 느낌이 오거든." 그녀가 나를 흘깃거렸다. "그러면 에드워드는 괜찮은 느낌이 안 왔어?"

나는 웃음을 터트렸다. "사실 엄청나게 좋은 느낌이 들었지. 어쩌면 생각보다 감각이 빨랐을걸?"

"부러진 다리는 써야 더욱 튼튼하게 만들 수 있어. 그냥 쉬게 두는 것만이 능사는 아니라고."

"너 정말 짜증난다, 그거 알아?"

"응. 언니가 꾸민 인형의 방을 내가 다시 엎을 건데, 괜찮지?

이 집에 대해 내가 전체적으로 그리는 그림과 안 어울리네."

레이철은 내가 꾸며 놓은 방들에 가구를 다시 배치하기 시작했다. 나는 그냥 내버려 두었다. 그녀가 돌아간 뒤 다시 정리하면 되니까.

나는 레이철이 한 말을 생각해 보았다. 어쩌면 에드워드에게 기회를 줘야 했을지도 모른다. 비록 그 생각에 진땀이 흐른다 해도 말이다. 어쩌면 부러진 다리로 걷고, 감각에 좀 더 집중해야 했을지도 모른다······. 이런 생각은 어째 죄다 이리 피곤한 건지. 나는 소파에 벌렁 등을 기대고 잠이 들었다. 레이철이 풍수지리에 따라 인형의 집을 정리하느라 달그락거리는 소리를 들으며.

양배추 기르기

֍

마지막 늦서리가 내리기 전 6~8주 동안 실내에서 양배추 씨앗을
모판에 심는다. 농촌진흥청이나 기상청에 문의한 뒤 시기를 정해
도 좋다.

- 모판을 밭에 옮겨 심기 한 주 전에 먼저 실외에 둔다. 모종이
  앞으로 살아가야 할 더 넓은 세계에 서서히 적응할 수 있을 것
  이다.
- 마지막 늦서리가 내리기 2~3주 전에 밭에 옮겨 심는다. 그래
  야 놀라지 않고 안정적으로 자란다.
- 30~60센티미터 간격을 두고 일렬로 심는다. 포기의 크기에 따
  라서 조절하라. 다닥다닥 심을수록 크기가 작아진다.
- 양배추를 요리하는 데는 정말이지 많은 방법들이 있는데, 어떤
  요리든 대부분 맛있다. 양배추가 졸아든 것 같다면 너무 많이
  익힌 것이다. 너무 오래 조리하면 황화수소가 발생하니, 조심
  해야 한다.

18

사무실에서 나는 종일 책상을 치웠다. 쓸데없는 잡동사니가 어찌나 많은지 놀라웠다. 감탄이 나올 지경이었다. 나는 항상 자리를 깨끗하게 유지하는 체계성과 청결의 귀감이 되길 바랐지만, 애석하게도 그런 사람이 아니었다. 나는 손에 종이 한 장이 들려 있어도 그것을 어디에 놔야 할지 모르고 그것이 스스로 종이비행기로 접혀서 어디든 가야 할 곳에 안착하기를 바라는 사람이었다. 이런 습관은 사무실 미화원이 짜증이 나서 혈압으로 뒤로 넘어가게 하는 것이었다. 그녀는 매일 밤 그런 종이를 정리하고, 서류철 가장자리를 반듯하고 깔끔하게 만들고, 쓰레기임이 분명한 쪽지들은 버리려고 최선을 다했다. 그러면 매일 아침 나는 필요한 물건을 찾는다면서 책상 위에 다시 종이들을 흩트려 놓았다. 종국에 우리는 서로에게 메모를 남기기 시작했다.

-나: 책상 치워 주셔서 감사해요. 좀 지저분해 보이겠지만, 사실 정리를 다 해 둔 거랍니다. 그냥 그대로 둬 주세요. 감사합니다.

-미화원: 책상을 치우는 건 제 일입니다. 전 책상을 깨끗이 치워야 해요. 안 그러면 문제가 되어요.

-나: 책상 아래 커다란 종이 상자를 놔두었어요. 종이를 다 여기에 담아 주세요. 그러면 우리 둘 모두에게 좋을 겁니다.

내 제안은 효과가 있었다. 그녀는 모든 것을 상자 안에 던져 넣고, 나는 상자를 부스럭대며 필요한 것을 찾고, 내 책상은 깨끗이 치워진다. 모두가 승자다.

물론 또 다른 패러다임을 따르는 것도 가능하다. 책상 아래를 치우고, 책상 위도 깨끗하게 유지하는 것이다. 하지만 퇴사를 앞두고 책상을 정리하면서 이렇게 하기란 쉽지 않았다. 회사에서 매우 오랜 시간을 일하는 동안 쌓인 수많은 서류를 정리하고 나서, 나는 그중 대다수가 더 이상 필요하지 않음을 알게 되었다. 나는 한숨을 푹 쉬고 이것이 뭘 의미하는지 애써 무시했다.

내가 숙청 작업을 중간쯤 진행했을 때 전화가 왔다. 에드워드였다.

"당신이 데이트에 흥미가 없다고 분명하게 말한 건 알아요. 하지만 지금 내가 회사 근처에 있는데, 혹시 점심을 함께 할 수 있을까 해서요." 그가 헛기침을 했다. 긴장한 것이다. "그냥 점심이에요. 밀크셰이크도 먹을지 모르지만."

내가 내보인 첫 반응은 얼굴을 찌푸린 것이었다. 하지만 다친 다리니 감각이니 어쩌고 하면서 레이철과 나눈 대화가 모조리 기억났고, 거기에다 배가 고프다는 사실을 깨달았다.

나는 에드워드를 만나 레스토랑으로 향했다. 우리는 햄버거와 밀크셰이크를 주문하고, 자리에 앉아서 서로에게 희미하게 미소를 보냈다. 에드워드는 평소와 다르게 양복 차림이었는데, 조금 피곤해 보였다.

"아들이 스케이드보드를 타다가 발목이 부러졌대요. 그래서 오늘 아침 일찍 애 엄마랑 화상통화를 했어요. 애는 괜찮아요. 수많은 친구들 앞에서 대담한 묘기를 보여 주다가 발목이 부러지는 바람에 울지도 못했대요. 덕분에 지금 놀이터에서 영웅 대접을 받는다더군요."

"애가 몇 살이라고 했죠?"

"열두 살요."

"영웅이 되기에 딱 좋은 나이네요."

에드워드가 고개를 끄덕였다. "애 엄마가 재혼을 생각 중이라고 해요."

나는 포크를 든 채 동작을 멈췄다. "알고 있던 일인가요?"

"네, 지난 몇 년 동안 같은 남자와 지냈거든요. 우리 둘이 오랫동안 알고 지낸 사람이죠." 그가 한숨을 쉬었다. "아내는 처음부터 그와 결혼했어야 했는지 몰라요. 두 사람은 서로 무척 잘 맞거든요. 그가 우리 애한테도 좋은 아빠가 되어 줄 거예요. 모두에게 좋은 일이죠."

그는 더 자세히 말하진 않았다. 나는 밀어붙이지 않았다.

"부인과 통화할 때 늘 그렇게 차려입어요?"

그가 잠깐 무슨 소리인가 하는 표정을 지어 나는 양복을 가리켰다. "양복 차림은 처음 보네요." 정말이지 멋졌다. 양복을 입은 남자는 뭐랄까, 말쑥하다.

그가 마음에 안 드는 표정을 지었다. "양복은 거의 안 입어요. 이사회가 있었어요. 우리 가족들은 내가 미국에 있는 걸 좀 못마땅해해요. 그리고 누나는 내가 여기 있다고 해서 가끔 지루한 회의에 자기 대신 참석해 달라는 말을 그만하진 않네요."

그가 밀크셰이크를 한 모금 마시고는 미소를 지었다. "전 부인이에요."

"네?"

"당신이 '부인'이라고 했잖아요. 부인이 아니라 '전 부인'이라고요."

"알았어요, 전 부인요."

우리는 잠시 조용히 음식을 먹었다. "가족 중에 미국에 와 있는 사람이 또 있어요?" 나는 물었다. "아니면 다 네덜란드에 있어요?"

그가 고개를 저었다. "아뇨, 여동생이 여기서 대학에 다녀요. 이스트코스트에서요. 그런데 암스테르담에 있는 가족보다 그 애 얼굴을 보는 게 더 힘드네요."

"동생도 원예학을 공부하나요?"

"아뇨, 중국어와 정치사요." 그가 미소를 지었다. "언젠가 미국에서 큰일을 할 포부를 품고 있죠. 어떤 일이든 가능하다고 생각할 나이니까요."

그는 정말로 잘생겼고, 미소는 무척이나 사랑스럽고 따스했다. 갑자기 나는 용기가 생겼다. 아니 뭐에 씌었다. 아니다, 잠깐 돌았다. "금요일 저녁에 밥 먹을래요, 우리 집에서? 엄마가 오실 거고, 레이철도 올 텐데." 갑자기 자신감이 떨어져서 나는 말을 흐렸다. 사실 아직 누구도 초대하지 않았다. 그냥 입에서 말이 먼저 나갔다. 그는 놀란 듯했다.

"좋아요." 그가 말을 잠시 멈췄다. "그런데 당신이, 그러니까, 내 말은 당신은……."

나는 그에게 미소를 지었다. "내가 어쩔 건진 생각 안 해 봤어요. 그냥 같이 밥을 먹으면 좋을 것 같다고 생각했을 뿐이에요. 다만 우리 엄마가 좀 유별난 분이라는 건 미리 말해 둬야 할 것 같네요." 나는 침을 꼴깍 삼켰다. "그리고 당신은 우리 집 뜰을 봐 줘야 하잖아요."

그가 내게 미소 지었다. "네, 좋은 생각이에요."

그와 나 둘 다 이 초대가 뜰에 관련된 게 아님을 알았다. 하지만 이것이 말을 꺼내기 쉬운 핑계가 되어 준다면, 우리 둘 다 기꺼이 모른 체할 것이다.

레이철은 저녁 초대를 피하려고 최선을 다했지만, 나는 그녀의 십 대 시절 사진을 페이스북에 올릴 거라고 위협해서 항복을 받아 냈다. 에드워드도 올 거라고 말하자, 레이철 역시 리처드를 데려오겠다고 했다. 마지도 오니, 엄마에게는 수많은 목표물이 생기게 되었다.

"언니가 저녁 식사에 늑대를 초대한다면, 동시에 양도 몇 마리 초대하는 게 좋을 거야. 그러면 한두 마리쯤은 목숨을 건질 테니까. 어쩌면 엄마가 에드워드를 고를지도 모르고, 리처드는 경미하게 피부만 좀 긁히고 탈출할 수도 있겠지."

"그럴지도 모르지. 엄마가 우리들 모두의 목을 물어뜯고, 끝장낼지도 모르고."

나는 백미러를 쳐다보았다. 학교에서 아이들을 태우고 집으로 가는 중이었고, 레이철과는 스피커폰으로 통화하고 있었다. 애들 둘 다 이 통화를 듣고 있는 것 같진 않았다. 안 듣는 척하면서 이 메모를 하고 있는 걸 수도 있고.

"우리 열린 마음을 유지하는 건 어때?" 어째서 갑자기 내게 엄마랑 평화롭게 지내는 일이 중요해진 건지 알 수 없었지만, 어쨌든 현 상황이 그랬다.

레이철은 격분하여 한숨을 푹푹 쉬었다. "좋아. 하지만 맛있고 부드러운 음식을 만들겠다고 약속해 줘. 내가 주의를 돌리려고 거기에 얼굴을 처박아야 하는 순간이 올지도 모르니까."

"라자냐 만들게."

그녀가 환호했다. "최고야. 부드럽게 착지할 수 있고, 게다가 한 입마다 수백만 칼로리가 담겼으니, 누이 좋고 매부 좋네."

"나도 라자냐가 좋아요." 역시 다 듣고 있었구나, 애너벨?

"나도." 당연히 클레어 너도 그렇고.

"그리고 디저트로 초콜릿 케이크를 만들 거야."

레이철이 웃음을 터트렸다. "엄마가 그거 안 먹는 거 알잖아. 라자냐부터 엄마한테 시비 걸고 있었는데, 뭘. 엄마가 조금씩 물어뜯게 마른안주도 한 쟁반 내 와."

"죽은 푸성귀들로 샐러드도 만들 거야." 차가 우리 집 차량 진입로로 들어섰다. "다 우리를 위한 거야."

엄마는 모델 경력에서 비롯된 두 가지 원칙을 지켜 왔다. 첫째는 자외선 차단에 대한 무쇠 같은 헌신, 둘째는 300그램당 10 칼로리가 넘어가는 음식에 대한 거부. 통조림 토마토소스로 만든 파스타를 제외하고 요리를 거의 하지 않는 유형의 엄마였다. 늘 우리와 외식을 했다. 엄마는 샐러드를 먹고, 디저트를 시켜 주고는 우리가 먹는 모습을 지켜보았다. 나는 평가당하는 게 어떤 기분인지 '평가'란 단어의 의미를 배우기도 전에 알았다.

금요일이 다가왔고, 나는 저녁 초대에 놀라울 만큼 큰 열정을 불살랐다. 마지막 순간에 분주하게 움직이지 않도록 일찌감치 라쟈냐를 만들고, 진짜 은식기로 식탁을 차렸다. 꽃을 사오고, 집을 치우고, 수건 끄트머리에 물을 적셔서 아이들 얼굴을 닦아 주기까지 했다. 그야말로 노력을 아끼지 않았던 것이다. 마지가 먼저 와서 어슬렁거렸는데, 이제 훨씬 나아 보였다. 그녀는 딱 한 번 눈물을 터트렸다. 바람일 수 있지만, 저녁을 먹는 동안 다시 울 것 같진 않았다. 나는 만약의 경우를 대비해 모두에게 냅킨을 넉넉히 할당했다.

엄마가 와인 세 병, 아이들에게 줄 커다란 선물 상자들을 들고 나타났다. 선물은 거대한 말 인형이었는데, 하나는 분홍색이고 하나는 보라색이었다. 당연히 클레어와 애너벨은 완전 흥분했다. 애들은 엄마의 손을 잡아끌고 자기들 침실로 가서 새로 생긴 인형을 다른 인형들 사이에 놓았고, 엄마는 올해의 할머니상을 받기라도 한 듯 우쭐해했다. 에드워드가 도착하고, 뒤이어 리처드와 레이철이 왔다. 모든 게 좋아 보였다. 내가 갑자기 음식을 차리느라 완전히 넋이 빠져서 우왕좌왕하며 와인을 쏟고, 샐러드를 떨어뜨리고, 트레이더 조 상점에서 사 온 이미 조리된 빵을 다시 굽긴 했지만 말이다.

나는 오븐에서 라자냐를 꺼냈다. 코를 박지 않을 수가 없을만큼 먹음직해 보였다. 들려오는 아이들 목소리로 나는 엄마와 에드워드가 애들 방에 있다는 것을 알았다. 그는 무방비 상태였다. 나는 급히 라자냐를 내려놓고 피해 정도를 확인하러 갔다.

하지만 내가 스키드마크를 그리면서 애들 방 앞에 황급히 멈춰 섰을 때, 피를 흘리는 사람은 아무도 없었다. 애너벨과 클레어, 마지, 에드워드, 엄마가 카페트 주위에 둥글게 앉아 있었다. 어른들은 조그마한 동물 모양 빈백에 띄엄띄엄 앉아 뭔가 대화를 나누었다. 엄마는 에드워드를 주의 깊게 살펴보았지만 뜯어본다거나 꾀려는 느낌은 아니었고, 에드워드는 앉아서 몸을 뒤로 젖힌 채 클레어의 말을 듣고 있었다. 내가 다가가자 그가 고개를 들었다.

"괴짜 마을 비니타운에서는 가슴으로 느끼는 사랑이 힘을 만들어 낸다는 거 알아요?"

나는 고개를 저었다. "가슴으로 느끼는 사랑요?"

그가 클레어에게 고갯짓을 했다. "클레어가 들려준 이야기예요. 정확히 이렇게 말했어요."

클레어가 내게로 시선을 향했다. "텔레비전에서 봤어. 우리가 누군가를 사랑하면 가슴을 쥐어짜서 사랑이 튀어나오게 할 수 있다는 말 아니야?"

애너벨이 코웃음을 쳤다. "그런 뜻이 아냐, 바보. 네가 진심으로 뭔가를 사랑하는 게 중요하다는 뜻이야."

클레어가 이맛살을 찌푸렸다. "난 바보가 아니야."

나는 다섯 사람에게 저녁 식사가 준비되었으니 식탁으로 오라고 말했다. 거실로 가니 레이철과 리처드가 거기에 숨어 있었다.

"두 사람 이름이 같은 철자로 시작하는 거, 알고 있을지 모르겠네요." 나는 두 사람에게 와인을 따라 주며 말했다. 리처드가 씩 웃었다.

"네, 처음에 알았죠. 우리가 아이를 낳아 또 'R'로 시작하는 이름을 지으면, 셋이 모두 이름 첫 글자가 같아지겠죠."

"두 사람, 활발한 괴짜 마을에 걸맞은 주민들이 되겠군요." 나는 내 동생이 아이를 낳는다는 생각에 갑자기 짜릿해졌다. 전에는 절대 그런 일이 일어나지 않으리라 생각했고, 그것도 괜찮았다. 하지만 아기는 아기다, 안 그런가?

레이철이 어깨를 으쓱했다. "왜 아니겠어? 라푼젤이나, 레퀴엠이나, 룸펠슈틸츠헨(유럽의 동화에 등장하는 난쟁이. -옮긴이)은 어때요?"

"랜덤(무작위. -옮긴이)이나 로르샤흐(좌우 대칭인 잉크 자국에서 보이는 무늬를 통한 심리검사. -옮긴이)나 리탈린(주의력 결핍 장애에 쓰이는 향전신성 약물. -옮긴이)은요?"

"IT 분야의 램이나 롬도 괜찮은 것 같은데."

"아님 의학으로 넘어가 류머티즘이랄지 루벨라(홍역) 같은 것도 좋겠어요."

"루벨라가 귀엽네."

엄마가 평소처럼 등장했다. "사실 우린 널 그렇게 불렀었단다, 레이철. 네가 십 대 시절 말도 못하게 여드름이 났었잖니."

모두 얼어붙었다. 부푼 풍선에서 바람이 빠지는 것 같은 가느다란 쉬익 소리가 들린 것도 같은데…….

"엄마, 기억해 줘서 고마워." 레이철이 엄마를 포옹하고는 리처드에게로 몸을 돌렸다. "여긴 리처드. 리처드, 우리 엄마 카렌 앤더비 여사예요."

리처드가 엄마와 악수를 나누었다. "십 대 시절 그렇게 여드름쟁이었는데, 어머니를 닮아선가 지금 레이철은 피부가 무척 곱네요, 앤더비 부인."

나는 레이철과 눈이 마주쳤고, 우리 둘 다 동시에 눈알을 굴렸다. 하지만 리처드의 말은 말문을 트기 좋았던 데다 바라던 효과를 일으켰다. 엄마는 특유의 2만 달러짜리 미소를 지었다. 그 옛날 《코스모폴리탄》 표지를 은혜롭게 만들었던 미소였다. 리처드는 레이철의 유전자에 관해 자신이 행운아라고 감사해하는 듯했다. 사실 이렇게 멋진 외모의 엄마를 가진 건 좋은 일이다. 사람들은 끊임없이 엄마가 어떻게 저렇게 곱게 나이를 먹었는지 감탄하면서, 우리도 그럴 거라고 말했다. 사실이긴 하지만, 그렇다고 해서 아동 방임이 벌충되진 못한다. 또한 주방에 대한 환상을 품기 시작한 십 대 남자애들을 집으로 데려오는 데도 문제가 생긴다. 나 역시 댄을 집으로 데려오는 걸 망설였었다. 하지만 댄은 엄마를 만나고 엄마에게 푹 빠져서, 내게 엄마가 너무 아름답다며 나와 비교해도 전혀 뒤지지 않는다고 말했다.

"당신 눈을 처음 들여다봤을 때," 댄은 도움 없이 한 번에 내 브라를 벗기기 바로 직전에 이런 말을 했었다. "당신이 얼마나 아름다운 생각들을 하는지 보였어. 그런데 어머님의 눈을 보니, 그분은 자기 말고 다른 사람 생각은 하지 않는다는 게 보이더라." 이 말은 브라를 벗기려는 다소 음흉한 의도에서 내뱉은 것인 게 의심의 여지가 없었음에도 내 머릿속에 깊이 꽂혔다.

우리는 음식을 먹으려고 자리에 앉았다.

"세상에," 엄마가 말했다. "너무 꽉 차는구나. 이 사람들과 오래 관계를 유지하려면, 더 큰 식탁을 사야겠어."

나는 그 말을 흘려들었지만 레이철은 나보다 에너지가 많았다.

"사람을 만나는 게 가구를 바꿀 기회로 보이죠, 엄마?"

엄마가 어깨를 으쓱했다. "대부분 그렇지, 레이철. 네가 만나는 사람이 너희 집 가구보다 오래가진 않지만 말이야, 안 그래?" 그리고 리처드에게 미소를 지어 보였다. 마치 그렇게 하면 지금 한 말을 만회할 수나 있다는 듯이. "멋쟁이 양반, 어쩌면 자네는 오래 갈지도 모르겠네요."

"안 그럴 수도 있죠." 그가 쏘아붙였다. "하지만 저는 그러길 바랍니다."

나는 식탁에 음식을 내려놓지도 못했다. 싸움은 벌써 시작되었다. 제발, 댄! 하늘에서 내려다보고 있다면, 이 음식이 내던져지지 않도록 어떻게든 좀 도와줘. 나는 마음속으로 기원했다. 그는 이런 싸움을 막는 데 무척이나 능숙했고, 가족 식사 자리에 그와 우리 아빠 둘 다 있으면 사고 없이 잘 끝났다. 이를테면 예전 사진 속의 추수감사절처럼.

엄마가 마지에게로 몸을 돌렸다.

"넌 남편이 집을 나갔으니, 새 가구 놓을 곳이 더 많겠구나."

우리 엄마는 정말이지 치명적인 사람이다. 마지가 울음을 터트려 버릴 표정이었지만, 다행히 엄마를 오랜 시간 알고 지내서 다루는 법을 기억하고 있었다. 바로 내버려 두는 거다. 에드워드는 아이들 곁에 앉아서 음료수를 가져다주고 아이들을 신경 쓰느라 정신이 없었다. 그래서 다행스럽게도 엄마의 심술궂은 말을 듣지 못했다. 그가 자리에 앉았고, 나는 드디어 식탁으로 라자냐를 가져왔다. 아이들은 평소처럼 '와' 하는 소리를 냈다. 내가 사랑하는 소리다. 애들은 떡 벌어진 상차림에 감동하여 환호했고, 나는 음식을 내려놓기 전에 잠시 그 환대를 누렸다.

"조심하렴, 뜨겁단다." 나는 에드워드에게 커다란 서빙스푼을 건네며 애들을 조심시켰다. "애들 좀 봐 주실 수 있어요?"

"조심해요, 에드워드 씨. 쟤가 벌써 당신을 부려먹네." 엄마가 매력을 발산하며 깔깔거렸다. 나는 다음 공격을 기다렸지만 엄마는 더 이상 말하지 않았다.

"도울 수 있어 좋은걸요. 그래서 제 몫의 음식을 더 많이 준다면 더욱요." 에드워드의 목소리가 산사의 종소리나 명상 음악같이 들렸다. 피리 소리 같은 아이들의 조그마한 재잘거림과 대조적인 그 선율이 무척이나 아름다웠다.

"선생님," 애너벨이 말했다. "치즈소스가 뿌려진 쪽이 좋으세요, 미트소스가 뿌려진 쪽이 좋으세요?"

그가 어깨를 으쓱했다. "나는 두 개를 다 뿌려 먹는 게 좋은데. 애너벨, 너는 어떠니?"

애너벨이 그를 따라 어깨를 으쓱했다. "저도요, 아마도요. 하지만 스파게티에는 미트소스만 좋은 것 같아요."

리처드가 나를 건너다보았다. "제가 지금껏 먹은 가장 맛있는 라자냐예요, 릴리언 씨. 여기서 늘 이런 음식을 먹는 레이철에게 어떻게 저랑 데이트하면서 외식하자고 해야 할지 모르겠네요."

그가 레이철에게 미소를 지어 보였다. 엄마가 끼어들었다. "둘 다 내 훌륭한 유전자를 물려받아 다행이죠. 우리 딸들은 내 골격은 물려받지 못한 것 같지만 기초대사량은 물려받았답니다. 나도 엄청나게 먹지만 아직도 44사이즈거든요." 그녀가 미소를 지었다. "하지만 클레어는 좀 걱정스럽구나. 클레어는 아빠의 두툼한 체격을 물려받았어, 안 그러니, 우리 클레어?"

레이철이 내게 눈을 맞추고는 끔찍하다는 표정을 지었다. 나는 입을 다물었다. 열이 오르는 중이었기 때문이다. 벌떡 일어나서 엄마에게 내 인생에서 썩 꺼지라고 말하려는 순간 클레어가 목소리를 높였다.

"할머니, 덩치가 얼마나 큰지 작은지가 중요한 게 아니야." 라자냐를 꿀떡 삼키고 클레어가 말을 이었다. "건강하고 튼튼한 게 중요한 거야. 할머니도 많이 먹고 많이 뛰고, 물도 많이 마시고 일찍 자야 해. 엄마가 그랬어."

정적이 흘렀다. 나는 엄마를 쳐다보았다, 엄마는 사랑과 존중을 듬뿍 담은 표정으로 클레어를 쳐다보고 있었다. 나는 엄마가 평소같이 행동할 수 없다는 사실을 깨달았다. 우리 애들은 엄마의 유전자 일부를 물려받았지만 또한 우리 아빠, 댄, 내 유전자도 동시에 물려받았다. 그리고 그 유전자들의 조합은 내가 할 수 있는 것보다 훨씬 더 잘 스스로를 지킬 수 있었다.

"그렇단다, 아가." 엄마가 클레어의 조그마한 손을 잡으며 말했다. "그리고 네 엄마는 너무 멋진 엄마지, 안 그러니?"

"클레어가 고개를 끄덕였다. "엄마는 진짜 멋진 사람이야."

레이철이 말을 돌릴 기회를 잡았다.

"그런데 에드워드 선생님은 암스테르담에서 자라셨어요?"

그가 미소 지었다. "네, 와 본 적 있으세요?"

"출장도 가 보고 놀러도 가 봤어요. 정말 좋더라고요."

"나도 블로엄 가 사람을 하나 알고 있는데, 알레트라고. 그녀도 육십 대고 모델이지."

우리 엄마는 자기에 관한 이야기를 좋아한다.

에드워드가 고개를 끄덕였다. "알레트 고모는 아버지 누님이세요. 제가 어릴 때 모델 일을 그만두셨지만 네덜란드에서는 아직 유명인이시라서, 아직도 제가 때때로 고모님 사진을 마주친답니다."

엄마가 기쁘게 소리쳤다. "이런 세상에! 세상이 참 좁기도 하지!"

에드워드의 어조가 다소 비꼬는 투로 변했다. "세상은 무척 크지요. 하지만 네덜란드는 굉장히 작죠."

엄마는 그 말을 신경 쓰지 않았다. "알레트에 대해 에드워드에게 해 줄 이야기들이 있는데."

"하지 마요, 엄마." 나는 애원했다. "에드워드는 고모의 짜릿한 청춘 시절 이야기 따위는 별로 듣고 싶지 않을 것 같아요."

소용없었다.

"무척 아름다운 아가씨였지. 내가 기억하기로 굉장히 깔끔했고. 언젠가 밀라노 패션 위크에서 그녀는 거기 모인 최고의 사진작가들 거의 모두랑 잤는데, 그러고는 이탈리아판《보그》에서 그 사람들 이름을 찾아 표시를 했어요. 엄청나게 대담하고 모험적인 여자였지!" 엄마가 웃음을 터트리며 에드워드를 바라보았다. "재밌지 않아요, 에드워드 씨?"

에드워드가 엄마를 향해 웃음을 터트렸다. "그렇게 재밌진 않네요. 솔직히 말씀드려서 제가 키스도 해 본 적이 없는 일류 사진작가들이 아직 많아서요." 우리 모두 웃음을 터트렸다. 무슨 일이 벌어지고 있는지도 모르면서(내 희망사항이다) 아이들도 웃었다. "이제 고모님은 우아하게 나이 드셔서 손자들에게 맹목적인 사랑을 퍼붓고 자선 사업을 펼치고 계시지요. 어머님 말씀을 들었다면 좋아하셨을 거예요. 고모님께 어머님 이메일 주소를 전해 드릴게요, 괜찮으시다면요." 에드워드가 엄마에게 미소를 지었다. "저도 더 나이가 들었을 때 기억하고 싶은 추억들이 많았으면 좋겠네요. 분명 멋지겠죠."

엄마는 '나이 들다'라는 표현이 재차 반복된 데 이맛살을 찌푸렸다. 하지만 그는 매력적이었고, 따라서 그 문제를 한쪽으로 치워 두기로 한 듯했다. "난 아직 충분히 추억을 많이 만들고 있답니다, 에드워드 씨. 다음 주에는 베네수엘라의 백만장자 목장주와 여행을 하기로 했는걸요, 카라카스로요."

리처드가 농담을 건넸다. "마라카스(곤봉 모양으로 양손에 들고 흔들며 연주하는 악기. -옮긴이) 가져가는 것 잊지 마세요."

엄마는 이 말을 무시했다. 엄마가 여기 있는 두 남자 중 누굴 더 마음에 들어 하는지 쉽게 알 수 있었다. 하지만 레이철은 엄마의 인정이나 허락 같은 것에는 관심이 없었다. 그녀를 보니 리처드와 조용하게 카라카스에 관한 농담을 해 대고 있었다. 그녀는 괜찮은 것이었다. 엄마를 건너다보자 와인 잔을 드는 손이 살짝 떨렸다. 엄마 역시 긴장한 거다. 어쩌면 우리 중 그 누구보다 긴장하고 있을지도 모른다. 엄마의 턱은 아직도 탄력 있어 보이지만 그게 다였다. 옛날에 우리 집은 엄마 얼굴로 도배되어 있었는데, 대부분 잡지 표지나 유명한 사진이었다. 대부분이, 스물두 살이었을 때조차 실제 모습보다 많이 보정되었다. 엄마는 계속 그런 모습으로 보이도록 엄청나게 노력했었지만 시간을 멈출 수는 없었고, 수분크림을 덕지덕지 바르는 것밖에 별 도리가 없었다. 자기가 예전에 얼마나 괜찮아 보였는지 보여 주는 증거를 끊임없이 목격하면서 늙어 가는 일은 굉장히 고통스러울 것이다. 나이 든 미인을 볼 때마다 나는 그녀들의 목에 '예전 사진'으로 만든 묵직한 화환이 걸린 모습을 상상한다. 그리고 또다시 맥 라이언의 얼굴에 대한 생각으로 돌아간다.

한동한 평화롭게 대화가 이어지다가 엄마가 나를 겨냥했다.

"레이철이 그러던데, 네가 한동안 혼자 일할 거라고?"

나는 레이철을 쳐다보았다. 레이철의 얼굴이 그녀는 아무 말도 한 적이 없음을 보여 주었다. 그렇다. 엄마는 주차 요금 징수기에서도 용케 정보를 빼내는 사람이다.

나는 고개를 끄덕였다. "네, 프리랜서 일감이 충분했으면 좋겠어요. 내 작품도 좀 하고요. 그래야 계속 먹고살거든요. 조금 허리띠를 졸라매야 할지도 모르겠어요."

"레아를 더 이상 고용할 수 없겠구나." 엄마는 늘 레아를 살짝 질투했다.

나는 화들짝 놀라 아이들을 쳐다보았지만 클레어는 듣지 못했다. 하지만 애너벨은 분명하게 들었다. "네? 레아 이모가 떠나나요?"

이번엔 클레어도 들었다. "레아 이모는 안 떠나." 클레어가 단호하게 말했다. "우리 식구니까. 식구는 안 떠나는 거야."

"이 문제는 나중에 얘기하자꾸나. 레아 이모가 당장 어디로 가는 건 아니니까."

"레아 이모가 떠나게 되는 거예요?" 애너벨이 확인하려 했다.

나는 고개를 저었다. "그렇게 되지 않길 바라, 벨. 이 얘긴 다음에 하자꾸나, 괜찮지?"

마지가 도움의 손길을 내밀었다.

"클레어, 네가 딸기를 기른다고 들었는데."

클레어가 입안 가득 라자냐를 물고는 고개를 끄덕였다. 애너벨은 아직도 곰곰 생각하는 눈초리로 나를 빤히 바라보았다. 레아에 관한 대화를 쉽게 끝낼 수 있으리라고 생각하다니, 내가 뭐에 홀렸지.

마지가 애너벨로 표적을 바꾸었다.

"애너벨도 채소를 길렀니?"

애너벨이 조그마한 고개를 흔들었다. "아뇨, 전 예쁜 그림 모양으로 꽃을 심었어요. 지금은 꽃이 조그매서 듬성듬성하지만, 곧 다 자라면 그림이 완성될 거예요." 그녀가 미소를 지었다. "고모, 우리 요정의 집 구경하실래요?" 그리고 에드워드를 향했다. "에드워드 선생님이 요정 인형들이랑 요정의 집, 가구들을 선물해 주셨어요. 정원에 있어요."

엄마가 웃음을 터트렸다. "멋진 일이네요, 에드워드 씨. 애들 엄마를 침대로 데려가려면 애들을 꾀는 게 합리적이죠."

아니, 엄마! 제발 좀! 에드워드가 놀란 표정을 지었지만 차분한 어조를 유지했다.

"그렇게 보실 수도 있겠지만, 전 애들이 정원에서 재밌게 가지고 놀 수 있는 뭔가를 주고 싶었을 뿐입니다. 그래서 정원에서 지내는 걸 즐겁게 여기도록요. 자연 속에서 노는 건 아이들에게 무척이나 유익하거든요."

엄마가 가만히 웃었다. 무슨 말을 해도 먹히지 않았다. 레이철은 포크를 내려놓고 끔찍한 눈길로 엄마를 응시했다. 마지는 히스테릭하게 웃지 않으려고 애쓰는 것 같았다. 그리고 감사하게도, 그 순간 누군가가 현관 초인종을 눌렀다.

나는 조금 비칠비칠 일어나 문으로 갔다. 우리 집에 올 만한 사람들은 모두 이 자리에 모여 있으니, 문 앞에 있을 사람은 사이비 종교 전도사 같은 부류일 터였다. 어쩌면 내가 그 자리에서 개종하여 당장에 그의 본거지로 데려가 달라고 애원해서 그 사람을 놀라게 할지도 몰랐다.

"제 아내, 여기 있나요?"

베르토였다. 헝클어진 머리에 차림새도 허술했다. 이탈리아 남자로서 곧 정신이 나갈 거라는 명징한 신호였다. 멋지네. 오늘 저녁은 이제 정말로 하나의 코미디가 되겠군. 우리가 이 희극을 완성하는 데 필요한 건 오직 벌거벗은 커플이 옷장 밖으로 튀어나오고, 팬티 차림의 목사가 등장하는 것뿐이다.

"안녕, 베르토. 기다려요. 들어가서 찾아볼게요." 나는 그의 얼굴 앞에서 문을 쾅 닫았다. 무척이나 무례한 행동이지만, 그는 밑바닥까지 거짓말쟁이고 나쁜 자식이니 상관없다.

물론 마지도 그의 목소리를 들었다. 그 소리가 안 들릴 만큼 우리 집이 크진 않다. 마지의 얼굴이 하얗게 질리고, 식탁에 있던 모두가 그녀를 쳐다보았다.

"베르토가 왔어." 내가 쓸데없는 소리를 했다. "썩 꺼지라고 해 줄까?"

마지가 조용히 고개를 끄덕였다. 나는 문으로 돌아갔다.

"지금 여기 없어요. 미안해요." 내가 다시 문을 닫으려고 하자 베르토가 문틈으로 발을 집어넣었다. 포도처럼 그 발을 으깨 버리고 싶었지만 1초 정도 주저했다. 그 사이에 그가 잽싸게 문에 몸을 기댔다.

"릴리, 날 안으로 들여보내 줘요. 마지를 만나야 해요."

"여기 없다니까요, 베르토. 가요." 나는 다시 문을 밀었다. 필요하다면 지원병을 요청할 준비를 한 채로.

"마지 차가 밖에 주차되어 있던데요."

"내가 대신 오일을 갈아 준다고 해서 두고 간 거예요. 택시타고 집에 갔어요. 이제 가 봐요."

"난 오래 당신을 알고 지냈지만, 당신이 직접 오일을 갈 수 있는 사람인지는 오늘 처음 알았네요. 마지 안에 있죠? 마지랑 할 얘기가 있어요."

나는 그에게 내가 할 수 있는 한 최고로 오만하게 찌푸린 표정을 지어 주었다.

"거짓말쟁이 양반아! 첫째로 지금은 내 차량 관리 능력을 모욕할 때가 아닌 것 같고, 둘째로 마지가 당신이랑 말 섞고 싶지 않대요."

그가 고개를 숙였다. "맞아요. 난 나쁜 남편이에요. 멍청한 놈이고, 경솔한 자식이죠. 하지만 난 아내를 사랑하고, 그녀와 이야기를 해야 해요."

그는 정말로 모습이 엉망이었고, 그건 만족스러웠다. 나는 고개를 저었다. "지금 도착한 거예요?"

그가 고개를 끄덕였다.

"그럼 아직 짐도 안 풀었겠네요. 시간 절약되겠네. 이탈리아로 돌아가요, 베르토. 어린 여자친구한테로요."

"그녀는 떠났어요. 우린 끝났어요."

나는 역겨운 표정으로 전환했다. "그렇군요. 마지는 '아차상'이 아닌데. 마지는 퓰리처상이고, 노벨상이야, 이 나쁜 자식아. 네 여자친구가 널 차 버렸다고 해서 바뀌는 건 없어. 돌아가!"

다행히도 엄마에게 차곡차곡 쌓인 분노는 언제든 사용될 준비가 되어 있었고, 여기에 딱 맞았다. 이제 그의 엉덩이를 걷어차기만 하면 된다.

내 카타르시스에 찬물을 끼얹으려고 그가 울기 시작했다. 가슴 아픈 장면일 수 있겠지만, 그는 이탈리아인이다. 이탈리아인들은 축구를 보면서도 운다.

"릴리, 댄이 죽었을 때 당신은 연인을 잃고 비통해서 정신이 나갔었잖아요. 난 그걸 이해할 수 있어요. 내가 지금 그러니까요. 정신이 나갈 것 같아요. 이보다 더 나쁜 일은 없어요. 내가 그녀를 떠나게 하다니. 그녀를 버리다니!"

나는 이 말에 넘어가지 않았다.

"너무 늦었어, 개자식 같으니. 마지는 당신을 완전히 떠났어!"

그가 숨을 멈추고 말했다. "벌써 애인이 생긴 건가요?"

나는 어깨를 으쓱했다. "그것도 하나가 아니지. 마지는 미인이니까."

그가 더욱 섧게 울었다. "알아요. 내가 내 사랑을, 내 인생을 내팽개쳤어요. 난 이제 이 지구상을 떠도는 가장 가련한 영혼이에요. 완전히 나락에 떨어져……."

그가 잠시 이런 식으로 계속 말을 이었다. 이 남자는 구제불능이다. 불행하게도 마지도 구제불능이고.

마지가 내 뒤로 와서 문을 활짝 열어 나를 쓰러뜨릴 뻔했다.

"베르토." 얼음장 같은 목소리였다.

"마지, 자기야!" 열정 넘치는 목소리였다.

베르토가 앞으로 펄쩍 뛰어서 마지를 껴안으려 했지만, 그녀는 굳은 얼굴로 손을 올려 저지했다. 나는 그녀가 립스틱을 고쳐 발랐음을 깨달았다. 전투 준비 완료.

"물러서! 난 당신 용서 못 해. 그러니 당신 매력을 쓸데없이 낭비하지 마. 당신은 내 마음을 부서트렸고, 걷어차인 개처럼 미국으로 돌아오게 만들었어." 워밍업이었다. "난 우리 집, 직장, 친구들에게서 도망쳤어. 우리가 아는 사람들, 동료들, 이웃들이 모두 어린 여자애 때문에 버림받았다는 걸 알고 나를 동정했지. 그런데 이거 알아? 나는 불쌍하지 않아, 베르토. 나는 미인이고, 자신만만한 여자야. 그리고 당신을 불쌍히 여겨야 할 사람이지. 하지만 나는 당신이 가엾지 않아. 당신이 자초한 거야. 이제 이탈리아로 돌아가서 그대로 살아, 혼자!"

그러고 나서 그녀는 뒤로 물러섰고, 가면서 나를 낚아챘다.
나는 고마워하며 문을 쾅 닫았다.

"세상에, 마지! 멋졌어." 내가 입을 열었지만, 그녀는 손을 들
어 나를 막았다. 그리고 눈에 눈물이 고인 채 바깥의 동정에 귀를
기울였다.

잠시 문 너머에서 흐느낌이 들려왔다. 크게 코를 팽 푸는 소
리가 들렸고, 숨을 깊이 들이쉬는 기척이 이어졌다.

"어째서 새가 갑자기…… 나타난……."

이탈리아 억양 사이사이로 흐느낌이 들려왔다.

"언제나…… 당신은 곁에 있었……."

나는 마지를 바라보았다. 눈물이 그녀의 볼을 타고 흘러내렸
다. 그녀가 조그맣게 속삭였다.

"저 사람이 우리 인생곡을 부르고 있어."

"이런 미친!"

나는 조용하게 다시 문을 열었다.

하나님, 우리에게 휴지를 주셔서 감사합니다.

순무 기르기

해가 골고루 내리쬐는 장소를 골라라.

- 순무는 잘 갈리고, 성기고, 배수가 잘되고, 전체적으로 비료가 풍부하게 섞인 흙을 좋아한다.
- 씨를 뿌리고, 그 위에 양분이 풍부하고 신선한 흙을 얇게 덮는다.
- 10센티미터 길이로 자라면, 조생早生 종은 5~10센티미터 간격으로 솎아 주고, 만생晚生 종은 15센티미터 간격으로 솎아 준다. 줄기가 초록색이면 아직 솎으면 안 된다.
- 많은 방면에서 순무는 뿌리 식물계의 이름 없는 영웅이다. 순무는 감자만큼의 홍보 예산, 당근만큼의 미모를 가지고 있지는 않지만 분명 과소평가되어 있다. 순무는 비타민과 무기질이 풍부하고 당 성분이 낮다. 또 굽고, 볶고, 버터 0.5킬로그램을 넣어 으깨면 엄청 맛있다. 로마의 정치가이자 문인인 플리니우스는 순무를 "그 어떤 식물보다 유용하다"라고 평가하면서 당대 가장 중요한 채소로 여겼다. 그가 채소를 잘 아는 남자였음이 분명하다.

19

다음 날 원예 수업 시간에 모두가 모였을 때 가벼운 비가 부슬부슬 내렸다. 비가 왔음에도 분위기는 온화했다. 레이철은 우리의 희한한 가족 식사 이야기를 풀어 모두를 즐겁게 해 주었다.

"로맨틱하고 멋지네요." 프란세스가 활짝 웃었다.

진이 이맛살을 찌푸렸다. "한번 거짓말쟁이는 영원한 거짓말쟁이죠. 전 걱정되네요."

나는 그의 말에 동의했지만 어깨를 으쓱하고 말았다. "어찌 알겠어요? 마지가 그와 함께 호텔로 가지 않고 이혼 절차를 밟으러 갔을지. 호락호락한 애는 아니니까요." 하지만 나 역시 궁금했다. 행복한 결혼생활을 보낸 후에 혼자가 되기란 무척이나 어렵다. 그리고 아이가 태어나면 고통스러운 부분들을 가급적 윤색하게 된다. 그래서 엘리자베스 테일러가 그렇게 여러 번 결혼을 하고 여러 명의 아이를 낳았을지도 모른다.

비가 그치자마자 배시가 날아가듯 다가왔다. 그 뒤로 앤절라가 본 적 없는 남자와 함께 수풀을 가로질러 다가왔다.

"우리 아빠예요!" 배시는 아주 들떠 있었다. "보세요!"

모두가 그쪽으로 눈길을 돌렸다. 마이크도 역시. 아마 지금 상황에 관심이 가장 많은 사람은 그일 것이다. 나는 그와 앤절라가 지난주에 몇 번 데이트를 했다는 걸 아는데, 그 이상 알아 낼 기회는 없었다. 표정으로 판단하건대 그는 앤절라의 전남편을 위협 요소로 판단하지 않는 듯했다. 그녀에게 더는 관심이 없거나, 걱정하지 않는다는 뜻이었다. 어쩌면 둘 다 아닐지도 모르고. 그래, 내가 뭘 알겠는가?

두 사람이 우리에게로 다가왔다. 앤절라가 그를 소개했다. "여러분, 이쪽은 매슈예요. 매슈, 이쪽은 같은 원예 수업을 듣는 친구들."

매슈는 특별히 잘생긴 외모는 아니었지만, 그순간 구름 뒤에서 해가 모습을 드러내면서 그에게 금빛 광휘를 선사해 반짝이게 했다. 그의 미소는 대단히 멋졌고, 얼굴에서 배시의 모습이 엿보였다. 그는 느긋하고 자신만만한 남자였다. 이런 자신감은 평범한 외모의 남자를 매력적으로 보이게 만든다. 십 대 시절의 앤절라가 그에게 왜 빠졌는지 쉽게 알 수 있었다.

"안녕하세요. 우리 아들이 여러분에 대해 너무 신나게 얘기해서 직접 한번 뵙고 싶었어요. 요즘 이 녀석이 최고로 좋아하는 게 이 수업이랍니다. 와서 보니 정말 근사하네요."

매슈가 무릎을 굽히고 우리 애들에게 말을 걸었다. "요 아름 다운 꼬마 숙녀분들이 클레어랑 애너벨이구나. 세바스천에게 너희들 이야기를 무척 많이 들었단다.

"세바스천이 누구야?" 클레어가 코를 찡긋거렸다.

"나야." 배시가 말했다.

"왜 말 안 해 줬어?"

그가 이맛살을 찌푸렸다. "너희는 그냥 배시라고 부르면 되니까. 엄마도 날 그렇게 불러. 아빠는 세바스천이라고 부르지만."

클레어가 무언극을 하는 영화배우처럼 가슴에 양손을 포갰다. "하지만 세바스찬은 너무나 멋지게 들리는걸!" 그리고 볼이 발그레해져서 그에게 미소 지었다. "나도 널 세바스천이라고 부를 거야." 꼬마 소년이 부끄러움을 타는 듯했다. "너는 나를 클레어 공주님이라고 불러도 돼."

매슈가 웃음을 터트렸다. "너한테 딱 맞는 일이구나, 우리 멋쟁이 신사." 그가 일어나서 앤절라에게 미소를 지었다. "나중에 애를 데리러 오면 되지?"

앤절라가 고개를 저었다. "아니, 내가 당신 엄마네 집에 데려다줄 거야. 괜찮지?"

"물론이지." 그가 고개를 숙여 그녀의 입에 키스를 하며, 천연덕스럽게 그녀의 엉덩이를 슬쩍 쓰다듬었다. 그녀가 자기 소유물이라도 되는 것처럼.

앤절라는 이런 상황을 예상하지 못한 게 분명하다. 즉시 몸을 뒤로 물리면서 뭔가를 말하려고 입을 삐금거린 것이다. 하지만 배시가 흥미로운 눈길로 보고 있는 것을 알고, 억지로 웃으며 말했다.

"잘 가, 매슈. 나중에 이야기해."

매슈가 씩 웃고 아이들에게 손을 흔들고는 자리를 떴다. 앤절라는 그가 가는 모습을 조용하게 지켜보다가 몸을 돌려 마이크를 바라보았다. 잠시 아무 말 하지 않던 그의 입이 달싹였다. "개자식!" 낮은 목소리였다.

그녀가 미소 지었다. 얼굴에 순식간에 안도감이 퍼져 나갔다. "맞아, 개자식이에요."

나는 잠시 바닥에 주저앉아서 허브 틀밭에서 보이는 대로 잡초를 뽑았다. 에드워드가 다가와서 옆에 쭈그리고 앉았다.

"지금 완벽하게 허브만 골라서 뽑고 있는 거 알아요?" 그가 낮은 목소리를 유지했다. 아마도 내가 공공의 놀림거리가 되지 않게 배려해 주는 듯했다.

나는 놀라서 말했다. "아뇨. 얘네들이 잡초인 줄 알았는데."

그가 미소 지었다. "한결같이 로즈마리만 뽑고 있잖아요. 실은 로즈마리를 싫어하는 거 아니에요?"

"로즈마리 양과는 아무 일도 없었는걸요, 정말이에요."

"음, 로즈마리 양은 죽었어요. 그래서 당신 말에 반박할 수 없게 되었죠."

나는 살짝 눈살을 찌푸렸다. "이런 식의 말장난을 할 만큼 영어를 잘하면 안 되는 거 아니에요? 내가 이기는 게 맞잖아요."

그가 자리에서 일어나 양손바닥을 펼쳐 보였다. "네덜란드의 교육 시스템은 최고죠."

"네. 뭐, 우리 애들이 지렁이가 자웅동체인 것도 아는데요."

그가 굳이 대꾸하지 않고 어슬렁거리며 멀어져 갔다. 완전히 편안한 느낌이었다. 배시와 우리 애들이 재잘댔다.

"우리 아빠는 경찰관이야." 배시가 말했다.

나는 놀랐다. 앤절라가 예전에 전남편이 총에 맞았다고 말했을 때 나는 뭔가 어둠의 세계와 관련된 일로 생각했다. 다시 한 번, 이래서 사람은 집에만 있으면 안 된다.

"나쁜 놈들을 잡고 시민들을 보호해 줘." 배시는 아빠에 대한 자부심을 한껏 드러냈다. 누가 이걸 비난할 수 있으랴? 이것은 편부모로서 우리가 마주치게 되는 또 다른 문제다. 전남편(혹은 전 부인)에 대한 아이의 의견을 보호해 줘야 하지만, 현실적으로는 아이들이 그들을 싫어하는 편이 인생이 더 쉬워진다는 말이다. 만일 모두가 애 아빠가 그냥 소식을 끊는 게 더 낫다는 데 동의할 수 있다면 일은 순조롭게 흘러갈 것이다. 하지만 우리는 애 아빠가 멋진 남자고 굉장히 용감한 사람이라는 데 동의해야만 하는데, 그러면 엄마는 어째서 그런 남자랑 더 이상 같이 살고 싶지 않은 거냐는 필연적인 질문을 어물쩍 넘겨야 한다. 모순적인 두 가지 생각을 인정하며 사는 것은 힘든 일이다. 이럴 때엔 이혼한 것보다는 과부가 된 편이 훨씬 더 쉽지 않을까. 아이들과 내가 아빠 없는 인생이란 거지 같은 거라는 데 완전히 동의하고 있으니까.

나는 편안히 앉아서 주변을 둘러보았다. 앞으로 수업은 딱 한 번 남았다. 사람들은 부지런히 자리를 정리하고, 자기 '애들'을 살뜰히 돌보고 있었다. 물론 레이철은 예외였다. 그녀는 자기가 심은 라벤더 밭 한가운데 앉아서 느끼고 있었다. 그런 마무리 방식이 감탄스러웠다. 그녀는 아이디어를 떠올렸고, 그것을 실행했고, 이제 즐기고 있었다. 내가 자기를 보고 있는 걸 느꼈는지 몸을 돌려 나를 쳐다보았다.

"네 라벤더 밭을 충분히 즐기고 있어?"

그녀가 고개를 저었다. "아니, 계속 걱정이 올라와. 언니는 어때?"

나는 웃음을 터트렸다. "걱정은 내 일 아냐? 대체 뭐가 걱정되는데?"

그녀가 한 손을 들어 올리더니 손가락을 하나씩 꼽았다.

"리처드. 마지와 베르토. 내 엉덩이. 내 피부, 특히 목덜미 부분. 내 일. 내가 일을 버리고 떠날 배짱이 있을까? 내가 파리에 간다면 언니랑 애들은 어떻게 하지?"

나는 놀랐다. "너 파리에 가려고?"

그녀가 고개를 저었다. "아니, 그런데 만약 간다면?"

나는 고개를 돌렸다. 레이철은 정말 못 말린다. 마이크가 앤절라 옆에 앉아 수다를 떨면서 웃음을 터트리는 게 보였다. 그는 적어도 내게는, 끝없이 멋진 모습을 보이고 자신에 대해 새로운 면모를 밝히는 그런 사람이다. 그에 관해 알게 된 사실들은 그를 더욱 좋아지게 만들었다. 그의 옆에 있는 앤절라의 얼굴을 보니, 이런 생각을 하는 것은 확실히 나 혼자가 아닌 것 같다.

근처에서 프란세스와 엘로이즈는 뭔가를 조용하게 논쟁하고, 진은 빈 구덩이에 삽으로 거름을 퍼 넣었다. 그가 내 시선을 알아차려서 나는 손을 흔들며 소리쳤다.

"샐러드 채소로는 충분치 않으신가 봐요. 작전 기지를 넓히고 계시네요?"

엘로이즈와 프란세스가 고개를 들었다.

"우리 지역을 합병할 생각은 말아요, 진." 프란세스가 농담조로 근엄한 표정을 지어 보였다. 진이 고개를 저었다.

"아뇨, 그냥 약간 도움을 주고 있었어요. 그러고 싶어서요." 그가 장갑을 벗어 소매로 눈썹을 훔쳤다. "그런데 고된 일이군요." 땀이 뚝뚝 떨어졌지만, 전혀 신경 쓰지 않았다. 40년 동안 "사세요! 사세요!" 또는 "팝니다! 팝니다!"라고 소리 지르던 인생에 변화가 생긴 것이다.

나는 다시 애들을 확인했다. 애너벨은 등을 대고 바닥에 누워 있었다. 잠시 그 모습에 깜짝 놀랐다가, 아이가 노래를 부르면서 그에 맞춰 발을 까닥까닥하는 게 보여 안심했다.

"별일 없지, 애너벨?" 내가 소리쳐 불렀다.

"네, 그냥 구름이랑 이것저것 보고 있어요." 다소 차분하고도 행복한 애너벨의 노랫소리가 계속 들려왔다.

어린이 채소밭 한쪽에서는 배시와 클레어가 딸기를 더 옮겨 심는 걸 리사가 도와주고 있었다. 아마도 밭이 더 빨리 풍성해지도록 하려는 것 같았다. 클레어가 벌떡 일어나서 양팔을 벌리고 크게 원을 그리며 돌더니, 다시 털버덕 앉았다. 나는 고개를 절레절레 저었다. 솔직히 저 애가 뭘 하는 건지 누가 알랴? 저 애는 들려오는 곡조에 맞춰 춤을 추지 않는다. 직접 오케스트라를 고용해야지.

하릴없이 내 밭을 향해 몸을 돌리는데, 비명 소리가 들려와서 고개를 들었다. 나만 제외하고 모두가 일어서서 움직였다. 마이크와 앤절라가 허둥대며 달려오고, 엘로이즈와 프란세스가 뭔가를 향해 허리를 굽히고, 에드워드가 몸을 돌려 식물원 정문 쪽으로 뛰어가고 있었다. 나는 레이철이 아이들 쪽으로 쏜살같이 달려가며 나를 스쳐 지나갈 때에서야 자리에서 일어났다. 무슨 일인가 혼란스럽다가 뭔가 큰일이 났다는 걸 느꼈고, 그러고 나서야 무슨 일이 벌어졌는지 보였다.

진이 땅에 쓰러져 있었다. 삽이 그 옆에 넘어져 있다. 그는 전혀 움직임이 없었다. 완전히 창백했다. 앤절라의 두 손이 그의 셔츠를 젖히고, 심폐소생술을 시작했다.

나는 얼어붙었다. 댄의 사고가 나고 몇 년 동안, 다음번에 누군가가 내 앞에서 죽으면 좀 더 잘 대응할 수 있을까 궁금했었다. 내 남편을 구하는 꿈을 수없이 꾸었다. 달려 나가서 부서진 차에서 남편의 몸을 끌어내고, 그의 몸에서 트럭을 들어올렸다. 그리고 불타는 집에서 우는 아이를 끌어내고, 놀란 말을 진정시키고, 뭐든 상상할 수 있는 상황에서 죄다 구했다. 꿈속에서는. 이 순간 나는 또 한 번 응급 상황에 마주쳤고, 지난번보다 훨씬 더 쓸모없는 인간임이 판명되었다. 하나님 혹은 굿이어 타이어 사의 광고 비행선이 저 위에서 내려다보고 있다면, 두 가지의 정적인 상황을 볼 수 있을 것이다. 하나는 진에게서 700~800미터 떨어진 곳에서 가만히 서 있는 나이고, 다른 하나는 시체처럼 누워 있는 진이다. 우리 둘 주변에서는 사람들이 도넛을 맴도는 개미처럼 바쁘게 움직였다. 레이철은 아이들이 보지 못하도록 떼 놓았지만, 애너벨은 진을 보려고 계속 뒤를 돌아보았다. 마이크와 앤절라가 심폐소생술을 번갈아 시도하는 동안 엘로이즈와 프란세스는 주변을 둘러싸고 보이지 않게 가로막았다. 햇살은 빛나고, 새들은 지저귀고, 나뭇가지들은 바람에 살랑거렸다. 진의 한쪽 발이 반대편으로 기우뚱 움직였다. 나는 꼼짝 못 하고 서 있었다. 내가 움직이면, 그에게 있을지도 모르는 그 어떤 기회가 날아가 버릴까 봐.

에드워드가 나를 지나쳐 갔다. 손에는 상자가 하나 들려 있었다. 앤절라가 상자를 열 때까지 나는 그게 휴대용 심장충격기임을 깨닫지 못했다. 의사들이 "확인!"이라며 소리치고, 환자의 몸이 펄떡 뛰어 올랐다가 내려가게 하는 것 말이다. 요새는 어디서나 그 물건을 볼 수 있다. 나는 여전히 꼼짝할 수가 없었다. 내 눈에서 눈물이 투둑 떨어져 내렸다. 우리 아이들에게 가야만 했다. 구급대에 전화를 걸어야 했다.

"확인!" 앤절라가 소리쳤고, 진의 두 발이 펄떡 위로 뛰어올랐다. 그리고 동작이 정지했다.

"충전!" 앤절라의 목소리는 평소와 달랐다. 일을 할 때의 목소리였다.

"확인!" 그녀가 다시 한번 소리쳤고, 다시 진의 두 발이 요동쳤다.

내 뒤에서 달려오는 발소리가 들리자, 그때서야 사이렌 소리가 울리고 있음을 깨달았다. 상황은 끝났다. 나는 땅바닥으로 천천히 무너져 내리며, 어서 진을 데려가기를 기다렸다.

레이철이 내 어깨를 두드렸다.

"괜찮아, 언니. 어서 일어나." 그녀가 무릎을 굽히고 내게 얼굴을 들이밀었다. "진 씨는 괜찮을 거야. 이제 애들을 집으로 데려가자."

나는 고개를 저었다. "그는 죽었어."

레이철도 고개를 저었다. "아니야. 에드워드가 심장충격기를 가져왔고, 마이크가 심폐소생술을 했고, 앤절라가 소생시켰어. 괜찮아질 거야."

나는 위를 올려다보았다. 응급구조사들이 들것에 진을 싣고 덜그럭 소리를 내면서 지나갔다. 미동도 없던 진이 마이크에게 천천히 한 손을 들어 보였다. 마이크가 진을 내려다보며 씩 미소 지었다. 시체가 아니었다. 사람이었다.

현실이 나를 다시 이곳으로 낚아챘다. 나는 일어섰다. 레이철이 곁에서 지켜보고 있었다.

"언니도 괜찮아, 괜찮아." 그녀가 내 두 손을 부여잡고 꽉 쥐었다. 에드워드가 다가와서 레이철과 시선을 교환했다.

"릴리언, 괜찮아요? 충격이 컸죠?"

분명 그도 약간 놀란 상태였다. "사실 로스앤젤레스라는 도시가 진 씨 목숨을 구한 거예요. 이 도시에서는 심폐소생술 수업을 듣지 않으면 강좌를 열 수가 없거든요. 또 모두 심장충격기를 갖추어야 하고요. 그게 어디 있는지 내가 알고 있었던 게 다행이었어요."

"훌륭하네요. 이 도시 공립학교에서 지렁이에 대해 그렇게 수준 높은 지식을 가르치는 게 놀랄 일이 아니었어요."

에드워드와 레이철 둘 다 웃음을 터트렸다. 내가 미치지 않아서 안심한 웃음이었다.

우리 애들이 갑자기 그 자리에 불쑥 나타났다. 나는 애들을 끌어당겨 포옹을 했다.

"진 아저씨가 넘어졌어!" 클레어가 소리쳤다. 이런 일을 다 같이 겪은 데 흥분한 듯했다.

"진 아저씨는 심장발작을 일으킨 거야, 클레어." 애너벨이 알려 주었다. 우리 꼬마 박사님.

"그리고 넘어졌지. 얼마나 아팠을까!"

배시는 표정이 멍했다.

"배시, 괜찮니?" 나는 배시에게 눈을 맞추고 물었다.

그가 나를 바라보았다. 눈에서 눈물이 넘쳐흘렀다. "우리 엄마가 아저씨를 구했어요, 그렇죠?" 나는 고개를 끄덕였다. 그가 미소를 지었다. "나쁜 놈들을 잡는 것보다 훨씬 멋져!"

"정말 끝내줘." 클레어가 말했다. "저건 더 끝내주고." 앰뷸런스가 움직이고, 사이렌이 울리고, 번쩍번쩍하는 경광등이 돌아가는 것을 보고 하는 소리였다.

클레어가 나와 에드워드, 레이철에게로 몸을 돌리고 무척이나 심각한 표정을 지었다.

"나는 원예 수업이 조금 지겨울 줄 알았어요. 하지만 실은 전혀 그렇지 않네! 텔레비전보다 훨씬 재밌어요!"

옥수수 기르기

～～

마지막 서리가 내리고 나서 몇 주가 지난 뒤 밭에 씨를 심도록 한
다. 옥수수는 따뜻한 토질을 좋아한다.

- 2.5센티미터 깊이에 10~15센티미터 간격으로 심어라. 열 간격
  은 75~90센티미터 정도가 적당하다. 이 기회에 어릴 때 억지
  로 배운 수학을 유용하게 써먹어 보라.
- 심은 후에는 물을 잘 준다.
- 수염이 갈색으로 변하고 옥수수가 포동포동해지면 수확한다.
  옥수수귀, 그러니까 옥수수 이삭을 바닥으로 끌어당기고 줄기
  를 비틀어 떼 낸다.
- 옥수수 이삭을 줄기에서 떼 내고 나면 당도가 무척 빨리 떨어
  진다. 그러니 즉시 먹든지 잘 보관해야 한다.

20

진을 쫓아 병원으로 따라갔던 앤절라와 마이크는 이자벨이 나타난 뒤에야 우리 집으로 올 수 있었다.

앤절라가 들어올 때 우리 모두 환성을 지르며 맞아 주었다. 원예반 수강생 전체가 우리 집에 와서 이제 고정 메뉴가 된 피자를 시키고 기다리던 참이었다. 아이들은 생각보다 인내심이 부족했다.

"엄마, 엄마는 영웅이에요! 엄마가 진 아저씨를 구했어요." 배시가 달려 나가서 팔을 벌리고 엄마에게 안겼다.

앤절라가 배시를 꼭 안아 주고는 우리들을 둘러보았다. "모두 함께했지, 배시. 늘 그렇듯이 말이야. 에드워드 선생님과 마이크 아저씨도 진 아저씨를 구하는 데 도움을 주셨어. 아무도 혼자 해

낼 수 없는 일이었단다.”

배시가 그 부분에 반박하려고 할 때 마침 현관 초인종이 울렸다. 오, 피자가 왔다.

“이자벨이 대단했어요.” 마이크가 히죽거리며 말했다. 뒤늦게 충격을 받았나? “응급실에서 갑자기 울음을 터트리고는 진의 이름을 고래고래 소리쳐 불렀어요. 아무도 말릴 수가 없었죠.” 그가 웃음을 터트렸다. “진이 그녀의 목소리를 듣고 고함쳐 대답했어요. 로미오와 줄리엣이 따로 없었다니까요.” 그러면서 고개를 절레절레 저었다.

앤절라도 싱긋 웃었다. “그래서 뒤로 멀찌감치 물러나서 두 사람을 놔두고 왔어요. 병원에서 잘 치료해 주고 있고, 오늘 오후에 2분 동안 죽었던 사람치고는 무척이나 상태가 안정적이에요.”

“그냥 심장발작인가요?” 에드워드가 물었다.

앤절라가 고개를 끄덕였다. “병원에서는 그렇다는데, 아직 검사 중이에요. 아직 남은 문제가 몇 가지 있어요. 기본적으로 처음 만났을 때 진이 했던 말을 돌이켜 보면, 몸이 그리 건강한 것 같진 않았어요. 그런데 뜨거운 태양 아래서 삽질을 너무 열심히 해서 더 안 좋아진 것 같아요.”

에드워드가 이맛살을 찌푸렸다. “제가 좀 더 주의를 기울였어야 했는데. 괜찮아 보이셨어도 말이에요.”

앤절라가 고개를 저었다. “진은 괜찮았어요. 하지만 사람은 갑자기 죽거든요. 일은 늘 그런 식으로 일어나요.”

몇몇이 나를 돌아보았다. 나는 두 손바닥을 내보였다. "앤절라 말이 맞아요. 일은 그렇게 돌아가죠. 제 경험상 돌아가는 방식은 그 한 가지 뿐이에요."

"바라건대 언니는 아주 질질 끌면서 준비할 시간을 넉넉히 가지고 죽을 거야." 레이철이 내 팔을 비틀었다. "말을 좀 심하게 한 것 같지만, 무슨 뜻인지 알지?"

나는 레이철에게 웃어 보였다. "꼭 그렇게 할게. 고맙구나. 너도 숨이 끊어질 듯 말 듯 질질 끌면서 죽으렴."

그녀가 한 손을 들어올렸다. "아니, 절대 싫어. 나는 막 웃으면서 순식간에 죽을 거야. 다 함께 저녁 식사를 하다가 갑자기 동맥류가 와서 즉시 자리를 초토화하는 거지."

엘로이즈가 그녀를 바라보고 눈썹을 치켜올렸다. "공식적으로 내 파티 초대 금지 명단에 올려야겠네요."

"이런! 나처럼 젊고 사랑스러운 육신은 살날이 많다고요."

나는 아무 말도 하지 않았다. 나는 앞날이 창창한 젊고 사랑스러운 육신이 벌레처럼 짓이겨지는 걸 봤다. 하지만 지금 그걸 굳이 입 밖에 내서는 안 될 것 같았다.

기분이 괜찮아졌지만, 그날 밤 나는 오랫동안 꾸지 않았던 악몽을 꾸었다. 집 앞 길에 서 있는데 갑자기 길이 텅 비었다. 그러고 나서 차들이 갑자기 길에 나타나더니 내 옆에 있던 한 대가 어디론가 빠르게 돌진했다. 순식간에 길거리에는 구급차들이 들어차고, 사람들이 쳐다보았다. 그러다가 다시 거리가 황량해지고 다시 차들이 달려왔다. 댄의 얼굴과 한 소녀의 얼굴이 동시에 보였다. 그녀는 주변에 집중하지 않았고, 댄은 세게 들이받히는 동안에도 자기가 무슨 일을 당하는지 파악하지 못했다. 내가 소리를 지르고 고함을 치고 비명을 질렀지만 두 사람은 듣지 못했다. 아스팔트 위에서 내 다리를 끌어 움직이려고 애썼지만, 아스팔트가 늪이라도 된 듯 발목까지 올라와 있었다. 다음 순간 차들이 나를 향해 돌진하고, 끽 하는 쇳소리, 치솟는 엔진 연기, 뜨거운 가솔린 냄새가 났다. 나를 치는 소리가 내 주변에서 크게 휘어져 흩어졌지만, 차는 나를 건드리지 않았다. 갑자기 견딜 수 없게도 슬로모션이 펼쳐졌다. 댄의 팔이 앞으로 날아가 차창을 치고, 손이 종잇장처럼 구겨지고, 손목이 순식간에 홱 돌아가고, 팔뚝이 산산조각 나고, 뼈가 살갗을 뚫고 나와 힘줄에 붙어 달랑거렸다. 그의 머리가 앞뒤로 홱 젖혀지고, 나는 그의 눈에서 도축장으로 끌려가는 동물에게서 보이는 텅 빈 공포를 보았다. 대시보드가 실크 천처럼 일렁이고, 에어백이 거대한 버섯처럼 펼쳐졌다. 그러고 나서 에어백 뒤에 있던 쇠로 된 무언가가 에어백을 뚫고 들어가 댄의 가슴을 곧장 꿰뚫었다. 그는 그것을 보지조차 못했지만, 나는 보았고, 거기에 손을 뻗었다. 에어백을 뚫고 나오는 쇳조각을 움켰지만 그것은 내 손을 마치 리본처럼 얇게 갈가리 찢고, 내 손은 팔 끝에서 촉수처럼 펄럭였다. 나는 다시 한번 소리를 질렀다. 이번에는 두려움으로 댄을 잊고 나 자신의 상황에 대한 공포 속에서. 다시 바라보자 그는 가 버리고 없었고, 에드워드가 그의 자리를 대신했다. 작살이 그를 꿰뚫어 의자에 단단히 박아 놓아서, 응급구조사 세 사람이 작살을 빼내려고 온 힘을 다했다. 그런데 마침내 그것을 확 비틀어 빼자 거기에 댄의 몸 조각 일부가 함께 딸려 나왔다. 그러고 나서 클레어와 애너벨이 함께 나비처럼 핀에 꽂혀서 죽고 나는 공포에 질렸다. 갈라지고 찢긴 두 손이 온통 피로 미끌미끌해서 도움을 줄 수가 없어서, 나는 비명을 질렀다. 그게 끝이었다.

다음 날 오후에 그래버 박사가 내게 시간을 내 주었다. 그녀의 진료실은 한결같이 변함이 없다. 서가 사이로 햇살이 비스듬히 비추고, 먼지들이 부드럽게 떠다녔다.

나는 신경이 끝까지 곤두서서 고통스러웠다. 아침에는 내내 아이들을 건사했다. 선택의 여지가 없으니까. 하지만 아이들을 학교에 보내고 나자, 목구멍이 조여들어 그래버 박사에게 달려왔다. "사고가 나는 꿈을 다시 꿨어요. 늘 그랬던 것처럼 사고가 나는 걸 보고 있으면서 아무것도 할 수가 없었어요. 하지만 이번에는 댄이 에드워드로 바뀌었다가 아이들로 바뀌었어요."

"당신은요?"

나는 얼굴을 찌푸렸다. "무슨 말씀이신가요?"

"당신은 운전석에 앉지 않았냐고요." 그녀의 어두운색 단발머리는 늘 완벽했다. 그녀는 스타일이 좋았고, 다소 아이러니하지만 레트로 정장을 세련되게 입고 있었다. 그녀는 내가 아는 가장 침착한 사람이었다. 나는 그녀가 무언가로 공포에 질려 본 적이 있는지 궁금했다. 이제 그녀는 나를 차분하지만 흥미로운 눈길로 지켜보았다. 마치 내가 정신병원에 다시 들어가느냐 마느냐에 관해서가 아니라, 글루텐 프리 다이어트의 중요성에 대해 의논 중인 것 같았다.

나는 그 말을 생각해 보았다. "아뇨, 늘 댄이 있었죠. 아이들이나 레이철이 있기도 했고요. 에드워드는 처음 나왔어요. 내게 그가 새로운 사람이기 때문이겠죠."

고전적인 심리치료 분위기로 그녀가 말했다. "그 꿈이 뭘 의미하는 것 같은가요?"

나는 한숨을 쉬었다. 이제는 눈물도 말라 버렸다. "제가 모두를 구원하길 바라는 걸까요? 사랑하는 사람들을 보호하는 데 무력감을 느낀다는 말일까요?"

그녀가 고개를 끄덕였다. "분명 그렇게 해석할 수 있죠. 이해할 만해요. 사실 소시오패스가 아닌 이상 모두가 그것을 두려워하지요. 당신은 나쁜 일을 막지 못한 완벽한 사례와 경험을 가지고 있고, 따라서 트라우마적인 사건을 통해 모든 일을 들여다봐요. 흥미로운 건 당신 자신이 겪을 일은 무서워하지 않는다는 거예요. 사실 난 이게 더 걱정이에요. 당신 무의식에 당신 자신은 존재하지 않는다는 의미 같아서요."

이 말은 내게 새로운 깨달음을 주었다. "제가 스스로를 무적이라고 여기나 보죠."

그녀가 나를 가만히 바라보았다. "아니면 당신 혼자 뒤에 남겨지게 될까 봐 걱정되는 걸 수도 있어요. 사고로 죽어 가는 게 쉬운 선택지일 수 있죠. 그 뒤에 해야 할 일이 없으니까요."

나는 느릿하게 고개를 끄덕였다. "마지막에 남아서 버티는 사람일 거예요."

그녀가 반쯤 화가 나서 말했다. "왜 버티는 거죠, 릴리? 어째서 늘 버티고 있죠? 당신은 늘 재난 상황에 '힘'의 견지에서 반응하고 있어요. 하지만 사실 댄이 죽은 뒤, 당신은 산산조각 났어요. 그리고 내 생각에 당신이 가장 두려워하는 건 그거예요. 누군가를 잃는 게 아니라, 자신이 약한 존재가 되는 거요. 당신은 사랑에 빠지고 그 사람을 잃을 위험에 처할까 봐, 그래서 다시 미쳐 버리게 될까 봐 겁내고 있어요. 이게 정말로 두려운 거지요." 그녀가 의자에 몸을 기대고 양 손바닥을 펼쳐 보였다. "어제 어떤 나쁜 일이 일어났죠. 당신은 뭘 했나요?"

"아무것도 안 했어요."

"맞아요. 당신은 그 자리에 서서 상황이 종료되기를 기다렸죠. 자신을 보호하면서요. 당신은 그 일에서 살아남았어요. 정신을 잃지 않고 견뎌 냈어요. 어젯밤에 꿈을 다시 꾼 건 당연해요. 당신 무의식이 겁에 질렸으니까요."

머릿속이 완전히 뒤죽박죽이 되었다. "그럼 그게 좋은 건가요, 나쁜 건가요? 미치게 될까 봐 두려워하는 건 나쁜 게 아니지 않나요?"

그녀가 고개를 끄덕였다. "물론 나쁜 게 아니에요. 당신이 겁을 내지 않았다면, 어쩌면 벌써 미쳤을 거예요."

갑자기 웃음이 터져 나왔다. "선생님은 정말 이상해요, 그거 아세요? 전 진료실에 들어왔을 때보다 더 아무것도 모르겠어요."

그녀 역시 웃었다. "그게 자기가 살아 있다는 걸 아는 방식이에요. 현실로 돌아온 것을 환영해요." 그녀가 자리에서 일어났다. "당신은 잘하고 있어요."

"악몽과 에드워드에 대해 왔다 갔다 하는 것 등등만 빼면 말이죠?"

"네, 그것들만 빼면. 가서 애들을 봐 줘요. 애들도 놀랐을 거예요."

하지만 다음으로 나는 진을 찾아갔다. 그래버 박사의 진료실이 그가 입원한 병원 옆이었던 것이다. 이자벨이 침상 곁에 조용히 앉아 있었다. 이제 그녀는 제 나이로 보였다. 진은 잠들어 있었는데, 여러 기계들이 몸에 부착되어 이따금씩 돌아가면서 삑삑 소리를 냈다. 간호사가 들락거렸지만 누구에게도 시선을 주지 않고 오직 기계만 들여다보았다. 기계를 관리하는 것이 곧 진을 관리하는 것이지만.

"안녕하세요, 이자벨." 나는 부드럽게 말했다. 놀라게 하고 싶지 않았다.

"안녕하세요, 릴리언." 그녀가 차분히 대답했다.

"진 씨는 진정된 것 같네요." 나는 의자 하나를 끌어당겨 그녀 옆에 앉았다.

"보이는 게 다는 아니니까요." 활발했던 그녀는 어디론가 가고 없었다. 끔찍하게 가라앉은 상태였다.

나는 고요한 침상을 바라보았다. 발치를 덮은 담요, 새하얗고 팽팽한 침대 시트, 혈관처럼 여기저기 늘어진 회색 선들이 놓여 있다. "의사는 뭐래요?"

그녀는 여전히 나를 쳐다보지 못하고 그저 진의 얼굴만 보았다. "아직 안정된 건 아니래요. 심장이 크게 상했대요. 수술밖에 할 게 없다면서 수술하고 깨어나지 못할 수도 있대요. 이이가 죽을 거라는 말인지 잘 모르겠어요." 그녀가 몸을 숙이고 그의 손을 꽉 쥐었다. 그의 손가락들이 한동안 그대로 달라붙어 있다가 떨어졌다. 진이 아직 상태가 좋지 않은 것은 확실했다.

나는 조용히 앉았다. 잠시 후 그녀가 입을 열었다.

"그래서 이이가 살아날 거라고 단순하게 믿기로 했어요. 나만큼 다른 사람들도 거기에 확신을 가질 때까지 여기 있으려고요. 그러고 나면 집에 가게 되겠죠."

"내가 도울 일은 없어요?"

그녀가 고개를 저었다. "없어요. 난 괜찮아요."

나는 경험으로 이 말이 사실이 아님을 안다. 주변을 둘러보았다. 손도 대지 않은 음식 쟁반이 놓여 있었다.

"이자벨, 뭘 좀 먹었어요?" 그녀가 고개를 저었다. "배고프죠?" 그녀가 다시 고개를 저었다. "당신이 먹지도 마시지도 않으면 체력이 떨어져서 의사들이 여기서 쫓아낼 거예요. 여기 계속 있고 싶으면 먹고 마셔야 해요."

마침내 그녀가 나를 쳐다보았다. "당신 남편은 죽었죠, 그렇죠?"

"네, 죽었죠."

"어떻게 그 일을 감당했어요?"

"힘들었죠. 한동안 미쳤었고, 아직도 완전히 제정신으로 돌아오진 않았어요. 하지만 진 씨는 죽지 않을 거예요. 당신이 여기에 앉아서 이렇게 확신하고 있으니까요."

그녀의 눈에 눈물이 가득 고였다. "내가 미친 것 같은가요? 그이를 살릴 수 있다고 생각하는 게?"

"아뇨. 나도 정말로 진 씨가 살아날 거라고 생각해요. 하지만 지금 난 당신을 좀 괴롭혀야겠어요. 샌드위치와 음료수를 사 와서, 당신이 먹는지 지켜볼 거예요. 당신이 먹는 동안 내 남편이 죽은 일을 다 이야기해 줄게요. 다 먹고 나면 당신의 살아 있는 남편에 대해 이야기해 줘요, 어때요?"

그녀가 희미하게 미소를 지었다. "늘 이렇게 밀어붙여요?"

나는 미소를 돌려주고는 자리에서 일어났다. "아뇨, 오늘만이에요. 당신한테만이에요. 당신이 남편에게 도움이 되고 싶다면 날 내버려 둬요." 나는 카페테리아로 향했다. 이자벨은 그 자리에

앉아서 진을 돌보고 있었다. 나는 그 자리에 앉아서 그녀를 돌봐
줘야지.

이틀 동안 이자벨은 그 자리에 앉아 있었고, 나는 진의 작은
딸이 나타날 때까지 자리를 지켰다. 그러고 나서 딸과 나는 차례
로 자리를 지켰고, 진은 수술을 받았다. 진은 수술을 견뎌 냈지
만, 깨어날 때까지는 며칠이 걸렸다. 기다림은 지루하고 무서웠
으며 절망적이고도 중대했다. 이런 일들이 으레 그렇듯이.

진이 삶과 죽음의 기로를 맴도는 동안 다른 사람들은 무얼 하
고 있었을까? 음, 물론 자기 삶을 살아 나갔다. 삶이 부과하는 힘
든 일들을 하면서 말이다. 마이크는 진의 집 차량 진입로에 트레
일러를 끌고 와 지내면서 이런저런 일을 해 주고 진이 돌아올 때
를 대비해 집을 치웠다. 침실을 아래층으로 옮기고, 멋진 병상용
침대를 들여왔다. 우리 애들은 그 침대를 무척 좋아해서 첫날 침
대 위를 오르내리면서 망가뜨릴 뻔했다. 진이 퇴원하는 날 작은
딸이 집으로 돌아가자, 큰딸이 아이를 데리고 와서 한 주 동안 머
물렀다. 그렇게 진을 보살필 체계가 하나씩 갖춰졌다.

나 역시 여전히 회사에 나가고, 마무리해야 하는 일들을 끝내
며 샤샤를 도왔다. 그녀에게는 큰 도움이 필요 없었다. 이틀 만에
그래픽 노블을 출판하는 회사에 멋진 일자리를 구했다. 그녀의
평소 꿈이었다. 우리 둘 다 왜 진즉 그만두지 않았는지 알 수가
없었다. 바깥에 이런 멋진 일자리가 있는 줄 알았더라면 회사를

옛날에 그만뒀을 거다. 로즈는 해고를 거절하고 마침내는 위층으로 올라가서 시위 중이었다. 아마도 여러 가지 만족스러운 방식으로 문제를 야기하고 있을 것이다.

이번 주가 끝날 무렵 로버타 실장이 미소 지으며 우리 사무실을 돌아다녔다. 모두를 해고한 뒤로 다소 편안한 차림이었다. 어쩌면 청바지를 입어야 하는 압박이 있었을지도 모르지만.

"블로엄 가에서 안내서의 첫 번째 원고를 보내 왔어요, 릴리. 프리랜서 일을 너무 많이 구하지 않았길 바랍니다."

나는 그녀를 바라보았다. 그녀와 내가 기본적으로는 청바지, 운동화, 티셔츠 등 똑같은 옷차림이라는 게 믿을 수가 없었다. 그녀는 아이비리그 대학 신입생 같아 보였고, 나는 마트에서 쇼핑 카트를 화장실까지 끌고 다니는 여자 같았다. 머릿속에서 이런 생각들이 바쁘게 지나갔지만 나는 가까스로 그녀를 향해 고개를 까딱할 수 있었다. 멀티태스킹 여왕이 있다면 그건 바로 나다.

"접시에 채소를 담을 자리는 남겨 뒀어요, 말하자면요."

그녀가 내 책상에 걸터앉았다. 이런 여유를 부릴 줄도 알다니. "다양한 채소들은 물론, 다양한 원예 기술이나 원예 도구도 하나하나 그림으로 표현해야 할 거예요." 그녀가 발을 달랑거렸다. "내 사무실에 가서 자세한 내용을 이메일로 보내 줄게요. 내일 그쪽 직원이 우리한테 전화해서 설명하고, 어떤 일러스트를 그릴지, 어떻게 그릴지 결정할 거예요."

"A 항목부터, 그러니까 아티초크랑 아스파라거스 같은 것에서 시작하는 건가요?"

"아뇨. 먼저 P 항목부터 보내 왔어요. 파슬리, 파스닙 같은 거요."

나는 눈썹을 치켜올리고 의자를 뒤로 빼서 등을 기댔다. "그 작업에 시간이 얼마나 걸릴까요?"

"약 1년 정도요. 바쁠 거예요."

나는 이 말을 생각해 보았다. 채소가 내 삶을 이루는 주요 요소가 되리라고 예상해 본 적은 없었다. 식물을 키우다 보면 이런 문제가 생긴다. 그것들이 자라서 당신의 공간을 채우는 것이다. 나는 그녀가 아직 말을 끊지 않았음을 알아차렸다.

"……그쪽에서 일러스트 샘플이나 사진을 보내 줄 거예요."

"왜 사진을 사용하지 않는 거지요?"

"전통 때문에요, 그쪽 말로는요. 나도 똑같은 걸 물었었죠." 그녀가 책상에서 일어났다.

"무척 편해 보이세요, 실장님."

그녀가 씩 웃었다. "난 늘 여러분에게 보여 주기 위한 옷차림을 했었죠. 하지만 이제는 그냥 내 스타일대로 입을 수 있어요."

나는 그녀를 향해 웃음을 터트렸다. "저희는 애초에 실장님 모습을 그렇게 많이 볼 일도 없었는걸요."

그녀가 스스로에게 웃음을 터트렸다. "네, 그렇지만 난 늘 온 신경과 관심을 여러분에게 집중하고 있었답니다. 언제 분쟁 해결을 청하는 전화를 받고 관리자적인 모습을 보여야 할지 알 수 없었으니까요."

"농담도 잘하시네요. 저희에겐 로즈가 있었어요. 무슨 일에서 든 판사이자 배심원이 되어 주던 로즈가요."

그녀가 웃음을 멈췄다. "알아요. 그녀는 지금 내 사무실 앞에 앉아서 내 사생활까지 위협하고 있지요. 내가 엘리베이터에서 내 리는 순간부터 하루를 끝내고 돌아갈 때까지 화난 눈초리로 노 려보면서 말이에요."

"도넛을 주세요. 그것이 실장님을 자유롭게 하리니! 한두 주 동안 매일 아침에 그녀 책상에 뭔가를 두고 오세요. 그럼 어느새 가장 친한 친구가 되어 있을 겁니다."

그녀가 감사를 표하고 걸어 나갔다. 나는 몸을 쭉 펴고 거의 빈 사무실을 둘러보았다. 모든 일이 잘되었다. 포플러 사와 장기 프리랜서 프로젝트 계약, 아이들 일, 내 일. 나는 이제 여성 1인 예술기업가였다. 악몽만 빼고 모든 것이 대단히 잘 진행되고 있 었다.

무 기르기

무는 마지막 서리가 내리기 한 달 전쯤 심는 것이 좋다. 그 전에 흙에 비료를 듬뿍 주도록 한다.

- 1.5~2.5센티미터 깊이로 2.5센티미터 간격을 두고 씨를 심는다.
- 무는 햇빛을 잘 쬐어야 하므로 너무 빽빽히 심으면 안 된다. 햇빛을 풍족하게 쬐지 못하면, 에너지가 잎을 자라게 하는 데 몰리게 된다.
- 날씨가 서늘한 동안에는 2주마다 씨를 뿌린다. 그래야 계속해서 무를 거둘 수 있다.

21

나는 아이들을 데리고 시부모님을 만나러 갔다. 시댁은 패서디나에 있었고, 우리 집에서 한 시간 반 정도 걸린다. 우리는 대개 한 달에 한 번 정도 이 집을 방문한다. 폴과 에이프릴은 어느 면에서나 최고의 할아버지 할머니였다. 시어머니 에이프릴은 자주 앞치마를 두르고 쿠키를 구웠다. 둥그런 얼굴에 늘 웃음을 지었고 볼이 사과처럼 빨갰다. 게다가 「마이 리틀 포니」를 시청해서 애들과 '지적인' 토론이 가능했다. 시아버지 폴은 종종 장난감 로켓을 만들어서 넓은 뒤뜰에서 쏘아 올렸다. 정말이지 시댁은 '꿈의 집'이었으며, 시부모님들은 동화 속 등장인물 같은 분들이었다. 두 양반 다 제트엔진 연구소에서 위성 프로그래밍을 하시다가 최근 은퇴하셨다.

집에 도착했을 때 마지는 외출 중이었다. 베르토를 만나러 나간 것 같았다. 에이프릴이 확인해 주었다.

"그래, 그 개자식이랑 이야기해 보겠대." 그녀가 오븐에서 브라우니를 꺼내면서 말했다. 브라우니 꼭대기에 M&M 초콜릿이 먹음직하게 녹아 있었다. "나쁜 것."

나는 놀랐다. "마지요?"

그녀가 고개를 저었다. "당연히 디르토 그 자식이지."

"디르토요?"

그녀가 어깨를 으쓱했다. "누굴 말하는지 알잖니. 자기 자식이 상처를 입으면, 누구나 화가 나서 유치해지지. 나는 그 자식 이름을 디르토로 바꾸기로 했다. 그놈이 개과천선할 때까지 그렇게 부를 거야." 그녀가 브라우니를 식히려고 냉각 선반에 놓고는 오븐을 껐다. 내가 이 주방에서 보낸 시간을 합하면 몇 달, 어쩌면 몇 년일 터이지만 그동안 변한 건 거의 없었다. 조리대 위에는 사랑스러운 나무 스푼이, 웰시 드레서 빈티지 식기 찬장에는 시어머니가 모은 푸른색과 흰색 도자기들이 있다. 전자레인지 위에서는 고양이 한 마리가 잠을 청했다. 아마도 저 고양이는 지난 10여 년 동안 뭔가 변했겠지만, 털로 뒤덮여 있어 변화를 가늠하기가 쉽지 않다.

나는 커피 잔을 밀어 두었다. 브라우니 먹을 배를 남겨 두어야 했다.

"뉘우치는 것 같던데요."

에이프릴이 고개를 젓고 내 앞에 앉아 식탁 위로 두 손을 포개 잡았다. "아니, 후회하는 것 같아. 그건 완전히 다른 거야. 일이 잘되지 않았으니 후회하는 게다. 다시 그런 짓을 저지르지 않겠다는 의미가 아니야. 하지만 뉘우친다는 건 그 자식이 자기가 잘못한 게 무엇인지 알고, 거기에서 배운 게 있다는 말이란다." 그녀가 다시 자리에서 일어나 내게 브라우니를 잘라 주었다. 내가 계속 선반 한쪽을 쳐다보자 설탕도 가져다주었다. "브라우니가 아주 따끈하고 달콤하게 잘됐구나. 입천장을 데면서 왕창 먹을 준비됐지?"

"네."

그녀가 접시를 밀어 주었다. 나는 뜰에서 폴의 목소리를 들었다. 클레어에게 성냥을 그어 보라고 용기를 북돋는 중이었다. 걱정해야 하는 상황이었지만, 딱히 걱정은 되지 않았다. 이따금 아이들은 위험한 일에 어떻게 대응해야 하는지 배우는 편이 훨씬 좋다. 그래야 실제로 위험 상황이 닥쳤을 때 공황상태에 빠져 몸을 다치거나 하지 않을 것이다. 게다가 할아버지는 '로켓 과학자'가 아닌가.

브라우니를 한 입 베어 물고 숨을 헉헉거리면서 입안에서 식히느라 말을 할 수가 없었다. 에이프릴은 내게 그저 눈썹을 치켜올려 보였다.

"너 요즘 누군가와 데이트한다고 마지가 그러더구나."

나는 브라우니 부스러기에 질식할 지경이었다. 고통스러운

403

시간 끝에 에이프릴이 물 한 잔을 가져다주고는 내 등을 두드려 주었다.

마침내 나는 고개를 흔들 수 있는 상태가 되었다. "아뇨, 안 해요. 누굴 만나긴 했는데, 전 아직 데이트할 준비가 안 됐더라고요."

그녀가 내게 얼굴을 찌푸려 보였다. "진즉 이 문제를 같이 이야기했어야 했는데. 너도 알겠지만 폴과 나는 네가 행복하길 바란다. 댄도 네 인생을 살아 나가기를 바랄 거야. 혼자 아이들만 기르며 사는 거 말고."

나는 어깨를 으쓱했다. "물어볼 그이는 여기 없네요. 그리고 전 아직도 그이가 너무너무 그리워요." 말을 잠시 멈췄다. "어머니는 안 그러세요? 남편도 남편이지만, 자식을 잃으면 얼마나 힘들지 전 짐작도 안 가요."

그녀가 잠시 입을 다물었다. "첫 번째 해에는 매일같이 죽을 생각을 했지. 살고 싶지 않았다. 하지만 마지랑 폴 때문에 살았지." 날카로운 시선이 내게 다가왔다. "너도 같은 심정이었을 거고 생각한다. 네가 입원한 병원에 찾아갔을 때, 넌 그동안 보았던 그 누구보다 깊은 슬픔에 잠겨 있더구나." 그녀가 살짝 고개를 젓고는 잔에 차를 따르려고 일어났다. "널 더 찾아가지 않는 일도 힘들었지. 하지만 비애에 빠진 두 행성이 너무 가깝게 지내면, 절대 빠져나올 수 없는 블랙홀이 생길까 봐 걱정이 됐어."

뜰에서 커다란 폭발음과 환호성이 들리더니 뒤이어 거대한 쿡 소리가 났다. 우리는 천장이 아래로 떨어지지 않을까 염려했지만 다행히 그런 일은 벌어지지 않았다.

"한 번 더 해요!" 클레어의 목소리가 평소보다 몇 옥타브 더 높았고, 애너벨이 옆에서 톡 끼어드는 소리도 들렸다.

폴이 아이들에게 사려 깊게 대답했다. "로켓 엔진이 더 있는지 모르겠구나. 할애비가 가서 보고 오마."

폴이 문으로 들어오자, 에이프릴이 조용하게 식품저장실을 가리켰다.

"세 번째 선반 아래, 상자요." 폴이 손에 로켓 엔진 한 무더기를 들고는 안팎으로 바삐 움직였다. 고양이 사료와 로켓 재료를 함께 두는 시부모님이 나는 너무 좋다. 뭐가 잘못되겠는가?

에이프릴이 잠시 생각에 잠겼다. "아직도 그 애한테 오는 우편물이 있니?"

나는 고개를 끄덕였다. "우편물이랑 이메일 둘 다 와요. 믿기 어렵지만 사람이 죽어도 신용 거래를 할 자격은 유지되더군요. 비자 카드가 사후 세계를 받아들여서 저승으로 청구서를 보낼 수도 있을 것 같아요." 나는 조심스럽게 브라우니 한 조각을 후후 불었다. "낚시 카탈로그도 엄청 많이 와요. 그 사람이 언젠가 낚싯대 하나를 사서 그런 것 같아요. 가전제품 카탈로그도 엄청⋯⋯." 나는 그녀를 바라보았다. "어머니도 받으세요?"

"그럼. 우린 그 애가 대학에 간 뒤로 늘 그 애한테 오는 우편물을 받았지. 중요한 우편물은 한 달에 한 번씩 대학으로 보내기도 했어. 너와 그 애가 같이 살게 되고 나선 그 애가 그 집으로 우편물을 받아서, 우리에게는 이따금 한 번씩만 오게 되었단다. 하지만 아직도 오기는 와."

"그 사람 이름을 보는 것만으로도 마음이 내려앉아요. 그런데 전화를 걸어서 그이가 죽었다고 말할 수가 없어요. 특히나 그런 회사들은 저에게 계정 해지 자격은 그 사람한테만 있다고 말하니까요." 나는 브라우니를 한 입 더 먹었고, 이번에는 입천장을 데지 않았다. "저 아직도 그 사람 휴대전화 요금을 내고 있는 것 같아요." 나는 그의 페이스북 계정을 비롯해 다른 소셜미디어 계정도 살려 두었다. 온라인 세계는 아마 이런 유령들로 가득 차 있을 것이다.

에이프릴이 조용히 고개를 끄덕이고는 말했다. "그래도 해가 갈수록 조금씩 나아지고 있어. 처음에는 모든 추억이 다 고통스러웠지. 하지만 이젠 다시 그 아이를 기쁘게 떠올릴 수 있게 되었단다. 멋진 추억들을 기억하면서 말이야. 멋진 아들이었어, 멋진 아버지였고."

"네, 그랬어요." 나는 동의했다. "그이 자리는 누구도 채울 수 없어요."

그녀가 나를 차분하게 바라보았다. "그 애 자리를 대체하려고 애쓰지 말거라, 릴리. 새로운 방향으로 나아가는 걸 받아들이고, 그 애는 그냥 그 자리에 있게 둬. 그건 배신도 거부도 아니야. 나는 클레어와 애너벨에게서, 마지에게서, 폴에게서 기쁨을 느낀단다. 그게 댄을 잃은 내 슬픔을 지워 주지는 못하지만, 내가 그 애를 추억할 때 느끼는 기쁨을 휘발시키지도 않아." 그녀가 식탁 너머로 손을 뻗어서 내 손을 잡았다. "그건 서로 연관이 없는 거야. 이 사실을 이해했으면 좋겠구나." 그녀가 자리에서 일어났다. "그 애가 일부러 그런 건 아니지만, 릴리, 그 애는 우리를 떠났고, 그냥 그게 현실인 거야." 그녀가 뒷문으로 다가갔다. "폴이 로켓 궤도를 잘 맞췄는지 확인하러 가 봐야겠구나. 가끔 그이가 살짝 계산 실수를 저지르거든."

나는 그 자리에 홀로 앉아서 고양이를 빤히 바라보았다. 녀석은 부지런히 꼬리를 핥고 나서, 발 네 개를 모두 몸 안쪽으로 두고 앉았다. 그 유명한 '식빵 굽기' 자세였다. 잠시 나는 녀석이 편안하게 안착한 그 자리가, 녀석의 단순한 삶이 부러웠다. 잠시 후 나는 통통한 브라우니 마지막 한 조각을 입에 넣고 밖으로 나가서, 로켓 불꽃을 지켜보았다.

혼합 재배

~⸜⸝~

딜 허브와 바질은 토마토 사이에 심으면 토마토를 박각시나방에 게서 보호해 준다. 또 양상추 근처에는 세이지를 산발적으로 심어 두 면 배추좀나방이 해를 입히는 것을 막을 수 있다.

- 메리골드는 어떤 텃밭 식물과 함께 길러도 좋다. 딱정벌레, 선 충류, 심지어 유해동물까지 물리쳐 준다.
- 어떤 혼합 재배 식물은 소중한 채소들에 곤충들이 꾀는 것을 막는 덫의 기능을 하기도 한다. 이를테면 한련화는 진딧물이 특히 좋아한다. 한련화를 심으면, 이 파괴적인 벌레는 한련화 로만 몰려들고 다른 식물로는 가지 않는다.
- 와인 한잔을 들고 텃밭을 가꾸는 것은 대개의 경우 식물 재배 의 기쁨을 증대시킨다. 특히 날씨가 따뜻한 날이나 금요일에 효과가 좋다.

22

다음 토요일에 마지막 원예 수업이 있었다. 그날은 대수확의 날이었다.

나는 광활한 밀밭, 쟁기를 걸고 있는 말, 온갖 좋은 농업 도구를 목격하기를 기대했지만, 그런 걸 볼 일은 없었다. 그 대신 모두가 몸을 움직여 뽑고, 밀고, 파서, 마침내는 수확물로 산을 쌓았다. 사실 이것은 무척이나 인상적이었다.

나는 옥수수 스무 대, 커다란 통 두 개 분량의 호박, 콩 세 통을 수확했다. 콩 품종은 블루레이크 완두콩이었는데, 꼬투리 길이가 각각 내 손바닥만 했다. 갓 딴 콩을 깨물면 내가 기대한 것보다 훨씬 더 많은 즙이 흘렀고, 훨씬 더 맛있었다. 하지만 나를 가장 크게 놀라게 한 것은 무엇보다 상추가 너무나 신선하다는 점이었다.

뽑고, 씻고, 먹어 보니, 모든 잎이 제각각 다 맛이 달랐다. 솔직히 그것만 한 움큼도 먹을 수 있을 것 같았다. 적어도 나는 그랬다. 마침내 마이크가 나를 모종삽으로 위협했다. 진이 아직 병원에 있었기에, 마이크는 혼자 두 사람의 샐러드용 채소밭을 수확하고 있었다. 그런데 내가 살짝 다가가 자꾸 채소를 훔쳐 먹었던 것이다. 조그마한 푸른 재킷은 입지는 않았지만, 피터 래빗(토끼를 의인화한 동화 주인공으로 푸른 재킷을 입고 있다. -옮긴이)이 따로 없네.

진의 회복에 대한 이자벨의 엄청난 믿음이 효과를 발휘해서인지 진은 상태가 호전되어 한두 달 안에 집으로 돌아갈 것으로 보인다. 앤절라와 마이크가 전날 저녁에 방문했다가 수업에 와서 말해 주었다.

앤절라는 마이크의 손을 잡고 있었다. "진에게 간호적인 도움과 요양이 많이 필요할 것 같아요. 그래서 마이크가 몇 달 동안 그 집에 트레일러를 세워 두고, 배시와 제가 진의 집 손님방에 머물기로 했어요." 그녀가 아들을 향해 씩 웃어 보였다. "이자벨과 배시가 이 계획을 함께 세웠나 봐요. 둘 중 누가 더 이 일로 좋아하고 있는지 모를 정도예요."

"이자벨 아줌마가 언제든지 수영을 해도 된다고 했어요." 배시는 자신이 잡은 행운에 놀란 듯했다. 클레어가 미간을 찡그리고 숨을 색색 내쉬며 이렇게 말했다. "좋겠다. 진짜 너무 부러워."

"우리도 그 집에 놀러 가면 되지, 아가." 내가 클레어에게 일깨워 주었다.

"그렇게 하는 게 좋을 거야." 갑자기 클레어가 마피아 대부 같은 말투로 말했다. 이 변화무쌍함을 따라갈 수가 없다.

레이철이 수확을 하는 데 도움을 받으려고 리처드를 데려왔다가, 프란세스와 엘로이즈와 함께 깔깔댔다. 리처드는 라벤더 꽃 한 송이를 자기 귀 뒤에 꽂았는데, 마치 귀여운 동네 바보 같아 보였다. 레이철은 편안하고 행복해 보였으며, 화장을 하지 않았고, 많이 웃었다. 우리는 누군가에 대해 자기 자신보다 더 잘 안다고 생각할 때가 있는데, 그러면 절대 추측할 수 없었던 다른 면모를 보고 놀라게 된다. 레이철은 늘 거칠고, 자신만만하고, 아무도 변화시킬 수 없는 사람으로 보였지만, 이제는 부드럽고, 온화하고, 유연해 보였다. 나는 리처드가 무척 좋았다. 하지만 그가 어떤 식으로든 레이철에게 상처를 입힌다면 급소를 후려갈길 것이다. 진짜다.

나는 토마토 수확을 끝내러 갔다. 잎사귀 뒤에 숨은 토마토는 따고 또 따야 할 만큼 풍성하게 맺혀 있었다. 두 개의 열을 이룬 토마토 나무들은 무성하게 초록 잎을 피워 그 사이의 고랑이 보이지 않을 정도였다. 나는 그 사이에 주저앉아서 잠시 눈을 감고 편안하게 토마토 냄새를 음미했다. 갑자기 바스락거리는 소리가 들려서 다시 눈을 뜨자 에드워드가 곁에 와 있었다. 그는 내 옆에 가만히 앉아 있었다. 그가 앉기에는 비좁았지만 간신히 자리를 잡고 있었다. 우리는 애들처럼 책상다리를 하고 앉았다. 토마토 밭에서 무릎과 무릎을 맞닿고서.

"당신이 숨어 있는 이곳, 아주 좋네요." 그가 말했다. "사방이 초록빛이고."

나는 고개를 끄덕였다. "냄새도 끝내줘요."

"하나 덜 땄어요." 그가 몸을 기울이며 토마토 나무 하나를 가리켰다. 그가 무척이나 가까이 다가와서, 나는 충동적으로 목을 움츠리면서 그에게 키스를 하고 그의 볼을 양손으로 감쌌다. 그가 주저하는 것이 느껴져서, 나는 손을 그의 머릿속으로 미끄러뜨리고 더 꽉 쥐었다. 내가 키스를 원하는지 그를 원하는지 분명해졌다. 그날 주방에서보다는 덜 무모했다. 내가 무슨 짓을 하는지 더 잘 알았고, 잠시 후 좀 더 몸이 달아올랐다. 키스가 깊어지면서 에드워드가 내 팔 아래로 손을 미끄러뜨려 허리를 꽉 잡았고, 나는 점점 더 익숙한 욕망을 느끼기 시작했다. 이건 키스가 아니었다. 전희였다. 우리는 연인이 될 것이 분명했다. 나는 참을 수가 없었다.

"으웩!" 조그맣고 넌더리 난 목소리가 다가왔다. "엄마랑 선생님이 여기 토마토 뒤에 숨어서 키스해! 애벌레처럼!"

우리는 몸을 떼고 위를 올려다보았다. 클레어가 풀잎들 사이로 우리를 쏘아보고 있었다. 잠시 후 녹색 나뭇잎 사이로 다른 수강생들이 한 사람씩 희미하게 보였다.

에드워드가 목을 가다듬었다. "이제 모든 수업이 끝났습니다." 그가 단호하게 말하고는 다시 몸을 숙여 내게 키스했다.

마침내 우리 모두 일을 다 끝내고, 자리에 서서 각자 수확한 농작물 바구니를 들고 사진 찍을 자세를 취했다. 마치 전원생활 브로슈어처럼 말이다. 총 수확량이 어떠냐고? 옥수수, 콩, 호박 등 샐러드 채소가 큰 바구니로 네 개, 방울토마토와 일반 토마토가 큰 바구니로 다섯 개, 라벤더가 한 다발, 영국완두가 다섯 바구니, 딸기류가 여덟 바구니였다. 농산물 직판장이라도 열 수 있을 양이었다.

대신 우리는 파티를 열었다. 프란세스와 엘로이즈가 우리가 수확한 것들을 가지고 음식을 만들러 집으로 향했고, 마이크와 앤절라가 도우러 따라갔다. 싹 다 가져가지는 않았다. 많은 채소가 남았고, 아이들과 나는 그것을 무료 급식소로 가지고 갔다. 직원들은 매우 기뻐했고, 아이들은 모두 자부심으로 가슴이 부풀었다. 클레어가 내 휴대전화를 빌려서 우리 엄마에게 전화를 걸었다. 내게는 물론 클레어의 말만 들렸다.

"안녕, 할머니. 나 뭐했게? 배고픈 사람들을 위해 음식을 가져다 줬어! '내가 기른' 음식 말이야!"

"아니, 길거리 말고. 어떤 데야."

"응, 어떤 곳에 왔어."

"아니, 엄마랑 언니도 있어."

"아니, 아무도 내 엉덩이 안 만졌어."

마지막 말을 하고 클레어는 얼굴을 찌푸리고 나를 쳐다보았다. 나는 휴대전화를 건네받았다. 솔직히 우리 엄마는 크리스마스도 제삿날처럼 만들 수 있는 사람이다.

프란세스와 엘로이즈는 멋진 지역에 살고 있었다. 조용한 주택지였다. 경기가 아주 안 좋았던 덕분에 두 사람은 집을 살 수 있었다. 다시 한번 아무리 안 좋은 상황에서도 한 가지 긍정적인 측면은 있음이 증명된 셈이다. 그들에게 집을 판 사람에게는 그렇지 않을지도 모르지만. 작지만 아기자기한 맛이 나는 집이었다. 정원은 커다란 생울타리에 둘러싸이고 양귀비와 이름 모를 다양한 색색의 야생화들이 그득그득 피어서 멋졌다. 마이크와 프란세스는 채소를 기를 틀밭을 만드는 방법에 대해 이야기를 나누는 중이었는데, 저러다 닭장까지 지을 기세였다. 모두 살짝 미쳐 가는 것 같다.

주방 문 바로 앞에 거대한 캠핑 테이블이 설치되고 음식이 한가득 차려졌다. 완두콩을 넣은 감자 샐러드, 양파와 마늘을 넣은 찐 호박, 토마토는 크림치즈와 함께 먹을 수 있도록 생으로 냈다. 소스를 뿌린 샐러드와 뿌리지 않은 샐러드 두 가지가 여러 군데 깔리고, 신선한 빵, 산딸기 파이, 산딸기 코블러, 크림을 얹은 산딸기도 놓였다. 모든 것들이 수업에서 기른 작물로 만든 것이었고, 그래서 어마어마하게 만족감을 느끼며 먹었다. 주변에 얼음통과 소다수 통도 놓고, 우리들은 맥주를 들고 돌아다니면서 수다를 떨었다. 너무나 멋졌다. 오늘이 모두가 함께하는 마지막 날이 아님을 나는 알았다.

누군가가 포크로 잔을 두드리는 소리에 나는 몸을 돌렸다. 에드워드였다.

"잠시 제 말 좀 들어 주세요. 할 말이 있어요."

평소처럼 술래잡기를 하는 애들만 빼고 모두가 갑자기 입을 다물었다. 이러다 정말 닭까지 키우게 되면 무슨 일이 일어날지 아무도 모른다.

에드워드가 입을 열었다.

"이 수업을 하는 건 제게 무척이나 멋진 경험이었고, 여러분 모두가 다음 수업에 등록해서 너무나 기쁩니다. 식물원 측에서는 우리 회사에서 보다 더 희귀한 식물들을 받고, 이 수업에 더 많은 공간을 할애해 주기로 했어요. 다음 학기에는 지금보다 두 배 이상 되는 땅을 사용할 수 있게 되었습니다."

"벌레가 더 많겠다!" 클레어가 소리쳤다.

에드워드가 클레어에게 미소를 지어 보였다. "두세 곳의 지역 무료 급식소에 줄 만큼 커다란 채소밭을 만들 거란다. 너무 멋지겠지? 그렇게 만들려면 우리 모두 열심히 일해야 할 거야."

그가 나를 바라보았다. "이 수업과 우리가 급식소에 나눠 줄 채소밭을 가꾸는 일에 대한 책을 만들고 싶은데, 릴리언에게 그림을 그려 달라고 모두 함께 부탁해 주셨으면 좋겠어요. 수익금은 우리 채소밭을 가꾸는 데 사용하고요."

이런 세상에! 앞으로 쉴 틈이 없겠군. 하긴 그러면 또 뭐 어때? 나는 잔을 높이 쳐들었다. "영광이에요."

애너벨이 다가와 진지하게 말했다. "그러면 차고 꾸미기를 시작하는 게 좋겠죠?" 나는 아이를 끌어안았다.

"그리 서두르지 않아도 돼, 벨. 이번 여름 내내 다음 수업을 준비할 수 있으니까."

애너벨이 미심쩍다는 표정을 지었다. 그녀의 얼마 안 되는 경험상 여름은 늘 쏜살같이 지나가 버리는 것이었다.

레이철이 자리에서 일어나 한 손을 들었다. "모두 잠시만요. 제가 건배하고 싶어요."

우리 모두 조용해졌다. 그녀에게는 카리스마가 있었으니, 그리 할 밖에.

"먼저 에드워드 선생님을 위해 건배하고 싶네요. 우리가 발 디디고 있는 곳을 보다 가까이서 볼 수 있게, 조그마한 벌레들도 더욱 존중할 수 있게 가르쳐 주셨잖아요."

모두 웃음을 터트리면서 잔을 높이 들었다.

"지금 이 자리에 없는 진 씨에게도 건배! 새로운 취미를 갖기에 너무 늦은 때란 걸 없다는 걸, 또 삽질은 너무 과하게 하지 않는 게 최선이란 걸 알려 주셨죠."

우리는 한 번 더 잔을 들었다.

"마지막으로 어머니 대자연에게 건배! 우리를 위해 채소를 길러 주고, 우리가 심은 딸기와 우리 볼을 붉게 해 주고, 몇몇이 사랑에 빠지게 해 주고, 좋은 친구를 데려가기도 하지만 돌려주기도 하는 어머니 대자연에게!"

이번에는 모두 환성을 지르면서 잔을 쭉 비웠다.

"그런데 모두 있잖아요," 조그마한 목소리가 튀어나왔다. "내가 벌레를 더 존중하게 됐는지는 잘 모르겠어."

잠시 정적이 흘렀다.

"벌레는 원래 끝내주니까."

아, 클레어!

레이철과 리처드가 우리와 함께 집으로 돌아왔고, 집에 도착하자 아이들은 돌연 멋쩍어하면서 낄낄댔다.

"우리가 선물을 준비했어." 클레어가 씩 웃으며 말했다.

"너희가?"

레이철이 미소를 지으며 내게 눈을 감으라고 말했다.

"내 머리에 달걀을 깨뜨릴 건 아니지?"

"내가 전에 그랬던 적이 있던가?" 레이철이 아주 흥미로워하는 투로 말했다.

나는 고개를 저었다. "아니. 왜 그런 소리를 지껄였는지 모르겠네, 미안."

리처드가 눈썹을 치켜떴다. "두 사람은 진짜 특이해요. 아무튼 릴리언 씨, 눈을 감아요. 놀라게 해 줄 게 있다고요. 즐거운 일이에요."

나는 입을 다물고 눈을 감았다. 아이들이 나를 주방으로 이끌어 조심스럽게 정원으로 통하는 뒷문 계단을 내려갔다.

"요정이 더 생겼어?" 나는 물었다. 요정 인형은 이미 충분히

417

많은데.

"아니." 클레어가 내 손을 놓았다. "근데 엄마가 원하면 요정들을 거기에 놔도 돼."

"이제 눈을 뜨세요." 애너벨이 내 손을 잡아끌며 단호하게 지시했다.

눈을 떴다. 그러자 정원 끄트머리의 나무 아래에 벤치 하나가 보였다. 나무로 된 단순하고 완벽한 정원 벤치였다.

"봐봐!" 클레어가 춤을 추면서 말했다. "저기에 엄마 이름을 붙였어!"

나는 천천히 벤치로 다가가 손가락으로 글씨를 썼다. '엄마에게, 세상 체고의 엄마 앉아.'

나는 레이철에게 물었다. "나보고 벤치에 앉으라는 뜻이야, 아님 세상 '체고'의 엄마보고 앉으라는 뜻이야?"

레이철이 웃음을 터트렸다. "클레어가 썼어. 철자도 뜻도 다소 애매했지만 우리가 좋다고 했고." 그녀가 벤치를 가리켰다. "그러니 앉아!"

나는 벤치에 앉았다. 아이들이 내 위로 차곡차곡 몸을 포갰다. "알겠어?" 클레어는 신이 나 있었다. "이제 엄마는 벤치에 앉고, 우리는 엄마 위에 앉을 수 있다고!"

리처드가 활짝 웃었다. "릴리언 씨가 오래 앉아 있지 못한다는 거 아세요?"

"정말요?"

그가 고개를 저었다. "네. 늘 누군가와 뭔가를 하거나, 뭔가를 가지러 달려가거나, 그 밖에 다른 뭔가를 하고 있잖아요." 그가 레이철을 바라보았다. "레이철은 항상 여유롭게 앉아 있는데 말이에요."

레이철은 그의 팔을 탁 쳤지만 그 말을 부정하지는 않았다. 그녀는 우리와 함께 벤치에 앉았다. 꽉 끼어 앉았음에도 편안했다.

나는 전에 그린 스케치를 떠올렸다. 거기선 댄이 이런 벤치에 앉아 있었다. 댄 없이 여기에서 행복해도 될까? 그래도 정말 괜찮을까? 나는 아이들을 보고는, 아이들 덕분에 그가 늘 이곳에 함께하고 있음을 깨달았다. 내가 아는 한, 그는 자신을 행복하게 해 주려면 아이들을 행복하게 해 주어야 한다고 말할 것이다. 그리고 아이들을 행복하게 하는 가장 좋은 방법은 나 스스로 행복해지는 것이다. 나는 세상 최고의 엄마이기 때문이다. 그저 여기에 앉아 있는 것만으로도.

나는 레이철의 어깨에 잠시 머리를 기대고, 그대로 가라앉게 두었다. 프랭크가 정원으로 뛰어 들어와 잔디가 뽑히도록 엉덩이를 끌었다.

"프랭크 또 벌레 생겼나 봐!" 클레어가 소리쳤다.

"엄마!" 애너벨이 한껏 짜증스럽게 목소리를 높였다.

"그래, 알았어! 엄마가 해결할게."

잠시 앉아 있다가, 나는 아이들을 위해 프랭크를 벌레들에게서 구해 주러 갈 것이다.

옮긴이 **이한이**
출판기획자 및 번역가. 국외의 교양 도서들을 국내에 번역 소개하는 한편, 보다 쉽고 재미있게 접근할 수 있는 책들을 기획, 집필하고 있다. 옮긴 책으로는『아주 작은 습관의 힘』,『착각의 쓸모』,『내가 처음 뇌를 열었을 때』,『몰입, 생각의 재발견』,『디지털 시대 위기의 아이들』,『인생의 태도』,『부자의 언어』,『지옥에서 보낸 한 철』,『살로메』등이 있고 쓴 책으로는『문학사를 움직인 100인』등이 있다.

릴리언의 정원

초판 1쇄 인쇄 2021년 10월 13일
초판 1쇄 발행 2021년 10월 29일

지은이 애비 왁스먼
옮긴이 이한이
펴낸이 김선준

책임편집 배윤주
편집2팀장 임나리
디자인 김혜림
마케팅 조아란, 신동빈, 이은정, 유채원, 유준상
경영지원 송현주, 권송이
외주교정 유지현

펴낸곳 (주)콘텐츠그룹 포레스트 **출판등록** 2021년 4월 16일 제2021-000079호
주소 서울시 영등포구 여의대로 108 파크원타워1 28층
전화 02) 332-5855 **팩스** 070) 4170-4865
홈페이지 www.forestbooks.co.kr **이메일** forest@forestbooks.co.kr
종이 (주)월드페이퍼 **출력·인쇄·후가공·제본** 한영문화사

ISBN 979-11-91347-44-9 (03840)

(주)콘텐츠그룹 포레스트는 독자 여러분의 책에 관한 아이디어와 원고 투고를 기다리고 있습니다. 책 출간을 원하시는 분은 이메일 writer@forestbooks.co.kr로 간단한 개요와 취지, 연락처 등을 보내주세요. '독자의 꿈이 이뤄지는 숲, 포레스트'에서 작가의 꿈을 이루세요.